本著作由浙江师范大学中国语言文学学科资助出版

生 态 文 学 批 评 译 丛

李贵苍 蒋林 主编

地方意识与星球意识：
环境想象中的全球

Sense of Place and Sense of Planet:
The Environmental Imagination of the Global

［美］厄休拉·K.海斯 (Ursula K. Heise) 著

李贵苍 虞文心 周圣盛 程美林 译

中国社会科学出版社

图字　01－2013－0656

图书在版编目（CIP）数据

地方意识与星球意识：环境想象中的全球／（美）海斯著；
李贵苍等译．—北京：中国社会科学出版社，2015.12
（生态文学批评译丛）
书名原文：Sense of Place and Sense of Planet：The Environmental
Imagination of the Global

ISBN 978－7－5161－7444－9

Ⅰ.①地…　Ⅱ.①海…②李…　Ⅲ.①世界文学—文学评论
Ⅳ.①I106

中国版本图书馆 CIP 数据核字（2015）第 309459 号

出 版 人	赵剑英
选题策划	赵剑英
责任编辑	史慕鸿
责任校对	董晓月
责任印制	戴　宽

出　　　版	中国社会科学出版社
社　　　址	北京鼓楼西大街甲 158 号
邮　　　编	100720
网　　　址	http://www.csspw.cn
发 行 部	010－84083685
门 市 部	010－84029450
经　　　销	新华书店及其他书店

印刷装订	三河市君旺印务有限公司
版　　　次	2015 年 12 月第 1 版
印　　　次	2015 年 12 月第 1 次印刷

开　　　本	710×1000　1/16
印　　　张	20.5
插　　　页	2
字　　　数	292 千字
定　　　价	78.00 元

走向生态文学批评(总序)

　　生态文学批评的兴起与发展符合西方文学批评发展的逻辑和轨迹。纵观西方文学批评的历史发展，一条清晰的脉络便呈现眼前，即文学作品的意义要么被认为是由作者所表达，要么被认为存在于作品本身，要么被认为是由读者所建构。围绕作者—作品—读者这三个基本要素建构意义的西方批评史，演变出了各种理论和流派。概而言之，对应以上三个基本要素的主要学说，就是"模仿说"、"文学本体论"（Literary Ontology）和"读者反应批评"。历史地看，三大学说的交替发展亦可以认为是文学批评不断语境化的过程。具体而言，模仿说是以现实世界为语境，文学本体论是以文本为语境，读者反应批评则是以读者为语境建构文学作品的意义。

　　20世纪60年代中期，以姚斯（Hans Robert Jauss）和伊瑟尔（Wolfgang Iser）为代表的德国康斯坦茨学派，既不研究作品与现实的关系，也不研究作者的表现力问题，更不研究文本的语言、结构和叙事手法，而是将读者作为语境，研究读者的反应和接受，并由此开创了接受美学，这标志着后现代主义文学批评对过往批评的反驳和颠覆性转型。这是因为以读者为语境的接受美学首先不承认文本的自足性存在。相反，该理论认为文本是开放的、未定的，是等待读者凭自己的感觉和知觉经验完善的多层图式结构。换句话说，文学作品不是由作者独自创作完成的，而是由读者与作者共同创造而成的，从而赋予文本以动态的本质。其次，强调读者的能动作用、创造性的阅读过程以及接受的主体地位，必然认为阅读即批评而批评即解释，这无异于说，阅读是一种建构意义的行为。文本的开放性和藉由读者建构意义，赋予了文本意义的开放性、多重性、复杂性和多样性，而使得文本意义失去了其唯一性。

那么，读者何以能够建构意义呢？按照姚斯的理解，那是因为读者有"期待视域"（the horizon of expectation），即读者在阅读文本之前所形成的艺术经验、审美心理、文学素养等因素构成的审美期待或者先在的心理结构，读者的视野决定了读者对作品的基本态度、意义生成的视角和评价标准。显然，读者的期待视野不可能一致，其对待文本的态度和评价标准会因人而异，故，生成的意义也会超出任何个人的建构。可以说，读者作为语境因其视角的变化而将"意义"主观化了，这也符合接受美学所倡导的阅读"具体化"，即主观化的主张。从哲学本源上讲，接受美学受现象学美学影响，在主观化和客观化之间几乎画上了等号。

需要指出的是，普遍意义上的读者是不存在的。任何读者都是生活在一定社会条件下的读者，都有各自形成的文学观念、审美观念、社会意识以及对社会问题的根本看法和主张，这必然导致读者的阅读视野的构成要素互不相同。读者阅读视野的不同必然导致读者作为语境的个体差异。比如说，一个唯美主义者、一个坚信人类大同的读者、一个坚信性别平等的读者、一个坚信种族平等的读者、一个坚信生命面前人人平等的读者、一个坚信人是自然的一部分的读者、一个人道主义者、一个多元文化主义者、一个文化沙文主义者、一个坚信强权就是正义的读者、一个因人类为了自身发展而对环境破坏感到痛心疾首的读者等，均可能以自己愿意相信的观念、事实、话语、热点问题等为语境，解读并建构作品的意义。

接受美学的最大功绩在于打破了传统的文本观念。换句话说，接受美学赋予文本开放性的同时，带来了读者围绕语境建构意义或者解释文本的无限自由。最近的半个多世纪里，西方文学批评界流派众多、学说纷纭，令人眼花缭乱，这不能不归结于读者反应批评兴起后带来的变化。变化的动因无疑是读者的语境化解读促成了读者解释视角万马奔腾的壮丽和纷繁，这壮丽和纷繁还体现于批评方法、理论视角、问题意识等方面的多样性。譬如说，我们可以依据新历史主义、女性主义、叙事学、性别研究、修辞研究、后殖民主义、文化批评、马克思主义文艺理论、话语分析等理论，研究文本对性别、种族、主体、他者、身体、权力等问题的书写和呈现方式。当以上问题的讨论发展到一定时期时，其他重要的社会或者全球问题必然进入批评家的视野，比如说，空间、环境和自然。

环境和自然作为批评语境既是文学批评语境化历史发展的必然，也是自读者反应批评赋予文本开放性不断"具体化解读"文本的必然，同时也是人类重新思考自身与自然的关系的必然。环境和自然作为文学批评的语境，如同性别、阶级和种族作为语境一样，有着自己关注的重点，会随着探索的不断深入，形成迥然不同的流派，如女性主义批评在几十年的发展中形成了上百个流派一样。一如女性主义批评没有统一普遍接受的定义一样，生态文学批评由于其开放性的本质，虽然有几十年的发展历史，也无定论。

尽管如此，各国学者还是能够从最宽泛的角度，大致接受生态批评的早期倡导者之一彻瑞尔·格劳特菲尔蒂（Cheryll Glotfelty）在《生态批评读本》中的定义，即，生态文学批评"研究文学与自然环境之间的关系"，其核心就是"以地球为本研究文学"（xviii）。这无异于公开挑战以人为本的人本主义批评传统。不仅如此，"以地球为本"的生态批评对后结构主义等后现代理论也提出了严厉批判，因为，用帕特里夏·沃（Patricia Waugh）

在《践行后现代主义》一书中的话说,后现代理论"指向的是
不负责任的相对主义"和"自我条件反射的自恋癖"（53）。
"自恋"指的是对文本和结构的一味热衷。

　　同为生态批评的早期倡导者之一的帕特里克·墨菲（Patrick
Murphy），在其生态批评专著《文学、自然和他者》中精辟地指
出:"多元人本主义已经完成了自己的使命。原来在文化的某些
方面可能鼓励个性成长和学术多元化的努力,现在则滋生了一种
放任的态度:这种态度使得人们不愿做价值判断或者干脆采取意
义'不确定'的立场,常常导致对文化价值的争论浅尝辄止"
（3）。墨菲虽然没有勾画出多元人本主义在美国完成了其使命后
文艺理论可能发展的前景,也没有从理论上探讨学者们采取
"不确定"立场的思想根源,而是对学术界面对重大社会问题时
回避做出文化价值判断的相对论态度提出批评,他于是呼吁学术
界寻找新的"问题"并对之进行探讨。这一呼吁同时也期待学
术界要承担起新的"使命",以保持批评对原则和正义的坚持。
其专著的书名表明他找到的新的"问题"就是重新认识并确立
人与自然和生态的关系。确切地说,他找到的研究问题就是文学
与自然和环境的关系问题。对于一个文学评论家而言,人与自然
的关系几乎就是文学与自然的关系,也可以说就是文学与自然的
长期对话关系。从理论角度思考,生态批评的兴起可以说是英美
学术界在寻求理论突破时的必然。

　　如果说,文学的创作和消费是一种精神和文化活动和过程,
必然反映着作者和读者特定的社会文化心理和文化心态,那么,
在人类住居环境日益恶化的当代,文学作品和文学批评必然反映
着作者和读者的生态观念,同时也影响着社会思潮的发展。作家
和批评家以直接或间接的方式折射并回应社会思潮发展脉动的结
果,就是欧美包括日本文学界对环境问题的热切关注。可以毫不
夸张地说,生态文学批评的兴起和发展在欧美和亚洲一些国家,
有着深厚的社会基础。在最近几十年间,环境保护意识在英美不

断增强，并不断向社会各阶层扩展。用特里·吉福德（Terry Gifford）在《绿色声音》中的话说："1988 年春季，撒切尔夫人走向了绿色，1991 年夏天，国防部走向了绿色。到 1992 年，连女王也走向了绿色。"（2）于是，在一定的社会共识的基础上，经过一段时间的社会运动和政府的政策推动，英美学术界终于找回了"自然"这一古老而又新鲜的主题，从一个新的视角发展多元人本主义，并结合当代社会和经济发展的现实，开创了生态批评这个全新的批评流派。我们因此也可以说，生态批评是后人本主义思潮发展的必然，也是后现代主义寻求突破的必然。今天，它的队伍不断壮大，其发展高歌猛进，引起了不同学科的重视。生态美学、生态社会学、生态哲学、生态文化学等等概念的探讨和争论持续而激烈。这种现象的出现，用生态哲学家麦茜特的话说，是因为"生态学已经成为一门颠覆性的科学"。就文学批评而言，凯特·里格比做了这样的判断："生态批评目前正在改变文学研究的实践。"（阎嘉《文学理论精粹读本》，194）

英美的生态批评滥觞于 20 世纪的 70 年代，但其具有学科意义的发展却是在 1992 年美国成立"文学与环境研究会"之后。如今有 1300 多名美国国内外学者入会，其中英国、日本、韩国、印度和中国台湾均成立了分会。次年，该协会开始发行自己的刊物《文学与环境跨学科研究》（ISLE：Interdisciplinary Studies in Literature and Environment）。生态文学批评经过 20 年的快速发展，如今已经成为一门显学，国外出版的专著达几十种，研究范围涵盖了几乎所有文类和重要作家的作品，其中包括莎士比亚的戏剧等。

我国社会的环保意识有所增强，但全民的"绿色意识形态"并未形成，因为阳光一旦照射大地和城市，阴霾天气似乎就是往昔和未来的事情了，呼吸清新空气的需求很快让位于生计大事了。其中一个根本的原因就是环境教育严重滞后：人与环境和自然关系的课程尚未被纳入普通的大学教育之中。

　　事实上，我国的环境恶化程度到了令人痛心疾首的程度。2013 年 3 月 26 国家统计局发布了《第一次全国水利普查公报》，一组数字令人触目惊心：中国目前有 100 平方公里以上的河流 2.27 万条，20 年前是 5 万多条，这表明在短短的 20 年间，我国在地图上消失了 2.8 万条河流，其流域面积相当于整个密西西比河的流域面积。官方的权威解释是过去测绘技术不高，导致河流数字估算不准确，而直接原因是干旱和气候变暖等。一句话，全是人力不可企及的技术和自然因素造成的。但是，我们以为，人的因素可能才是主要的。

　　随着经济全球化的节奏不断加快和各个国家经济发展的需要，人类对自然的征服和改造还将持续下去，这必然会带来环境文学创作呈增长的趋势，这不仅有利于文学创作的道义追求，也能深化我国生态文学批评的发展。更重要的是，繁荣的文学创作必将唤醒人们的环境意识和生态意识，甚至会促使我们思考在经济全球化时代一个重要的命题：我们不仅要问人类需要怎样在地球上生活，而且要问人类应该如何与地球生活在一起。这也是我们决定翻译生态文学批评丛书的初衷，希望引起作家、批评家和社会大众重视环境问题，审视我们的环境道德观念，进而破除以人为本的批评局限，以期树立以地球为本的负责任的新的世界观，并以此重新解读文学文本的意义。

　　世纪之交之时，我在美国读博士，导师是现任中佛罗里达大学英语系主任帕特里克·墨菲教授，他是美国"文学与环境研究会"发起人之一，后兼任过《文学与环境跨学科研究》刊物的主编。他曾暗示我写生态文学批评方面的博士论文，但由于我当时思考的主要问题是文学中华裔的文化认同问题，没有接受他的建议，一直没有为他主编和撰写的关于生态文学批评方面的著作有过丝毫贡献。2009 年，他应邀到上海外国语大学讲学，并来我校做了生态文学批评方面的讲座。我们讨论了翻译一套生态文学批评方面的丛书事宜，他热情很高，回国后很快寄来十多本专著和论文集，并委托他的日本朋友挑选了两本日语专著。书籍收到后，适逢中国社会科学出版社的赵剑英社长来我校讲学，我们谈起这套丛书，赵先生认同我们的想法，并表示愿意购买版权并委托我们翻译。在此，我们表示由衷的感谢。浙江师范大学外国语学院和国际学院的师生承担了5本书的翻译任务，另一本由大连海洋大学的教师翻译，其中甘苦一言难尽，对他们的努力是需要特别感谢的。我校社科处、外国语学院、国际学院和人文学院，对这套书的出版给予大力支持，在此一并致以衷心的谢忱。

浙江师范大学

李贵苍

2013 年 5 月 8 日

致　谢

　　撰写一部学术著作往往需要像玩拼图游戏一样，慢慢组合，一点一点拼装阅读信息、所见所闻的会议论文、正式的和非正式的谈话内容等。当然，也离不开由大学和其他学术机构所提供的学术环境。脚注和参考文献虽然能够在一定程度上体现本书分析和论述时所吸取的学术智慧，但要完全体现出来却也十分不易。毋庸赘言，不论我吸取了多少学术智慧，本书一定还存在缺点和不当之处，那责任完全在我。

　　哥伦比亚大学和斯坦福大学英语系为我完成《地方意识与星球意识》一书提供了活跃的智力环境，我在这两所大学中的同事通过种种方式或多或少地给予我支持、鼓励和建议。斯坦福大学伍兹环境学院为我提供了一个充满生机与活力的多学科交流平台，在那里我可以展示书中的部分成果，并与同事进行讨论。全校同仁的评价和批评使我重新思考了书中的许多观点。史黛西·阿莱莫（Stacy Alaimo）、汉内斯·博格塔勒（Hannes Berg-thaller）、迈克尔·柯恩（Michael Cohen）、凯瑟琳·戴蒙德（Catherine Diamond）、格雷格·加拉德（Greg Garrard）、凯特琳·热斯多夫（Catrin Gersdorf）、克里斯塔·格瑞－沃尔普（Christa Grewe-Volpp）、罗伯特·克恩（Robert Kern）、西尔维娅·迈耶（Sylvia Mayer）、帕特里克·墨菲（Patrick D. Murphy）、希赛·苏利文（Heather Sullivan）、宝林·蔡晨星（Borin Chen-Hsing Tsai）、艾丽莎·韦克（Alexa Weik）、路易·威斯特灵（Louise Westling）以及杨晨奎（Chenkuei Yang）等，是其他大学或者大洲的同行，在过去的几年里已经成为可信的讨论对象和令人鼓舞的批评家。特别要感谢的是拉斐尔·帕尔度·阿维兰达（Rafael Pardo Avellaneda），是他向我介绍了风险理论并耐心地纠正我在跨学科方面的错误与误解。洛泰尔·鲍姆嘉通（Lothar Baumgarten）为我研究他的纪录片《夜的起源：亚马孙人的宇宙》（*Der Ursprung der Nacht：Amazonas Kosmos*）提供了诸多帮助：他曾慷慨地与我进行了为时数小时的谈话，并带我参观了他在纽约市令人羡慕的工作室。另外，帕特里克·墨菲、丹娜·菲利普斯（Dana Phillips）以及牛津大学出版社的匿名评阅专家提过许多批评建议，完善了我最初分析的许多细节。大卫·达姆洛奇（David Damrosch）、吉勒米娜·德·法拉利（Guillermina de Ferrari）、迈克尔·格尔斯顿（Michael Golston）和谢丽梅·格尔斯顿（Cherrymae Golston）夫妇、克里斯丁·汉森（Kristin Hanson）、温斯顿·詹姆斯（Winston James）、弗兰科·莫雷迪（Franco Moretti）、马里奥·奥蒂斯－罗布尔斯（Mario Ortiz-Robles）、马丁·普奇纳（Martin Puchner）、罗·席尔瓦（Ron Silver）以及米利亚姆·华莱士（Miriam Wallace）等学者，不仅在无数次谈话中不吝与我分享他们惊人的广博知识与敏锐的见解，更给予了我温暖与友谊，成为这一大型学术项目源源不断的源泉。我也许最应该感谢的是彻丽尔·格罗费尔蒂（Gheryll Glotfelty），当我对能否完成本书的撰写感到彷徨和绝望时，她却始终不渝地坚信这本书的价值，鼓励我不要放弃。一位同事能表现如此热忱与慷慨，更何况我们的观点有时还存在出入，实在是难能可贵。在我过去几年的研究与写作中能得到她的支持与建议，我深感荣幸。

美国学术团体联合会（American Council of Learned Societies）和国家人文中心（NHC）的大力资助，使我能够在 2001 年到 2002 年间从教学和管理工作中脱产从事写作，本书第五章和第六章就是在那时完成的。国家人文中心除了提供为环境主义研究而设置的"John D. 和 Catherine T. MacArthur 基金会"慷慨的研究经费外，还有一群由不同学科组成的研究员团队，经费宽裕，团队令人鼓舞，创造了无数正式与非正式的学术交流机会。另外，该中心还为各项研究提供了卓越的人员支持。

第二章最早刊登在《文学与环境跨学科研究》［*Interdisciplinary Studies in Literature and Environment* 8.1（Winter 2001）］上，题为《虚拟的人群：人口过剩、空间与物种偏见》（"The Virtual Crowd：Overpopulation，Space and Speciesism"），在本书中做了较大的修改。第三章中的部分内容曾刊登在《比较文学研究》［*Conparative Literature Studies* 41.1（2004）］上，题为《地方岩石与全球塑料：世界生态学与地方体验》（"Local Rock and Global Plastic：World Ecology and the Experience of Place"）。第五章最早以一篇题为《毒素、药物与全球体系：当代小说中的风险与叙述》（"Toxins，Drugs and Global Systems：Risk and Narrative in the Contemporary Novel"）的文章，发表在《美国文学》［*American Literature* 74（December 2002）］上。第六章最早以论文的形式收录于《文学与文化研究中的自然观：生态批评的跨大西洋对话》（*Nature in Literary and Cultural Studies：Transatlantic Conversations on Ecocriticism*），该书由凯特琳·热斯多夫（Catrin Gersdorf）和西尔维娅·迈耶（Sylvia Mayer）编辑，由罗德皮（Rodopi）出版社 2006 年出版。使用在本书中的以上文章均获得原出版单位授权。约翰·凯奇信托（John Cage Trust）授权本书引用约翰·凯奇的诗《人口过剩与艺术》（"Overpopulation and Art"）。还要特别感谢约翰·克利马（John Klima）无比慷慨地授权我在第一章中使用他的多媒体作品《地球》（*Earth*）中的图像。在封面上使用的是他的另一幅图像。感谢 UNKL 公司允许本书使用其防爆公仔形象（HazMaPo）。

目　录

导言　地方意识与星球意识 ……………………………………（1）

上部　互联网：想象中的星球

第一章　从蓝色星球到谷歌地球：环保主义、生态批评和

　　　　全球构想 ………………………………………（17）

　第一节　比帝国更浩瀚 ………………………………（17）

　第二节　关联性隐喻：从盖亚学说到风险社会 ………（23）

　第三节　地方主义与现代性：临近伦理 ………………（33）

　第四节　去地域化与生态世界主义 …………………（66）

　第五节　全球想象的各种形式 ………………………（86）

第二章　无处不在：全球拥堵与网络化星球 …………（93）

　第一节　处处先生和处处夫人 ………………………（97）

　第二节　虚拟人群 ……………………………………（111）

第三章　全球亚马孙冒险 ………………………………（129）

　第一节　亚马孙与莱茵河：《夜的起源》………………（130）

第二节 本地岩石和全球塑料：《穿越雨林之弧》……… （139）

下部 危若累卵的星球

第四章 世界风险社会的故事 …………………… （163）

第一节 风险感知理论：科学、文化、叙事 …………… （169）

第二节 风险与叙事 ………………………………… （186）

第三节 风险、复杂性与现代化 …………………… （195）

第四节 风险、全球化与世界构想 ………………… （204）

第五章 中毒的身体、企业毒药：局部风险和

全球系统 ………………………………… （216）

第一节 "不可靠的威胁"：唐·德里罗的

《白噪音》 ……………………………… （218）

第二节 有毒系统：理查德·鲍威尔斯的《收获》 … （229）

第六章 回顾：切尔诺贝利事件和每一天 …………… （241）

第一节 影响全球的切尔诺贝利事故 …………… （241）

第二节 危机：克里斯塔·沃尔夫的《意外：

一天的新闻》 ……………………… （245）

第三节 常规：加布里尔·沃曼——《笛声》 ……… （256）

第四节 全球化时代的日常风险 ………………… （266）

结语 热议话题：气候变化和生态世界主义 …………… （271）

引用文献 ……………………………………… （279）

导言　地方意识与星球意识

亚瑟·登特这一天过得很不如意。确切地说，这真是一个糟糕的星期四。这一天，当地政府工作人员把推土机开到他家门前的草坪上，要拆掉他家的房子，因为这里要建高速公路的一条支路。他抗议这种强制拆除行为，但却显得笨拙而无效。这算什么呢？接下来发生的事情更糟：一艘宇宙飞船通过它的全球广播系统宣布，整个地球都要被强行拆除了，因为要在地球所在的位置上建一条超级太空高速通道。飞船上的拆迁小组注意到这一消息使全球万分惊恐后指出："所有的计划和拆迁指令都已经在阿尔法人马星上的地方规划部门摆放了长达 50 个地球年之久，这已经给你们留出了足够的时间来提交正式投诉。"显然，他们确实收到了地球上某个人的投诉信，因为几分钟后他们又恼怒地说："你们这是什么意思呢？竟然从来没有人去过阿尔法人马星？老天呀，你们这些地球人！那里离你们地球不过只有 4 光年的距离。我很抱歉，但是，如果你们对自己本地的事务都不闻不问的话，那是你们的责任。启动激活拆除光束。"刹那间，地球被毁灭了——后来一个与它一模一样的星球取代了它，这个星球也是由当初制造地球的星际工厂建造而成的。

当然，以上这一幕是道格拉斯·亚当斯（Douglas Adams）的科幻喜剧小说《银河系便车指南》（*The Hitchhiker's Guide to Galaxy*）的开头部分（26）。小说中，地球上唯一的幸存者亚瑟·登特被弹射到一个他从不知道的由众多星系构成的宇宙里。

这无疑是对粗暴的城市发展策略和殖民侵略导致的种族灭绝后果的讽刺。开头段落中外星技术专家略带幽默的语言，对于读者来说，源自他们对"地方"（local）一词新的理解：它不仅包括整个地球，也包含人类从未涉足的遥远的其他太阳系。不论亚当斯是否刻意为之，人类突然遭遇空间上、政治上和经济上都完全未知的浩瀚宇宙，这一经历似乎是个隐喻，预示着一种全新的文化时代已经来临，即整个地球就像自家后院那样变得唾手可得。自20世纪60年代人类首次通过太空飞行从外太空拍下地球图像之后，全球主义意识日渐增强，遗憾的是，直到最近，它才成为社会和文化理论界的核心问题。

在过去的15年里，"全球化"概念逐渐成为一个核心术语，在人文和社会科学领域，促进当代政治、社会和文化等理论的进一步发展。在文学和文化研究中，它正逐渐取代当代的一些核心理论概念，如"后现代"与"后殖民主义"等。尽管许多后现代主义研究者仍然关注于现代主义在20世纪后期和21世纪早期的发展状况，但是，全球化研究倾向于偏离众多后现代主义占主导地位的美学和文化研究中心，转而强调经济和地缘政治的重要性。正如其他一些描述现代主义的最新概念——如"晚期现代性"或者"后现代性"（late modernity）一样，"全球化"这个概念也引起了一系列激烈的争论。社会学家，如安东尼·吉登斯（Anthony Giddens），将其视为发展了近两个世纪的现代化过程的一种结果，而另外一些人，如乌尔里希·贝克（Ulrich Beck），则将其描述为另一种现代性的开端。其他学者如马丁·阿尔布劳（Martin Albrow），则将其定义为现代主义界限的一种突破。与此同时，一些理论家，如伊曼纽尔·沃勒斯坦（Immanuel Wallerstein）、大卫·哈维（David Harvey）、莱斯利·司克莱尔（Leslie Sklair）主要将全球化视为一种经济过程以及资本主义扩张的最新形式，而其他理论家则强调它的政治和文化特征，或者将其归为一种异质的和不平衡的过程，这种过程的多种成分——经济、技术、政治、文化——并不会依照同样的逻辑并以同样的步调表现出来。阿琼·阿帕杜莱（Arjun Appadurai）、詹姆斯·克利福德（James Clifford）、内斯特尔·加西亚·坎西利尼（Nestor Garcia Canclini）等，① 分别以不同的方式提出类似的观点。全球化理论家一致认为：虽然这一概念所描述的过程影响了世界范围内的众多区域和国家，但它们对各地的改变方式从根本上说是不相同的；然而，对于是否应将这种不平衡描述为北方资本主义对南方的另一种持续不断的控制和掠夺，或者导致这种不平衡的权利和利益结构是否多元和复杂等问题，各家始终众说纷纭。②

　　因此，"全球化"、"全球主义"以及"全球性"逐渐演变成复杂的理论概念，适用于描述各种现象，同时也通过不同的理论视角得到进一步探讨。在这场多学科的辩论中，理论界对于人们对不同空间——小到地方和区域，大到全国和全球——的情感依附，到底扮演怎样的文化和政治角色，始终争论不休。文学和文化评论家以及人类学家、社会学家、历史学家、哲学家和政治科学家，都试图设计各种策略和方案，能使不同的个人和社区依附于不同的空间，并始终使这种情感依附成为个人认同的核心部

---

① 英语中的全球化（globalization）一词在拉丁语系中有两个相应的单词。例如，法语的"mondialisation"在本意上与英语全球化一词语义相当，但在一些语境中，有更具体的政治、社会和文化内涵，而英语全球化一词主要是指经济全球化的过程，而没有出现表示全球其他关联的词汇，这确实令人遗憾。全球化（globalization）一词不论人们是否还坚持它表示经济联系的基本意义，在本书的分析中，我在使用这一词时并不限于经济联系，而是所有方面的全球关联。

② 希瓦（Shiva）和拉里·罗曼（Larry Lohmann）等学者将全球生态政策看作北方的霸权战略之一［参见希瓦的《全球扩展的绿色化》（"Greening the Global Reach"）和罗曼的《抵御绿色全球主义》（"Resisting the Green Globalism"）］。关于西方在全球化其他方面的作用，参见阿帕杜莱（Appadurai）和汉内兹（Hannerz）的《跨国关联性》（*Tansnational Connections*，102—111）和《次要文化的未来》（"Scenarios for Peripheral Cultures"）。拉尔（Lull）也讨论过这个问题［《媒体、交流、文化：一种全球视角》（*Media，Communication，Culture：A Global Approach*），147—164］。

分。另外，他们也探讨了对不同社区中某些方面的完全依附有着怎样的文化和意识形态作用等问题。实际上，在全球化上升为一个系统的学术术语（organizing intellectual term）之前，类似的分析就开始了。从 20 世纪 80 年代早期到 90 年代中期，它们主要受各种后结构主义哲学影响，抵制关于认同的"本质主义"观点。所谓的"本质"就是个人和群体缘自国籍、民族、种族、性别或者性取向等的固有特性的假设。这期间人们对此所作的大量学术研究旨在证明，尽管这些类别之前被视为人们固有的、自然而然的，甚至是先天的，但实际上，它们具有高度人为性和历史偶然性，并且是通过某些具体的惯例、话语和机构才得以维持并使其合法化的。在所有话语中，关于民族国家和国家认同的话语，被批评为是在为建立"想象的社区"服务的（见安德森），因为它不仅常常否定和压制一国之内的差异，而且否定国家之间的侵略和帝国主义行为。

在寻找这种基于民族的认同概念的反面模型（countermodel）时，理论家们转而研究以下几种情况影响下的身份认同：混血、克里奥耳化（Creolization，欧洲人与殖民地人混合——译者注）、异族通婚、移民、边际性（borderlands）、离散、游牧、流放以及去地域化（deterritorialization）。他们认为由此形成的身份认同不仅更具政治进步性，而且是对抗国家霸权的潜在阵地。大量的研究认为，尽管以上的认同形式在主流文化和政体中处于边缘地位，但这种边缘性能使人们从外部视角看待主流文化，因而对个人既有阻碍作用（disabling），又具潜在的自我赋权（empowering）作用。沿着这一思路不断深入研究，必将出现某种理论上的模糊性，因为混血、离散以及边缘性有时会转变为假本质主义（quasi-essentialist），即对族性、本土身份以及"情景知识"（situated knowledge）的过分强调，就带有本质主义的嫌疑。同时，其他分析则强调，即使是在自认为具有独立性的话语里也需要不断质疑本质论。质疑本质主义研究最重要的成就是它催生了形式多样的文化研究。文化研究对于身份植根于本土的说法持怀疑态度，相反，它试图证明个人和集体身份需要通过与多个地方和地方经历的联系来定义。这些研究对我在此所做的讨论大有裨益。人类学家詹姆斯·克利福德的著作《路径》（*Routes*），巧妙地利用"路"（routes）和"根"（roots）同音异形的特性，起到双关的修辞效果，对上述问题的分析鞭辟入里。他描述了前现代社区和"植根本地"（locally rooted）的社区的情形，这类社区往往是人类学家在研究与各地广泛相连的"游历文化"（traveling cultures）时的研究对象。在他和其他一些理论家的作品中，移居一词脱离其边缘地位，变成了文化认同的核心——对个人如此，对整个社会也是如此。

20 世纪 90 年代后期，随着全球化问题讨论热潮从社会科学领域扩散到人文领域，对"身份 - 空间"关系的研究也开始关注"跨民族主义"（transnationalism）或者"批判性国际主义"（critical internationalism）等概念。与此同时，各个领域的理论家们纷纷重提"世界主义"（cosmopolitanism）这一概念，以此构想在地方和国家层次之外的情感依附形式。哲学家安东尼·阿皮亚（Anthony Appiah）、玛莎·努斯鲍姆（Martha Nussbaum），人类学家詹姆斯·克利福德、王爱华（Aihwa Ong），社会学家乌尔里希·贝克、安东尼·吉登斯、乌尔夫·汉内兹（Ulf Hannerz）、约翰·汤姆林森（John Tomlinson），政治科学家帕特里克·海登（Patrick Hayden）、大卫·赫尔德（David Held）、安东尼·麦克格鲁（Anthony McGrew），以及文学批评家霍米·巴巴（Homi Bhabha）、谢平（Pheng Cheah）、瓦尔特·米格诺罗（Walter Mignolo）以及布鲁斯·罗宾斯（Bruce Robbins）等人，都对"世界主义"这一概念做过深入研究，试图突破其早期单一的内涵，不再仅仅与社会特权和休闲旅游相联系。虽然这些理论家重新思考世界主义的方式截然不同，但他们与前期研究间际性（hybridity）与离散（diaspora）两个概念的理论家一样，都认同这样一个假设：对于民族的依附情感并非与生俱来或者是不言自明的，相反，它是由复杂的文化习惯和机构所建构、合法化并精心维持的。当然，他们并不是要以此来反对民族主义，以及各种地方民族社区和群体身份认同，并不是要为这些群体因其流动性而变成边际人群后模糊的民族认同找个理由。相反，这些理论家致力于建构超越国家、遍及全球的文化想象与新的理解形式。不管怎样，他们非常关注的问题是：人们该如何建构身份与归属感的文化形式，使其能与过去几十年快速发展的政治、经济和社会网络现状相协调。

关于新形式的跨国文化认同的上述论证尽管显得言之凿凿，但也遭到有力的质疑。近期，历史学家阿里夫·德里克（Arif Dirlik）、文学批评家蒂莫西·布伦南（Timothy Brennan）和其他理论家们均强调，本土和民族身份作为抵制全球化的一种形式，具有重要价值。德里克和布伦南认为，批判本土身份和民族归属的"本质主义"，根本就没有考虑到地方主义和民族主义可以服务于积极进步的政治目的，并使人类的解放事业合法化，这在快速发展的经济全球化背景之下、在发展中国家更是如此［德里克《基于地方的想象》（"Place-Based Imagination"），35—42；布伦南《世界如家》（At Home in the World），44—65］。近期的几部论文集，如普拉兹尼亚克（Prazniak）与德里克的《全球化时代的地方和政治》（Places and Politics in the Age of Globalization），米尔丝帕西（Mirsepassi）、巴苏（Basu）和韦佛（Weaver）的《全球化世界中的知识地方化》（Localizing Knowledge in a Globalizing World），以及加沙诺夫（Jasanoff）和马泰罗（Martello）的《地球政治》（Earthly Politics），都强调地方和民族是个人身份认同的基础，认为这样的认同是抵制全球化过程中帝国主义成分的一种手段。

随着上述批评浪潮的兴起，理论争辩出现了一个概念上的僵局：一些理论家批判基于民族基础的身份认同观点，坚持认为世界性的身份认同不仅是可行的，而且是政治上可取的，而另一些学者则强调对民族和本地的归属感的重要性，认为这是在全球化中抵制帝国主义成分的有效形式。弗雷德里克·詹姆逊（Fredric Jameson）回顾并总结了这一窘境的状况，他指出，立足于地方和区域的身份认同，过去常常被认为具有抵制全民趋同化的作用，但是：

> 当人们都将身份危机置于一个更高的层次时，一切都变了：在这个上层范围内，差异性的敌人不再是民族国家的权力，而是跨国系统本身，是美国化，是从今以后产品的同一化以及由此带来的意识形态和消费习惯的标准化。此时，民族国家和民族文化突然显得尤为重要，发挥起积极的作用——正如当初区域和地方惯例发挥积极作用，对抗民族国家和民族文化一样。与地方与区域市场的多样化不同的是，少数民族的艺术和语言的活力既被世界广泛认可，也面临……在全世界绝迹的危险。因此看到那些本来支持抵制民族文学与民族艺术的人，转而为民族文化辩护——在这样一个民族国家及其价值（更不用说"民族主义了"）备受诟病的大环境下，这让人感到诧异。［《论全球化是一个哲学问题》（"Notes on Globalization as a Philosophical Issue"），74—75］

国家身份要么被视为带有压迫性的霸权话语，要么作为抵抗帝国主义全球化的工具，而地方身份有时被看作本质主义神话，有时又成了对抗国家和全球的有利阵地，针对这两种身份概念之间的矛盾，阿里夫·德里克更为尖锐地指出了一个理论僵局，他承认这个问题的棘手性……对地方/空间的现有的讨论中，不管是为其辩护或是对其进行驳斥，双方都具有可观的理论依据来支持自己的观点。也正因为如此，论辩双方都认为对方陷入了自身的理论世界里，根本无法通过理论找到出路，进而解释现象

(《基于地方的想象》,23—24)。

德里克否定用理论解决问题的方式,同时却始终在用理论对地方进行辩护——这与他提出的"对问题的讨论应该转向更为具体的实例研究"相违背。虽说他陷入了这样一个可笑又矛盾的"非结论"(non sequitur)困境,他和詹姆逊却正确地指出了当前许多关于地方话语观念上的矛盾。我们可以以这些矛盾为出发点,思考哪些范畴和抽象概念常被用于文化理论研究,这也许比全盘否定这些矛盾要更有用。因为否定容易使人回到理论抵抗和超具体细节分析的歧途中去。早在20世纪90年代早期,这两种现象就在文化研究中出现过(后来被抛弃)。不过,德里克至少有一点是对的:还没有明显的理论方案能使当前的"身份-地方"关系理论走出观念上的困境。

本书的观点正是以上述文化批评和反批评的浪潮为背景展开论述的。主张地方、民族和全球身份形式,尽管从宽泛和抽象的层面上讲不再有多大意义(考虑到这些讨论曾陷入过的僵局),但它在某些特定的文化和历史背景下却始终是一个重要议题。本书的论述就是围绕一个这样的特定背景——自20世纪60年代起的环保主义运动(尤其是美国环保主义运动)话语,以及90年代的文学和文化研究中出现并得以发展的生态批评研究领域的话语——所展开。现代环保主义这一思想给我之前所概括的理论争辩提供了另一种视角,自六七十年代开始形成以来,它一直非常关注地方问题和全球问题。环保主义既前卫又保守:早在全球公民(global citizen)问题和行动主义(activism)在学术界风行以前,它就对这些问题有过探讨;然而——至少在美国——环保主义又充满乌托邦色彩:幻想回归本土,推崇"地方意识"(sense of place)。虽然当时"反本质论"已经盛行于美国文化的其他大多数领域,但在很长一段时间内,环保主义都没有受它影响。这种对立尽管在理论上似乎不尽如人意,但它能够催生出一场持续时间短却成效颇丰的社会运动。当然,这个矛盾已经成为美国环保主义的一个显著特征，始终是一个难题。尤其在今天，针对地方的修辞已经被生态批评研究的一些分支所吸收的背景下，问题更加突出。

我开始构想本书的论点时，并未将其设想为一个特别美国化的课题。相反，我的本意是探讨一些我当时了解到的环保主义和生态批评思想，单凭一时兴致来研究，与国家与地方差异无关。然而，随着研究的深入，我发现自己越来越投入描写环保主义和生态批评主义的区别中了，而这些区别，其实就跟"US"和"America"的差别一样。美国环保主义思想鲜明地强调，本地是个体和社区身份的基础，也是与自然建立联系的基地（他们认为社会不能实现这种联系）。这种观点与两个世纪以来不断流行于西欧和北美的现代性批评模式基本类似。这些批评中的很多细节都从美国特有的文化和修辞传统中汲取养分。在美国，"扎根地方"（rootedness in place）历来被视为一种理想境界，与流动性、不安感、无归属以及游牧性相抗衡，而后四种特性常被美国人自己以及美国人以外的观察者看作美国的民族特征。这种在文化上、政治上，甚至精神上对"地方意识"的投入，在我看来，与我家乡德国的环保主义运动（在我们国家非常成功）形成鲜明的对比。与美国不同，德国的环保主义运动于20世纪70年代兴起之时，在关于地方的思想和著作方面根本没有形成完整的传统。由于民族社会主义（National Socialism）在三四十年代将土地、地方和区域与很多浪漫主义象征符号联系起来，因而地方主义在德国并不能像在美国那样扮演核心角色。这个不同点也让我首次开始反省：地方主义到底是环保主义伦理不可或缺的一部分——就像 US-American 生态话语那样让人信服，还是某个国家的思想和修辞传统的产物。

考虑到上述问题，我在讨论中引入了几部德国作品和几部德国电影。然而，我的目的本不是论述德国与美国环保主义的区别：对环保主义的各种传统做透彻分析，比较它在"西方"与

"北方"两个同源文化之间的差异，这恐怕要去其他书中找了。事实上，本书重在分析那些为生态地方主义（ecolocalism）提供概念上和形式上的反面模型（countermodel）的作品，因此，我所选择的美国和德国的文本、电影和艺术品，都为全球构想提供思路，从全球环保主义视角来建构地方主义。尽管如此，我希望，本书中所引用的其他语言的文本，以及对"在美国完成的文本如何借鉴非美国元素和传统"的探讨，能够以比较的形式提醒人们，不管是环保主义还是生态批评主义，它们都不应该被看作单数名词。此外，我们不能简单地认为：影响美国环保主义和生态批评思想的那些假设也同样影响了其他地区的生态取向。

第一章详细分析 20 世纪 60—90 年代美国环保主义思想家和作家对地方和全球关系所做的构想，同时批判了"（我认为）对地方过度投资"这一问题。对那些非常熟悉过去 25 年关于文化身份与地方关系争论的人来说，其中一些批评会显得平淡无奇，甚至陈腐乏味。然而事实上，环保主义中的这类批判话语，远没有其他话语——如美国式的民族或者种族概念——那样有力和详细。就这点而言，这些批评还是必要的。

第一章对大量的地方研究提出反对，强调亟须在其他文化理论领域逐渐恢复世界主义，并在此基础上培养一种"生态世界主义"（eco-cosmopolitanism）意识，或者环境世界公民身份。尽管世界主义通常被看作基于国家的身份形式的一种替代，但它在美国环保主义中涉及更多的地方依附问题，常常运用"栖住"、"再居住"（reinhabitation）、"生态区域主义"（bioregionalism）、"地方情欲"（erotics of place）或者"土地伦理"（land ethic）等概念加以阐释。虽然我并不否认在某些情形下，对地方情结的肯定在环保主义斗争中能起到重要作用，但是我要指出，带有生态主义倾向的思想还是显得与当前全球化理论的中心见解有些脱节：全球社会间的联系日益加强，随之而来的是一种新型文化的诞生，这种文化不再起源或扎根于某地，而是在许多理论家所说的"去地域化"过程中形成的。毋庸置疑，去地域化，特别是由外力强制的去地域化，有时会伴随着迷失、剥夺，或者夺权等经历，环保主义者对这些问题进行过合理的反对，而且，此类斗争应当继续进行下去。然而，去地域化也为人们开展更多文化交流、开拓视野提供了可能性。环保主义者以及其他政治进步运动都赞成开展文化交流和开拓视野，但他们常常不承认，这些文化事务已融入他们所反对的全球化过程当中。因此，去地域化给环保主义带来了想象上的挑战。他们需要设想：该如何组织代表非人类世界以及更为宏大的社会环境正义的、以生态为基础的倡议运动，并保证该运动不再主要以本土为基地，而要与那些涵盖整个地球的地域以及系统相连。

本书探讨了这种去地域化的环保主义视野在文学和艺术领域所产生的影响。第一章结尾部分讨论何种美学形式最合适表达上述视野，并指出在大多数创新的文学和艺术作品中，作者不再依靠描写，而开始运用新的形式来展现全球，这些新形式将全球故事置于更宏大、更正式的框架下，以动态和交互拼贴或蒙太奇式的手法来展现。从外太空俯瞰"蓝色星球"的图像的展现手法早已落后，如今人们可以随意放大和缩小本土、区域以及全球景观。许多技术都能做到这点，如"谷歌地球"一类的在线工具以及多种数据库、地理定位系统和成像技术。第二章和第三章在详细探讨具体作品的基础上，对上述问题做了进一步研究。第二章着重评述 20 世纪六七十年代的小说和电影如何展现全球人口快速增长带来的恐惧。这些小说和电影运用成熟的叙事模型，论述本地城市的过度拥挤和个人空间被挤压等问题。但约翰·布伦纳（John Brunner）的《站立在桑给巴尔岛》（*Stand on Zanzibar*）一书，没有运用传统叙事模式。他试图借助 20 世纪初先锋现代小说的叙述策略，将整个星球的全貌与各地景观融合起来。之后的一些作品在处理人口问题和生态学问题时，也采用了布伦纳的这种拼贴技术，如大卫·布林（David Brin）的小说《地球》（*Earth*）和约翰·凯奇的诗作《人口过剩与艺术》。这两部作品告别了早期的城市幻想模式，通过虚拟电子世界这个新领域来想象全球多样性，是对叙事体和诗体的一种新尝试。第三章将焦点从城市转向郊外，同时探讨了两部艺术作品：德国装置艺术家洛泰尔·鲍姆嘉通的类纪录片《夜的起源：亚马孙人的宇宙》和美籍日本作家山下凯伦（Karen Tei Yamashita）的小说《穿越雨林之弧》（*Through the Arc of the Rain Forest*）。这两部作品都以亚马孙——长久以来都是环境危机和问题的标志——为出发点，通过创新的视觉形式和叙事形式，探讨本地生态系统和文化系统是如何与全球系统交错相融的。第二章和第三章讨论的作品中，虽然各自提供的美学方案说服力不一，但是所有作品都试图通过它们的形式创新与情节安排，来表现生态世界主义（我在第一章里从理论上探讨过该词）的各个方面。

本书第二部分谈论各种对本地和全球的设想，并将其同风险理论联系在一起。这不仅因为风险情境极大地影响了居住形式，还因为"世界风险社会"（world risk society）即将到来的思想近期已开始成为构想全球关联性最重要的方法之一。第四章对风险理论做了简单论述。20 世纪后半叶，风险理论作为一项跨学科研究，发展于社会科学领域。它最具实证性的一部分是探讨不同个体和社会群体对各种风险情境的评价，以及形成这些评价的各类因素。20 世纪 70 年代，该研究主要受到统计学和认知学假设的影响，不断得到社会、文化和机构观点的补充完善（当然，有时也会受到这些观点的反驳）。而这些观点最终描绘出一个复杂的现象：某一文化如何选择其所关注的风险、解读风险的意义并尝试管理风险。风险理论研究同样引起了种种争议：包括风险感知的本质、客观现实性和社会建构性，它们通过种种基本假设、社会机构和机制得到的文化协调，以及用何种方式规避或者降低风险等问题。我认为，本研究领域受益于文化研究中与风险相关的叙述体裁和意象分析，反过来，以环保主义为导向的文化研究也与本领域息息相关，因为后者投入了大量研究，调查了社会和文化群体如何感知技术和生态风险，并以此来定义他们与自然环境的关系。

本章同时介绍一些较宽泛的理论，都是有关风险和现代化与全球化过程之间关系的。这些理论分析了某类风险是怎样由复杂庞大的社会和技术体系所催生并交错置于其中的，这有助于分析我在第一章中提到的去地域化问题，因为它们着重解释的是"居住习惯是如何受这些系统影响的"问题。在此背景下，由安东尼·吉登斯和乌尔里希·贝克等人建构的"风险文化"和"世界风险社会"理论就显得尤为醒目，因为他们认为：全球风险情境会导致社会结构发生深刻变化。对于该理论如何背离环保主义思想，又在哪些方面与环保主义正义运动相吻合，我将做出说明。贝克的《世界主义宣言》（"Cosmopolitan Manifesto"）预想：在共同承担风险的基础上，新的跨国团体和社区将会出现。该宣言虽没有明指这种联系，但至少做了暗示，为本书第一章所探讨过的生态世界主义增添了一个重要方面。与此同时，对贝克关于风险与文化联系的相对简单的假设，还需补充两个方面的分析：建立（环境正义运动所倡导的）跨国联盟的种种困难；在近期世界主义理论中，对跨文化知识能力越来越复杂的阐述。

环保主义者有时也反对使用一些风险评估的基本术语以及某些理论阐述。我将在第四章中归纳这些反对意见，以证明这些反对中有许多是针对该领域的早期发展阶段的，还有一些则是反对将风险分析这一项实用性的专业任务合并到人类学和社会学研究中去。第五章和第六章将以上理论观点搬到文学领域，集中分析了两类小说，这两类小说运用各种方式，通过意象和故事来表达人物的风险感知，同时展示了这些修辞和叙述是怎样反过来影响人们对风险的理解的。第五章深入分析了两部美国小说，分别是唐·德里罗（Don DeLillo）的后现代经典作品《白噪音》（*White Noise*）和理查德·鲍威尔斯（Richard Powers）的《收获》

（*Gain*），它们均围绕个体在本地环境中所受到的化学危害展开叙事。分析部分重点阐述：风险感知如何影响这两部小说所采用的叙事形式；鲍威尔斯的小说是如何建构地方社区与跨国公司全球影响力之间的关系的。第六章转向两本写于 1986 年切尔诺贝利事件后不久的德国小说：克里斯塔·沃尔夫（Christa Wolf）的《意外：一天的新闻》（*Accident：A Day's News*）和加布里尔·沃曼（Gabriele Wohmann）的《笛声》（*The Sound of the Flute*）。这两本小说出版于德国分裂为德意志民主共和国和德意志联邦共和国之时，主要关注的是距主人公百里之外的风险情境如何改变本地居民的居住形式及生活方式。本地、区域和全球进程间的相互影响，末日灾难的入侵与普通日常生活的轮流交替，引发了小说在心理方面和政治方面的探索。但最终两部小说的叙事形式和对全球风险的适应模式相距甚远。本书的结论部分简单回顾近期对全球变暖的文学表现方式，以此来解读当前全球环境构想的流行趋势。

　　本书旨在从两个方面为环保主义导向的文学与文化研究添砖加瓦。它联系近年来的全球化和世界主义理论，对"地方意识"的重要性进行了反思，试图探究那些正在不断脱离其赖以产生的本土环境的文化形式中，其固有的生态意识存在哪些新的可能性。由于生态风险情境和技术风险情境之间的冲突和对抗不断加剧，并且成了全球化进程的一部分，因而本书建议，对风险感知及其社会文化框架的研究必须融入对文化的生态批判理解中。与此同时，这种文化分析能对风险理论做出巨大贡献，因其强调分析了新型风险感知是如何由现存文化隐喻和叙事模式所塑造的。我希望，通过分析环境文学与文化研究如何卓有成效地与其他理论调查领域相互影响，我们能更好地了解环保主义思想如何适应全球化所面临的快速变化的现实。

上　部

互联网：想象中的星球

第一章 从蓝色星球到谷歌地球：环保主义、生态批评和全球构想

第一节 比帝国更浩瀚

科幻小说家厄休拉·K. 勒吉恩（Ursula K. Le Guin）在其短篇小说《比帝国更浩瀚更缓慢》（"Vaster than Empires and More Slow"）中，描写了一群人在一个复杂的生态系统中的经历，这个生态系统无所不包，就像一个完整的星球。一群科学探险家经历了长达 250 个地球年——他们却感觉只有几个小时——的航行之后，到达一个被他们称作"4470 号世界"（World 4470）的星球。他们发现植物是这块陆地上唯一的生物，有的像草，有的像树。他们对这一世界的科学研究从一开始就受到整个团队古怪特性的影响：因为只有心理或社交上与他人格格不入的人才会志愿参加这样一个在未来世界度过 500 年的任务（飞回地球需要花上另一个 250 年），所以，成员间不断爆发各种冲突。其中一个名叫奥斯顿（Osden）的科学家，性情尤为乖张。他有一个被称为"大范围生态移情接收功能"的特异心理功能，能够"感应小白鼠的情欲、被压扁的蟑螂的疼痛和飞蛾的光色互变"（97），这使他总是把自己所感应到的人类情绪不加分辨地表现出来。由于大多数同事接近他时都疑神疑鬼或暗藏敌意，因而他也下意识地以鄙夷和仇视的态度来回应他们。最终，连他们之中最有耐心和同情心的同事也渐渐对他敬而远之。为了减少这种情况给团队

带来的损失,他不得不离开团队,到附近的森林进行生态调查。

然而,奥斯顿之前在团队中所造成的紧张情绪很快被一种难以名状的不安情绪所取代。大部分成员都会在森林中或者森林附近产生这种情绪。一次,奥斯顿没有按时通过广播与大家联系,随后两个前往搜救他的科学家发现他血淋淋地昏倒在树林里,这一下子触发了这个一直惶恐不安的团队的焦虑危机。救他回去时,所有人内心都涌动着恐惧与愤怒,却根本无法遏制这种情绪。奥斯顿醒过来后,他们便开始谈论各自当时的感受。这时大家都清楚,森林中的植物有感觉能力,而且奥斯顿能够感应到的和最明显的是它们的恐惧情绪:"我觉得我可以感受到它们的根,在我脚下的土地里,深埋在下面……我感觉到它们的恐惧。它们在不断增长。它们就好像'知道'我在那里,躺在它们上面,在它们下面,在它们之间,它们惧怕我这个外来生物,但同时又知道我是它们恐惧感中的一部分。我又不由自主地将恐惧感传回给它们,于是恐惧继续增长,而我却无法动弹,也无法离开。"(113)几个科学家们反驳他说,树类植物根本没有神经系统帮助它们对周围环境做出回应。但是其他人发现,这里所有植物都通过一个错综复杂的根系和一个附生植物网络交织在一起,形成一个更加广泛深厚的联系网络。其中一人争论道,"感知力或者智力并不是一种物质,无法在大脑细胞中找到,也无法分析。它是相互联系的细胞的一种功能。从某种意义上说,它就是一种联系,一种关联性"(118)。奥斯顿总结了这种特异功能带给他的经历,将它形容为"无感官(sense)的感觉能力(sentience)。无视觉、无听觉、无神经、静止不动。有一定应激性,对触摸有感应,并对太阳、光照、水,以及根部附近土壤中的矿物质有感应。不能为动物大脑所理解。没有思想的存在体。意识到存在,没有客体性或主体性"(118)。

在这样一个生态系统中,唯一能袭击奥斯顿的只有人类,而其中一个科学家最终承认,自己误以为森林给他们带来的这种心理影响是奥斯顿引起的,所以打算消除他对团队的干扰。为了不受这片特异森林的负面影响,小组成员决定将营地搬到另一块陆地上。然而,在一片浩瀚无边、覆盖着草类植物的大草原上,之前那种不安感再次来袭。这迫使他们意识到,正如团队中的一名生物学家所说,整个星球的植被共同组成了一个巨大的"加工网络……因此,确切地说,不存在独立的植物。即使是花粉也是链接的一部分,是一种由风载动的感觉体,能漂洋过海,相互连接。但是这难以想象。整个星球的生物圈居然是一个相互联系的网络,它有知觉、非理性、永不消逝,与世隔绝"(122)。勒吉恩引用了安德鲁·马威尔(Andrew Marvell)著名的诗歌《致他羞怯的情人》("To His Coy Mistress")中"植物的爱"(vegetable love)这一比喻,将其改写为"植物的恐惧"(vegetable fear),正如奥斯顿推论的那样,这一星球日益感知到有其他生命体出现在这片从未被打扰的地域,这触发了它的恐惧感。当奥斯顿以及其他人感知到这一恐惧,并将恐惧传回这些异域智慧体时,他们和周围环境就陷入了一种无限循环与不断自我增强的反馈圈。

奥斯顿意识到,要打破这一循环圈,要么离开这个行星,也就是说放弃正在执行的任务,要么就自我牺牲。他选择了后者,独自一人进入树林之中,有意识地吸收恐惧而非反射恐惧,并将"人类无恶意"这一信号传递给森林。他这么做意味着必须打破那套使他得以在人类同伴中生存的心理机制,于是,当其他成员都返回地球时,他毅然决定留下,与这里的智慧体交融在一起。而这种智慧体,在他看来,"能感知整个白昼……与整个黑夜。风起与寂静交织在一起。冬夏的星辰同时出现。有根系而无仇敌。是一个整体……没有入侵。没有另类。趋于完整"(123)。而他的队友们,在停留于此的最后一段时间里,沉浸于这一有感知力的环境中,这里包罗万象的存在对于他们来说却是难以想象的陌生:

调查小组的成员们走过树下，穿过广袤的生命聚集地，被梦幻般的寂静所包围。这深沉的平静对他们的存在似乎有所感知，却又完全置之不理。这里没有时间，无所谓距离。假如我们的世界巨大，时间无限……行星上白昼与黑夜更替；冬风和煦，夏风徐徐，浅色的花粉在整个静谧的海上飞扬。(127)①

人类与全球环境的互动在此通过一系列概念上的对立得以体现：树林沉思的静态与人类活动的动态相对比；树林对人类的无视与人类对其调查相对比；树林对时空的冷漠既和人类与其自身世界与历史的分离相对比，又和人类试图突破自身生理形态的限制相对比；它的寂静与人类的语言相对比；它的整体性（在此由花粉所暗示，它甚至越过海洋连接着所有植物）与人类的多样化与个体性相对比。与此同时，话语中语言的诗性——在其所引的马威尔的诗句中到达顶峰，并与勒吉恩故事的题目遥相呼应——也传达了这样一种意识：森林代表着一种人类自始至终都向往的存在：一种"世界无限大，时间无限长"的集体感受，此间的时间性与空间性都不再是存在性问题。就连科学家们，正如马威尔的情人们，都无法体会这一经历，而似乎只能通过"走在树下"（127）短暂地体验到：本源的、植物学意义的根深蒂固与对空间的藐视同时同地共存。

这个短篇小说发表于1971年，阐释的是当时风靡一时的全球生态学观念。它认为一个行星上所有的生命体都是相生相连的，进而形成了一个融括全球、有知觉的超生命体，这一观点与詹姆斯·洛夫洛克（James Lovelock）著名的盖亚假说（Gaia hypothesis）有异曲同工之妙。该假说认为，地球这颗行星拥有一

---

① 省略号为原文所有。

个支配一切的,并能够自我维系的反馈系统。① 与此同时,科学家研究 4470 号世界上的生物的分类学方式——测量土地、计量和判定物种、分析化学变化过程——为叙述者所称的奥斯顿之"爱"所补充,并最终被其超越:他甘愿将身心与环境交融,与其进行沟通,这种交流不加掩饰地映射了一种整体综合性的思维模式,这一模式在 20 世纪六七十年代以"优于传统分析性科学"的特性被广为宣传。要理解这样一个"比帝国更浩瀚"的生物圈,除非能首先对其潜在的星际关联性有所了解,否则,对其任何部分的了解都是徒劳无益的。

在探索人类该如何将自身与这一全球规模的有机"交流网络"(network of communication)相联系时,勒吉恩对盛行于 20 世纪 60 年代的全球隐喻——从"地球村"到"飞船地球"——做了回应。她在再现这种全球关联性时,将高科技或生态系统崇高化了,因而也浪漫化了。而不容忽视的是,她的短篇小说同样也将这种浪漫主义复杂化了,因为故事中展现给人类的全球有机体是一个与人类时空全然不同的彻底的异类。值得指出的是,奥斯顿通过神经病理学得以与之交融,是以牺牲自己的人类身份为代价的。而探险队的其他成员几个月后返回地球,始终只能算是旁观者。与田园诗意或者乌托邦想象大相径庭的是,比起它与地球的遥远性或者其物种的奇特性而言,这一生态圈的整体关联性显得异常陌生。人类无法"自然而然"地感受到这种感觉上的关联性,相反,在这样一个感觉相互联系的宇宙中,人类倒成了外星异类。于是,所有关于星球的术语——认知的、情感的以及语言的——都需要进行重新审视,看它们是否能恰如其分地指涉这个完全不同的生物圈。正如其中一个科学家在描述树形植物时

---

① 1987 年,勒吉恩在"简介"中并未直接提到洛夫洛克的盖亚假说,却写道:"丰收女神德墨忒耳和女儿春天女神珀耳塞福涅"就是想象人类和植物世界的神话范式(83)。

所暗示的那样:在这样一个"完全迥异的环境中,'森林'一词的本质内涵为我们提供的只是一个必然的隐喻"(115)。与其说勒吉恩在她的故事中反映了回归地球母亲的全球生态意识,不如说她迈出了极其艰难且有限的人类想象的第一步。

20世纪60年代末和70年代初,北美和西欧的现代环保运动进行得如火如荼,但相互间矛盾重重,勒吉恩以虚拟的方式反映了这种状况。当时,新的成像技术使人类能够首次从外太空看到自己居住的星球的全貌,由此拍摄了许多关于地球的影像,其中一些影像很快成为环保主义者使用的标志。与此同时,由核灭绝和环境崩溃双重威胁所导致的全球性灾难,也催生了这一社会运动的迅速发展。虽然环保主义逐渐与地缘政治学、新科学以及高科技领域相结合,但支持它早期发展的却是一些铿锵有力的全球观念——从盖亚假说到飞船地球(Spaceship Earth),以及一些流行口号,如"放眼全球,立足地方"(think globally, act locally)等。然而,这种乌托邦式的政治文化憧憬看似与星球整体观有着天然联系,其实从一开始,它一方面就与全球瓦解(global collapse)论以及阴谋论等悲观论调交织在一起,另一方面又与"回归本土环境和社区"的主张相呼应,希望以此来缓解现代社会中人与自然的疏离感。因此,从20世纪60年代后期到第三个千禧年之初,关于全球的环保主义话语始终在"接受与抗拒全球关联"之间摇摆,同时也在"全球视野与回归本土的乌托邦视野"之间徘徊演变(这一点本章的第二节将会有所阐释)。本章第三节探讨了这一"地方意识"在不同类型的美国环保主义修辞下显示出来的具体特征,以及对它的一些有力的批判性评论,同时也探讨了这类话语经久不衰的原因。虽然环保主义已经过千锤百炼,但是我在本章以及整本书中都将试图说明,虽然强调恢复个体的地方意识是环保主义的有力论点之一,但如果将它理解为一种旨在引导个人和社区重回自然的基础性思想准则或者说教方式,那么,它的生命力也将到头了。环保主义不应该过于关注对地方意识的重塑,而是需要培养这样一种认识:广袤的自然与文化地域和过程是怎样在世界范围内相互联系和相互影响的,以及人类活动是怎样影响和改变这种关联性的。

这种"星球意识",正如本章第四节所述的那样,也许部分受益于近期一些全球化理论的思想观点。比如,对"去地域化"(可以理解为弱化文化与地方纽带以及文化和场所的关联性)一词的分析,指明了环保主义思想受僵化的本土观念影响,同时也指出了对居住地(inhabitation)的不同理解。另外,最近在民族主义和全球化争论中重新兴起的"世界主义"(cosmopolitanism)观念,也为忠诚的环保主义思考提供了一个有利的基础,因为对环保主义的无限忠诚超越了本土和国家的疆界。正如我在最后一节里所论述的那样,这种重新思考,不仅有助于更精确地理解各个地方的个体和群体在第三个千禧年之初的居住方式,同时也有助于更细致地理解各种美学形式,如寓言、拼贴艺术(collage)等,是如何塑造全球环境想象的。正如本章以及后几章所述,对于艺术家和作家,以及其他所有带有环保主义思想的人来说,如何创造一个未来的全球图景,即,能将寓言——这仍是一个不可或缺的全球想象模式——融入一个更加复杂的、能够融合各种社会和文化多样性的参照模式下,这将是一大关键性挑战。在这一背景下,从"蓝色星球"到有着无限放大功能的网络工具"谷歌地球"的转型,标志着一种形式上的,同时也是概念上的转变,这一转变清晰地表明,各种环境艺术和环境思想都以不同的形式展现了关于"全球"的内涵。

第二节 关联性隐喻:从盖亚学说到风险社会

自其在 20 世纪 60 年代兴起以来,现代环保运动的一个基本动力(impulse)就是让科学家、政治家以及普通大众都清楚地意识到:当务之急是从整体上理解生态形态的关联性,以及人类操控此种联系体系所带来的风险。这种对"全地球"（Whole Earth）的关注存在多种表现形式，它们时而相互交织、时而相互冲突。从 60 年代至今，对地球现状和未来前景的科学评估已经成为环保主义运动最重要的基础工作之一。环境科学提出的各种关于地球的生态学模型已成为许多环保组织提出新的环保措施和制定环保政策的根本依据，如保罗·埃尔利希（Paul Ehrlich）1968 年的《人口炸弹》（Population Bomb），唐奈勒·梅多斯（Donella Meadows）1972 年向"罗马俱乐部"提交的著名报告《增长的极限》（The Limits to Growth），以及其分别于 1992 年和 2004 年的修订报告、1980 年的《告总统书：2000 年的地球》（Global 2000 Report to the President），1987 年布伦特兰委员会（Brundtland Commission）的报告《我们共同的未来》（Our Common Future），1992 年里约热内卢地球峰会，20 世纪 90 年代与 21 世纪初以气候变化为专题的国际政府座谈会，联合国的"新千年生态系统评估"以及埃尔利希即将出版的《新千年人类行为评估报告》等。虽然这些关于世界状态的报告引起了科学界和政治领域的热烈反响，但其中一些技术细节对于普通读者而言，是无法真正理解的。但不可否认，这些科学报告还是广为流传、深入人心的，这得益于六七十年代环保主义运动的宣传作用——它们在蓝色星球模型的基础上推出了一系列通俗形象和叙事模式。

毫无疑问，这些形象中最有影响力的要数从外太空俯瞰的"蓝色星球"图像。60 年代早期，尤里·加加林和乔治·葛伦绕地飞行时首次见到该图像。之后，1968 年"阿波罗 8 号"的成员拍下一组从"月球上升的地球"的照片，1972 年"阿波罗 17 号"拍摄了著名的"蓝色大理石"照片，"蓝色星球"由此得到普及（图 1－1）。虽然获得这些宇宙中的地球形象主要是为了技术探索——当然，从某种程度上来说也有军事目的，但它们很快被环保主义运动所利用，并在 1970 年第一个"地球日"公之于世。图中，黑色背景下的行星如同天鹅绒盒子里的一颗稀世珠宝，看上去是一个整体，一个统一的、有限的、精雕细琢的美丽的整体。

图1-1 蓝色星球

（由阿波罗宇宙飞船1972年12月7日执行第17次飞行任务时拍摄。图片由美国宇航局约翰逊空间中心图片科学与分析实验室提供，编号为 AS17 - 148 - 22727. TIF。）

从媒体理论家马歇尔·麦克卢汉（Marchall MacLuhan）到大气科学家詹姆斯·洛夫洛克以及各行各业的思想家，都被这类图像所深深感染。不论是麦克卢汉的"地球村"之说，还是洛夫洛克的"地球是一个超有机体"的盖亚假说，① 均受到这个图像的影响而产生。事实证明，这一图像的影响还在继续：20多年以后的布伦特兰报告《我们共同的未来》创造性地以这幅图做开头，并附上以下文字：

————————

① 见马歇尔·麦克卢汉（Marshall McLuhan）《人类与信息》（*Man and His Message*），第71页。

这一图像给人们思想带来的震撼,远远超过当年的哥白尼革命……在太空中,我们看见的是一个脆弱的小球,球体上看不到人类活动和大型建筑,只有云层、海洋、绿地和土壤所构成的图案。人类无法将自己的活动与这幅图相协调,这一点,正从根本上改变着这个行星系统。(世界环境与发展委员会,1)

带着历史的"后见之明",我们能轻易指出这一图像和与之相伴的全球话语之间存在的固有矛盾:这个图像是高技术产物,却衍生出了各种反技术修辞。这样一个科学观察结果,却被配以——至少部分——反科学话语的说明文字,用来传达世界状态之类的信息。原本是对内部联系的强调,却被以各种方式用来揭示地球的脆弱性以及是它对人类干预的抵抗能力。当前,学术界热衷于研究文化、种族和性别的固有差异,于是,蓝色星球概念因其抹杀了政治和文化差异而成为批评家的众矢之的 [加沙诺夫,《地球政治》,40—41;萨奇斯(Sachs)《星球辩证法》(Planet Dialectics),110—128;斯皮瓦克(Spivak)《学科之死》(Death of a Discipline),72]。① 与此同时,全世界由于冷战和殖

———————

① 卫星拍摄的地球如何通过"视角霸权"(hegemony of vision)将地球作为一个新的科研对象,参见萨奇斯(Sachs)的《卫星眨眼》(Satellitenblink)一书的第15—34 页。雅科夫·杰洛米·加尔布(Yaakov Jerome Garb)认为蓝色星球图像,将视觉置于其他感官之上,使得父权意识、单一神论和色情主义享有特权。这种说法显然缺乏合理性,因为他将星球图像与具体的社会和历史语境剥离,却将流行几个世纪的社会和哲学潮流人格化。他在论文的结尾处问道:"我们有时候希望凭借想象来遏制地球,这难道不是荒唐至极吗?又想用单一的比喻捆住它,还有比这更离谱的企图吗?如果我们将来有一系列的地球图像,它们是部分的、碎片式的或者是局部的,我们还是希望通过它们来掌握地球的全貌,那时,我们又会做何感想?"[《视角还是逃避?当代地球意象的生态女性主义思考》("Perspective or Escape? Ecofeminist Musings on Contemporary Earth Imagery"),278]我在本章结尾处和后来的章节中表明,当代最有趣的艺术作品和技术工具都是将地球的完整图像和局部图像融合在一起,以表示某种意义。

民地独立斗争而陷入分裂状态，许多当时的新社会运动的拥护者都认为，全世界受资本主义剥削逻辑控制，到处充斥着性别压迫和种族压迫，建立在高科技之上的致命武器的威胁悬在头顶。然而，这一图像却被认为是展现了一个团结统一、和谐平衡的世界，因而又受到极大的追捧。

洛夫洛克的盖亚假说也是由于类似的原因而广为传播。他在探索地球上的生命为何能繁衍生息近35亿年之久时，用神经机械论的词汇，将这个星球描述为"一个融括了地球上的生物圈、大气、海洋，以及土壤在内的复杂整体；一个由不断为本星球上的生命寻求最佳物理与化学环境的反馈或神经机械系统所构成的整体"（《盖亚》，10）。由于洛夫洛克选择了一个拟人化的名字"盖亚"（由他曾经的邻居、小说家威廉·戈尔丁所提议），使得读者很容易淡化其中的科学和系统理论，反而将注意力转向它的神话和精神共鸣上，促使他的假说广为传播。对于70年代迅速发展的环保主义运动以及80年代的生态女性主义和新世纪哲学而言，盖亚总是与古老的地球母亲形象有着天然的联系，同时容易让人联想到约翰·缪尔（John Muir）的名言："当我们试图找出任何一种独立的东西时，我们却发现它与宇宙中的所有其他事物都有着盘根错节的联系。" ［《我在西埃拉的第一个夏季》（"My First Summer in Sierra"），245］盖亚假说往往被看成是对古老的全球相通观念的呼应，因而在大众眼中，它就是一条捷径，能帮助人们从整体上认识到：自然环境需要平衡、相互依存以及保护，而非对其进行科学分析和技术利用。①

1963年，博克明斯特·富勒（Buckminster Fuller）也巧合般

---

① 塞拉芬（Serafin）整理并出版了有关盖亚假说的科普文章（135）。墨钦特（Merchant）整理并出版了20世纪80年代和20世纪90年代有关盖亚假说的事件、会议和产品名录。也许还应该指出，盖亚假说并没有让洛夫洛克成为一个"环保主义者"，因为他认为人类活动对地球整体功能的影响可以忽略不计。至今，他还要尽力为自己这个观点辩护。

地通过他的飞船地球隐喻,以系统论和神经机械论来描述地球。富勒将地球想象成"一个综合设计的机器,它的长期良好运行需要操作者对其全面的了解和维护"。他还指出:"为了能在这艘飞船地球上繁衍生息,我们至今仍在错误地使用、滥用和污染这个神奇的化学能量转换系统。"[《飞船地球操作手册》(*Operating Manual for Spaceship Earth*),52]经济学家肯尼斯·鲍尔丁(Kenneth Boulding)在他著名的《未来飞船地球经济学》("The Economics of the Coming Spaceship Earth")一文中,借用这个将地球比喻成一台精密机器的修辞手法,把过去粗放式的"牛仔经济"——相信地球有取之不尽的资源——与他所谓的未来"飞船人经济"对比,他断言:"在这种经济体系下,地球就是一艘宇宙飞船,任何东西——不论是作为资源还是用以承受污染,都不是无限的,因此,人类必须在这个循环的生态系统中找到适合自己的位置。"(Ⅱ)飘浮于太空的蓝色星球形象深入人心,使人们认识到地球就像是一艘生存资源有限的飞船,这一比喻恰恰突出了这个系统的复杂性、脆弱性以及封闭性。

加勒特·哈丁(Garrett Hardin)1968年提出了他的"全球公地"(global commons)比喻。当然,这个比喻较为通俗,也带有明显的悲剧色彩。他认为,地球上的资源与几个世纪前一样,仍在遭受着无序开采,那时的人们缺乏远见,随意使用公共资源而导致资源枯竭。与洛夫洛克和富勒的全球生态系统比喻不同,这个比喻强调的不是地球系统固有的复杂性,而是强调人类对有限的地球资源该如何使用的问题。尽管哈尔丁发表论文几十年后,人们对资源利用及其历史先例的分析已大不相同,但"全球公地"这一概念却被沿用至今,用以讨论对那些并非某个国家独有的资源的管理,比如对公海和大气层。

尽管以上种种生态隐喻有着概念上的差异,但它们都表明:地球上的居住者,不论其民族和文化背景如何,都相互依存,共享一个全球生态系统,这个系统的影响范围超越人类自行划分的国界。以综合整体的方式进行科学研究使得人们对生态系统有了整体认识。如今，这一认识已经扩展到了政治和社会领域。一些宣扬世界和平和博爱理念的反文化思考，可以很轻易地与蓝色星球形象联系起来。这些思考得益于人们对地球生态功能的整体理解。在这类理解中，生态系统是一个自然、平衡、和谐并有自我再生功能的系统。20 世纪 60 年代盛极一时的乌托邦思想，多多少少受到这种推论的影响：假如社会文化体系挣脱了人为的束缚和扭曲，它们就有可能再回到上述的自然状态。在当今文化批评浪潮中和与之相关的社会文化语境下，不论人们如何评价上述生态观——当代文化理论对上述自然观持怀疑态度，人们都不能低估上述思潮对 60 年代萌芽中的环保主义运动以及其他一些新社会运动所产生的巨大的激励作用。

　　尽管哈丁的“‘全球公地’观念将会导致‘悲剧’发生”的警告如雷贯耳，全球关联性构想却并不总能催生乌托邦式的社会文化构想。相反，埃尔利希的《人口炸弹》、梅多斯的《增长的极限》，以及莱斯特·布朗（Lester Brown）的《第二十九天》（*The Twenty-Ninth Day*）强调，假如当代人口增长、资源利用以及环境污染持续恶化，全球大崩溃的灾难将有可能发生。这是 20 世纪六七十年代充满环保主义词汇作品——发挥了启示录般的作用——的惯常叙事主题。① 同时，冷战语言（Cold War language）转变成了有关环境恶化的可怕言辞，如埃尔利希将人口增长比作一枚“炸弹”，又如雷切尔·卡森（Rachel Carson）将化学污染比作一个“潜伏在大地上的鬼怪”。许多环保主义倾向

---

　　①　对于这一话语的详细分析，参见加拉德（Garrard）的《生态批评》（*The Ecocriticism*，85—107）、劳伦斯·布尔的《环境想象》（*The Environmental Imagination*，280—308）、基灵斯华斯（Killingsworth）与帕尔默，以及 F. 布尔的《从启示录到生活方式：美国世纪的环境危机》［（*From Apocalypse to Way of Life*: *Environmental Crisis in the American Century*），177—208］。我在第四章中讨论了启示录式小说，认为这类小说其实就是对风险感知的一种回应。

的科幻小说——包括保罗·埃尔利希等科学家以及作家的作品，都多多少少描写过如下场景：全球农业用地由于毒性过大，只能由机器人来耕种［见布莱恩·奥尔迪斯（Brian Aldiss）1967年的《大地艺术》（*Earthworks*）］、梦魇般的城市拥堵、抢夺食物的场面、饥荒（第二章将详细讨论这类作品），或者整个星球都在苦难、污染和疾病中渐渐荒芜［比如约翰·布伦纳（John Brunner）1972年的小说《仰望的羊群》（*The Sheep Look Up*）］。正如基灵斯华斯（Killingsworth）与帕尔默（Palmer）所指出的那样，此类描述地球劫难题材的作品，不是要预言未来可能会发生什么，而是要其表达环保意识。叙事只是一个平台，其要义是社会亟需改变［《千禧年生态学："从寂静的春天"到"全球变暖"的启示叙事》（"Millennial Ecology：The Apocalyptical Narrative from *Silent Spring* to *Global Warming*"），41］。作品中呈现的全球大崩溃——而非某地某国的局部崩溃，是作者的一个重要叙事策略，旨在表明我们正面临致命的全球危机。

如果说，对核恐惧和环境担忧的叙事模式和上述例子一样，都是采用圣经启示录的套路，那么，对全球关联所导致的恐怖场景细致入微的描写，便是始于20世纪50年代对"公司阴谋"的恐惧描写中。这类场景直言不讳地表达了对"人"（Man）和"系统"（System）的抗拒，有着反主流文化的意味。几十年前，社会批评家还在强调，极权统治有可能向世界范围扩散，然而自50年代起，跨国公司却一跃成了全球霸权主义的首要"嫌疑犯"。赛瑞尔·孔布鲁斯和弗雷德里克·波尔（Cyril Kornbluth & Frederik Pohl）率先在其小说《太空商人》（*Space Merchants*，1953）中表达了这一主题，艾伦·金斯伯格（Allen Ginsberg）在其诗歌中塑造了精神崩溃的人物以表达对公司这个魔鬼的控诉，威廉·巴勒斯（William Burroughs）和托马斯·品钦（Thomas Pynchon），在小说中对公司魔鬼的控诉达到了无以复加的程度，这充分反映了他们对公司的恐惧心理。作为对资本主

义，尤其是大众消费主义（1945 年以后范围和影响逐步扩大）
的一种反抗形式，这种对全球跨国公司阴谋的恐惧——认为它们
将要控制个人、社区，乃至一个国家，甚至会引发世界大战——
最早并不是出现在环保主义作品中。但到了 70 年代，它逐渐进
入环保主义话语。爱德华·艾比（Edward Abbey）的经典生态小
说《扳手帮》（*The Monkey Wrench Gang*，1975）中，主人公一直
在与他们眼中"不可一世的巨大机器"（167）进行斗争：

> 美国钢铁与五角大楼、TVA、标准石油、通用动力公
> 司、荷兰壳牌、IG 法本工业公司［原文如此——引者注］
> 乱伦般地缠绕在一起。这一卡特尔式的企业大联合遍布大半
> 个地球，就像一个全球性的海怪：它长着吸盘和触角，瞪起
> 墙壁大的眼睛，张开鹦鹉的喙。它的大脑是一个计算机数据
> 中心，它的血液是流动的资金，它的心脏则是一台放射性发
> 电机。（172）①

当今一部分反全球化的说辞，包括对跨国公司妖魔化的隐喻，都
是直接从六七十年代的公司阴谋论话语中继承而来的。

全球视野留下的这些极其矛盾的遗产，也许可以用来解释一
个奇妙的现象：为什么如今的环保主义运动从国际化运营的组织
中艰难发展而来，运用国际机构的外交、经济、法律和社会语
言，定期在全球政治事务中表达自己的呼声，但面对的却是狂热
的反全球主义激进分子的游行示威和抗议跨国机构所作所为的声
浪？国际非政府环境组织当前的政治影响力取决于他们是否愿意
参与到以环保为目标的全球化进程中去，并对其发挥作用。然
而，激进分子与警方不断发生冲突，比如 1999 年西雅图世界峰

---

① 《扳手帮》出版两年前，在品钦的《万有引力之虹》中，壳牌和 IG 法本工
业公司在公司阴谋中就扮演了重要角色。

会期间和 2001 年热那亚八国集团首脑会议期间的冲突，都反映了他们对全球化有一种完全不同的认识。他们认为全球化的实质就是跨国公司追逐更大的利益，因而需要人们对其奋力抵抗。尽管媒体广泛使用"反全球化运动"一词，但许多环保人士更偏向使用"反全球资本主义运动"或者"全球正义运动"之类的称呼，因为他们主要反对的是跨国公司主导政治的这一现象。

如上文所述，对于全球化，人们毁誉参半。实际上，支持和反对全球化的观点已有几十年之久。就生态观念而言，不论是启示录式的还是乌托邦式的，都受到了实质性的削弱。弗雷德里克·布尔（Frederick Buell）曾有力地论述道：流行于 60 年代的未来大崩溃之说到如今已转变为对当下危机的忧患意识（《从启示录到生活方式》，177—208）。他指出，大多数人不再预测灾难，而是学着与生活中方方面面的生态危机共存，或者是尽量去适应它们。乌托邦构想随着无所不包的千禧年愿景而日渐式微。自 1987 年布伦特兰报告起，贴着"可持续发展"标签规划全球未来的尝试备受关注，打着"环境正义"旗号的"发展哲学"进一步巩固了这种观念，但这些尝试和观念本身就饱受争议，因此，六七十年代那种主导各大论辩的强有力的形象至今不再出现。① 于是，当今大多数环保主义者视世界为一个统一体：一个不是被跨国公司资本统治，就是被风险笼罩的世界。

劳伦斯·布尔（Lawrence Buell）指出，从某种意义上看，"风险社会"一说反映了世界恒久不稳定的观点，而这一观点与洛夫洛克关于地球是永恒与平衡的生态观针锋相对 [《环境批评的未来：环境危机与文学想象》（*The Future of Environmental criticism：Environmental Crisis and Literary Imagination*），90]（以下简称《未来》）。本书第四章将引用德国社会学家乌尔里希·贝

---

① 围绕这些属于关于人类及其经济发展的争论述评，参见海登 [Patrick Hayden，《世界全球政治》（*Cosmopolitan Global Politics*），121—151]。

克的术语,进一步剖析全球"风险社会"概念。显然,自 20 世纪 60 年代起,人们对全球关联性的理解大相径庭,尽管乌托邦叙事作为对"蓝色星球"文化想象的一种形式,今天已经不再流行,但人们的乌托邦精神依然强健,在众多环保文学、哲学以及文化批评作品中屡见不鲜,只是现在人们更关注在本土实现乌托邦梦想而已。

第三节 地方主义与现代性:临近伦理

围绕"蓝色星球"图像,西方出现了各种环保主义话语。科学工作者希拉·加沙诺夫(Sheila Jasanoff)对这些话语分析后指出,西方环保主义大多从全球视角研究生态问题,而发展中国家〔《天堂与地球:环境形象的政治学》("Heaven and Earth:The Politics of Environmental Images"),·46—50〕的环保运动则采用地方视角,两者形成明显反差。然而,从美国过去 40 年的任何一类环保主义文献中,我们都能看到一幅截然不同、更为复杂的图景。以下引文是对一节环境研究课的描述,由此可见一斑:

> 在 9 月一个和煦的下午,约一百名国内顶级公立大学的学生聚集于一棵枝杈横生的蒙特雷松树下。"这是一棵什么树?"一个教授问道。学生一片沉默。"你们当中有多少人只知道它是一棵树,除此之外,一无所知?"大多数学生都举手认默认。他们谈起氯氟烃和臭氧洞时滔滔不绝,但大多数人无法区分松树与冷杉,甚至会把橡树与松树混淆。教授深感不安,他说:"如果你们连自己周围的事物都无法辨认,那么,我想,你们根本无法改变与自然界的关系。"(汉密尔顿,http://www.asle.umn.edu/archive/intro/sierra.html)

这是伯克利大学教授、诗人罗伯特·哈斯（Robert Hass）上课的一个片段，它所表达的思想，与美国环保主义话语中一个为人熟知的观点相似：要与自然世界重修旧好，个人就必须了解自己周围生态系统的细枝末节，以此来培养"地方意识"。文中，学生们对当地植物的认识有限，却对平流层、臭氧缺失等更宏大的生态学现象了如指掌，但这类知识在文中却被视为过于抽象，因而遭到排斥。哈斯似乎是在宣称，真正的生态学认知基础，应该扎根于当地。

个人和社区需要与当地环境重建联系，通过这一方式来克服现代社会导致的人与自然的疏离感，这一观点以及长期以来人们对全球化认识所产生的种种分歧，可以说是美国环保主义最具形成性和典型性的两个方面，而这两点，正是加沙诺夫在她的描述中所缺失的。从美国全国的情形来看，自 60 年代以来，"地方"就开始作为一种抵消力量，对抗艾伦·金斯伯格诗歌中所提到的那种"放眼全球的意识"（Globe-Eye Consciousness）。当然，这种地方意识在地区性的环保主义那里并不是太明显［《隐士的月下小屋》（"In a Moonlit Hermit's Cabin"），528］。环境哲学家保罗·谢帕德（Paul Shepard）曾不无绝对地声称"不知道自己在哪儿，便不知道自己是谁"。他还说，个人与地方的关系能"同时反映并创造我们的心理地理，以帮助我们自我定位"［《美国文化中的地方》（"Place in American Culture"），32，28］。尼尔·埃文登（Neil Evernden）也说过类似的话："自我建构离不开地方这个语境。"的确，"不存在纯粹的个体，只有在一定语境中的个体、作为地方的组成部分的并由地方所定义的个体"［《超越生态主义：自我、地方以及可悲的谬误》（"Beyond Ecology：Self，Place and the Pathetic Fallacy"），101，103］。基于这一视角，地方依旧是当今美国环保主义者借以阐释"何为生态意识，何为伦理责任"的重要范畴之一。

由于美国环保主义中关于"地方"的说辞有着悠久的历史，

因而，我们无法将其浓缩为一种单一的哲学。这些说辞包括从温德尔·贝里（Wendell Berry）的杰斐逊式的农耕主义（Jeffersonian agrarianism）到彼得·博格和雷蒙德·达斯曼（Peter Berg and Raymond Dasmann）1970 年创立的生态地区运动（bioregionalist movement），再到各种强调少数群体社区、传统以及环境正义运动中关于权利的言论。那些具有地方导向的话语与上述运动联系在一起，将"栖居"、"再居住"、"土地伦理"、"生态区域主义"，或者"土地情色"（land erotic，极少出现）等概念作为他们的基础概念（anchoring concepts）。毫无疑问，这些概念之下的"地方"呈现不同的含义。20 世纪 50—70 年代期间，白人（通常为男性）环境文学作家常常强调个体与自然——通常是荒野，而非乡间或都市——的邂逅与交融。[①] 在一些抒情性较强的作品中，人与自然情景交融表现为个人在自然中的顿悟，达到了物我一体的境界，这与勒吉恩《比帝国更浩瀚更缓慢》中奥斯顿与森林的融合不无相似之处。爱德华·艾比描写了他长期在哈瓦苏峡谷（Havasu Canyon）独居的经历，期间他逐渐淡忘自己"人"的身份和血肉之躯：当他看自己的手时，看到的却是一片树叶［《大漠独居》（*Desert Solitaire*），250—251］；奥尔多·利奥波德（Aldo Leopold）在他的一幅素描作品中，将自己的身体与沼泽湿地融为一体；同样，加里·斯奈德（Gary Snyder）在其诗歌《第二萨满歌》（"Second Shaman Song"）中也有类似的描述［《无自然》（*No Nature*），56］。[②] 相反，贝里在描写他在阿巴拉契亚山上的农场宅院时，突出农业风光以及精耕细作的农耕之乐。一些女性作家以及后来的美国土著作家批判了这些作品

---

① 这个传统远未过时，参见埃文斯（Evans, Mei Mei）的分析和评论［《"自然"与环境正义》（"'Nature' and Environmental Justice"）］。

② 欲要了解详细分析，参见伯霍尔德-邦德（Berthold-Bond）对利奥波德（Leopold）素描的分析，以及劳伦斯·布尔对斯奈德诗歌的分析（《环境想象》，166—167）。

中的个人主义倾向，转而强调社区形式的居住方式。环境正义运动的作家和活动家则将注意力集中于应对风险中凸显出来的社会、种族和性别差异，由这些差异导致的各种与自然相处的模式以及消除差异的可能性。这些最新的视角，与其说是取代了往日地方构想的某些形式，不如说是丰富了多元环保主义视角。当然，多重视野导致观点敌对也是正常现象。

然而，关于地方想象的某些元素往往会在不同形式的政治和文化倾向中重现。斯奈德与艾比早期的人景交融的想象略显过时了。特里·坦皮斯特·威廉姆斯（Terry Tempest Williams）在他的创作中有"土地情色"（land erotic）之说，路易丝·威斯特灵（Louise Westling）等生态女性主义批评者对此做了理论阐述，其实，"土地情色"之说和人与自然环境交融共生的思想一脉相承。① 另外，一种特定的"情境知识"——个体对周围环境产生浓厚兴趣而与本地的自然和历史亲密交往——也频繁地在一些原本与此毫不相干的话语中重现。这类知识往往源于个体对自然的感知与沉浸，以及身体对其的体验与操控，而不是通过抽象间接的知识学习而获得的。行走于自然风景之中，观其一草一木、一鸟一兽，狩猎，捕鱼，采摘水果和蘑菇，犁田喂畜，这些都被视为人类身体与"生态社区"重新融合的方式。

同样，田园想象的元素也往往会以意想不到的方式出现。譬如，早期的美国环保主义运动对人类未曾涉足的荒原和自然空间情有独钟，后来，这一偏好受到严厉批判，因为探索荒野与驱逐土著人的历史有关，同时它也因为无视土著民可持续利用周围环境的方式而遭到诟病。尽管如此，探索荒野仍然对包括"地球第一"（Earth First!）、"地球之友"（Friends of the Earth）在内的一些激进组织，以及一些保守力量有着激励作用。此外，李

①　参见威廉姆斯的《黄石》（"Yellowstone"）和威斯特灵［《弗吉尼亚·伍尔夫和世界的肉体》（"Virginia Woolf and the Flesh of the World"）］。

奥·麦克思（Leo Marx）在他的经典学术著作《花园里的机器》（*The Machine in the Garden*）一书中详细论述了一个观点：荒野或者乡村生活是抵抗现代都市社会各种腐朽的解药。这一理念也启发了无数围绕农耕、园艺、远足、漂流、爬山，或者"简单生活"等内容而展开的环保主义小说、诗歌和散文。即使是在以工业和城市为背景的环境正义作品中，田园场景也时常出现，环境正义作者试图通过它们来创建一个可以代替城市的社区和环境。①

在这一背景下，本地自治与自给自足对于个体家庭或者稍大一些的社区来说，是个理想选择：自己动手盖房子、在自己的农场里修宅建院，或者食物和能源都自给自足，这些常被奉为个人成就的典型。与此同时，人们拒斥都市化进程、单一民族国家倾向和经济全球化。相反，人们重视本地产品、本地消费、对本地再投资、重建当地货币或者贸易体系、削弱中央权力、坚持平等主义和草根民主制度，这些都勾勒出相应的当地社区的形象［参见尼斯（Naess）《生态学》（*Ecology*），141—146，以及塞尔（Sale）《可持续和谐：文化与农业》（*A Continuous Harmony*：*Essays Cultural and Agricultural*）第 6 章和第 7 章］。这种自治与自给自足，在许多地方主义宣传者眼里，只能靠长期居住在一地、不随意搬迁而实现。温德尔·贝里曾经论说：

---

① 麦克思 1986 年的论文《美国的田园主义》（"Pastoralism in America"）推翻了他先前认为田园理想衰退的观点。威廉姆斯（Raymond Williams）在《乡村与城市》（*The Country and the City*）中分析英国文学时提出了类似的睿智见解。最新研究田园的生态主义著作，参见贝特（Bate）、L. 布尔（《环境想象》，31—52）、加拉德的《激进的田园?》（"Radical Pastoral?"）和《生态批评》（33—58），吉福德（Gifford）的《田园》（*Pastoral*）和《加里·斯奈德后田园主义》（"Gary Snyder and Post-Pastoral"），洛夫［《实践生态批评：文学、生物与环境》（*Practical Ecocriticism*：*Literature，Biology，and the Environment*），65—88］，契斯（Scheese）［《自然写作：美国的田园冲动》（*Nature Writing*：*The Pastoral Impulse in America*）］等。

目前我们的社会几乎是完全游牧式的……它在这个大陆上到处游荡，肆意破坏……谢尔曼大行军在它面前，简直就是儿戏。对自己所在的土地没有全面了解，因而也没有忠诚感，于是，就缺乏认识。它迟早都会被肆意滥用，直到被彻底破坏。此外，没有这种认识和忠诚，一个国家的文化只会是其肤浅的装饰。[《地区动机》（"Regional Motive"），68—69]

斯科特·罗素·桑德斯（Scott Russell Sanders）《坚守阵地：在躁动不安的世界中安一个家》（*Staying Put*：*Making a Home in a Restless World*，1993）一书的标题意味深长，他在书中回应了上述观点，并且写道：

试图让生活扎下根去——深入家庭和社区里，在地方知识、自然意识以及与大自然源泉的交流中。我渴望成为大地的栖居者，一个了解和尊重这片土地的人……我的祖国的历史并未鼓励我或者其他任何人，去全心全意地归属另外一个地方。漂泊的风已经在此吹动多时，并且每个小时都在增强。我感受到了它的力量，但我已站稳双脚，坚持不动摇……我希望自己能够体会坚守阵地的美德与纪律。（xiii—xv）

显而易见，在这些环保主义作家眼里，地理上的流动使他们想到的是"游牧"和"流浪"等词，而不是"迁徙"等更具生态学色彩的词汇，他们追求的是将自己的生活哲学长期"安置"（ground）或者"根植"（root）于某地。

包括贝里和桑德斯在内的一些"中产阶级白人男性"作家，在书写环境伦理时暗含了他们有关种族、阶级和性别的固有观念，这让倡导环境正义的活动家们十分不满。他们精辟地指出，投身自然也是一种特权,并不是人人都能拥有,如同遭受农业和工业风险一样,并不是人人都能避免。不平衡的特权分布使得不利于生态环境的习俗长期存在,而这些习俗的后果,中产阶级常常体会不到,甚至都不会注意到[里德《走向环境正义生态批评》("Toward an Environmental Justice Ecocriticism"),151]。环境正义运动素来被认为是左倾、反霸权并具有激进的政治主张,但如果看到某一环境正义生态批评家谴责"全球化……改变了地方、生活和意义的传统价值","同时还导致了……混乱"的观点时[施(Sze)《从环境正义文学到文学的环境正义》("From Environmental Justice Literature to the Literature of Environmental Justice"),168],我们是否会感到惊讶呢?好像传统与秩序理应是亘古不变的。此外,我们还会看到一些环境正义活动家,一边提倡以"地方"作为个人身份的基础,一边却猛烈抨击"中产阶级的白人男性"作家持有的与此相同的观点。举个例子,德文·佩纳(Devon Pena)在他对美国西南部灌溉区域的拉丁社区的研究中,清晰明确地论述了那些社区如何将生态与文化习俗相结合,以及集体管理的灌溉系统使用权在法律上与美国白人水源"先占"权的冲突。然而,佩纳的立场并不坚定,他一边肯定这种传统社区能够改变以适应现代化社会变化,一边指责现代化过程对个人和社区的物质实践和精神本质造成不可修复的创伤。"从根本上说,在墨西哥裔美国环保主义者的伦理观中,强烈的,甚至是军营意味的地方依附感(世代居住于一地)占绝对主导,因此,不可动摇的地方自治原则也同样占支配地位。他们的伦理观可以说是一种地方伦理,来自地方化的身份观念。"他写道:

　　破坏库莱布拉大森林就是毁灭人类灵魂,因为这割断了人与大地、山脉以及河水的精神纽带。工业掠夺彻底改变了人们儿时记忆中的景致,疯狂地毁灭了人们的"地方"意识。真正生物—物理学上的记忆根基已不复存在，人们因此感觉到精神上被冒犯，被挖空。[《濒危景观与流失的人民？生态政治学之下的认同、地方与社区》（"Endangered Landscapes and Disappearing People? Identity, Place, and Community in Ecological Politics"），66]

这听起来像是出自桑德斯和贝里之口。不论人们如何评论这种对精神创伤的挽歌式描写，它所折射出的观念与佩纳关于"现代化影响特定社会群体生计的生态学基础"的观念相去甚远，因为佩纳在论及现代化影响时是从社会学和经济学角度衡量的，挽歌式的描述背离了从经济角度来分析"地方"含义的做法，转而进入一种心理反思模式，强调的是"精神性"，这与"中产阶级白人男性"作家的作品中关于"地方"的沉思，并无二致。从根本上说——至少在大多数情况下，这种并不直接的唯物主义分析，显然是受到了马克思主义的启发，同时，还夹杂着有新时代特色的精神诉求说辞，如此混杂的分析成了不少环境正义作品的基调，尽管它们往往是以较为含蓄的方式出现的。①

　　在第一波环保运动期间以及之后的环境正义生态批评话语中，"自给自足"和"扎根社区"的模式，被认为是现代社会前期的社会形态。美国环保主义认为，美国印第安文化与土地之间有着——或者说曾经有过——相当紧密的联系。最能反映这种观点的是20世纪70年代的"铁眼"科迪（"Iron Eye" Cody）电

---

　　①　尽管许多宣扬环境正义的作品都呼吁人们建立这种与地方的纽带，但它们的国际视野也呼吁建立环境和生态思想的跨国形式，这一点我会在第四章讨论。环境主义思想中关于物质主义和精神诉求的讨论，参见普拉姆沃德（Plumwood）著作《环境文化：理性的生态危机》（*Environmental Culture：Ecological Crisis of Reason*）第十章。

影海报：演员科迪身着印第安服饰，为被掠夺的土地哭泣。① 最近，莱斯莉·马蒙·西尔科（Leslie Marmon Silko）的散文《自然景观、历史和普韦布洛想象》（"Landscape，History and the Pueblo Imagination"），成了检验印第安传统居住思想的试金石。西尔科描述了一个特殊的社区，它建立于某种神话学感知方式之上：既不承认人类文化和自然之间有根本界限，也不承认两者可以融合。相反，它给当代的每一处自然景观都找到了神话源头，使其充满神话意义。西尔科在文中讨论的是美国西南部的拉古纳－普韦布洛（Laguna Pueblo）印第安部落文化，她强调不能认为这一特定文化代表着北美几百个印第安部落文化，因为在历史上，既有固守一地的部落，也有不断迁徙的部落。然而，她的散文却常常被认为是对前现代社会人们意识的范式性总结，带有这种意识的人们，被认为与他们的居住地有根深蒂固的亲密关系。② 尽管环保主义历史学家们不断指出，各种前现代文化并不相同，它们与地域的关系千差万别［参见邦恩与弗伦利（Bahn and Flenley）；戴蒙德（Dianmond）；克瑞奇（Krech）］，但在当代的环保主义想象中，这种文化与地方的密切关系，常常被认为是构筑未来文化与自然关系的范式。

　　我要指出，虽然上述种种社会视野之间存在巨大差异，某些特征却在各类环保主义视角中反复出现，这些视角强调，地方意

---

　　① 欲了解印第安人保护环境的良好形象，参见克瑞奇（Krech）的研究［《生态印第安人》（*Ecological Indian*）］。赞扬前现代文化的研究散见于对不同地域的环境主义思想研究成果中。印第安环保人士瓦达娜·希瓦（Vandana Shiva）断言，她的民族传统文化中对故土有与生俱来的生态情怀，同时还有"与宇宙的关联情怀……在大多数可持续发展的传统文化中，'大'与'小'相连接，因此，限度、限制和责任不仅是透明的，而且是不得外化的。'大'存在于'小'，因此，每一个行动都不仅有全球关联性，而且有宇宙意义，于是，在地球上轻轻走动，就是再也自然不过的事了"［《绿色全球化》（"The Greening of the Global Reach"），54］。

　　② 有关印第安人和其他土著人的故土意识，参见费尔德（Feld）和巴索（Basso）的研究［《地方意识》（*Sense of Place*）］。

识是环保意识和环保活动的基本前提，与空间、认知理解、感情依附、责任和"关怀"有关。如果用抽象的语言描述，它们在广义上都具有哲学家汉斯·乔纳斯（Hans Jonas）、齐格蒙特·鲍曼（Zygmunt Bauman）以及社会学家约翰·汤姆林森（Tomlinson）所说的"临近伦理"（ethics of proximity）特征。正如鲍曼所述：

> 我们从前现代化时期继承的道德观念——我们现有的唯一道德观念——是一种"临近道德"（morality of proximity）观。遗憾的是，在一个一切重要行为都与距离有关的社会里，仅有这种道德观是完全不够的，这实在令人沮丧……道德责任感促使我们去关心我们的孩子，保证他们能吃饱穿暖。然而，当一幅幅资源枯竭、干旱缺水且日益变暖的地球图景充斥着我们的生活时，我们除了惊得目瞪口呆外，却不能从现有的道德观中获得任何能帮我们应对这一切的智慧。另一方面，由于我们的集体漠然，我们的子孙后代却必须继承并居住在这样的地球上。[《后现代主义伦理》（Postmodern Ethics），217—218]

鲍曼总结了这一伦理模式在日益深入的全球化背景下的窘境后指出：

> 如果以人类行为可以到达为标准衡量，人们的空间距离无疑消除了，这得益于科技进步。有人对此津津乐道，也有人感到悲哀。如果以人的道德责任能否关照得到为标准衡量，人们的道德距离无疑消失了，两者之间需要平衡。问题是，如果能够实现这种平衡，我们应该怎样去实现呢？（219）

包括很多环保主义思想家在内的许多人都怀疑这种基于地理或者社会临近的伦理准则是否能够解决更大范围的环境问题，如民族国家或跨民族国家的环境问题。例如，在美国环保界具有深刻影响的挪威哲学家阿恩·尼斯（Arne Naess）就以绝对的口吻指出:"近的总是比远的更具优势——不论是在空间、时间、还是在文化和种族方面，均是如此。"[《身份》（"Identification"），268]他呼吁建立"一个连贯的、本地的、合乎逻辑并且自然的社区"（《生态学》，144），这无疑是赞扬人们的地方意识，因而获得了广泛的响应。该呼吁假设在社会文化、伦理道德以及情感方面的忠诚均是自发地产生于地方意识层面，而对于国家或者更大的实体的依附关系则需要通过复杂的思考才能产生。

人们常常认为，没有亲近感就没有所谓的道德关怀。这种观点在环保主义思想中，常常成为批判现代社会政治结构的基础。该思想对远距离、间接的和抽象的结构以及构成现代社会的那些机构，持有一种根深蒂固的怀疑主义。尼斯本人便直言不讳地反对社会现代性，因为"社区的本土性与和睦性是深层生态运动的核心和关键。也就是说，对于被吸收进一种庞大但不伟大——一种类似于我们现代社会——的事物中时，人们往往会凭'直觉'进行反抗"（《生态学》，144）。因此，在尼斯思想影响下兴起的生物区域运动（bioregional movement）不断宣扬在地理上、政治上和经济上对国家重新规划，国家疆域的划分应以气候区域、物种分布、分水岭或者山脉等生态界限为标准。根据著名的生态区域专家柯克帕特里克·塞尔（Kirkpatrick Sale）的理解，重新划分疆域能将人们从大型社会结构中解放出来，因为现有的社会结构模糊了人类行为和行为后果的透明性:

　　　　只有当人们实实在在地看到问题所在，并明白这些问题与自己密切相关时，人们才能有"正确的行为"，才能负责任地做事。这一点只能在有限的范围内实现……人们对环境

做"正确"的事,并不是因为他们认为这么做符合道义精
神,而是因为这样做能产生实际作用。这不可能在全球、大
陆甚至是国家范围内实现,因为人类这种动物,由于其渺小
和局限性,世界观偏狭,对如何行动的理解也是极其有限
的。[《大地上的居住者》(Dwellers in the Land),53]

塞尔的意思是在地区范围内,人们愿意做对生态有益的事情,但
对在更大的范围内采取行动则兴味索然。这个观点对于积极参与
当地政治的人来说,似乎缺少新意(后文将继续讨论这一点),
但它仍然有强大的说服力,其信服力来源于人们对宏观的、抽象
的和看不见的权威、专家意见与话语交流构成的权力网的普遍不
信任,而那些权力网恰恰是构成现代社会结构的主要因素。①
　　在美国关于"地方"的话语中,对现代性的批判司空见惯,
这主要得益于欧洲的现象学传统。比如说,塞尔受尼斯的影响,
而尼斯却深受马丁·海德格尔(Martin Heidegger)的影响。海
德格尔和梅洛-庞蒂(Maurice Merleau-Ponty)都试图突破现代
社会和思想的局限性,他们的作品对美国环保主义的影响有目共
睹。海德格尔在他的著名散文《筑居思》("Bauen Wohnen Den-
ken",1951)中,以著名的"黑森林"农舍图来抗击现代社会
的"无家感"(homelessness)。该图展示了这样一种居住模式:
建筑不只是将一套建筑材料——石块、木材、石板——变为特定
物体的过程,而是生活过程的一部分。对于海德格尔而言,这种

---

　　① 关于现代性意味着普遍的社会—政治结构这一观点,许多环保主义者吸收了
左派的思想传统,对上述观点予以明确反驳。英国哲学家米克·史密斯(Mick
Smith)争论说:"激进的环保主义对现代主义做了釜底抽薪的批判。它所倡导的替
代文化是从根本上挑战现代生活方式。"[《地方伦理学:激进生态学、后现代性与社
会理论》(An Ethics of Place: Radical Ecology, Postmodernity, and Social Theory),
164—165];在史密斯的思想中,他使用"地方"一词时有意模糊其概念,有时候指
具体的地点——如他讨论反对修建道路运动时做的那样,有时候却另有所指,而不
是将它当作一个较为抽象的概念使用。

居住模式能完美表现人类生存的本质,同时也能给予其他物种一个场合——或者说是"处所"——来彰显它们自己的存在。梅洛－庞蒂特别在他的遗作《可见与不可见》 (*Le visible et le l'invisible*, 1961) 中,通过感知肉体的各种现象,表达人与世界的遭遇——包括与自然界的遭遇——是一种身体上和物质上的遭遇,能够用情色修辞的隐喻手法描述。他这样做的目的就是要打破主体与客体的隔离状态。① 海德格尔和梅洛－庞蒂用现象学方法揭示人类与其居住地的关系,对美国环保主义思想与生态批评思想的形成产生了巨大影响,对乔纳斯和鲍曼等倡导"临近伦理"的研究也产生过重要影响,后两者都曾热衷于现象学传统。②

奥尔多·利奥波德 (Aldo Leopold) 的"土地伦理" (land ethic) 概念和海德格尔以及尼斯的作品一起,常被认为是当代环保主义研究地方意识的方法论源头之一。确实,利奥波德时常辛辣地批判现代文化以及其将人与土地异化的现象:

> 我们的教育和经济体制使得人们越来越远离——而不是朝向——深刻的土地意识。你们所谓的"真正的现代化"正在使许多庸人和不计其数的物质上的新奇玩意儿将人们从土地中分离出去。现代人与土地并没有根本联系;对他来说,土地不过是城市之间种植农作物的区域而已。让他在一块土地上自由放纵一天,如果那块地方不是高尔夫球场或者"风景区",那他一定感到无聊至极,人也会变得呆滞……总而言之,土地对他已经"毫无价值"了。[《一个沙漠国

---

① 关于 20 世纪地方哲学讨论中对于"身体"的分析,参见凯西 (Casey) [《地方的命运:一种哲学历史》(*The Fate of Place: A Philosophical History*), 202—242]。

② 关于欧洲现象学和美国环保主义的联系,参见齐莫曼 (Zimmerman) 著作 [《地球未来之争:激进生态学与后现代性》(*Contesting Earth's Future: Radical Ecology and Postmodernity*)] 第三章、布朗 (Brown) 和图德威恩 (Toadvine)、亚布拉姆 (Abram),以及威斯特灵 (Westing) 等人的研究。

家的年鉴与素描》(*A Sand Country Almanac and Sketches Here and There*),223—224]

然而,利奥波德认为他的土地伦理观有着深厚的政治和法律传统,是最具有现代性的(尽管他没有直接用这个词)观念,并借此将他的伦理观合法化。利奥波德指出,随着时间的推移,在人类团体中,原本不享有某些基本权利的个人如今也获得了这些权利,比如说女性和奴隶。在他看来,只要朝着这一方向再迈出一步,这些基本权益就能延伸至非人类主体:

> 至今,所有伦理道德都立足于同一个前提:个体是由多个相互依存的部分所构成的社区里的一员……土地伦理仅仅是把社区界限扩大到了土壤、水、植物和动物,或者是涵盖所有事物的一个词汇:土地……当然,土地伦理并不能阻止人们去改变、管理以及使用这些"资源",但是它却能保证它们持续存在的权利,并且——至少在某些时候,以其持续的天然状态存在。
>
> 总而言之,土地伦理改变了智人(Homo sapiens)的角色,使其从土地社区的征服者转变为社区内的普通成员和市民。(203—204)

利奥波德在这里直接使用"权利"和"市民"这两个词汇,加之其行文背后所暗含的渐进式启蒙、解放和社会平等的大胆假设,都表明他的思想中有很明显的现代主义色彩,尽管他自己并不愿意承认这点。从某种程度上来说,他的现代主义与欧洲现象学所批判的现代主义存在一定分歧。同时,在对"社区"意义的理解上,利奥波德也与鲍曼的临近伦理有所不同。在他的分析中,土地社区并不是预先由自然和社会环境所确定的,而是需要通过文化想象来实现的,同时它能够不断"扩展",能把之前并不属于这个群体的成员融入进来（历史上不乏这样的例子）：利奥波德的土地伦理是否可行，完全取决于能否对大于现有边界的区域做出"文化新想象"（cultural reimagination），他认为这是有可能的。显然，认为现有社区能够在道德伦理层面上扩展，从而突破原有社区边界的观点，为思考现代社会政治结构提供了一种新的基础，这与之前的假设——强有力的伦理准则只能源自本土——是完全不同的。

　　假如说在当代环保主义话语关于"地方"的学术研究中，其最重要的思想源头在"现代性"这个问题上的看法并不完全一致，那么人们对全球化——被理解为现代化在全球实现的过程——的诠释也是莫衷一是，有时甚至是自相矛盾的，出现这种现象不足为奇。其中一个很典型的例子就是地理学家段义孚（Yi-Fu Tuan）的地方哲学，他虽然没有明确使用环保主义词汇，但却对有生态主义倾向的思想家和作家起到了借鉴作用。段在探讨"恋地情结"（topophilia，即人对某地的依恋之情）时，认为国家这一实体太大、太抽象，并不能够成为人类的依恋对象，但同时他又肯定，人们对星球这个更大的实体产生依恋情感却是有可能的，甚至还是令人向往的。他写道："正如'爱人类'（love for humanity）的说辞总是引起人们的怀疑，恋地情结一旦主张对大范围地域的依恋，也会显得虚假。依恋似乎必须小到人的生理需求和感官所及的范围才有可能。"他继续写道："现代国家太大，它的界限过于武断，区域太过杂乱，很难让人产生那种源于体验和情景知识的情感依恋……对于个体而言，[国家的]实在性取决于人们对其拥有内在化了的种种知识。"［《恋地情节：环境感知、态度和价值研究》（Topophilia：A Study of Environmental Perception，Attitudes and Values），101，100］这种观点似乎奇怪地暗示：如果知识对个人来说"很亲切"，那么它就是可取的；如果知识是以其他形式出现，则相反。果真如此，他对整个星球产生恋地情结的说法就愈发显得不能自圆其说了：

如果说帝国和国家过于庞大，无法使人产生真实的依恋情结，那么，人们对地球能产生这种情结的说法就显得过于牵强了。其实，这种可能性是存在的，因为地球显然是一个自然单元，它有着共同的历史……也许，在理想的未来，我们会将自己的"忠诚"献给自己有着亲密记忆的家园，而这一家园扩展到最大，就是整个地球。(102)

段义孚与许多受现象学影响的环保主义作家一样，其恋地情结理论是建立在直接感官体验的基础之上的。尽管他承认可以将地球当作一个有着"共同历史"的"自然单元"来认识，但他却忽略了文化思考、抽象知识和技术设备在这其中的重要性。实际上，他在这里所阐述的并未超出"蓝色星球"视角，即，人们可以一眼看到整个星球，并将其看作一个共有的整体。这样理解中的地球便没有相互冲突的历史或者文化。正如前文所述，这一视角假如没有先进技术的支持是无法实现的，而它的意义则要依赖于一个特定的文化时刻才能实现。

许多环保主义作家的全球观都比段义孚的更有逻辑连贯性。他们的视角大相径庭，既有彻底否认全球性意义的，也有将其视为地方的天然延伸的。例如，加勒特·哈丁以调侃的语气，将那些为解决某些问题而设立的全球机构称作"全球坑洼机构"（Global Pothole Authority），因为所谓的那些问题让当地机构解决起来更容易："长期的经验证明，地方问题宜在地方解决……全球化意味着逃避责任。最宜遵循的原则本应很简单：*如果一个问题可以在地方解决，绝不要将其全球化*……全球化常常只会起到适得其反的效果"（《过滤蠢行》，144)。① 温德尔·贝里对此颇

---

① 公正起见，应该指出哈丁确实承认存在一些全球性问题。在他看来，温室气体效应就是问题之一［《过滤蠢行》(*Filters against Folly*)，145—169］。

有同感,他写道:"用'全球的'这一形容词来描述问题,就意味着它是无法解决的……而如果我们准确地去描述问题,它们其实都是可以私下解决的小问题。"[《文字与肉体》("Word and Flesh",198)]约翰·海恩斯(John Haines)在很多诗歌和散文中描述了他40多年来在阿拉斯加自给自足的生活状况。他对全球化的态度更加模棱两可:一方面认为树立全球意识很有必要,一方面又对正在逝去的地方意识感到惋惜,这种矛盾心理充分体现于他下面的观点中:

> 当我们拥有足够的想象力,我们也许会明白,本地总有一天会包含大陆,并且最终将包含整个星球。除此之外,似乎没有什么能够让我们成为同一物种,共同繁荣。但同时,我们确实也无奈地意识到,一种可敬且可持续的生活方式已经离我们而去,我们的生活中徒留悲伤。[《乡野边上:论诗与地方》(Living off the Country: Essays on Poetry and Place),9]①

还有一些环保主义作家和思想家表达了将本地与全球相联系起来的意愿。勒内·杜博斯(Rene Dubos)1970年提出她著名的"放眼全球,立足地方"的口号时,全球化还只是乌托邦式

---

① 有趣的是,海恩斯关于地方意识的观点并不一致。在他的一些论文和诗歌中,他确实赞美以直接的、孤独的、感官的和自给自足的方式沉浸于一个具体的地方,并把这种方式当作一种理想:"真正要了解一个地方,我就必须在那里建个房子,住在那里,与那个地方建立密切关系,还要慢慢品味那个地方。"(11)但有的时候,他却对这种沉浸方式表示出某种不安,而使用地理学的概念泛指地方:"作为作家,我有时候对那种狭隘的'地方'观念感到不安,就好像非要我穿一件过于窄小的衣服……我总在想,我们是否不想生活在世界各大陆及更大的范畴之上,大陆的人们的思想和意识受到乡村生活的影响……我的意思是……当我们使用社区和地方这些词汇时,我们的观念极其落后,而且落后的有些时日了。"(38—39)表达他关于地方的观点的两篇论文均发表于20世纪70年代,第一篇发表于1979年,第二篇发表于1975年。

的社会理想。该口号表达了地方政治能通过不断参与全球问题的讨论而得到重塑的希望。其他一些活动家和作家们也同样希望看到从地方到全球的一种自下而上的联系，他们提议，全球联系应表现为地方情形的一种补充或者增加。斯奈德在他的一篇散文中指出："地球上的一个地方就是大马赛克上的一块小马赛克——陆地是由一个个小地方构成的，都是用来复制或大或小的图案的精确的小区域"[《地方》（"Place"），27]。桑德斯也表达过类似的观点：

> 我们如果能认识到，我们选择的居住地与地球上其他地方是密切相连的，那么，我们就能明智地生活下去。问题是，我们是否将自己居住的地方看作是一个向全地球以及宇宙边缘延伸过程的中心，是否意识到自己的居住地仅仅是自然施展其威力的无数地方之一。（《坚守阵地》，xvi）

在以上两种情况下，本地都被看作是地球和整个宇宙的微型复制品。

不论是反对全球化本身还是认为地方与全球是一个自然整体，两种认识都会带来概念上和政治上的巨大困难。全球化视角有可能带来有益见解，帮助人们找到解决问题的方法，不承认这点意味着要么是不给自己机会去接触大量生态学见解，让自己脱离当今的政治和经济现实，要么就是被迫自己制造借口，为自己的认识辩解。而认为本土与全球能够自然结合的人，忽视了一个事实：对全球生态和政治文化结构的认识往往依赖于不同的知识和经历，而不仅仅是对本土的认识。环保主义者认为缺乏本土知识和当地的经历，其观点就缺乏正统性，就是不纯粹的。有鉴于此，人们近来采取不同的策略来表达环保主义的全球观点：他们以理解全球化结构为主要目标，但同时强调本土观念具有政治意义，而不是一个存在主义或者精神意义的问题——如早期作品中所假设的那样。比如说,保罗和安妮·埃尔利希 (Paul and Anne Ehrlich) 在《一个在尼尼微的人》 (*One with Nineveh*, 2004) 中,主要将地方意识视为一种权宜之计。他们写道:

> 显然,最重要的是……保持人们的地方意识……本土化能够强化人们的地方意识和对周围环境的依恋之情。殊不知,故土之情仍然是大多数人个人身份的重要组成部分。了解当地环境会促使人们意识到自己的生活依赖生态服务系统。(324—325)

与此相呼应的另一个类似转变来自米歇尔·托马斯豪 (Mitchell Thomashow)。在他的《将生物圈带回家:学会感知全球环境变化》 (*Bringing the Biosphere Home*: *Learning to Perceive Global Environmental Change*, 2002) 一书中,托马斯豪尝试在日益全球化的背景下来思考"地方"该扮演什么样的角色,他的主要目的并不是宣扬传统意义上的地方意识,而是思考怎样使大规模生态变化,如气候变化、水土流失,或骤减的生态多样性等,成为普通民众所关心的问题。托马斯豪认为"不存在所谓的本土环境问题",因为所有这些问题都是全球系列问题过程中的一部分。他承认他关于全球生态的思考,最初是受到"蓝色星球"图像以及杜博斯"放眼全球,立足地方"口号的影响 (7)。当然,托马斯豪也深刻地意识到,对本土经历和全球化过程两者关系的思考不仅涉及复杂的概念转换,而且需要一些科学知识来了解这个过程,甚至还需要依赖隐喻,才能对此有所理解。他指出:"要去想象一个巨大的星球,上面有几百个国家和60亿人口,他们拥有共同的命运,采取统一的行动,这无疑需要一系列的概念跳跃和假设。"(26) 托马斯豪在讨论这种概念跳跃及其背后的隐喻时,极大地突破了传统的环保主义地方话语局限。他坚持认为,认识全球化,必须先参与本土环境变化

（他将其称为"基于地方的知觉生态学"）的所有细节，因为这
才是必由之路，因为"人们对其周围所发生的事——那些他们
能够看到、听到、闻到、尝到和触碰的事——最具观察力。在家
乡，他们的观察会更深刻，因为在那里他们生活了很久，有各种
人际关系，与自然界的接触也最多"（5）。这似乎又回到了尼斯
和塞尔关于"人们更容易对与他们'最近'的事物产生情感"
的主张，但其实，托马斯豪花了大量精力，将这个原本简单的假
设复杂化了。他比较详细地论述道，移民是人类历史和生态学上
常见且广泛的现象，因而，扎根某地并不能真正称为与地方相联
系的最"自然"的形式；相反，"人口流动"这一概念也许更有
助于思考这类代表许多物种与其居住地之间关系的流动性
（180—182）。①

与此同时，托马斯豪意识到，电视和网络等媒体使普通人也
能够通过感官和想象，尽情感受千里之外的各种地方。他认为这
种联系也有助于环保主义事业的发展。他在书中想象道：立足于
本土的各个观察点通过这些新媒体，建立起一个全球共享的信息
网络，那样，"密切观察到的地方的历史变化过程，将自然而然
地揭示全球环境变化模式。各个本土观察点组成全球环境变化的
阐释性网络——生态圈自行地观察和解释自身的变化"（《将生
物圈带回家》，7）。观察者通过全球信息网络交换信息，形成他
们关于全球生态状况的系统理论，这种愿景促使托马斯豪细致探
索了个人和社区在完全迥异的文化中，是怎样想象全球的。在这
个框架下，与地方重新建立联系的迫切性逐渐淡化，相反，实用
便利性——而不是本体论思辨——成了思考问题的重点：

---

① 托马斯豪《将生物圈带回家：学会感知全球环境变化》一书中的主要观点
见于他先前发表的论文《走向世界生物地区主义》一文。在论文中，他使用世界主
义这个词时还不是很严谨，没有提及我在本章中使用的丰富的理论观点。

　　我仅是这些风景中的匆匆过客……不论这些风景是怎样重塑和改变我，它们真正改变的只有我流散的本源……即便如此，我却不愿放弃这一基于地方的哲学思想，因为它不仅具有教育意义，还意味着对生态环境的忠诚。不论它是如何短暂，在这个变动不居的世界里，它同时还给予了我一种有根之感，即便这种感觉只是短暂的一瞬。(176—177)

这听上去似乎是对当今地方依恋情结很有道理的一种思考方式，但人们不禁要问（我也要问），托马斯豪在将人们日常生活与全球关联性相联系时，为何特别强调地方的重要性。他显然不愿意将这个问题搁置不理。在书中的最后一章，他再次将较为实在的全球生态意识转化为一种模糊的精神追求：

　　身临其境于周边的生态系统，感知生物圈，熟悉其中的一草一木，心中升起的那种亲密感，无疑会让你感叹整个生物圈的宏伟与神奇。处理完一天繁杂的公务，一瞥门外的无限世界，你便将自己置身于生态世界中了。精心挑选一个地方，仔细欣赏，并学着在两个世界中穿梭，你就不会只是对这个地方匆匆一瞥，而是会久久地凝视。投身大自然，释放你的好奇心，怀着赞美与崇敬之心，凝神思考这些你未能完全理解的自然之谜与变化，你的感激之情会油然而生。敬畏大自然的生态、地理和化学循环，如同呼吸与饥渴一样是本能。你在地球上的生命历史中找到了自己的本源。看着来自世界各地的人从你家周围匆匆走过，你一定会心头一热，觉得非常亲切。你会情不自禁地高唱赞歌，赞美人生旅程的奇妙，是盖亚还是上帝的造化？拟或是进化的结果？不论它是什么，都伴随着颂歌之情庆贺的冲动。（《将生物圈带回家》，212）

这似乎是梭罗、"新世纪"和犹太－佛教神秘主义的结合体，显然与托马斯豪早期关于生态圈自我审视的系统理论描述相去甚远。虽然在探讨如何建立日常生活细节与全球生态功能之间的联系时，托马斯豪开辟了新的有价值的视角，但在此处他仍试着向古老的环保主义传统靠拢，强调与本土进行精神交融。事实上，"生态圈感知"在上文中似乎是神圣体验的另一种说辞。正如他说的投身自然能使人"产生顿悟，会使人觉得被某种高深莫测的事物所感动"（212—213），因而只能以同义反复的方式描述："通过……欣赏……你萌生了……欣赏之情。"

　　显然，托马斯豪这种将生态神圣化的后现代同义反复，与他先前以实用和实证为导向的研究方法极不协调。他过去强调的是如何找到解决问题的途径以及迁移对当代地方和全球空间体验带来的变化。当然，这种不协调表明，地方意识话语对于环保主义来说已变得相当贫乏。尽管托马斯豪大多数的分析都令人生疑，但他始终没有放弃他的说法，这迫使他使用一些自相矛盾的字眼，如"基于地方的流动"和"流散栖居"等。出于同样的原因，与其他坚持将地方意识视为对生态意识活动基础的作家一样，他的观点始终在以下两种说法之间无力地摇摆：他一方面声称，本土作为人们最熟悉的地方，能帮助人们扩大生态意识范围，一方面又不安地意识到，本土本身对于大多数个体来说是完全陌生的，从认识论上说，作为一个整体的本土很有可能像国家和世界等更大的实体一样神秘莫测。

　　地方以及故土情一再被环保主义视为其思想基础，因此，在20世纪90年代中期，生态批评作为文学和文化研究的新视角，一开始就关注对"地方"的研究。在其第一本著名的教科书《生态批评读本》（*The Ecocriticism Reader*）的前言中，彻丽尔·格罗费尔蒂（Cheryll Glotfelty）问道："除了种族、阶级和性别以外，'地方'是否应该成为一种新的批评范畴？"她自己回答道："生态批评作为一种批评立场，一只脚踏入文学领域，而另一只深入大地。"（xix）劳伦斯·布尔在他开创性的研究《环境想象》（*The Environmental Imagination*）一书中，间接地对"环境文学"做了如下定义：在这类作品中，"非人类环境不仅仅是一种参照物，而且是一种真实的存在，它暗示了人类历史包含在自然历史之内"（7）。布尔的例证说明他所指的"非人类环境"主要指景观与地点。罗伯特·克恩（Robert Kern）对此做了进一步的论述，他认为"所有文本都至少是潜在的环境文学作品，都可以做生态批评或者生态倾向的解读，因为所有故事都发生在一个真实或者虚构的地点，而作者都会有意无意地呈现自己与该地点的关系"［《生态批评：它有什么用？》（"Ecocriticism：What Is It Good For?"），259］。

这些生态批评最初引用开创性的文本，并不是要说明它们将"地方"这个范畴作为一个研究重点，也并不是毫无争议的。事实上，格伦·洛夫（Glen Love）和约瑟夫·卡罗尔（Joseph Carroll）等学者就提出一个不同看法：他们将生态批评置于达尔文"顺应性思维"（adapted mind）学说之下考察。他们认为，一般而言，文化就是一种进化适应的机制［卡罗尔《进化论与文学达尔文主义》（*Evolution and Literary Darwinism*）；洛夫：第二章］。但是，他们曲高和寡，也没有从进化论角度详细阐释，因而未能起到对抗主流"地方"研究理论范式的作用。主流地方理论范式不仅能在我所谈到的理论陈述中找到，而且也体现在众多地方研究的著作中，其作者数不胜数，主要有亨利·大卫·梭罗（Henry David Thoreau）、约翰·缪尔、薇拉·凯瑟（Willa Cather）、玛丽·奥斯汀（Mary Austin）、爱德华·艾比、加里·斯奈德、贝里·洛佩兹（Barry Lopez）、特里·坦皮斯特·威廉姆斯等。

尽管这些环保主义和生态批评思想家都意识到全球化的重要性，但从他们的研究和书写中，我们始终没有看到他们对"身份认同——不论是个人的还是社区的——都源于本土"这一假设有过任何质疑。在过去的 20 年里，文化理论中对地方和民族身份的重要见解往往都是建立在排除他者的基础之上的，它们既依赖于和其他地方及文化的交叉，又时常否认交叉性存在的事实。另外，美国环保主义和生态批评尚未探讨"在真实或者想象中，他乡旅程如何影响自我的含义"这个问题。人们尽管承认跨民族和全球化视角的重要性，但这种重要性往往只是作为本土主体概念（localist conception of the subject）的补充，而不是当作挑战这种概念的另一种视角。我在前文简述的邻近伦理认为，真正的伦理承诺只能从本土鲜活的生活中得到，因为本土是构成个人真实身份的核心。就这个问题而言，我认为，生态批评——也包括许多环境主义思想——并未吸收文化理论的最新研究成果。文化理论认为，构成个人身份本质的是由各种混合体、碎片化经历以及对不同社区、文化和地方的忠诚情感所构成的。更确切地说，这些混合体对于将"身份"建构为政治上所说的"主体"至关重要。

还是用一个简短的例子来解释这一说法吧。对于美国环保主义运动以及生态批评而言，没有谁能比诗人、散文家加里·斯奈德有更大的影响力了。斯奈德似乎比其他环保主义作家更有资格谈论跨民族主义话题。他在 20 世纪 50 年代学习汉语和日语，从 50 年代后期到 60 年代后期旅居京都，常常将中国和日本的文学与哲学经典，以及美国印第安叙事传统融入他的创作中。尽管他大多数作品的主题是关于本地自然、历史以及前文所说的地方主义伦理的，但是，他的一些作品名称和核心概念，如"地球屋"（earth house），却凸显了一种辽阔的星球视野。因此，斯奈德的作品完全有理由得到环保主义和生态批评的重点关注。我无法在此完全呈现它博大精深的思想内涵，但我要指出的是，斯奈德作品中频繁出现的其他文化空间和传统并未最终在理论上得到解释：为何祖居一地的人需要与非本地文化相碰撞？这种碰撞又会怎样重塑一个地方的身份和经历？将东亚水稻种植区的自然哲学移用到美国内华达州的西谢拉（Sierra）地区，会产生哪些问题？他也没有解释商品交换、消费、高科技转化和信息交流是怎样促成这种转移的，又在其中扮演怎样的角色。斯奈德在他 2001 年发表的散文中，勾画了他的乌托邦幻想，认为国界可能会从北美大陆消失：

> 为何不从生态区域的角度宣告美国和墨西哥以及美国和加拿大之间的国界是虚妄的呢？自然区域及其承载能力就是这种想法的标准。若是愿意学习，外国佬可以向南移居。让墨西哥人向北迁移吧，为他们提供工作机会，也为他们提供为喀斯喀特山脉和大盆地贡献忠诚的机会——北极的因纽特人已经拥有了他们自己的半极地国家。我们所有人在一起……一起用西班牙语、英语、纳瓦霍语，以及拉科塔语学习我们的生态系统。组成"龟岛"上多种族的爱国者。[《火焰再燃》（*Back on the Fire*），19]

人们不免要给这种令人向往的乌托邦想象贴上"多元文化"的标签。我要说的是，它是，但也不是。说它是"多元文化"，是因为斯奈德在文中所设想的文化社区是由不同生态区域中的生态框架所塑造的。说它不是，那是因为它并未阐明，某人所在区域与其出生地文化之间，以及与其现住地文化之间的区别对他的居住模式有何影响。他也没有解释，不同文化体系，如拉美文化、北美白人文化和土著文化，是如何影响各自对以下问题的看法的：地方生态由什么组成？它需要人类做些什么，或者说人们正确的应对方式是什么？换句话说，斯奈德字里行间的假设是，不论人们选择在何处居住，他们的文化身份都会由其塑造和重塑，而不是假设文化移居（cultural migration）会以某种根本的方式推翻"本地居住"（local inhabitation）的内涵，甚至会以什么样的方式颠覆"生态区域"一词的内涵。

当斯奈德转而思考来自这个北美大陆以外的移民时，这一假设就变得更加明显了："来自亚洲、非洲、欧洲等地的海外新移民，不仅会被号召学习美国历史和宪法，还有他们新家园的地貌、分水岭和动植物……每个从这一洁身礼室中出来的人都恍若得到洗礼、净化和重生，不再是一个移民，而是一个全身心都属于北美的人。"（《火焰再燃》，19）在此，斯奈德借助了带有生态主义色彩的美国神话，讲的是彻底的文化同化，该神话所使用的术语在过去的 20 年内不断地遭到质疑。有没有可能那些移民——和其他人一样——并未获得重生，只是不断被其生命历程中的不同经历所重新组装，而北美的身份仅仅只是一个组成部分呢？有没有可能一个人的身心并不只是属于一个大陆，而是献给了几个大陆呢？有没有可能如托马斯豪所说，移民并不是生命进入洁身礼室的终结阶段，而只是一个基本居住模式呢？如果说斯奈德没有考虑到以上那类问题，这是因为在最后一例中，和其他许多带有环保主义倾向的作家一样，他将跨国和全球领域看作是对地方身份的一种补充，而非它的另一种积极选择。①

　　如此的地方意识在埃尔利希夫妇、托马斯豪和斯奈德等作家笔下以及生态批评领域都司空见惯，这使我们不禁要问：为什么这类话语的生命力如此顽强，甚至连那些论点与它毫无关联的思想家们也对它欲罢不能呢？我认为这一问题不能只针对环保主义话语来回答。我们不仅要思考"回归本土"这一主张在过去几

----

　　① 我认为，相同的问题也困扰着帕特里克·墨菲（Patrick Murphy），尽管墨菲讨论跨民族社区的论文富有见地。在他的论文《论他民族生态文学另者性和答复性的形态》（"Grounding Anotherness and Answerability in Allonational Ecoliterature Formations"）中，认为民族国家对环保主义思想构成困局，并呼吁从国家层面以下和以上两方面思考认同问题。但归根结底，他仍然认为跨民族形态是建立在其与本土和临近伦理之上的："这些比民族国家和跨国家更大的形式，与小于民族国家的形式一样，保持着地域认同，这种认同会使人们对于某个具体的地方产生忠诚，如果那些地方有人们共同的利益或者共同的威胁。"（424）这种说法很有见地，因为这些跨国形式都是基于某个具体地方的，但是"人们共同的利益或者共同的威胁"却不是由共同的地域确定的——非营利的国际非政府组织就没有共同的地域，他却将这种组织作为了例证。

十年关于美国身份的论辩中扮演什么样的角色,同时还要考虑反对复兴本土主义的各种批评意见。20 世纪八九十年代,大量的文化批评都强调故土是身份的发源地,因为那既是"情境知识"的来源,也可能是抵抗霸权社会结构的场所。20 世纪 80 年代的大多数后现代主义研究都在抵制普世性、"极权化"以及"宏大叙事"等观点,主要通过情境知识和地方知识对以上观点进行反驳,这既是后现代主义的认识论策略——以怀疑主义抵御笼统的抽象与概括,因为抽象与概括依赖的是跨历史的主体意识,又是出于一系列伦理义务的行为——而不是任何学术研究,因为他们无视他者的立场和声音。在 20 世纪 90 年代,身份认同政治强化了对本土的研究,因为本土被认为是个人和历史之根源,借此来奠定主体多元概念的基础。在讨论身份认同时,人们附带研究的问题是如何理解个人与社区的关系,结果发现民族国家和民族性是理解个体和社区的统摄性概念。当然,最近的"后民族主义"研究对此持有批评意见。民族国家虽然需要在日益深化的政治经济全球化背景下重新定义自己,但它们也常常受到来自国家以下层面的压力,这些层面从区域、伦理、宗教和地方议程等角度对其合法性进行质疑。在这一背景下,地方问题和地方对个体身份和社区身份的形成起到了至关重要的作用。①

---

① 在 20 世纪 80 年代和 90 年代,对地方的兴趣和本土经验的研究从文学和文化研究(尤其是美国问题研究)渗透人类学、地理学和哲学领域。本章篇幅有限,无法提供以上领域对该问题的述评。重要的论文、专著和文集,参见希蒙和穆杰洛尔(Seamon and Mugerauer)、索佳(Soja)《后现代地理和第三空间》(*Postmodern Geographies and the Thirdspcace*)、富兰克林和斯坦纳(Franklin and Steiner)、伯德等(Bird, et al.)、凯斯和佩勒(Keith and Pile)、邓肯和雷伊(Duncan and Ley)、荷希和欧汉朗(Hirsch and O'Hanlon)、秦和克里德(Ching and Creed)、哈维(Harvey)[《正义论》(*Justice*)]、洛维尔(Lovell)以及布莱尔(Blair)等。文学和文化何以研究关注"本土"问题,参见辛普森(Simpson)的《学术后现代》(*Academic Postmodern*)第五章和《情景化》(*Situatedness*),以及罗宾斯(Robbins)高举世界主义和国际主义大旗视角的论述《比较世界主义》("Comparative Cosmopolitanisms")和《全球情感》(*Feeling Global*)。我会再提及这本书。

　　针对以上问题和环保主义的地方话语，大致存在两种批评声音，其一是关于地方的定义的，其二则是关于地方定义背后折射出的认识论、伦理和政治内涵的。正如劳伦斯·布尔指出的那样，定义地方这个概念的困难在于，这个词的内涵极其松散："地方既可以小到你家厨房的一角，也可以大到整个星球。"（《未来》，62）地方概念的松散性导致在具有生态主义倾向的学者讨论地方这一概念时，以为只有相对较小且能亲身体验的空间和社区才能使人产生情感依附和道德义务，这无疑是有问题的。有一种说法认为，生态本身决定自然的界限，而界限决定了地方的内涵，这种观点与上述"地方是指一个狭小的地点"的假设正好相反。唐纳德·亚历山大（Donald Alexander）在他对生态区域主义的评论中指出，不同的生态标准——比如分水岭、植被区域等——能够以不同的方式定义一个区域，像北美五大湖这类的生态区域，有三千多万人口，比许多国家的人口还多。换句话说，对自然区域的忠诚与对小社区的忠诚往往是不能同日而语的。

　　不同话语结构对地方的定义互不相同，这表明树立"地方意识"并不意味着要回归自然之中以及自然本身，它最多只是在不同文化背景下贴近自然的一种方式。许多文化理论家指出，一些人认为地方天然地拥有物质和精神特质，居住其间的人能对其产生共鸣。其实，持这一观点的人应该反过来分析，所谓的特质是怎样被"社会炮制"或者被"文化建构"出来的。许多坚持亨利·列斐伏尔（Henri Lefebvre）马克思主义传统的地理学家都接受其"空间由社会生产"（social production of space）的理论。列斐伏尔在他《空间的生产》（*The Production of Space*，1974）一书中，认为空间是一种"社会产物"，在很大程度上由社会结构和社会变化过程所创造和体验，并与权力控制和不平等观念有关（26）。尼尔·史密斯（Neil Smith）、大卫·哈维（David Harvey）以及多琳·玛赛（Doreen Massey）等地理学家强调，讨论地方的特殊性必然要考虑不平衡的经济发展过程，如果将特殊性视为固有特征，就会轻易地掩盖其中的权力关系，而权力关系是可见的并且是人们时刻都能体验到的。他们的研究无疑丰富了列斐伏尔的理论，也扩展了本土主义的理论内涵。根据他们的观点，即使人们感知到的地方是"自然的"、"荒野的"，或者"真实的"，人们的感知也是通过社会变化过程实现的，其意义由社会变化过程所决定。

"地方"这一概念由文化所建构，也同样是围绕着一个假设而展开，即地方并非先于人类理解而存在，它主要由那些创建它们的具体社区的文化惯例所塑造，而非由资本主义经济体制所塑造。文化建构主义者认为，地方特征以及对地方的依附模式是由人类干预和文化历史所确定的，而非自然而然的结果。本地人身份绝不是自然而然产生的，而是通过一系列政治、社会、文化实践和过程建立并维持的。正如人类学家阿琼·阿帕杜莱（Arjun Appadurai）所述，这种情形在典型的前现代部落社区时就是如此。他并不承认这类社区会比现代社会更自然而然地与地方直接相连，恰恰相反，他认为建造房舍、园艺劳作，或者举行成人仪式等精心准备的活动，并不是社区不言自明的天然存在和稳定性的标志，而应该被看作一种策略，目的是定义那种含混不清、常受质疑的本地人身份［《俯瞰现代性：全球化的文化维度》（*Modernity at Large：Cultural Dimention of Globalization*），183—186］。宽泛地讲，文化研究在过去二十多年里，主要是分析所谓的"自然的"和"生态的"感知，认为这其实是源于文化惯例，而非天然形成的。这类研究不免会导致人们对回归自然的可能性产生怀疑，同时对以熟识的自然特征来定义地方的可能性持怀疑态度。

流行的观点认为，定义"本土"十分困难，因为人们的伦理和政治倾向不同，而由此产生的对"本土"的依恋情感也不同。但有一些学者并未将突破这种困难作为研究的重点。例如前面的引文所述，柯克帕特里克·塞尔假定，在本土和区域层面上，环保主义者的出发点无疑是"实用的"，因为人们会直接意识到自己所做决定的后果，并受到这些后果的影响。果真如此吗？真正的原因是什么呢？可以肯定的是，本地和区域的决策者们也要像国家和跨国决策者那样，权衡各种"实用性"的利弊：如不同社会团体间的利益关系、短期效益和长期效益、眼前利益和长远利益、对某一具体措施可能带来的结果的不同预测、社区成员共有的不同利益群体间的竞争（如扩建交通设施和保护环境之间的冲突），等等。由于这类决议多数取决于对社区和环境的价值判断，即考虑何种社区和环境最为适宜，同时也要考虑哪种行动的后果是可以完全预期的，因此，塞尔所假定的那种"实用性"原则并不能清晰地引导社区重新回归自然。因此，从大的实体向小的实体转变，并不能保证会出现一种更具生态可持续性发展的生存模式。环保主义政治的历史中不乏地方政府为了自身经济利益而放弃环境保护的例子，地方的决策有时也会被上一级决策机构否决，因为他们很少能从地方资源开发和经济发展中直接获益。同样的道理，欧盟等跨国实体才会制定并通过一些效力超越国家和地方的环境法规。

另外，如许多深度生态学（deep ecology）评论家们指出的那样，将自然观念作为确定政治和伦理规范、制定重大问题决策的基础时，所要承担的风险之一是，人们容易忽略政治规划多样性将使得这些规范和决策为其服务。一个最极端也是最常被引用的例子无疑是纳粹德国对"血与土"（Blut und Boden）之天然联系之说。这一论调使得法西斯政治结构合法化，使其通过军事手段扩展"生活空间"（Lebensraum）的做法合法化，也使得20世纪三四十年代德国在其领土内外惨绝人寰的暴行合法化〔比赫尔（Biehl），131—133；比赫尔和斯托登迈尔（Staudenmaier）；布拉姆威尔（Bramwell）《生态法西斯主义：德国教训》（Ecofascism: Lessons from the German Experience）〕。当然，没有必要仅仅用这个异乎寻常的例子去证明地方意识对保守政治与激进政治都有支持作用的观点。寻根于某地并保护其不受破坏和掠夺，这是向基于阶级的或是带有种族色彩的排异政治迈出的第一步，因为排异政治旨在寻求保护某一社会群体的特殊利益。例如，关于"如何协调出手大方的游客和地方居民之间的利益并制定有效保护著名景区的政策"的讨论，就常常涉及社会经济特权方面的议题和生态问题，① 而大卫·哈维对巴尔的摩吉尔福德区的分析就提供了一个指导性的城市规划案例，从中我们可以看出，对某地的地方特色的保护与社会和种族排异问题是密切交织在一起的［《正义》（*Justice*），291—293］。因而，鼓励人们培养地方意识所带来的政治后果并不是直接的，而是不可预测的。同时，环保主义者应该清楚地看到，地方意识也可以为一些他们不赞成的政治理念服务。环保主义者倡导建立基于地方的社区，认为那样就能保障基层民主和实现平等，但是本土主义这一概念本身并不能保证它们之间有任何必然的联系。

作家们常常将一些极具个性化的事例作为培养地方意识、重建与自然联系的典范，殊不知这些个性化的事例同样暗含着社会和经济特权问题。温德尔·贝里的阿巴拉契亚农场、加里·斯奈德自建的"奇奇地斯"（Kitkitdizze）以及斯科特·罗素·桑德斯自己动手搭建的小屋，都被他们写进自己的作品中。它们不仅是独立自主、自给自足的生活方式的实例，而且还被作为替代随波逐流的主流消费主义生活方式的可行途径。毫无疑问，这些作家对认识和保护自己居住环境的热忱，以及对如何尽可能地减少自己对土地的负面影响的认真反思，都值得我们仰慕与学习。不过，既然他们把自己的生活方式作为一种具有环保意识的范式来推行，那么人们不禁要问，哪一个社会群体具有相应的财力、教

---

① 内华达大学雷诺分校 1998 年 2 月 19—21 日举办"环境与社区"学术会议，丽贝卡·索尔尼特（Rebecca Solnit）在小组发言中提出这个观点，在此表示感谢。

育背景、职业自由和时间去尝试这种生活方式？当然，对于 21
世纪初期美国大部分中下层的人们而言，耕种自己的土地、搭建
农舍并非与大地重建联系的可行之举，且不说那些匆匆离开城
市、经营一块土地以补充家用的上百万城市居民会对生态环境造
成怎样的影响呢！尽管贝里和斯奈德所倡导的与大地共居的生活
方式与先前梭罗在瓦尔登湖的生活方式一样，就其思想价值而
言，都是令人钦佩的尝试，但若以他们为典范，以为那就是有意
识且符合环保要求的思考和生活方式，却是难以想象的。

我们不妨带着上述疑虑，再回到之前谈到的问题：为何地方
说辞在环保主义作品中经久不衰。我认为地方修辞反复出现，并
不是因为它能对环保主义事业起到直接且实际的作用——其实我
们能想象出许多培养个人和社区的生态意识的方式，对此我将在
后面进行论证。事实上，地方修辞之所以有如此顽强的生命力，
这与美国人长期以来养成的话语传统有关：在美国和其他国家的
作家笔下，不论是以欣赏的语气还是以鄙视的语气，美国人都被
刻画为一个具有高度流动性的民族，像游牧民族一样，漂泊不
定，永远行走在路上。早在 1835 年，亚历克斯·德·托克维尔
（Alexis de Tocqueville）在《论美国的民主》（*Democracy in Amer-
ica*）一书中惊叹道：

> 在美国，人们会悉心建造用于养老的房子，却又会在连
> 屋顶都没建好时把它卖掉……他们定居一地的目的就是要尽
> 快离开那里，怀揣着一连串愿望踏上新的旅程……另外，假
> 如在一年的辛勤劳动之后还有些闲暇时间，他们的好奇心便
> 立刻开始骚动，催促着他们奔走于广袤无际的美国大地……
> 看到那么多快乐富有的人们怀有一颗不安分的心，起初感到
> 特别奇怪与震惊。当然，这是人的天性，到处都有，但新奇
> 的是，它居然是整个民族的天性。（623）

历史学家威廉·利奇（William Leach）从霍桑那里追溯到这个传统的历史：霍桑1855年写道："世界上没有任何一个民族和我们一样有着流浪汉的天性"；乔治·帕金斯·马什（George Perkins Marsh）1864年在《人与自然》（Man and Nature）中抱怨道："那种对改变的狂热是我们的民族性，它几乎使我们成了游牧民族，而非定居一地的民族"；哈佛大学哲学教授乔西亚·罗伊斯（Josiah Royce）1902年断言："在当今的美国，人人都是无家的游民。"到20世纪后半叶，记者们写了《流动的美国》（The Moving America）和《无家的心》（The Homeless Mind）等书籍，学者万斯·帕卡德（Vance Packard）、乔治·W.皮尔森（George W. Pierson）和彼得·博格（Peter Berger）等坚信"流动性是美国文化的一个显著特征"（9—30）。① 近年来的学术研究仍然沿用这个思路。韦恩·富兰克林（Wayne Franklin）和迈克尔·斯坦纳（Michael Steiner）在他们1992年的作品选集《美国文化概要》（Mapping American Culture）的前言中，收集了一长串美国人到处漂泊的例子，其中有多明戈·福斯蒂诺·萨米恩托（Domingo Faustino Sarmiento）1847年的游记，以及托恩顿·王尔德（Thornton Wilder）和查尔斯·汤姆林森（Charles Tomlinson）的作品。他们得出这样的结论："大多数在城市中漂泊的美国人无法体会到对某个地方的那种深情。从我们与地方的关系来说，我们是彻底无知的。"（8）我们不妨在这一长串例子中再添上旅游小说和旅游电影这两个大类，其中最有名的作家当推杰克·凯鲁亚克（Jack Kerouac）。在他划时代的小说《在路上》（On the Road）中，他写下了这句名言："我们将迷茫与荒谬抛却脑后，践行时代赋予我们的崇高使命：前行。我们已经上路了！"（134）在这一背景下，贝里和桑德斯控诉了美国民族的流

---

① 利奇（Leech）在他的专著中也参与到当代美国"无地方归属感"的争论传统中，不过，他是从文化角度而不是环境角度讨论的。

浪性,指出它无法促使环保主义者认真思考这个问题,因为他们遵循的是文化逻辑,而非生态逻辑。至少两个世纪以来,美国人将自己视为现代的游牧民族,对这种流动性见仁见智,一方面视其为自己最宝贵的社会财富,一方面又觉得它深刻暴露了自己文化中的缺陷。美国人认为真正的植根一地,是属于其他民族的特点。具体而言,是属于北美印第安人、欧洲人和那些有古老文化传统的民族的。唯有在这种语境下,定居一地才是美国民族值得向往的目标,或者被认为是一种抵制主流文化的一种方式。正是这种文化理想使得当今坚持树立地方意识的环保主义话语具有一定的说服力,也正是这种说服力在很大程度上使地方意识在本来更具国际化的议论中反复出现。一旦认识了这一理想对美国思想和创作的影响,便不难重新认识米歇尔·托马斯豪等理论家从新的视角提出的有用见解:以全球化理论来解读环保主义的地方话语。

第四节　去地域化与生态世界主义

文化理论家弗雷德里克·詹姆逊(Fredric Jameson)在其1984年的经典论文《后现代主义或晚期资本主义的文化逻辑》("Postmodernism, or, The Cultural Logic of Late Captalism")中,精辟地阐述了全球化对个体的场所意识(sense of situatedness)带来的挑战。他在对洛杉矶的博纳温彻酒店所作的建筑学分析中,将该建筑的空旷感、对称性以及与周围环境浑然一体的融合称为"后现代的超空间",一个超越常规方位、空间识别和记忆的空间。詹姆逊认为"这种最新的空间变异"

　　　　最终成功地超越了人类个体定位自身的能力、永久确认周围环境的能力,以及在外部世界中标识自己所处位置的认知能力……人体与其建筑环境之间这种可怕的分离点……本

身就象征着人类面临的更为深刻的两难境地,即人类大脑的
认识能力是有限的。就目前而言,人们还无法勾画全球范围
内多民族、去中心化的交际网络的蓝图,在这个网络中人们
只是一个个孤零零的个体。[《后现代主义》(*Postmodern-
ism*),44]

在一系列极为复杂的各类全球网络中定位个体的位置是一个难
题,对环保主义地方话语也是一个挑战。如前文所述,从 20 世
纪 60 年代到新千禧年之际,环保主义用两种方式来应对这一挑
战。第一种方式是勾画寓言式的全球愿景,不过,这些愿景随着
时间的推移已从乌托邦式的转为去乌托邦化的想象;第二种方式
是建构一系列相关视角,强调"地方意识"、依恋情感或者重回
故土的重要性,主张通过长期定居一地,培养与周围环境的亲近
感、故土情和道义责任。这两种应对方式常常被认为——或含蓄
或明确地——是互补关系,然而事实上两者不断地相互抵触,一
方面是因为某些环保主义话语排斥抽象和间接知识,另一方面是
因为他们在过去二十几年里抵制经济全球化的特定形式。

在重新思考本地居住和全球公民两者关系时所遇见的这些问
题,绝不仅限于环保主义话语中,它还出现在从认同政治学到全
球化理论的各个领域。正如我在导言中所提到的,关于人之根本
是本土或者自己的民族,还是人的本性就是流散、游牧、文化间
际性(hybridity)、"异族通婚"、边际意识和流放意识,学术界
经过几轮热烈争论,现已陷入了僵局:不论是强调本土意识还是
强调全球意识,在抽象的理论层面,都似乎言之有理,令人信
服。可是,机械地照搬一套特定的术语,自以为它们始终能够描
述较为理想的意识形态视角,这种做法显然不能奏效了。比如
说,人们常常以为文化间际性在本质上优于文化正统,强调移居
与流散比偏安一隅更为重要。相反,也有人认为流动性会带来负
面影响,而心怀故土则不会。但是,承认以上僵局的存在并不意

味着这些观点已失去意义，或者说在特定的政治和话语背景下已显得多余。美国的环保主义和生态批评话语由于我在第二节和第三节中罗列的原因，仍然局限于概念讨论，这一方面是由于受到了本质主义（essentialist）地方修辞的影响，另一方面是由于没有对全球化文化理论中的一些真知灼见产生兴趣。我认为，令我们感兴趣的应当从全球化理论的两大中心概念开始：去地域化和世界主义（cosmopolitanism）。

去地域化在文学和文化批评中以德勒兹（Deleuze）和瓜塔利（Guattari）为代表。他们试图以哲学的方式，将社会、空间和身体结构与其原来的类别、范畴以及界限相分离，并对它们重新概念化。然而，去地域化一词也同样广泛地用于人类学和社会学领域，用来研究地方经验在现代化和全球化过程的影响下会发生怎样的变化。去地域化被视为"地方性作为现代社会压抑下的社会生活的属性或区别符号"的简便说法（阿帕杜莱，179）。这也是我在本书中使用去地域化这个术语的基本意思。具体而言，该词指的是社会和文化实践活动与其所在地之间联系的断裂，这在现代主义和后现代主义理论中有过详细的论述。例如，社会学家安东尼·吉登斯仔细分析了"移除"（disembedding）这一现象，他认为，该现象发生在现代化进程中，政府和权威机构从村镇和县城移到遥远的地方，催生了以货币为象征的交换网络、保障楼房建造安全或者零售店食品安全的专业技术网络以及在大型社区通过立法和司法环节建立的信任网络［《现代性的后果》（Consequences of Modernity），21—36］。地理学家大卫·哈维用类似的方法分析了20世纪后半叶后现代化社会的典型特征，提出了"时空压缩"（time-space compression）的概念，即拉近相距遥远的地点间的距离。在全球资本主义这把大伞之下，"时空压缩"既推动了同质化运动，也加剧了地方分化运动［见《后现代状况：正义、自然和差异地理学》（Condition of Postmodernity：Justice，Nature and the Geography of Differences）］。社会学家罗兰・罗伯逊（Roland Robertson）从一个略为不同的理论视角提出了"全球本土"（glocal）这个概念，以表达"所谓的本土究竟在多大程度上建构在跨地方或者超地方基础之上……许多常常被称为本土的，其实不过是在宽泛的地方主义概念框架下所表达的本土概念"。① 内斯特尔・加西亚・坎西利尼（Nestor Garcia Canclini）在分析发展中国家的不同现代化模式时，同样认为去地域化是指一种"文化与地理和社会地域'自然'关系的丧失"[《杂糅文化：走进与走出现代性的战略》（*Hybrid Cultures：Strategies for Entering and Leaving Modernity*），229]。一些对现代化过程的研究强调，不断增加的流动性是去地域化的主要原因 [参见拉什（Lash）和乌里（Urry）《符号与空间经济》（*Economies of Signs and Space*），252—254]；还有一些去地域化研究则将重点放在：去地域化是如何改变固守一方的人们和社区的地方经历的。②

　　关于改变经历这点，社会学家约翰・汤姆林森做过详细的论述。他强调，虽然流动——不论是休闲旅行者的自觉行为，还是民工的被动流动——已成为文化与地方割裂的重要力量，但"对于大多数人来说，全球现代性的范式经验……是身居一地却能体验全球现代性带给他们的地域'置换'（dis-placement）感觉"（9）。这种置换体验之所以会出现，是因为如今人们到处都

---

　　① 德勒兹（Deleuze）和瓜塔利（Guattari）在《反俄狄浦斯》（145—146）中从地理角度首先使用这个概念，但在《一千个高台》（*A Thousand Plateaus*）（167—192）中，这个概念成了人们面孔去地域化的隐喻。他们在著作中使用这个概念十分松散，又高度象征化，因而我宁愿使用社会学和人类学在这方面的研究成果。

　　② 拉什和乌里十分强调乘坐汽车、火车或者飞机长途旅行对于现代社会不可估量的意义。他们认为，这类旅行比起波德莱尔的城市穿行更像现代社会的一个重要现象（252）。他们认为这类旅行之所以更具有现代意义，不仅得益于现代科技——而且更具决定意义的是，得益于机构创新和文化再概念化，才使得这类技术普遍化，才使得人们乐于接受日益增加的流动性是安全和有益的想法（253—254）。他们对这些语境的分析令他们得出结论："现代经验的范式就是长距离的快速流动。"（253）

能买到全球生产和分配的消费品、文化艺术品和食品，而且广播、电视和互联网等媒体，可以将千里之外的地方和问题带到普通百姓的客厅里。此外，汤姆林森借用人类学家马克·奥热（Marc Auge）的"非地方"（nonplace）概念，认为人们在大多数国家和地区看见极其相似的机场航站楼、超市、加油站等建筑，也会有地域"置换"的感觉［《全球化与文化》（*Globalization and Culture*），108—128］。汤姆林森清楚地意识到，与世界上其他地方相比，上述元素更适合描述欧洲和北美普通民众的日常生活。但是，他同时指出，即使是（或者说主要是）那些生活在发展中国家的人，也同样会受到去地域化的影响。确切地说，就是强国的剥削把他们深深地卷入全球化过程当中。发展中国家的工人正是因为受国际资本流动的牵制，被迫经历去地域化。农民也一样，他们选种何种农作物需由第一世界市场的需求所决定（汤姆林森，136），或者说，他们的庄稼收成取决于跨国公司所售出的种子、化肥和农药的质量。另外，在城市快速发展的今天，许多以前只有在第一世界才有的产品（商品、食物、媒体），如今也开始在世界各地出售。因此，汤姆林森指出：

> 在去地域化文化体验中，危险的不是富裕程度的变化，而是由各种全球现代性力量所导致的生活方式的改变——生活脱离了本土……可以认为，一些当代第三世界国家的人，正因为他们还处在全球化过程不平衡的夹缝之间，因而可能会比第一世界的人对去地域化有着更加深刻的体验。（137；另见135）

权力能够超越地理、政治以及社会界限，人们对此有所经历。实际上，风险也是如此，但汤姆林森的讨论没有涉及这点。对此我将在本书第四章至第六章进行论述。一些最近发生的生态和技术风险事件——地区性事件如1986年的切尔诺贝利核事故，延伸至全球的事件如大气变暖以及平流层臭氧洞扩大，不论从地理、政治还是社会角度衡量，其影响都波及相距甚远的地区的人口。另外，由政治和经济事件所引起的危机同样有可能超越国家和社会界限，影响到对此毫无应对能力的人。由此，汤姆林森这样总结道：

> 与过去相比，全球化加快了人们的流动性，但它最关键的文化影响在于对地方本身的改变……复杂的关联性弱化了文化与地方的纽带。无论如何，这都是一个令人担忧的现象：本土的小天地会受到千里之外各种力量的影响与渗透，日常生活的意义也不再与本土环境相关。生存的物质条件使大多数人在大多数情况下都身处一地，然而我们却发现那些地方竟渐渐地，不知不觉地，失去了定义人们生存状态的能力。这无疑是一种不平衡且充满矛盾的状况：有些地方的人对此感受强烈，有些地方则相对较弱，有时它又会遇到一些试图重振地方权力的对抗力量。总之，我认为，去地域化对文化的主要影响就在于它的全球关联性。（29—30）

由此看来，去地域化意味着深刻的文化和社会动荡，但汤姆林森也煞费苦心地强调它对人们日常生活体验的影响。在他看来，更重要的一点在于，去地域化带来的大多数变化会很快被经历过这些改变的人们同化，从而变成所谓的"常规"的一部分（128）。的确，去地域化过程的重要性在很大程度上在于它能很快被人们接受，并成为个人日常生活中的一部分。乌尔里希·贝克将去地域化过程描述为日常生活的"世界主义化"和"平庸的世界主义"（banal cosmopolitanism）趋势。更可怕的是，个人往往意识不到这些变化［《世界主义的观点》（*Der Kosmopolitische Blick*），65—67］。

环保主义"与本土重建联系"的主张，如果放在以上理论框架下考察,可以被理解为"归域"(reterritorialization)的一种形式,即一种使文化回归地方的尝试。然而,这一理论框架也证明了为什么这种尝试注定会在理论和实践上存在问题。从实践层面来说,它证明了全球关联性是如何使更多的人更难获得深刻的地方体验。正如前文所述,在某地居住几十年,建造房屋或者经营一个农场,熟悉当地的一草一木,与邻居和睦相处,尽可能做到自给自足,拒绝接受不能直接改善人们精神和物质生活的新技术,凡此种种,不一而足。但这种生活方式对于当今的许多人来说,是可望而不可即的。去地域化意味着在全球化背景下,普通人的日常生活会被来自他乡的结构、过程和产品所塑造,这从我们所购买的食物、衣物和燃料,到我们所欣赏的音乐和影视作品,再到我们为之效力的雇主,以及我们所面临的健康风险等方面,都可以感受到。对于大多数人来说,离开了全球信息交换网络的日常生活简直难以想象。尽管"归域"在某些方面有可能实现,比如说购买本地种植的农产品或者支持地方艺术家,但要彻底从全球网络中分离出去,却不是普通民众所能做到的。当然,以上的论述并不是在质疑重建地方意识的可取性,但它确实限制了未来大部分人采取这种思维范式的可行性。

除了这种现实性的考虑之外,去地域化概念也指出了环保主义者所呼吁的"基于伦理的地方意识"所存在的理论问题。因为随着全球联系日益紧密,发生改变的不仅仅只有本土场所,同时还有与之相关的感知、认识和社会预期结构。乔舒亚·梅罗维茨(Joshua Meyrowitz)在他关于电视对人们的影响的重要研究中,认为技术媒介不但将公共事件带入千家万户的客厅,而且为各个社会群体提供了前所未有的不同视角,还使得人们能够了解其他社会群体的生活和行为方式,这无疑改变了人们对公共场所和私人场所的界限,以及与这些场所相关的权力结构等最基本的社会因素的认识。梅罗维茨指出,社会关系本身在改变，正如通过丰富的视觉细节，女性可以了解男性在没有她在场时的行为举止，穷人可以了解中产阶级和上流社会的生活方式。权力结构以及团体包容和排异性结构等种种不平等的社会现象，都以不同方式被感知并合法化［《地方意识空白：电子媒体对社会行为的影响》（*No Sense of Place：The Impact of Electronic Media on Social Behavior*），69—126，185—267］。贝克从一个略微不同的角度指出，通过将日常生活植入跨国媒体网络，人们的情感结构和情感共鸣结构都也在发生变化（《世界主义的观点》，67）。即便大多数人决定永远不再看电视——这当然是不可能的，这些社会关系的变化都不能简单地被消除。当然，还有一些关于其他媒体和日益加强的全球关联性的相关评论：我们住在自己家乡，却通过广播、电视、电话等媒体设备扩展了对其他地域的认识，此时，我们与本土的关系已经发生了不可逆转的改变。

从这一角度来看环保主义对地方的宣传，其存在的问题在于，其中大多数研究者都以为，人们与自然接触的经历及其故土情都可以从扭曲的现代化进程中原封不动地得到恢复。然而对媒体的分析以及对全球化的研究却表明，情况恰恰相反：这种接触和体验的本质已发生了改变。有些改变也许比较微妙，在多数情况下不被察觉——比如，当今西方国家的大多数居民都游历过许多地方，并且能将自己的家乡与这些地方进行对比，这是他们前几辈人都做不到的；再如，我们对本地自然环境的感知受到媒体中其他生态系统的影像的影响，而这些生态系统我们本人也许永远不可能亲临其境；又如，我们居住某地所要用到的材料和技术（从建材到远足设备或光学设备）都发生了根本性的变化。有些改变比较明显——也许最为显著的是，不论居住者对某个特定地方有何种认识，这对大多数人的生存状况都没有本质影响。过去几个世纪里的部落民族、农民或猎人依靠他们对周围生态系统的知识来维持生计，但对于现代社会的大多数人来说，他们完全可以自由选择接受或不接受某种知识,或者有选择地接受某些方面的知识。一些明显带着现代特征的亲近自然的形式——比如观察鸟类或者收集兰花等高度专业化的爱好——则完全属于业余活动,而非生存之必需。这些活动往往不需要掌握全面的生态学知识,因为它们只专注于生态学的某一个方面,而非整个系统的运行规律。换句话说,地方意识以及与其相关的本土知识对于大多数人来说仅仅只是某种爱好,也许有用而且有趣,但不论对某一社会群体来说那是多么令人神往的愿望,人们都不能再以此来维持生计。

　　本土知识的去地域化未必对环保主义研究不利,相反,它开拓了树立生态意识的新路径。在全球联系不断加强的背景下,对于生态意识和环境伦理至关重要的并非地方意识,而是星球意识——一种关于政治、经济、技术、社会、文化和生态网络影响我们日常生活的意识。如果说去地域化着重指出了文化实践活动脱离本土的事实,那么它也指出了这些活动是如何融入更大的网络系统的。因此,一系列不同的经历和实践活动都可作为理解这些网络的出发点——其中有些与传统的"地方意识"相关,而另一些则无关。托马斯豪列出了理解全球网络的出发点,并提出诸如通过地方气象观测或根据鸟类在地方喂食器旁出现的情况来总结其迁徙规律等行为,能使人深刻理解区域——而远非本土的——生态变化过程(《将生物圈带回家》,96—98)。遗憾的是,他最终未能完全突破传统的假设模式,即植根于本土感知与经历的假设。例如,某人熟悉当地的鸣鸟,这的确可能促使他去了解它们的迁徙规律以及它们在千里之外的季节性居住地的具体情况;或者某人观察到当地树木毁坏情况,这也许能够促使他去探索这一区域酸雨的源头。可见,熟悉地方环境或许会使人"自然而然"融入全球事务中。如果我们承认这种探索的价值,我们同时也必须鼓励人们不以熟悉地方环境作为出发点去认识全球生态关联性。如果说研究地方植物的价值在于这能使人们开始关注全球关联性的种种问题，那么，我们所购买的香蕉产于何地，产地的自然条件如何，我们的电视机是在何种条件下生产的，生产过程中产生了哪些废品，将城市垃圾运到另一个地方会对后者的社区产生怎样的影响等，这些问题也同样具有价值。以上所有疑问都使地方向一个更大范围的生态链接网络敞开了大门，这个网络囊括了区域、大陆，甚至全球。

一旦我们开始研究这些问题，我们也需要关注那些与当地环境相距甚远的问题和知识。没有闲暇时间去学习地方知识的人——比如从别国来的移民，也许对他们原居住地不利于农耕的气候和社会经济因素非常了解；一些比较富有又喜欢去不同地方暂居的人，也许对城市扩张的影响有更深刻的认识；那些不太喜欢穿着远足靴进行室外运动的人，会对空气污染和农药给健康带来的负面影响深感忧虑；有些人在看完电视上关于红毛猩猩灭绝的纪录片后，会对它们的状况感到忧心忡忡，并希望为此做些事情；还有些人把大多数时间都花在电脑前，从不出门抗议当地建核设施，但他们却可能非常了解全球农业生产、人口增长或者经济发展在数字统计上的趋势；另外，还有一些人，比如罗伯特·哈斯所授课程中的学生们，也许对全球大气变化非常了解，但却认不出当地的植物。如果掌握地方知识的价值在于，它从各方面来说都是了解全球关联性的重要途径，那么，那些同样有助于提高这方面认识的非地方性知识和问题也应当具有同等的价值。因此，环保主义思想所面临的挑战就是：如何将其文化想象的核心从地方意识转移到更少地域性、更多系统性的全球意识上来。

这种对于全球的重新想象逐渐融入了文化理论的许多领域当中，而过去全球想象在这些领域当中都是与国家想象相对立的。在整个20世纪80—90年代，人类学、哲学、社会学、政治科学以及文学和文化研究等方面的理论家，深刻地分析了民族和民族认同等概念，突出强调实践、话语和机构的作用，使得人们认识到，以上不言自明的概念原来是高度人为化的产物，是具有历史偶然性的实体；也使得安德森"想象的社区"这样的说法合理化。于是，人们往往认为由国家和民族所确定的个人身份具有压迫性，而文化间际性、移居、交界（borderlands）、离散、游牧以及具有流放色彩的身份，不但更具政治进步性，而且还是对抗民族霸权的潜在基础，能燃起人们对"跨国流动及其相应过程的巨大希望"，因为这种"流动和过程具有解放的潜质（也许能代替正统马克思主义关于国际阶级斗争的思想）。从某种意义上讲，流散主体现在又重新被认为具有一种主动性（agency），它之前出现在工人阶级中，最近又出现在了底层人群中（subaltern subject）"［王爱华《弹性公民身份：跨民族性的文化逻辑》（*Flexible Citizenship：The Cultural Logics of Transnationality*），15］。人类学家詹姆斯·克利福德（James Clifford）的名作《路径》（*Routes*），与其他许多作品一样，对此做了进一步分析。他指出，许多文化，即使被传统上认为地域性很强的本土村落，其本质上都具有流散性，因为它们的身份都源自与不同地方的联系，而不是永远固守一地。

对个人身份的民族性的一系列批评和讨论衍生出了许多不同种类的理论课题。人们一方面对具体的交界身份或者流散社区做大量研究，另一方面也研究如何确立新的——能够超越某一民族、文化、种族或者族性的——归属形态，如何使人们树立更全球化的意识和归属感。正是在这一背景下，不同学科领域的学者重拾并试图重新界定"世界主义"这一概念，以此来想象去地域化后的个人身份认同会呈现怎样的形态。从 20 世纪 90 年代起，围绕"世界主义"这一概念的研究蔚为壮观，其中包括阿皮亚和努斯鲍姆在哲学方面的研究，克利福德和王爱华在人类学方面的研究，海登、赫尔德（Held）和麦格鲁（McGrew）在政治学方面的研究，巴巴、谢（Cheah）、米格诺罗（Mignolo）以及罗宾斯在文学和文化方面的研究。①

---

① 显然，世界主义并不是人们在全球语境下思考认同和主体理论的唯一参照概念。尤其在美国学术界，人们在思考这些问题时，还广泛使用"批判性国际主义"（critical internationalism）、"跨民族主义"和"离散"等术语。我在本章中提到的世界主义的成就、困惑和缺陷，也同样存在于对以上术语的理论探讨中。如果有更多的事件和篇幅，我应该分析得更详细些。我更关注世界主义，那是因为许多有关这个术语的讨论都没有与具体学科的研究问题相关联，也没有与美国学的问题相关联。我在《美国问题研究中生态批评与跨民族转型》（"Ecocriticism and the Turn in American Studies"）一文中，探索生态批评与许多相左概念的关系，其中包括跨民族主义和离散等概念。

在一个比较的语境下，斯皮瓦克曾提出用"星球化"（planetarity）代替全球化这个概念，因为它是一种没有"他者"的认同方式。在《一个学科的终结》（"Death of a Discipline"）中，她呼吁："如果我们将自己想象成星球主体，而不是全球的施动者，是星球的生命形式之一，而不是全球的一员，差异就不会从我们中滋生。它不是我们辩证否定的结果：它包含着我们，如同它将我们扔向一边一样……我们必须不断形成这种特殊的心态。"（73）在此后的一篇论文中，她进一步阐述了这个观点（引用了她先前的文章）："我建议使用星球化，因为立足星球的思想能使我们变得开放，拥抱包括泛灵论等等不可穷尽的分类名称以及幽灵般的后理性科学的白色神话。立足星球的思想，是指想着我们是生活在一个星球上的想法。我始终在想，作为人，我们本质上是向外的……如果我们能有星球情怀，那么，外围的或者他者的，就是无限的……如果我们立足星球思考，具有星球情怀，我们的'他者'——无限宇宙中的万物——就不可能成为自成一体的他者，一个所谓的能与主体相匹配的反面……想到我们是自己星球的守护者，这是多么不同呀！不论是为了上帝还是为了自然，我都愿意承担起守护的责任。在这个星球上，我们的家就是我们的他者，如同我们的自我和我们的世界一样，都是我们的他者。但是，这并不是我所说的星球化。星球化不是一个维度，因为它并不能君临其他自成一体的他者。有了这样的心态，选择文化的优劣便失去了意义。"［《世界体系》（"World Systems"），107—108］这与勒吉恩的《比帝国更浩瀚更缓慢》中的星球意识有相似之处。斯皮瓦克在她的星球化概念中，既包括其他文化，也包括非人类世界，这无疑为生态批评指出了一个有趣的方向。尽管斯皮瓦克相信星球化"也许是从前资本主义文化角度思考星球的最好的想象"（《世界体系》，101），但围绕世界主义观念的理论很多，非常详尽地讨论了民族、种族和文化的差异，以及消除差异的过程。W. C. 迪莫克（Wai Chee Dimock）阐述"星球化"概念时，更加大胆，提出了"深度时间"维度的观点。她认为以数千年为单位思考才能克服根植于当代基于民族基础的意识局限（见第六章）。假如我们退到几千年前思考，我们当然会同意迪莫克的观点，但问题是，现实世界的结构就是以文化和民族的差异维持的。她的愿景对当代有多少意义，还不清楚。这些差异何时才能够消除，她也避而不谈。

　　坦率地讲,"世界主义"研究到目前为止,仅仅划定了一个思考范围,并没有在一系列概念和假设上达成共识。当然,它们都关注历史、政治和文化氛围,因为只有在一定的氛围下,才能产生和巩固超越本土和民族国家界限的意识模式。"世界主义"这个概念有悠久的历史,从斯多葛学派到16世纪西班牙人对新殖民地土著居民本性的反思,一直到康德哲学,不少学派对此都有论述。当今的理论家们试图剥离该词与欧洲上流社会的世界旅游经历的联系,重新将其定义为能够展望日益紧密的全球关联性意识模式的方式之一。许多研究者的基本出发点是,立足于民族和地域的认同意识绝非自然出现的产物,而是由一系列复杂的社会文化惯例建构和维持的。只有这样理解,我们才能"探讨更大范围的亲密关系是如何出现的,在未来又会产生何种影响"这类问题。然而在这一基本框架下,各种世界主义理论之间的差别甚大,其中许多理论都同时包括描述性和规范性成分。就描述性方面而言,它们试图捕捉相距甚远、文化迥异的地方和空间,研究这些地区的人们之间在生活层面上相互关联的众多方式,其研究的重点是过程与现象,与研究"去地域化"问题的方法有异曲同工之妙。从规范性方面来看,这些理论尝试建构一种最佳的意识模式或者说文化倾向。但是,从某种程度上说,两种研究趋势对于研究问题而言都可能是有害的,因为它们忽视了实实在在的实证研究,而实证研究旨在确定:全球情感依附和伦理责任的产生条件、产生方式以及主体形态[斯克比斯(Skrbis)等《世界主义探源:人本主义理想与社会范畴》(*Locating Cosmopolitanism: Between Humanist Ideal and Grounded Social Category*),119—121,131—132]。不过,从实际效果而言,两种趋势齐头并进倒也不无裨益,因为它使世界主义成为一个具体的概念,围绕这一概念,分析性视角以及前瞻性的政治规划变得更加明晰了。

　　世界主义理论之间的区别也体现在其他方面。有些侧重研究中产阶级的经历，有些更集中在知识分子的经历上，比如布鲁斯·罗宾斯（Bruce Robins）；还有的些则从后殖民主义、边缘化、被剥夺选举权等视角或者从源于国际贸易、劳工迁移、政治移位以及流放经历的世界意识视角研究全球意识问题，典型的有巴巴的"土语世界主义"（vernacular cosmopolitanisms）观和瓦尔特·米格诺罗的"殖民差异"观等。① 有研究认为，世界主义视角是某种程度上顺应全球化趋势的结果，也有的研究认为，世界主义视角是对价值观自觉接受的结果（斯克比斯等，117）。类似的争论始终伴随着世界主义的发展历史。人们有时声称世界主义包含——甚至是最具有——地方性的人类文化实践，有时又认为它是一个有待实现的规划，因而其定义永远都是不完整的。② 同理，世界主义意识有赖于人性之普遍性的建立，还是以承认人性差异为必要前提？民族和亚民族亲缘性与世界主义互不相容还是相互补充？这些问题始终是争议的焦点。围绕玛莎·努斯鲍姆著名的《爱国主义和世界主义》（"Patriotism and Cosmopolitanism"）的争论充分反映了人们完全迥异的观点。③ 学者们也从不同角度探索产生和维持世界主义倾向的基础，其中一些理

---

① 关于世界主义与平均主义的历史关系问题，参见帕斯诺克（Posnock）《去种族梦想：世界主义的作用》（"The Dream of Deracination：The Uses of Cosmopolitanism"），803—804。

② 围绕"世界主义"滋生出来许多极其空洞的概念，这是因为有些学者试图在各种发展分支之间建立联系，而不愿意明确承认这些分支有迥然不同的理论和政治议题。比如说，波洛克等人（Pollock et al.）在《多种世界主义》（"Cosmopolitanisms"）一文中声称："世界主义……也许是一项工程，它的概念内涵和实际特征不仅不明确，而且也必须永远回避试图将它优越化、明确化以及具体化的倾向，因为那样做是违背世界主义初衷的。"（577）他们还断言："我们一直是世界化的，尽管我们并不总是意识到这一点……确定无疑，世界主义就是生存方式。"（588）参见斯克比斯等（118）。

③ 努斯鲍姆（Nussbaum）和库恩（Cohen）的选集《乡村情》（*For Love of the Country*）收录有努斯鲍姆的论文和各种评论文章。欲了解围绕该论文的争论，参见斯克比斯等人的著作（118）。

论家强调世界主义以增长的知识——一种跨国文化能力——为基础，另一些则认为其基础应该是特定的情感形式，还有些学者倾向于从伦理责任框架下研究该问题，或者探究哪些社会政治机构有可能加深这种伦理基础。

以上理论视角各不相同，对世界主义的评论千差万别也就不足为奇了，恕我无法在此一一列出。正如本书导言中所述，蒂莫西·布伦南、阿里夫·德里克和卡伦·查普兰（Karen Caplan）等学者曾指出，在政治斗争中，需要倡导地方、区域以及国家认同的重要性，这无疑不会被宣扬各种形式的世界主义的理论家认可。关于地方、国家和全球归属模式的争论对于分析环保主义话语是至关重要的，因为它们表明对某一特定类别或者地方的认同依附，其价值和作用会随着政治语境的变化而变化。本土意识无疑会在特定语境下扮演其政治和文化角色，但在另一语境下，则会成为哲学思辨和实用价值上的绊脚石。正如前文所述，我认为当务之急是重新评估包括生态批评在内的美国环保主义话语，引导其更细致地理解本土文化和生态系统是如何嵌入全球体系的。这个主张强调地方意识、认知理解和对全球的情感依附，并不是说它提倡环保主义应该欢迎所有形式的全球主义（对其中一些方面进行抵制确实有充分理由），也不是要它拒绝承认本土传统、本地知识或国家法律的主张在有些情况下是一种适当而有效的策略。相反，这里旨在呼吁：关于此类话语的思考都应该建立在对全球全面透彻的文化和科学理解基础之上，即，如帕特里克·海登所呼吁的那样，要有以环保主义为导向的世界主义意识，或者说，要有"世界环保公民"意识（world environmental citizenship）［《世界主义全球政治学》（*Cosmopolitan Global Politics*），12—151］。

世界各地保护自然的行动和动机不尽相同，拉马钱德拉·古哈（Ramachandra Guha）和胡安·马丁内兹－阿莱尔（Juan Martinez-Alier）将这种现象称为"环保主义的多样性"。实际上，迈向生态世界意识的第一步就是要承认这点。最为重要的是，古哈和马丁内兹－阿莱尔对第一世界的环保主义和"穷国的环保主义"进行了区分。他们认为，第一世界的环保主义往往从罗纳德·英格尔哈特（Ronald Inglehart）所称的"后物质主义价值观"（postmaterialist values）中衍生而来。所谓"后物质主义价值"是指社会达到某种富裕程度以后所显现出来的一系列文化价值观，其中就包括环境保护观念。在许多发展中国家则相反，贫困的和一些并不那么贫困的社区为了坚持利用自然的传统方式，或者仅仅为了控制那些对其生存必不可少的自然资源而进行不懈的斗争。不论是为实现对地方森林的可持续开采而进行的斗争，还是反对建造大型水坝和污染地下水的斗争，所涉及的都是当事社区的基本生存资源问题，远非受"后物质主义"驱使。古哈和马丁内兹－阿莱尔认为，由于其自身的原因，这种斗争很少是建立在对自然的深度生态主义评估基础上的，因此，在这个工业化社会中，它们也常常不被生态主义运动视为"环保主义"行为。然而，这类斗争也同样在努力保护自然生态系统，使人类能够可持续地使用［《环保主义万花筒：论北方与南方》（*Varieties of Environmentalism：Essays on North and South*），16－21］。

古哈和马丁内兹－阿莱尔承认，这种差别也许并不像物质主义环保斗争和非物质主义环保斗争之间的对立那样简单。发达国家中各类对致病废物处理或者抵制核军备运动，与发展中国家各社区为获得生存必需资源所做的斗争有异曲同工之妙。另外，古哈和马丁内兹－阿莱尔承认，瓦达娜·希瓦等理论家将非物质主义保护自然的方式归结于东方的宗教精神、某些土著文化或者女性在其中所做出的贡献。他们归纳了四个方面的两种对立：发达国家和发展中国家环保主义的对立，物质主义和非物质主义环保主义的对立（36）。这种区分首次使我们从更宏观的角度明白：自然和文化之间，或者更确切地说，不同社会经济体系、文化和处于危机的自然环境之间，将会采用何种方式应对对立。显然，古哈和马丁内兹－阿莱尔的分类模式在其假设方面是十分笼统的。比如说,它并没有提供一种简单的方式来解释以下种种差异:美国和西欧对待转基因食品迥然不同的文化感知;德日文化对核技术深表担忧,而传统法国文化却将核工业视为科技进步的象征;英国环保主义重视动物权利,而欧洲大陆上的其他国家并非如此;在传统中国文化中,自然是粗犷、狂野的,而在日本文化中,自然则是被约束的、小规模的和驯服的,此类例子不胜枚举。① 我在此并不是要说明,各类环保主义必然会因为文化背景的不同而不同(民族文化确实对塑造环保主义有很大影响,各种土著文化也是如此),而是要说明,从生态世界主义的角度研究不同的环保主义话语,就需要对它们进行更细致的分类,而不是像古哈和马丁内兹－阿莱尔那样简单笼统地将它们分成第一世界的和第三世界的,或者简单地认为其动机不是物质主义的就是非物质主义的。

　　不同文化中有不同的自然观,其保护自然的侧重不同,对自然最大威胁因素的认识也不同,这些,我们都能理解,但我们还是不能解释其中此类生态世界主义理想与之前我所提到的世界主义政治和文化理论之间的区别。世界主义文化理论的优势在于,它能利用世界主义这个概念为人们理解政治和文化提供方便,能使个体跳出自身文化、种族以及国籍的界限,在其他社会文化框架下思考政治和文化问题。然而,不论这种理解是出于对人类共性的思考,还是出于对文化差异的了解和评价,世界主义在这些讨论中都受限于个人的社会经历。相反,生态世界主义则朝着被环保主义作家和哲学家称为"超人类世界"(more-than-human world)的方向迈进。所谓的"超人类世界"不仅指自然物种界,

---

① 感谢凯瑟琳·戴蒙德(Catherine Diamond)和白根春夫(Haruo Shirane)与我分享他们关于中国文化和日本文化中自然感知的见解。

而且指自然界相互影响和交流的各种网络及关联性。① 有些环保主义者认为生态多样性与文化多样性密不可分［见纳卜汉（Nabhan）《回家吃饭：地方风味及其政治学》（*Coming Home to Eat: The Pleasures and Politics of Local Foods*）］，尽管这种说法也许会让人觉得，对于其他文化的理解与对其他物种的兴趣很容易产生相关性，但事实上，这两个领域的交互作用要复杂得多。环保主义无疑会面对这种情况：某一特定人群的利益与非人类环境的需求难以统一。尽管生态世界主义无法提供一个适用于所有情境的模式来对这两者做出选择，但它至少能使决策者在做出选择之前，对其他文化和生态框架有个全面的了解。在这一背景下，显然，作为生态系统的组成部分，非人类部分的权益，或者说得更笼统一点，人类对非人类世界的影响（affectedness），应该怎样在法律、政治和文化上得到体现，这才是问题的根本［见埃克斯利（Eckersley）《绿色国家：民主与主权再思考》（*The Green State: Rethinking Democracy and Sovereignty*），111—138；墨菲（Murphy）《论他民族生态文学另者性和答复性的形态》（"Grounding Anotherness and Answerability in Allonational Ecoliterature Formations"），429—432；斯通（Stone）《树应该直立吗？论法律、道德和环境》（*Should Trees Have Standing? And Other Essays on Law, Morals, and the Environment*）］，但是在思考如何保护非人类生态系统部分权益时，要将该问题置于不同的文化框架下，因为不同文化与不同物种之间有非常不同的关系。

生态世界主义尝试将个体和群体看作人与非人类所共有的全球性"想象社区"的一部分。② 尽管人们能够产生对国家的忠

---

① 环保主义者有时更愿意使用"大于人类世界"这个术语代替"非人类环境"这个传统术语，因为这个新的术语不再强调生命世界中人类和非人类的界限。大卫·亚布拉姆（David Abram）1996 年出版他的《感官的魔力》（*Spell of the Sensuous*）后，这个术语开始流行。该书对梅洛－庞蒂现象学有独特的解读。

② 我将在第四章讨论这个问题对政治架构的影响。

诚，并且使这种忠诚合法化和长期化，但其背后产生作用的是特定的文化机制。学术界对文化机制的作用做了深刻的研究，但生态批评领域才开始探讨哪些文化机制能够形成和维持人与自然界的纽带，以及这种纽带是怎样促进或者阻碍区域、国家和跨国身份认同的。如前文所述，环保主义作家、哲学家以及文化批评家总是自以为是地假设：这种纽带会在人们居住某地的过程中"自然而然地"、自发地产生，而对那些更大的实体——现代社会、民族国家——的忠诚则需要通过复杂的人工手段来实现。然而，对于民族认同的分析表明，特定文化背景下的个体会很自觉地将自己归属到更大范围和抽象的实体之中，而事实上对于这种实体，他们只有局部的亲身体验。遗憾的是，这样的忠诚被提倡本土的环保主义者视为一种十分虚伪和随意的忠诚。这有什么不可以的呢？人们要承认，地方意识有可能也仅仅只是另一种文化忠诚和习惯的产物，而非"自然"形成的。将国家等实体说成"抽象的"概念，不过是对文化作用的误解。正是通过文化的作用，民族归属感——与地方归属感一样——才显得具体、明了，才会融入人们的思想和情感之中。① 因此，生态世界主义批评的要点就是要超越前文所说的"临近伦理"范畴，以探究特定文化背景下个体和群体是通过什么方式把自己想象成全球生态圈中具体的一部分，同时还要研究人们需要通过什么方式才有可能进行上述想象。瓦达娜·希瓦的作品与其他同类作品一样，都强调这种视角需要考虑到相应的政治框架，因为这些框架下的社区开

---

① 王爱华（Aihwa Ong）比较全球化的不同理论视角时，提出了一个类似的观点："与赞扬全球化是非人类行为的经济理性的产物的整体性思维相反，其他社会分析家转而研究'本土'……这是属于自上而下的研究模型，即认为全球是指宏观的政治经济，而本土是具体的，是充满文化活力，而且还是抵御全球化的。但是，从政治经济角度定义全球并从文化角度定义本土，却无法反映跨越不同空间的当代经济、社会和文化变化过程中横向关联的本质。"［《弹性公民身份》（Flexible Citizenship），4］

始将自身视为星球社区的一部分,同时也要考虑这些想象有可能隐藏哪些权力斗争或者使哪些权力合法化。

托马斯豪认为,在这一背景下,"问题并不在于说明所有的地方都相互关联(这是现代环保主义研究中最大的陈词滥调之一),而在于理解哪种关联性是最为重要的"(《将生物圈带回家》,194)。确实如此,但是,托马斯豪的结论错了。他认为只要树立本土意识,就必然能为系统地理解生态提供一种文化方式,这一观点有失妥当。尽管在某些情况下树立地方意识是一个有益的途径,但是,过于关注本土会阻碍人们理解更为广阔和显著的生态关联性,这点我在前文有所提及。因此,除了肯定亲身体验和感官知觉的价值以外,生态世界主义方法还应肯定抽象和间接知识与经验的价值,因为这更有利于我们理解生态关联性。麦肯齐·沃克(McKenzie Wark)在一篇文章中以幽默的笔调有力地证明了这点。他回顾了计算机建模在科学描述全球生态过程中起到的巨大作用,以及这种技术如何拓展到大众娱乐领域,如"模拟地球"等电脑游戏中。沃克认为,这类软件工具能使用户了解细微变化对整个生态系统产生的后果,有助于人们从整体上了解生态系统,直接观察和体验显然是办不到的:"只有变得更为抽象,更加远离自然,我才能实现文化跨越,才能认识它这个脆弱的整体,"他总结说[《第三自然》("The Third Nature"),127]。

在对全球生态的文化想象中,尽管各类电脑形象扮演了日益重要的角色(关于这一点,我在下一节中会再次谈到),但它们不过是一个更大的文化策略和方法中的一小部分。正是通过这些策略和方法,地球这个行星在过去40年间变为一个可观可感、复杂的生态系统集合。坚持世界主义视角的生态批评的任务是:理解和评价这些在不同文化背景下发挥作用的机制,以唤起人们对全球绚烂多姿的生态想象。

第五节　全球想象的各种形式

本书作为生态世界主义研究的一部分，主要目的是追溯过去40年研究视觉领域里影响西方社会——尤其是美国，但也包括西欧——全球生态观的一些叙事和隐喻模式，同时探究它们与国家和地方想象之间的联系。我认为，这些范式和文化传统对环保主义的影响与事实信息的影响一样大——甚至更大，环保主义者和生态批评家们在将这种独特的文化工具转变为生态意识和伦理基础或者前提时，需要特别谨慎。如本书第三节所述，坚持地方意识优先，这在很大程度上是因为它有力地说明地方意识根植于美国文化无根性的话语传统，而非其本身的生态学见解。有关全球的形象和故事也需要取材于这些文化源头和传统，这些往往是最具有民族特色的。因此，本书的文本分析章节将集中分析两类作品：一类是表面上运用传统方式讨论本土和全球关系的，而实际上在表现全球生态方面具有先锋性和实验性的作品，另一类是能突出传统意象局限性问题的作品。

在20世纪六七十年代有关"行星地球"的文本和图像中，占主导地位的修辞手段无疑是隐喻——广义上被理解为以具体形象表现抽象概念与联系。前文已经谈到，从麦克卢汉的"地球村"、富勒的"飞船地球"以及洛夫洛克的"盖亚"假说，到"行星地球"的视觉描绘——如一颗珍贵的、大理石般的珠宝，无比脆弱，暴露在一片未知和黑暗的外太空之中，以上这些对地球的描绘，都是运用综合、整体和联系的方法，将全球系统复杂性概括为相对简单和具体的形象而得来的。他们都收到了良好的效果，这不仅是因为它们忽略了政治和文化的不均衡性（这点我在前文中已经指出），而且还在于它们将全球生态系统视为一个和谐、平衡、具有再生能力的体系。但是，生物学家否定了这一观点，他们最近强调，生态体系即使是在没有人类干预的情况下，其发展也是动态的，不均衡的。正如生物学家丹尼尔·博特金（Daniel Botkin）指出的那样：

> 直到最近几年，生态学界还是普遍认为生态系统是
> "一个高度结构化、井然有序、能够自我调节和稳定的体
> 系"，因为大多数研究都以这种假设为前提或是得出以上结
> 论。科学家们现在认识到，这种看法在本土和区域层面上是
> 不正确的……现在看来，生态系统中许多时空范围内的改变
> 都似乎是固有的和自然的。[《不协调的和谐：21世纪的新
> 型生态学》（Discordant Harmonies: A New Ecology for the
> Twenty-First Century），9]

新的生态科学视角对环境文学和生态主义批评有着重大影
响，正如丹娜·菲利普斯（Dana Philips）和格雷格·加拉德
（Greg Garrard）指出的那样，环境文学和生态批评往往含有浓厚
的浪漫主义和田园派自然观念，且声称这种观念是建立在生态科
学基础之上的。其实，生态学家们早就放弃了这种观念。① 虽然
在想象地球这个整体时，借助隐喻的方式司空见惯，但隐喻式的
呈现方式常常不能反映全球生态系统的动态变化过程，因此，最
近的作家抱着小心谨慎的态度，综合使用隐喻与其他修辞形式，
试图反映形式多样的全球关联性、文化异质性和生态动态性。史
诗是最古老的隐喻性叙事形式之一，其内容通常是关于整个已知
世界都危在旦夕的时刻。这种文体最近又开始流行，成为建构全
球框架的一种叙事方式，当然，其叙事策略有时候交织着激进的
现代派手法。著有《地球》（Earth）的大卫·布林（David

---

① 参见沃尔斯特（Worster）《自然的经济：生态思想史》（Nature's Economy: A
History of Ecological Ideas, 340—387）、菲利普斯（42—82）以及加拉德的《生态批
评》的第56—58页。

Brin）和著有《穿越雨林之弧》（*Through the Arc of the Rainforest*）的山下凯伦（Karen Tei Yamashita）等作家，在寻找适合呈现生态动态性、不平衡性、分离性和生态系统与不均衡的人类文化和政治相融合的叙事模式时，将隐喻与现代主义和后现代的试验性叙事模式相结合，因为试验性叙事模式拒绝简单地将部分相加反映整体的做法，拒绝以牺牲纷杂性和异质性为代价而简单地强调关联性。

　　激进的现代主义叙事技巧运用拼贴艺术和蒙太奇手法，主要目标是重新定义美学作品的部分与整体的关系，概而言之，就是不再简单地将两者视为从属关系。本书将要考察的文本和手工艺品，都在做这种美学尝试，目的是反映本土与地球这个整体密不可分的关联性意识，以及作为整体的地球包含着异质性的感知方法，其结果是，地球环境就被想象为一个各部分相互联系而又独立的整体，如同拼贴艺术一样。传统的文学叙事策略与20世纪新手法的融合产生了一些新的文学形式，就美学效果而言，其中一些较有说服力。然而，对于所有文学形式而言，如何呈现全球生态和文化环境想象，不仅是语言学和视觉形式上的问题，还是一种特殊的语义学问题。换句话说，小说、抒情诗或者电影等艺术形式，都以自己的方式表达地方－全球这个辩证关系，但其表达方式能否与这些作品所呈现的全球形象相一致，却无定论。

　　在这场寻找新的表现形式的运动中，理论家与作家不约而同地倾向于使用"网络"这个概念。"网络"常常被视为一个没有中心的系统，其中的各个节点以不同的纽带相互连接。这种网络本身是一个可用于生态学、经济、政治或者文化的抽象概念，使人很快联想到信息和传播技术。最著名的当然是互联网和电话，这两种技术现在以其具有高度流动性的无线连接形式得到迅速传播。电视、广播和报纸这类传统媒体也可以视为某种网络形式。显然，信息与通讯基础能担负起这一重要的网络角色，因为即使对于很少外出的个人和社团而言，网络也是了解全球过程和空间的主要途径。然而，令人疑惑的是，技术关联性同样也常常被用来暗喻生态关联性，这无疑颠覆了表现人类社区和交换系统的传统修辞方式。信息网络在工业化地区很可能显得比生态体系更为直观，也更容易想象，它们自身也变得具有隐喻性——有机联系的实例比比皆是，但人却无法感知到它。的确，正如勒吉恩在《比帝国更浩瀚更缓慢》中指出的那样，在一些情形下，生态关联性被视为信息交换的一种特殊形式。在后面各章的文本分析中，我会讲到这种以交流网络做隐喻的手法，这既是表现去中心的异质性（decentralized heterogeneity）和整体性的简便方式，也是语言学和视觉实验想要展现的形式。

对讽喻、拼贴艺术等题材以及对网络隐喻的分析表明，在想象和呈现全球时，选择恰当的形式是至关重要的。通过这种选择，有关集体性和整体性的思想与意识形态——其中一部分具有悠久的文化传统——被重新运用到对全球生态归属的想象尝试中。这种形式的意识以及它们的文化背景与含义，是以环保主义为导向的世界主义的重要部分。生态世界主义不仅试图探究全球系统怎样影响本土的居住形式，同时也清楚地知道，这种探究本身也是在特定的文化假设框架下进行的。下一章将探讨文学和电影文本中此类技术的运用，但在此不妨对迅速传播的新媒体艺术领域作一个初步简介，并以此作为本章的小结。

约翰·克利马（John Klima）所设计的"地球"装置——其中一个版本于 2002 年在惠特尼博物馆（Whitney Museum）双年会上展出过——以 20 世纪 60 年代的"蓝色星球"为蓝本，但将其置于新的信息系统和不同显示屏网络之中。这一装置存在于不同的形式中——一种是电脑、显示屏和轨迹球输入设备的单机组合，另一种是一个 Java 浏览模块，还有一种安置在惠特尼博物馆里，有两个输入站的复杂终端——这种复合体本身就意味着已经有一种东西能将数据转换为不同图像，而那些图像组成了克利马地球影像的核心。他的作品包括一个能够收集网络上关于地球地形和天气数据的软件，它能将数据投射到一个三维地球模型上，用户可以缩小或者放大任何区域——既能从 6 个不同的地球数据图层上整体观察，也能放大某个区域做更仔细的观察。单机装置如果联网，就可以显示其他在线用户，他们都以相应位置的卫星图标来表示。有趣的是，由于在线用户的地理位置不能马上识别出来，因此，为了能够以上述方式表示出这些用户，系统必须尝试猜测他们的地理位置。在惠特尼装置上，两个用户可以同时运用这个系统并看到对方的图像，而这些图像也被同步投射到置于电脑站上方的透明天气观测球上。由于"地球"具有放大和缩小的功能，还能使用户看到其他用户的画面，它在形式上实现了我所概述的生态世界主义的内涵。克利马的装置所生成的图像，都是将不同的空间规模结合成一个具有震撼效果的视觉拼图，下图所示的便是其中一个巴塔哥尼亚图像（图 1 - 2）。此处，"蓝色星球"画面上覆盖着细节丰富的本地三维地貌图，以及区域海岸线轮廓和观测站位置的标识。这种用几何图形呈现的地形与齿状的海岸线以及人们熟悉的黑色太空中的蓝色球体（此处以一个异常倾斜的角度呈现）形成了对比。"地球"引进了不同的成像技术和规模，实现了用户对数据的动态操作，建立了信息和社会网络在全球范围内的联系，这些因素表明，在第三个千年之初，以全球生态世界主义视角想象地球将会是一件十分复杂的事情。

　　克利马的装置奇妙地预示了最近普遍流行的互联网工具之一——谷歌地球——的诞生。这一应用最早由锁眼公司（Keyhole Inc.）以"地球观看器"（Earth Viewer）之名开发，并于 2004 被搜索引擎公司谷歌买下。从此，用户便可以虚拟环游世界，放大和缩小不同的区域和地点，并显示这些位置的各种数据。与克利马的"地球"一样，它建立在来源多样化的数据输入基础之上，如航空摄像、卫星成像和地理信息系统等，它们被投影到一个地球模型上，其中一些城市和自然场所还具备三维视

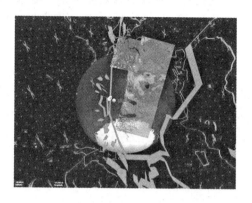

图 1 - 2　约翰·克利马的多媒体"地球"装置

（图片由地球资源卫星 7 号拍摄于南美洲巴塔哥尼亚上空，由艺术家本人提
供，http://www.cityarts.com/earth/。）

觉效果。由于该装置能够以高分辨率以及很好的放大效果显示全
球的卫星影像，使用者甚至可以辨认出树和车的形状，因此，它
不仅满足了日益广泛的娱乐需求，而且还对一些政府和机构构成
威胁，因为它们不希望公众看到其统治的某些区域。① 蓝色星球
形象变成了一种最新的可搜索、可缩放的以全球视觉形象表示的
数据库——这样一个变形记将 20 世纪 60 年代至今的全球想象推
向一个顶点。谷歌地球不再依赖地球的寓言形象，很好地展示了
媒体理论家列夫·马诺维奇（Lev Manovich）所说的许多新媒体
艺术的"数据库美学"的魅力。马诺维奇认为这种艺术是一种
新的美学图式，它并非以叙述或隐喻为其基本结构，而是要展现
无限扩张的数据组，并且在这些数据组之间建立不同种类的组群
和链接［马诺维奇（Manovich）《新媒体的语言》（*The Language
of the New Media*），212—243］。用户可在谷歌地图上任意浏览不

---

① 《纽约时报》2005 年 12 月报道俄国官员试图以更改地图的方式隐藏重要油
田的地址，但油田设施在谷歌地球上清新可见（克雷默）。

同区域,查看不同信息,不仅能够观察到整个地球,还能掌握各
个地区的实时信息。具备这样强大的功能,谷歌地球的数据库想
象可谓是现代拼贴艺术——如今已全球化、数字化,具有动态性
和交互性——的后现代主义化身。另外,从隐喻的角度看,它也
为我所描述的生态世界主义提供了借以表达观点的信息和形式
结构。

第二章 无处不在:全球拥堵与网络化星球

环保主义全球视野在六七十年代诞生之际,美欧社会展开了广泛的政治论辩和文化想象,辩论的真正焦点是"人口过剩"论。世界人口从 1650 年的近 5 亿攀升到 1850 年的 10 亿,再骤增到 1930 年的 20 亿和 1960 年的 30 亿。人口统计学家和环保主义者指出,问题不仅在于快速增长的人口总数,更在于飙升的增长速率。他们警告说,这一问题将有可能导致前所未有的环境毁灭和人类灾难。他们还指出,人口年增长率看起来可能并不高,但却具有迷惑性,因为 2% 的年增长率意味着世界人口将在 35 年内翻一倍,而如果达到 3%,只需 24 年。他们表示,没有哪个国家能在这么短的时间内使其食品和能源供应翻一番,并同时满足人们对住房、教育和医疗设施的需求,因此,他们预测和描绘了一幅幅可怕的大规模饥荒和灾难的图景。各国政府和国际组织开始响应号召,积极采取强有力的措施,遏制人口增长率的进一步攀升,但从现有的人口增长势头看,这种增长至少还会持续几十年。"人口爆炸:人类的特有经历,人人都笃信,那是明天以后的事,但它昨天就发生了。"约翰·布伦纳(John Brunner)在他的小说《站立在桑给巴尔岛》(Stand on Zanzibar)中讽刺道。

人们对人口爆炸的担忧引发了众所周知的政治争论。20 世纪七八十年代,发展中国家确实有几百万人遭受饥荒,但没有环境保护主义者所预测的那么严重。左派批评家认为,这些人的死亡并不单纯是由资源短缺引起的,而更多是由粮食分配不均造成的,或者更宽泛地说,是由社会的极度不平等导致的。中国实行独生子女政策,印度推广女性绝育手术,但这些政策都遭到了诟病,被指责为漠视人权之举,是向世界最贫困人口实行新的殖民压迫——限制他们的生育权。批评家由此提出一个问题:迫在眉睫的资源稀缺危机和环境恶化是由发展中国家的人口激增造成的呢,还是由发达国家资源消耗量的剧增所引起的呢?

　　然而,到了90年代,大多数争议都偃旗息鼓了。尽管世界人口截至1999年10月已高达60亿,比1960年翻了一番,但是人们已不再像在六七十年代时那样,将这些数字与大饥荒和梦魇般的拥挤等画面联系起来。显然,部分原因是人们对人口增长趋势有了新的预测。虽然联合国最新预计到21世纪中叶以前,世界人口还会继续增长,并在2005年65亿的基础上再增长40%,即到2050年世界人口将达到91亿,但人们现在清楚地意识到,人口增长并不会波及所有地区。[1] 一大批工业化国家,例如日本、意大利、德国、波罗的海沿岸国家和大部分苏联解体后的独联体国家,将会面临人口萎缩的局面,而巴基斯坦、印度、中国,以及撒哈拉以南的一些非洲国家,则仍将面临人口继续增长和随之而来的一系列挑战:为不断增长的人口提供就业、教育以及医疗保障等任务。[2] 因

---

　　① 联合国:《世界人口展望:2004年修订版》(World Population Prospects: The 2004 Revision),xix,5,ii。美国人口普查局使用与联合国不同的预测程序,对2042年世界人口数量做出相似的预测,即世界人口到时将到达90亿〔《世界人口信息》("World Population Information")〕。

　　② 参见豪布(Haub)关于世界人口在不同区域的增长情况。关于一些工业化国家人口负增长后果的文化思考,参见克洛塞特(Crossette)的《世界人口展望:1996年修订版》(World Population Prospects: The 1996 Revision)、艾伯斯达特(Eberstadt)的《人口内爆》("Population Implosion")和《世界人口内爆》("World Population Implosion")、莱恩(Laing)的《前方有儿童坐像》("Baby Bust Ahead")、瓦滕伯格(Wattenberg)的《人口爆炸已过》("Population Explosion Is Over")等。对他们研究成果的评论,参见吉尔巴德(Gelbard)和豪布《一半的世界还有人口"爆炸"》("Population 'Explosion' Is Not Over for Half the World")。对瓦滕伯格文章的评论,参见《纽约时报杂志》1997年12月14日第20—24版。

此，从人口数量来看，未来世界人口分布格局将是分层的：人口增长对于工业化国家的影响将比过去大大减小。

虽然人们对于人口激增这个总体趋势的预测没有改变，但随着人口增长模式和增长率的变化，人口统计学家也转变了分析视角。过去的人口统计学侧重于资源短缺问题，强调控制人口的重要性；而如今人们谈及世界人口增长趋势时，关注的重点是女性权益维护，受教育机会均等及生育健康等问题。[①] 20 世纪六七十年代风靡一时的术语，如"人口过剩"、"环境承载力"等，逐渐淡出人们的视野，而分配不均、性别不平等、资源消耗模式不平衡等社会问题成了如今的焦点话题。这一转变并不意味着人们对人口增长的忧虑已经消除——很显然，任何宣扬"可持续发展"的运动都必须考虑如何应对人口增长的问题，只是人们在争辩世界理想人口数量时，不再一味设想世界末日的到来，而是将重心转移到其他问题上：某一人口控制措施会对社会和性别不平等、移民和种族歧视等问题造成何种影响？会减缓还是加剧这些问题？

毫无疑问，基于这种根本性转变，人们对人口持续增长的世界的想象也发生了巨大改变。在 20 世纪六七十年代的许多作家和电影制作人眼中，"环境"不仅仅包括人类所创造的大部分物品，而更多的是包括人类的肉体。他们将这种"环境观"纳入虚构小说和电影场景中，以一个极度拥挤的城市空间来反映全球景观。这些小说和电影将人口过剩视为最主要的空间问题，认为正是这个问题才导致城市拥挤不堪，人们丧失隐私，偶尔还夹杂着对于社会等级分化和种族问题的恐慌。他们将人口增长与处身于拥挤社会的个人联系在一起，对个人的命运表示担忧，这成了当时的热门议题。与此同时，20 世纪中期的反乌托邦小说建构了一个个抹杀个体个性的社会模型：设立严酷的国家机器不是为

---

① 霍格兰德（Suki Hoagland）与我讨论过这种变化，在此表示感谢。

了支持个体发展，而是用来控制民众。当然，也有一些作品注重对都市空间及其固有的异质性的描述，它们使人们对全球人口的愿景少了些反乌托邦情绪，多了些世界主义想象。英国作家布伦纳在其小说《站立在桑给巴尔岛》中，强调新兴媒体技术对社会将产生巨大影响，不同文化之间的交流与碰撞会增强人们建设全球社区的信心。同时，布伦纳采用现代都市小说的叙事手法，描写都市社会的异质性和断层现象，同时也反思其内在的关联性。这实际上是将世界主义这一全球想象转变为叙事形式的一种尝试。

《站立在桑给巴尔岛》将人口过剩与众多的政治、社会、经济、生态和科技方面的问题联系在一起，从某种程度上说，奠定了 20 世纪八九十年代文学作品的基调。在这一背景下，人口增长问题与政治、社会、经济、生态和技术发展等问题联系在一起考虑，比六七十年代文学中大力渲染的集权主义社会结构更加复杂，因为人口增长问题在新的国际社会中只是一个重要的变量。从基因工程到数字计算机网络，人们运用先进技术创造了半自然半人造的个体与环境，营造出了一个半天然半人工的星球栖息地。在这种环境下，早期反映人口过剩问题的小说中出现的真实人群开始转变为如今的虚拟人群，人们通过描写电子个体来探寻治理社会和解决人类居住问题的新途径。大卫·布林的小说《地球》和约翰·凯奇的诗歌《人口过剩与艺术》等文学作品和《站立在桑给巴尔岛》一样，都试图以全新的叙事和抒情方式，结合史诗、寓言以及拼贴艺术等元素来描绘一个同时依赖生态网络和信息网络而存在的社会，以此来表达自己的世界主义观点。与此同时，这些作品还在它们的叙事手法创新中，刻意营造一种乌托邦氛围。

第一节 处处先生和处处夫人

对全球人口增长的担忧并不是第二次世界大战之后才出现的现象,也并非源于环保主义。托马斯·马尔萨斯(Thomas Malthus)发表《人口原理》(*Essay on the Pronciple of Population*, 1798)之后,人口的快速增长便不断引起人们对未来深深的担忧和悲观的预测。到了 20 世纪六七十年代,这种担忧达到了顶峰,有关该主题的书籍陆续出版,例如保罗·埃尔利希(Paul Ehrlich)的《人口炸弹》(*The Population Bomb*, 1968),罗马俱乐部(The Club of Rome)的《增长的极限》(*The Limits to Growth*, 1972)以及莱斯特·布朗(Lester Brown)的《第二十九天》(*The Twenty-Ninth Day*, 1978)。它们均对人口增长失控给环境和全球社会带来的可怕后果做了预测。① 与此同时,加勒特·哈丁(Garrett Hardin)的开创性论文《公众的悲剧》("The Tragedy of the Commons", 1968)着重探讨了人口增长如何随着时间推移影响公共资源的使用问题,而其对公共资源共同使用的讨论部分更是影响至今。

20 世纪 50 年代,人口过剩已经成为一个文学主题,偶尔出现在一些作品中,但只限于个别短篇小说,例如库尔特·冯内古特(Kurt Vonnegut)的《下一个明天》(*Tomorrow and Tomorrow and Tomorrow*, 1953)、弗雷德里克·波尔(Frederik Pohl)的《人口调查员》("The Census Takers", 1955)和赛瑞尔·孔布鲁斯(Cyril M. Kornbluth)的《鲨鱼船》("Shark Ship", 1958)等。到 60 年代,它成为科幻小说的一个主题,由此催生了一系列长篇小说,包括安东尼·伯吉斯(Anthony Burgess)的《缺少

---

① 关于 20 世纪 60 年代之前,美国政府对人口增长的关注情况,参见莱恩(38)。

的种子》（*The Wanting Seed*，1962）、莱斯特·德尔·雷伊
（Lester Del Rey）的《第十一诫》（*Eleventh Commandment*，
1962；1970 年修订版）、布莱恩·奥尔迪斯（Brian Aldiss）的
《大地艺术》（*Earthworks*，1965）、哈里·哈里森（Harry Harri-
son）的《让地方! 让地方!》（*Make Room! Make Room!*，1966；
1973 年上映的电影《超世纪谋杀案》改编自该小说），李董
（Lee Tung）的《呼风唤雨的彻喇嘛》（*The Wind Obeys Lama To-
ru*，1967）、詹姆斯·布利希（James Blish）和诺尔曼·奈特
（Norman L. Knight）的《"脸"花缭乱》（*A Torrent of Faces*）以
及约翰·布伦纳的《站立在桑给巴尔岛》。同样，短篇小说中关
注人口增长及其后果的有 J. G. 巴拉德（J. G. Ballard）的《集中
城》（"The Concentration City"，1960；1957 年第一次出版时名
为《积聚》，"Build-up"）和《十亿年》（"Billennium"）、布莱
恩·奥尔迪斯的《整体环境》（"Total Environment"，1968）、库
尔特·冯内古特的《欢迎到猴子屋》（"Welcome to the Monkey
House"，1968）、凯斯·罗伯茨（Keith Roberts）的《疗伤
2000》（"Therapy 2000"，1969）、詹姆斯·布利希的《统计学家
的一天》（"Statistician's Day"，1970）和凯斯·劳马尔（Keith
Laumer）的《立法者》（"The Lawgiver"，1970）。1969 年首播
的《星际迷航:原初系列》（*The Mark of Gideon*）电视连续剧更
是将这种关注推向了高潮。①

　　1971 年，巴兰坦图书出版集团（Ballantine Books）与"人
口零增长组织"（ZPG）合作出版了一部短篇小说集，名为
《"地球号"太空船航行记》（*Voyages*：*Scenarios for a Spaceship
Called Earth*），主编是鲍勃·萨奥尔（Bob Sauer）。此后的几年，
更多同类主题的长短篇小说陆续出版，主要有罗伯特·西尔弗伯
格（Robert Silverberg）的《内部世界》（*The World Inside*，

---

① 感谢黛博拉·怀特（Deborah White）告诉我这个信息。

1971）、玛姬·纳德勒（Maggie Nadler）的《秘密》（"The Se-cret"，1971）、托马斯·迪殊（Thomas M. Disch）的《334》、拉里·尼文（Larry Niven）和杰瑞·波奈尔（Jerry E. Pournelle）的《上帝眼中的尘埃》（*The Mote in God's Eye*）以及约翰·赫赛（John Hersey）的《我要空间》（*My Petition for More Space*，1974）。① 迈克尔·坎普斯（Michael Campus）的电影《人口零增长》（*Zero Population Growth*，1971）将视角投向人口过剩的未来社会。与此同时，一些其他主题的文学文本也频频出现，但关注的同样是人口增长问题。加里·斯奈德的诗文集《龟岛》（*Turtle Island*）以散文《四大转变》（"Four Changes"）收尾，文中涉及主要的环境问题以及解决问题的措施，而控制人口增长就是关键的第一步。伊塔洛·卡尔维诺（Italo Calvino）在他的作品《看不见的城市》（*Invisible Cities*，1974）中描写了几十座虚构的城市，其中之一就是普洛柯比亚城（Procopia），这座城市的人口多年来急剧增长，当叙述者最后一次来到这座城市时，他居住的旅馆房间内竟住着 26 名客人，拥挤不堪，动一下都像是过障碍赛似的（146—147）。

此外，20 世纪 60 年代初到 70 年代中期还涌现出大量以人口增长问题及后果为主题的科幻和文学作品。当时这两种文体并不是截然不同的。一方面，保罗·埃尔利希用《人口炸弹》中的三个科幻小说场景来阐述他的统计预测，他还为哈里·哈里森的长篇小说《让地方！让地方!》、《"地球号"太空船航行记》和另一本以生态为导向的短篇小说集《噩梦时代》（*Nightmare Age*，1970）作序；另一方面，在哈里·哈里森的小说和《"地球号"太空船航行记》中的短篇故事里，参考文献中不仅包括文学著作，还包括生态和人口统计学方面的科学著作和社会学

① 没有布莱恩·斯塔布福特（Brian Stableford）卓越的综述论文《人口过剩》（"Overpopulation"），我不可能找到这么多文本。

著作。

　　然而，人口问题在这两种体裁中有不同的概念框架。科学家和人口统计学家主要关注持续的人口增长对人类与地球环境关系的影响，并探究人口增长超出环境"承载力"后会对生态和社会带来什么样的后果。① 因此，尽管他们强调自然资源耗竭是由西方人过度消耗造成的，他们仍将焦点放在人口增长率最高的发展中国家上。相比之下，作家往往将人口过剩的场景设在西方城市，探究极度拥挤的情况下个体和社区的命运问题。② 安东尼·伯吉斯的《缺少的种子》、哈里森的《让地方！让地方!》、布利希和诺尔曼·奈特的《"脸"花缭乱》、约翰·布伦纳的《站立在桑给巴尔岛》以及约翰·赫赛的《我要空间》，对拥挤人群的行为做了令人难忘的描述，而其他文本——冯内古特的《下一个明天》、J. G. 巴拉德的《十亿年》、布莱恩·奥尔迪斯的《整体环境》、罗伯特·西尔弗伯格的《内部世界》以及托马斯·迪殊的《334》——则对人口密集城市的社会变化和人们的心理变化做了生动的描述。当时的文学作品往往通过阐述人口增长问题来表达对城市空间可利用性和分配方式的担忧。

　　这种对空间的焦虑也偶尔出现在科幻作品中。例如，埃尔利希的经典著作《人口炸弹》的第一章就以一桩轶事开篇：

　　　　很久之前，我就知道人口炸弹这一现象，但那只是局限于学术上。直到几年前在德里的时候，我才真正从情感上感受到这一问题的严重性。那是一个酷热的晚上，我和妻子、

① "环境承载量"（carrying capacity）表面上看，简单易懂，但却不好琢磨，参见柯恩［《地球能养活多少人？》（*How Many People Can the Earth Support?*）第四部分，159—364］。近年来，关于某地的"生态足迹"（ecological footprint）这个概念取代了"环境承载量"这个术语。

② 奥尔迪斯（Aldiss）的《大地艺术》（*Earthworks*）并不完全符合这条规则，因为它将部分重心放在大城市受毒素污染的土地上。

女儿乘着一辆破旧的出租车回宾馆。车座上跳蚤乱舞。车子唯一能挂的档也只有三档。车子缓慢地在城里移动，开进了拥挤的贫民区。当时的温度已经超过了100华氏度，空气中弥漫着灰尘和烟雾。街上到处都是人，有的吃饭，有的洗东西，有的睡觉，有的闲逛，还有的在争吵，在喊叫。路边的乞丐一个个把手伸进车窗里讨要。到处都能看见随地大小便的人。巴士里外都挤满了人。还有人赶家畜过街。人，到处都是人，人挤人，人满为患。我们的车从人群中慢慢开过，喇叭大声叫嚣着，空气里混杂着尘埃和嘈杂声，还有灼人的热气和做饭的炉火，构成一幅人间地狱般的画面。我们还能回到旅馆吗？坦白地说，我们三人都被这场景吓怕了，觉得随时会发生什么事——当然，什么都没有发生。久居印度的人肯定会嘲笑我们没见过世面。我们只是一群"被生活宠坏了"的游客，还不能适应这里的场景和嘈杂声。但或许，德里和加尔各答的问题就是我们的问题。（Ⅰ）

埃尔利希描写的这个场景，并非只让读者做理性理解，而是希望为读者展现该情境中的情感冲突，为下文有关人口统计的论证做铺垫。他不是要提供人口过剩的数字，而是希望读者能在这里"感觉"到人口过剩带来的问题。① 虽然许多细节为那幅画面增添了情感渲染，但大多数与人口压力并没有多少关系：酷热虽是构成"人间地狱般"感觉的一个重要成分，但它与这种感觉没有必然的因果关系。跳蚤、破旧的出租车、空气污染和缺少公共排污设施等，这些似乎更多的是由于贫穷和落后造成的，而不是人口过剩带来的问题。个人被密集人群包围时产生的潜在威胁感

---

① 基灵斯华斯与帕尔默在他们的论文《千禧年生态学》（"Millennial Ecology"）中引用这段话，对它启示录式的语气、"资产阶级恐怖"和害怕人群的心理做了评论。

在埃尔利希的呐喊"人，到处都是人，人挤人，人满为患"中，达到了顶点，但这种感觉也是含混不清的。这到底是人口过剩的一次真实体验，还是在人口并没有过剩的国家里，个人身处大城市人群中的窒息感呢？我们在这个场景中看到的人潮，是因为当地确实人口"太多"，超出了某个标准，还是由于人们穷得没有住房（住房可以让人口同样多但相对富裕的人藏于公众视线之外），被迫暴露在公众视野之下呢？[①]

当然，指出这一奇怪的逻辑对埃尔利希的总体论点——60年代的人口增长率持续下去的话，会造成严重的环境和社会后果——不具任何挑战性，但这就是那个时期许多新马尔萨斯式的文学作品所特有的想象逻辑：他们将抽象的人口统计学意义上的人口过剩观念与身处拥挤都市而产生的高度焦虑感对等起来，仿佛拥挤是人口过度增长的直接或主要结果。从人口统计学角度来看，"人口过剩"并非某地人口积聚这么简单，它是难以捉摸的——它会引起水电和供热燃料的缺乏，教育与医疗资源的短缺以及自然生态系统的破坏，等等。但反过来说，生存空间的不足和拥挤现象可以由很多原因引起，并非都与人口增长率有关。尽管如此，六七十年代的小说和短篇故事仍不断地将人口过剩与城市拥挤联系起来。

此类文本往往以厌恶的笔调，书写个性在密集人群中的消失感和在官僚机构下无以表达的压力。《我要空间》的主人公山姆·波伊特（Sam Poynter）也许就是上述困境的最好体现。整部小说描述主人公在一个早上发生的事情：波伊特希望将他在公

---

① 没有上下文，这段引文有种族主义色彩，因为它将富裕的西方家庭和东方饱受贫穷之苦的大众并置在了一起。埃尔利希区分"我们的"问题和印度的问题时，目标读者中并没有印度读者，有人认为这也有种族主义嫌疑，但我要为埃尔利希辩护：他在许多关于人口增长问题的著作中，都强调西方过度使用世界资源，这既是第一世界的问题，也是第三世界的问题，这才是他论点的核心，因此，他才会将目标读者作为主要阅读群体。

共住宅中的居住面积从 7×11 英尺提升到 8×12 英尺，需要提交一份申请书。排队等待的过程十分煎熬，他的身心都遭受着幽闭恐惧感的折磨。他被挤在人群中，不断受到陌生人目光的审视，稍加不慎，似乎就会被狠狠指责一番。与此同时，他只要一想到在这些与自己直接接触的人以外，外围还有无数的人，就感到一阵阵眩晕和窒息：

> 有四个人碰到过我的身体，但还有更多人碰到他们的身体，他们就这样一层层地围拢着我。我强迫自己不去想那种无限延伸的触碰，因为它们就像星星之火，一点火星就会蔓延成一长串火苗，把我的自我意识带到队伍的边缘，并沿着这个边缘前后乱窜，直到我的知觉完全淹没在拥挤的人群中。那种迷失的感觉，就像是我身处在一个由不满情绪汇聚而成的巨大电流中，而自己只是一个微不足道的欧姆电阻罢了。(13)

波伊特终于排到柜台前，不料，他与工作人员的接触却与之前的交融感形成了强烈对比：他甚至看不到柜台后的职员，只听到一个声音催促着他，让他简洁明了地陈述自己的请求。因为他性格内向，说话支支吾吾，无法清晰连贯地表述他需要更多空间的理由，他的申请被驳回了。

上文刻画了一个个体不但因拥挤的人群而压抑，还受到无所不能的专制官僚主义的压迫。这也是《让地方！让地方》和《内部世界》等作品的主题之一。哈里森的小说讲述了世纪之交一个纽约警察的故事：上级命令他调查一宗复杂的谋杀案，同时又要他负责控制食物骚乱中的人群，生活在类似的重重矛盾中，他的生活和事业一败涂地。西尔弗伯格小说中的人物居住在 25 世纪的"城市单元"中——每幢摩天大楼里住着 80 万人，尽享他们的生育自由权利。但如果他们做出任何威胁社会凝聚力的行为——比如想要离开大厦去周边散步,他们就会被洗脑或招来灭顶之灾。上述作品以及六七十年代其他许多关于人口过剩的长短篇小说,其文学价值是有限的。他们对未来文化的理解很大程度上受到早期描述极权社会作品的影响——赫胥黎(Aldous Leonard Huxley)的《美丽新世界》(*Brave New World*)和乔治·奥威尔(George Orwell)的《1984》等,却忽视了那些描述独裁专制统治下个体遭遇的当代作品,比如威廉·巴勒斯和托马斯·品钦的小说。① 尽管他们也反映 20 世纪 60 年代对群体社会下个人命运的普遍关注,② 但他们对生活空间的无端恐惧却植根于中产阶级对城市体验的恐惧。对此,弗雷德里克·詹姆逊写道:

> 在不远的将来,在拥挤不堪的城市群中……我们对无产阶级化、社会地位降低、失去安逸和一连串的特权等等感到恐惧,因为我们越来越多地将安逸和特权与空间概念联系起来:隐私、空空的房间、寂静,用墙壁将他人隔开,在拥挤的人群中保护自己。(《后现代主义或晚期资本主义的文化逻辑》,286)

换言之,拥挤的都市生存条件以未来的反乌托邦形象出现在文学作品中,针对的是目前并未面临这种状况的特权阶层的读者。

那一时期大多数反映人口过剩的反乌托邦作品在想象全球社会时,实际上是将整个星球想象成了一个现代大都市。在这一背

---

① 参见斯沃斯基(Swirski)比较迪殊的《334》和《1984》的研究(170)。

② 关于民主社会中个人作用的研究,参见大卫·莱斯曼(David Riesman)的《孤独的人群》(*The Lonely Crowd*)。该书第一版 1950 年出版后,十分畅销,1961 年和 1969 年再版时略有删减。也可参见赫伯特·马尔库斯(Herbert Marcuse)1964 年出版的《单面人》(*One-Dimentional Man*)。马尔库斯认为,在发达社会里,"日益严重的是,他人才是问题本身,而不是物质环境"(18)。他的这一观点在书写人口过剩的小说中被发挥到了极致,这倒是马尔库斯本人所始料不及的。

景下，去地域化和全球关联性对个人而言，与其说是脱离本土，毋宁说是从某一地方窘况中的解脱。这似乎有点似是而非，但在有关人口过剩的小说和电影中，个体被挤压到极端狭小的空间，对本土或者更大区域的依附之情根本无从谈起。于是，"本土"的概念被极度压缩，这反而催生了人们对"入侵"的恐惧，而不是让人们产生加入社区的愿望。如此的"本土"意识常常表现为与自然和文化环境的阻隔。在表现全球空间和社会制度关系这一主题中，英国作家约翰·布伦纳在叙事手法上独辟蹊径，与之前的小说相比显得妙趣横生：他不再围绕拥挤的城市展开他的全球想象。在《站立在桑给巴尔岛》中，他描写的重心不是个人陷于拥挤不堪的环境中的生存困境，而是精心刻画出一个涵盖不同社会、种族和民族群体的世界主义全景，其手法与20世纪20年代盛极一时的现代主义手法相似，与20世纪中叶的反乌托邦叙事则是貌合神离。

作为一部经典的科幻小说，布伦纳的《站立在桑给巴尔岛》打破了科幻体裁的线性叙述传统，也不再明确地突出主人公的作用。相反，他将一幅幅叙事片段拼接在一起，以展现小说中的未来世界。聚会上的闲谈、广告词、新闻简报、电视影像、法律文本、统计数据、引文以及无数微型小说片段交织在一起，读者看到的是来自不同国家、社会、种族、民族、政治和宗教背景的各类小说人物，其丰富之程度，不是一个简单的情节概要就能穷尽的。通过这种马赛克拼贴式的多重视角和话语体系，读者逐渐认识了从纽约到世界各地的2010年的世界。当然，这部小说也可以说是有主角的：他们是白人唐纳德·霍根（Donald Hogan）和非裔美国人诺尔曼·霍斯（Norman House）。这二人在纽约合租一间公寓，并分别被派往亚洲和非洲完成各自的政治和经济任务。不过，他们的个人经历不是叙事的重点。相反，小说着重刻画了一个全球人口过剩的世界：拥挤的城市散布于世界各地，暴力事件随时发生，社会不平等到了野蛮的程度，甚至生育都要受优生法限制——限制携带疾病基因的人群生育。当然,限制的严厉程度在各个地区和国家有所不同。唐纳德·霍根应政府命令,去一个虚构的亚洲国家亚塔康(Yatakang)——一个与印度尼西亚相似的想象国度——寻找一位科学家,因为传闻该科学家发明了一套"基因选优"程序,能够改变个人在生育方面的法律地位。这个消息引起了世界各地社会的不安。诺曼·哈斯则去了一个虚构的非洲国家——本尼尼雅(Beninia)——创办企业,他偶然发现了一个族群。那里的人们有着异乎寻常的基因结构与和平历史。小说结尾处的这个发现,给人们解决世界暴力问题带来了一线希望。但是,如此设计的情节显得有些牵强,它并没有对其所揭示的复杂问题提出解决方案。总的来说,它远远不如围绕两个主角的洲际旅行所展开的对全球社会的描绘重要。

在该书的首批评论者中,一些人对布伦纳的先锋派叙事手法提出批评,也有评论家认为他的作品开创了一种全新的科幻小说形式。对于这两种声音,布伦纳都付之一笑:"科幻小说在文体形式方面故步自封,这是臭名昭彰的事实。几代人在文体形式创新方面裹足不前,却还有人会觉得我太过前卫,无法忍受,对此,我一点都不觉得奇怪。"[《创世记》("Genesis"),36]布伦纳解释说,他的小说以约翰·多斯·帕索斯(John Dos Passos)的现代派小说为原型,帕索斯的《曼哈顿中转站》、《世纪中期》、《美国》三部曲,尤其是《世纪中期》,对他创作《站立在桑给巴尔岛》产生了直接影响。① 两位作家都注重从宏观上概述当代社会,因而忽略情节的连贯性,他们笔下的社会是由各种话语拼贴而成的大杂烩。《世纪中期》是《站立在桑给巴尔岛》的主要原型,其大量引用不同话语的章节被命名为"纪录

---

① "在这个特别的语境下,我想起了多斯·帕索斯,回家后重新阅读他的《世纪中期》,并不是因为这是一本好书,也不是因为这是他最好的作品,而是因为他在其中使用文献等材料。"(《创世记》,36)

片"。同样，布伦纳刻意将构成该书的文本片段称为"语境"、"变动中的世界"和"追踪特写"，目的是表现政治、经济、社会、文化、生态在不同层面的发展情况。视觉媒体在这些片段中和文本片段有着同等地位。比如，某些页面分成两栏，同时呈现图像和声音，场景可以随时"切换"到下一个场景。有一位评论家认为该小说"取一点《尤利西斯》，再混几滴《美丽新世界》，把它们融进一个漫无章法的电视剧本，再试着将其重新写成一篇小说"（《创世记》，34）。另一位评论家则干脆认为："《站立在桑给巴尔岛》不是小说，而是一部披着书籍外壳的电影"。［斯宾拉德（Spinrad）《〈站立在桑给巴尔岛〉：是小说又是电影》（"Stand on Zanzibar：The Novel as Film"），182］但是，即使将布伦纳的作品视为一部电影而非小说，它也没有线性情节的连贯性。他将引文和故事马赛克般拼贴起来，描绘一幅全球媒体网络运行的概况，而网络本身就是他对全球社会与生态系统关联性的一个隐喻。

如果小说作者希望向读者呈现未来社会广泛而多面的形象，他可能会运用一些早期的写作手法——最初用来描述现代都市令人困惑的异质性手法，这一点倒不足为奇。但不寻常的是，布伦纳选择了帕索斯的作品作为他小说的原型，而不是其他现代都市小说，比如詹姆斯·乔伊斯（James Joyce）的《尤利西斯》（*Ulysses*）、弗吉尼亚·伍尔夫（Virginia Woolf）的《达洛卫夫人》（*Mrs. Dalloway*）、阿尔佛雷德·都柏林（Alfred Doblin）的《柏林亚历山大广场》（*Berlin Alexanderplatz*）（这部小说也受到《曼哈顿中转站》的影响），以及罗伯特·穆齐尔（Robert Musil）的《没个性的人》（*The Man without Qualities*）。上述小说尽管都呈现了大城市全景，但同时也肯定了人的特性。尽管小说囊括了大量性格迥异的人物，但他们当中会有几个明显的主角，引领读者在大都市中游走。相比之下，多斯·帕索斯在《曼哈顿中转站》中，尽管描写了几十个人物，都来自19世纪90年代到20世纪

20 年代的纽约，但没有一个是贯穿始终的主角：他们只是在某个片段中挑大梁，到另一个片段被忽略，然后又出现在某个情节中。虽然在布伦纳的小说中，唐纳德·霍根和诺尔曼·霍斯要比其他的人物重要，但还是比不上《尤利西斯》的主人公利奥波德·布鲁姆（Leopold Bloom）和《一个青年艺术家的画像》（*A Portrait of the Artist as a Young Man*）中的斯蒂芬·迪达勒斯（Stephen Dedalus），更不用说《柏林亚历山大广场》的弗兰茨·比伯克夫（Franz Biberkopf）和达洛卫夫人在同名小说中的中心地位了。① 换句话说，布伦纳小说的叙事结构本身是将读者的注意力从个体转移至他笔下的 21 世纪拥堵世界中的更为普遍的社会、经济和文化模式上。

在《站立在桑给巴尔岛》的虚拟世界里，人群都是经过标准化处理的。最能体现这一过程的先进技术之一就是用户化电视机。在 2010 年，观众不再只看电视角色的表演，而是能自己扮演角色，成为电视节目中的一员。随着小说情节的发展，观众能逐渐看到，这种技术可以运用到不同层次的个性化体验中。公共场合的电视角色都以屏幕前的观众为参照，代表其观众的性别、年龄、种族以及体型。比如，唐纳德·霍根登机后，乘务员会立即将电视屏幕切换到"与这个男人一样'年轻健壮并又有成熟魅力的白人男性'形象"上（333），而电视场景也类似于他所乘坐的那架飞机。便宜的家用电视机也可以为观众提供类似的选择：比如诺尔曼·霍斯用非洲裔美国男性来代表自己，用北欧女人来代表身边不断变化的情人。而昂贵的电视则能够给观众带来完全个性化的体验。这项技术可以让观众自己的影像投射到虚拟世界中，观看自己在电视中游览异国，参与各种不寻常的事件，

---

① 格尔德曼（Goldman）从伦理角度分析布伦纳主人公形象，而没有从叙事学角度分析该小说［《约翰·布伦纳的反乌托邦：非英雄社会中的英雄》（"John Brunner's Dystopia: Heroic Man in Unheroic Society"）］。

而这些经历多多少少是从观众的现实生活中提取出来的，小说中把这种技术称作"处处先生和处处夫人（Mr. and Mrs. Everywhere）"，即无处不在、无所不包的虚拟人物。布伦纳对这种技术做了多方面的讽刺，显然是要批判现实社会中只有经济精英才能完全表达个性的观点——如果我们可以把参与预先设定的电视情节当成一种个性表达的话。他令人感兴趣的叙事手法暗示了一个潜在的世界性视角，因为个体可以融入各种类型、包容程度不一的社会团体中，要么成为其中一员，要么拥有与真实的自我不同的多重自我。

诺尔曼·霍斯在评论这项新技术体验时说：

> 这真诡异。当你看到你自己的脸，听到自己的声音，都变成了一个基本信号，你会觉得这是件非常奇特又难以形容的事。你穿着从未穿过的衣服，做不曾做过的事情，去未曾到过的地方，而这一切都是如此真实。现在的电视就是真实的世界。我们越来越清楚地球有多大，所以我们无法接受自己周围的一切就是现实，但电视带给我们的才是更真实的现实。（314）①

想象与现实的混淆同样也延续到了小说的日常对话中："处处先生和处处夫人"经常在小说中被提及。例如，有人在聚会上说："我们要去加勒比海度假，但处处先生和处处夫人已经去过很多次了，恐怕那里会很拥挤。"另外一个又提到了南极洲之旅，"我不喜欢下雪，但是除了那儿，还有什么地方是处处先生和处处夫人最近没有去过的呢？我真受不了这些来来去去的人！"（234）在这样的对话中，处处先生和处处夫人从电视角色转变

---

① 这令人想起德里罗《白噪音》中一个人物的话："多数人在这个世界上只有两个地方，一个是自己住的地方，一个是电视机摆放的地方。"（66）

为修辞形象,指的是过度拥挤的世界中无处不在的人群。开发这项技术最初是为了使得原先标准化的电视节目变得个性化,而它最终却将真实世界给标准化了,把个体都变成了一样的"来来去去的人"。但布伦纳没有像其他描写人口过剩的小说家那样,彻底批判或拒绝这个技术,相反,他对处处先生和处处夫人模棱两可的身份更感兴趣:他们同时代表了特定个体、抽象类型和虚拟现实这三个概念。随着有形的个体和技术生成的形象变得难以区分,将个人和社会集体与全球地理位置相联系就有了新的可能。

布伦纳对虚拟电子技术以及它们可能会破坏人类主体的思考,不仅神奇地预示了此后人们对半机器人和"屏幕生活"的担忧,[①] 而且还将个性化、隐私、暴力和监督等问题置于新的语境下。这些问题都是有关人口过剩的小说和电影的主要元素。小说中的全球系统几乎影响小说所有人物生活的方方面面,在这样一个系统框架下,他们不管是在地理上还是视觉上,都能到达从未去过的地方。这样一来,新马尔萨斯幽闭恐惧便成了世界主义居住模式的开端。布伦纳并没有对这个社会转型过程提出一个明确的意见,而是通过一个乐观的结局——以某个少数群体文化的基因和成就来应对部分全球问题——指出,在这种受技术影响的全球意识下,有可能会产生这样一个新型团体。就叙事技巧而言,布伦纳以拼贴式的片断来表现全球化意识,并将现代都市小说的场景范围扩大到全球,以体现全球的异质性及其复杂联系。正是这种重新兴起的拼贴结构为后来的文学作品提供了一个范式,为它们提供了一种在日益拥挤的全球社会背景下思考对地方

① 关于"赛伯格"(Cyborg)(自我调节的人机系统——译者注)概念,参见唐娜·哈拉维(Donna Haraway)的《赛伯格宣言》("Cyborg Manifesto"),以及克里斯·格雷(Chris Gray)的论文集。关于电脑使用者如何理解他们在虚拟世界和真实世界的故事的分析,参见雪丽·特克尔(Sherry Turkle)的《屏幕人生》(*Life on the Screen*)。

依附情感的方式。

第二节　虚拟人群

20 世纪 70 年代后期，环境问题逐渐成为科幻小说的主题，并受到从自然诗到主流小说等各流派文学作品的关注，而人口过剩问题逐渐淡出纯文学文本的视线，很少再成为热点话题。[①] 不料 20 世纪 80 年代末至 90 年代初，后者再次出现在文学作品中，但已摆脱了几十年前的启示录风格。其实，这种转变并不局限于文学文本，90 年代普遍用于解决人口问题的科学方法亦是如此：人们的预测更加谨慎复杂，同时更加强调人口增长与其他因素的关系，如经济状况、社会不平等、妇女的生殖健康以及受教育机会等。作为 1972 年报告的续集，唐奈勒·H. 梅多斯（Donella Meadows）和丹尼斯·H. 梅多斯（Dennis Meadows）夫妇在《超越极限》（*Beyond the Limits*）一书中，尽管仍然强调人口增长水平和发展水平已经过快，但对此持谨慎乐观的态度。他们用计算机模型推算出未来几种可能的场景，均不包含经济崩溃和社会退步的情况。他们因此认为，如果人口增长同富裕程度和消费水平都处于掌控之中，人类的希望还是存在的。在《人口爆炸》（*The Population Explosion*，1990）和《鹳和犁：解决人类困境的公平途径》（*The Stork and the Plow：The Equity Answer to the Human Delimma*，1995）两本关于人口问题的书中，保罗·埃尔利希和安妮·埃尔利希再次强调他们之前的预测：缺少全面的人口规划会造成极其严重的后果（后一本书对该问题的呈现和分析更加复杂）。两本书都强调，解决人口问题的关键是建立公平公

---

①　克勒姆（Clem）等人编辑的文集《失去空间的人：科幻小说中的人口和未来》（*No Room for Man：Population and the Future through Science Fiction*）于 1979 年出版，收录了许多先前发表过的短篇小说。

正的社会结构与改善条件，对女性而言更是如此。在他们看来，人口过剩问题现在解决，为时未晚。同样，乔尔·科恩（Joel Kohen）在他的《地球能养活多少人?》（*How Many People Can the Earth Support?*）一书中，对人口问题做了精细而复杂的统计分析，认为预测生殖行为和估算不同地区承载能力是极其困难的工作，很难做一个简单的评估。他的观点动摇了任何单纯的启示录文学言论。此外，比尔·麦克基本（Bill McKibben）在《也许生一个孩子：关于小家庭的案例分析》（*Maybe One：A Case for Smaller Families*，1998）一书中，从个人视角探索人口增长和物质消费对西方富人生育决策的影响。

与此同时，文学文本没有再像以往那样把人口过剩问题当作凌驾一切的主题，即使有所涉猎，其处理方式也更加谨慎，因为人口过剩只被当作构成未来社会的其中一个因素。菲利普·何塞·法默（Philip Jose Farmer）的《逐日世界》（*Dayworld*，1985），澳大利亚作家乔治·特纳（George Turner）的《大海与夏天》（*The Sea and Summer*，1987；在美国出版时命名为《淹没的塔》，*Drowning Towers*，1998），大卫·布林的《地球》，德国作家卡尔·埃默里（Carl Amery）的《埃及之谜》（*Das Geheimnis der Krypta*，1990），施瑞·S. 泰珀（Sheri S. Tepper）的《族谱》（*Family Tree*，1997），金·斯坦利·罗宾森（Kim Stanley Robinson）的火星三部曲：《红火星》（*Red Mars*，1992）、《蓝火星》（*Blue Mars*，1993）和《绿火星》（*Green Mars*，1996），以及约翰·凯奇的诗歌《人口过剩与艺术》（演出于1992年，出版于1994年），这些作品均把人口增长看作导致环境污染、气候变化、社会不平等、权利分配不均，以及国际竞争与冲突等复杂的环境、社会及政治问题的因素之一。同时，它们对该问题的讨论模式与二三十年前的文学描述有着本质区别。虽然它们也会很自然地利用一些灰色情节，但这些情节不再以20世纪60年代那种千年预示模式来展现。事实上，许多作品都表达了一种乐观的乌托邦倾向。虽然作品内容不乏明显的恐惧感或启示思想，但都居于次要地位，要么是对主要情节的补充，要么只出现在回顾过去的情景中。布林的《地球》及凯奇的《人口过剩与艺术》以实验性叙事手法和抒情诗的形式，探讨全球生态和技术系统该如何呈现的问题，并对"怎样的人类共性是可行的"以及"全球社区该是怎样的居住模式"等问题作了反思。这些，我将在下面分别讨论。

就叙事技巧而言，布林的小说《地球》虽然直接受布伦纳《站立在桑给巴尔岛》的影响，但布林将全球新型网络媒体的出现与生态问题密切地联系在一起思考，同时也关注需要怎样的人类社区才能应对以上问题。《地球》以 2038 年为时间背景，向读者全面展示了一个密切关注社会发展、生态发展及科技发展的全球社会的样貌。在这个全球社会中，电子技术和国际立法发展最令人诧异的后果就是废除个人隐私权，并且认为这是一种正面的文化价值观，然而，工业化国家的人口老龄化问题及老人与年青一代的矛盾、先进武器技术、全球变暖、海平面上升、环境污染、人口压力及物种飞速灭绝等问题，都是出现在这个全球社会全景中的"景观"。虽然布林笔下的生态状况令人沮丧，但他没有采用启示录式的解决方案。相反，他在小说中一次又一次地强调人类对解决这些问题所做的努力，尽管他们找到的方案大都难以持久，效果也不甚明显。参照布伦纳《站立在桑给巴尔岛》一书的叙事手法，布林也运用拼贴手法来展现全景风貌，其中包括设计大量的人物角色、引用当时各类媒体与机构文本的"引文"——如新闻公告、信函、法律文本、电子书籍摘录以及在线新闻讨论等。布林将这些材料像马赛克般拼贴在一起，目的是展现 21 世纪中期的全球社会生活画面。

小说围绕科学家在地壳深处发现的一个微型黑洞简单地展开情节。这个黑洞不断吸收地球物质，而且越吸越多，最终威胁地球的存在。由于建造小型黑洞是最新的科研领域，科学家们最初猜测，这个致命威胁可能是某个政府，或几个国家，或某个公司的黑洞实验失去控制而产生的，于是他们制定各种对策，希望在高度保密的情况下移除这个黑洞。调查中，他们很快发现，这个非同寻常的黑洞比人类研究"洞穴学"的历史还要久远，很可能来自外星。他们试图用"重力激光"去除这个黑洞，却引发了全球性地震和灾难。随后，政府部门、军事组织和特务机关开始与科学家争夺对黑洞的控制权。不久，争夺控制权的信息泄露到了"网络"上。一个名叫黛西·麦克伦南（Daisy McClennon）的天才黑客，同时也是环保主义者，一直在网络上与她认定的环境污染者和破坏者打游击战。凭借超凡的电子信息搜索和组合能力，她发现并掌握了重力激光技术，于是利用该技术攻击其发明者，随后又做了更恐怖的事：系统地消灭她认为最有破坏力的物种——人类，并且计划只保留一到两万狩猎人，因为他们对自然生态系统不会构成威胁。

麦克伦南全球性的种族灭绝暴行却引发了意外的后果。由于全球各地不断发出穿过地心的重力激光束，地球内部越来越多的电流被激活。有一次，麦克伦南对一个实验站发起攻击，当时诺贝尔奖获得者詹妮弗·沃琳（Jennifer Wolling）正在里面建造一个基于网络的人类认知模型，她的意识正好与电流相熔，因而被电死，这同时还触发了沃琳的"网络"的自发性扩张，并与地球内部纵横交错的电流融为一体。麦克伦南在这场由她自己所造成的自然灾难中一败涂地，而这种新式的人工智能，或者说是某种电子形式的"盖亚"，开始发挥其作用，逐渐生成一种新型的、更具生态意识的人类生存模式。剩余的人口被安置到因上次灾难导致人口骤减的地区，采矿业搬到了小行星上。而地球上的人工智能——布林笔下包括人类各种声音和思想的集体意识，不再干涉日常政务，但会限制人们对自然资源的开发，任何一个人类政府都不能越过这个限制。

这个乌托邦式的结局描绘的正是人类最先进的科技与地球最

基本的物质属性之间的融合共存。布林选择从地质学角度来反映这种融合，并以此设计作品的叙事结构。小说分为十二章和许多被称作"球体"（sphere）的小节，每个"球体"都有自己的人物，大多数"球体"小节都以地质和大气结构术语命名，如"内核"、"外核"、"岩石圈"、"电离层"和"外逸层"。当然也有例外。"智慧圈"（Noosphere）一词由法国宗教思想家和古生物学家夏尔丹（Pierre Teilhard de Chardin）创造，出现在沃琳创造的新盖亚（Gaian）意识模型的事件描述中，指的是从不断强化的科技关联性中所产生的人类集体意识。[①] 因此，布林小说的结构充分反映了由最新科技创造的虚拟空间和地球物理空间之间的联系。正如布林最主要的神话比喻——盖亚（Gaia）和网络（Net）的融合一样，小说的结构也将地球这个物理空间和抽象的非物质空间的数字网络空间合二为一了。

不仅如此，布林还运用其独特的叙事技巧，使得这个被视为天然物体与技术结构的结合体——星球，在某种程度上成了小说的主人公。小说十二章的每章前都有一段简短的斜体文字，概述一段地球历史，合起来便是地球从 40 亿年前的宇宙起源至 21 世纪的发展史。行文时而使用有关地球形成和地质变迁的科学词汇，时而将地球描绘成一个渐渐唤醒自我意识的"人"。确切地说，他不是一个普通人类个体，而是宇宙人或者地质人。这些斜体段落与小说情节并没有必然的联系，显然是用来补充和丰富情节的——使读者可以从一个较为长远的宇宙视角来看待小说中某个时间点发生的事件。这种将地球比拟为一个史诗人物的手法，与后期现代主义片段化情节手法相映成趣，创造出一个单一与多元、整体与异质共存的全球环境形象。

---

① 早在 1974 年，特尔哈德（Teihard）就意识到电脑将成为未来网络的一部分，参见他的论文《人类历史的一种解读：智慧圈意识的形成》（"Une interprétation plausible de l'Histoire Humaine：La formation de la 'Noosphère'"）。

在以上背景下,"人口过剩"所呈现的意义,与其在六七十年代的小说和电影中的完全不同。虽然布林笔下的许多生态和社会危机可为过时的天启式小说提供素材,但大灾难不再归结为生态学问题,而是一个物理学领域的问题。许多小说开始描述奇幻的情节,并将全球毁灭性灾难归结于物理变化,布林小说中的黑洞便是一例,尽管生态崩溃导致灾难的说法更合乎情理。正如一本在线书籍所指出的那样:人口增长是众多的社会、经济、环境和技术问题之一,这些问题一直未能得到彻底解决,但它也绝不像人们所预测的那样会引发全球毁灭性的大灾难:

> 至于饥饿,我们肯定见过一些地区可怕的饥荒事件。全球一半的农田已经消失,而且消失数目还在增加。尽管如此,人人谈论的"人类大限"却永远在推迟,似乎还要再等十多年才会出现。创新……会在危难之际帮我们逃过一劫。(48)

《地球》一书中的一位科学家也反思过这个问题:人们预测人口过剩的种种可怕后果,但为何作为后果之一的人类大规模死亡到现在都还没有发生:

> 马尔萨斯灾难和所谓的 S 曲线表明:人类会被彻底毁灭。但是,一连串的科技创新总会在最后关头出现,如自体受精玉米、室温超导体、基因拼接鲶鱼技术……每一个创新使人类又勉强度过一年,并为下一个创新挤出一点空间。(531;省略号为布林所加)

布林强调人口增长对地球生态结构的严重影响,他因此刻意将早期环保主义文本中的世界末日情景移植到另一种情节里。而即使是在黑洞情节中,最终催生集体星球意识的也并不是全球灾难观念，而是一种"奇异"观念，一个超越物理界限的时空观念。

　　因此，人群拥挤不堪的场景虽然也出现在《地球》中，但并不多见。在某种程度上，小说确实传达了拥挤的意思，但其并非一般意义上的拥挤。布林通过大量的文本和媒体资源（包括统计调查、法律文件、新闻广播、正式的和非正式的网上讨论、私人信件）向读者展现了未来社会信息的密度和细节，给人们留下一个极度拥挤的信息空间的印象——数以十亿计的声音挤在这个空间里，争夺别人的关注。只有在这样的场景中，布林的"后隐私社会"（post-privacy society）——大部分形式的秘密在这里都是非法的——才能表现出部分意义：假设所有（或几乎所有）信息能通过先进的全球交流技术免费分享给上百亿群众，那就必然会出现信息交流的"人口"稠密区，在这个区域里，点滴事实、流言蜚语、细节、故事、图像和声音互相拥挤，就像早期有关未来拥堵世界的场景中，无数的人互相推搡一样。

　　当然，这并不意味着人口问题在小说中消失了。人员密集和相应的空间焦虑感仍然是构成小说画面的一部分，人们尽可用双重道德标准谴责布林。尽管小说人物戴茜·麦克伦南施行的大规模屠杀遭到严厉谴责，但她惨绝人寰的暴行确实为缓解人口压力打下了基础。由于她屠杀了大量的人，腾出了空间后，先前只能在船上生活的人得以重新在陆地上居住。虽然布林反对这种方法，但他显然无法想出更为温和的解决方案来。[①] 事实上，地球与网络融合的这个意象，的确是对人们空间焦虑感的一种回应，只是其方式不同寻常。小说中的拥堵群体并非真实的人体，而是人们不断通过电子设备进行交流而发出的意见和思想。沃琳从一个有血有肉的人化身为一种电子存在，这个生动的变形在布林笔下的社会司空见惯，甚至对许多下层社会的人来说也不足为奇。

_____

　　① 　关于人口过剩和种族屠杀问题，参见埃墨里（Amery）的《克莱普塔神庙的秘密》（*Das Geheimnis der Krypta*）。

如此变形后，人们的空间焦虑感消失了。尽管人们隐私的消失导致巴拉德的亿年城（Ballard's billennial city）、哈里森的纽约（Harrison's New York）、赫赛的纽黑文（Hersey's New Haven）和西尔弗伯格的城市游牧城（Silverberg's urban monads）等地方令人们不寒而栗，但布林笔下的全球社会中的市民却为信息隐私消失而感到欣喜，因为他们逐渐将这种隐私视为富人特权的保护伞（例如在瑞士的银行账户）或是掩盖政府和企业机构非法操控的隐身衣。这种从实体人群到虚拟人群变化的叙事技巧正是布林小说对人口过剩问题的应对方式。

可能有人会说，这种变形无非是利用隐喻来回避更为实际的解决方法，但布林的地球与网络融合的关键恰恰在于这种隐喻性。以叙事形式想象一个全球性的、乌托邦式的空间无疑是一种尝试。在这一空间里，稀有资源、财富、社会阶层、地方等基本问题都被置于一个全新的领域进行思考。换句话说，它给我们展现了一个实现全球环保意识和管理的寓言。布林极力强调，新型人工智能（尽管在书中，它是借詹妮弗·沃琳之声开口说话）不是一个实体，而是一种对全球千变万化的人类声音的比喻，这也可以说是小说描绘的那个五花八门的世界社会的缩影。要以叙事形式把全人类描述得既具多样性又相互关联并非易事，而布林只选择一个角色作为指挥全球思想交流的临时领袖，这不免陷入极权科幻小说的套路——某个慈爱的领袖自上而下地化解人世间的冲突。① 但是，考虑到布林踌躇满志的目标，这些小缺陷似乎无足轻重：他的目标是寻找一种叙事形式来表达其世界主义意识，这种意识将多种文化中的生态与科技相连，并与一种乌托邦式的人类集体相联系，这种集体不但不会抹杀个体或者小型社区

---

① 我在论文《网络幻想：生态恐惧与信息乌托邦夹缝中的科幻小说》（"Netz-phantasien: Science Fiction zwischen Öko-Angst und Informationsutopie"）中分析过布林《地球》的叙事策略和缺陷（253—259）。

的存在，而且还与全球生态自我意识以及生态世界主义（第一章讨论过）相联系。如果说有一种叙事形式和环保主义的口号"放眼全球，立足地方"遥相呼应，布林的小说结构无疑是最大胆有益的尝试之一。

同样，约翰·凯奇的长诗《人口过剩与艺术》，是在全球生态视域下以文学的形式反映他对人类文化和社区的理解的一种尝试。这首诗与他早前的大多数诗作一样，是一种类似演说与先锋诗歌的混合体。凯奇将人口过剩视为一种变革力量，它能促使人类与过时的社会组织形式与交流形式决裂，以此推动人类迈向未来。第一节诗（Ⅱ.1—20）开门见山地表达了人口增长和人口交流之间的联系。

大约 1948 或 1950 年，当时

活着的

人口数量之和

等于在过去任何时刻活过的人口数量之和

当前只要数量

在变化

就等于过去的总和

我们现在生活在未来

是某种其他东西

使

它翻了一番

使它翻了两番

现在我们唯一

能确定的是

死者

只占少数

他们没有我们活着的人多

这将如何影响
我们的
交流方式

(abOut 1948 or 50 the number of people

liVing

all at oncE

equaled the numbeR who had ever lived at any time all added

together

the Present as far as numbers

gO

became equal to the Past

we are now in the fUture

it is something eLse

hAs

iT doubled

has It quadrupled

all we nOw

kNow for sure is

the deAd

are iN the minority

they are outnumbereD by us who're living

whAt does this do to

ouR

way of communicaTing)

诗歌一开始将现在与过去的关系想象成一个基于人口数据的数学
方程式,并将未来定义为现在在数字上对过去总和的超越。因
此,凯奇用一个可笑又有趣的简化代式阐述了他的中心论点:

"人类已然经历了根本性的历史转变"；未来不可能与过去保持平衡对等，因为经济、人口数量与生态环境已发生了改变，而这种改变需要全新的社会组织来应对。于是，"我们的交流方式"（"ouR/way of communicaTing"）不仅指信件、电邮、电话或是传真等所有凯奇提及的信息交流方式，而且还指广义上的社区组织形式。在人口过剩的时代，拥挤加剧与资源稀缺迫使人类打破僵化的等级组织制度，并创造出"共同生活的新形式"〔"new foRms of living together"（Ⅰ.306）〕，以应对人口过剩时代的重大挑战（Ⅱ.483—498）：

……这个世界的首要

重大

问题是如何

迅速安全令人满意地让

每一

磅千瓦和工时

将世界各种资源的

实现性能增加两倍

这将使那些资源

能够

维持

人类100%的增长人口使他们

的物质生活水平

远远超过任何

已知的

或想象的水平

（…the wOrld's prime

Vital

problEm is how

to multiply by thRee swiftly safely and satisfyingly

Per

pOund kilowatt and workhour the overall

Performance realizations of the world's

comprehensive resoUrces this

wiLl render those resources

Able

To support

100% of humanIty's

increasing pOpulace at levels

of physical liviNg

fAr above whatever

has beeN known

or imagineD)

　　凯奇笔下的未来无政府社会该如何实现这个巨大的飞跃,并且同时避免诗歌另一处所提及的环境恶化问题,这个我们并不清楚。他在诗中也不会给出答案,因为这种体裁的文本往往只是表达对未来的希望,不会对具体政治规划做详细探讨。

　　不过,凯奇在描绘这个无政府主义理想国时,确实提出了一些具体建议:重视创造性失业和自我教育;重视使用权而非所有权和利润,以及废除极权官僚政治与民族国家建制。这些建议在他其他作品中早有提及,其中大多数出自其20世纪60年代的串行诗《日志:如何改善世界(你只会让问题更糟)》〔"Diary: How to Improve the World(You Will Only Make Matters Worse)"〕中,并反复出现在其后的许多作品中。而《人口过剩与艺术》表现的是在人口急剧膨胀的语境下的无政府主义政治学与他的先锋派美学观。其中颇为有趣的一点是,凯奇给不同传播媒介都分

配了角色（长久以来凯奇都对此有着浓厚兴趣，他是 60 年代第
一批把马歇尔·麦克卢汉的媒介理论融入文学与乐曲的作家之
一）。他称赞互联网的媒介作用，因为网络世界使人们相关联，
这比观念上或者政治上的边界概念更重要。当然，他对无限制使
用此类媒体持保留态度，因为那样会剥夺人们享受独处的时刻，
进而抹杀人们的创造性（Ⅱ.57—80）：

无止境地

相互

渗透

毫无

阻碍地

得到可用资源

然后代接电话服务

的出现

试图

解放个人不受

打扰

恢复的片刻独处时间

已完全

消失

在 19 世纪

而非 21 世纪

你是否

忙于发传真

和

电子邮件

你是否

随时随地保持联系

```
                    ( enDless
            interpenetrAtion
                togetheR
                    wiTh
                    nOnobstruction
        of what aVail
                    thEn the use
        of answerRing service
                attemPt
                    tO free oneself from
            interruPtion
                    solitUde for just a moment regained
            is utterLy
                    finAlly
                    losT
                        fInding 19th
                    nOt 21st
                    iN 20th
                    Are you
                    iN to fax
                    anD
        electronic mAil
                    aRe you
                    in Touch hce )
```

随时随地"保持联系"，这是新媒体强加给我们的义务。一方面，它为个人和社区创建了一个能密切联系的网络；但另一方面也大量减少了人们享受沉默和独处的时间和空间，而沉默和独处是凯奇美学思想和存在主义哲学的两大基石。在这节诗的末尾，凯奇半无奈、半玩笑式地提到乔伊斯（Joyce）《芬尼根守灵》（*Finnegans Wake*）的主人公伊厄威克（H. C. Earwicker）的名字——他在作品中多次使用这个名字。由于伊厄威克的名字可以缩写为"hce"，这在乔伊斯的小说中有时也表示"所有人都到了"（"here comes everybody"）的意思，这个缩写名字引用到这里具有双重讽刺意味，因为他要表达的主题是独处。这一引用不仅引发人们将 20 世纪早期和后期的艺术家、艺术作品同他们在媒体全景中所发生的变化进行比较，并且催生出这样一个角色，他姓名中首字母的缩写标志着他与一种不可避免的集体性浑然一体。从某种意义上来说，凯奇作品中的"Hce"与布伦纳笔下的处处先生和处处夫人在用法上有异曲同工之妙。凯奇为失去独处的时空而伤怀，他也像 60 年代关于人口过剩的那些作品一样，表现出对于隐私缺失的无端猜疑和恐惧。相反，在下一个节诗中，他赞颂私人空间与全球场景的自然融合——这与布林（Brin）笔下的角色不无相同之处。"我们生活在玻璃房子/我们那由玻屑构成的四周/光亮透明/反射着/外边的/影像/在我们的家/室内的空间里/一切都在倍增/就像我们一样"["we live in glass hOuses/our Vitric surroundings/transparEnt/Reflective/Putting images/Outside/in sPace of what's inside/oUr homes/everything's as muLtiplied/As we are"（Ⅱ.82—91）]。正如布林所述，人口倍增开始转变为符号和图像的倍增，这一情形带给人们更多的是愉悦而非担忧，凯奇也惊呼"每一刻/都神奇"（"each momenT/Is magic"）。一个由新媒体催生的无国界世界，最终消除了凯奇对创造性空间消失的担心。

如同凯奇所构想的无等级、非极权管理的社会秩序一样，他认为在"艺术品中/没有一个地方/比另一个/更重要/美/无处不在["wOrk of art/in which no Place/is mOre/imPortant than another/beaUty/at aLl points"（Ⅱ.105—110）]，因为艺术的根本目的不是自我表达,而是尝试新的美学组织方式 (Ⅱ.122—137)。
这一原则恰好与布伦纳和布林小说中的去中心化趋势相呼应。如
前文所述,他们的小说人物众多,经历相互交织,但没有一个人
物能够独占读者的视线。而凯奇这首诗是基于字母的拼写来建构
的,所建构的正是其标题——"人口过剩与艺术" (overpopu-
lation and art),这 20 个英文字母支起了整首诗的准离合结构
(mesostics)。准离合诗为离合诗的一种,诗中每行有一个大写字
母,竖着将大写字母连起来就是一个连贯的词,但该字母并不位
于每行诗的开头,而是位于中间。① 在这一原则下,一首以二十
行为一节 [每一行的大写黑体字母组成一个 "人口过剩与艺术"
(overpopulation and art)] 的诗产生了,并且在每节第一行之前
的左边,都会有一个大写的黑体字母:这些大写的黑体字母分布
于整首诗 40 个小节前,按顺序又组成了前后两个 "人口过剩与
艺术" 的标题。从视觉角度看,每一行诗中大写的准离合字母
实际上又构成了整首诗的中心与骨架,使诗行本来参差不齐的长
度变得有章可循。但是在朗读时,我们无法区分出这些字母,这
时再看一下整个排版布局,就会立即发现,尽管准离合字母出现
在页面的中心位置,它们却不一定出现在每一行诗的中心位
置——有时可能接近中间,也有可能出现在诗行的开头或者结
尾。也许更重要的是,从这种贯穿每个诗节内部以及所有诗节的
双层准离合中,读者并不会读出任何与横行诗句一致的暗含义或
其他与之相悖的含义。相反,通过不断重复标题词汇,并把它们
分散在整首诗中,这无疑从视觉上提醒我们 (最起码这是作者
的意图),每一行诗都同等重要,没有主次之分。同时这些字母
所遵循的数字结构强调了一点:这首诗并不是诗人专门用来表达

---

① 泊洛夫 (Perloff) 的论文《为文字谱曲,也许》 ("Music for Words Per-
haps") 分析了凯奇作品《嚎叫场》 ("Roaratorio") 的艺术技巧,我分析凯奇 "异形
诗" (mesostics) 时参考了该论文。

个人经历和认知的，而是一个游戏，要求读者从文字排版中探索出其结构规律。

当然，凯奇运用这种诗体，并不是专门为了以诗歌形式来讨论人口过剩问题——他早已将这些策略应用到很多不同主题的诗歌之中了，但不难看出，这种诗体确实强化了诗歌的内涵：在这个过度拥挤、充斥着多种新型"虚拟"沟通渠道的世界中，个人不再是社会或美学结构形式的中心。凯奇对此持赞赏的乐观态度，但他也因此被批评太过天真。他在《人口过剩和艺术》中所描绘的社会、政治和文化图景等，都变成了此类批判的焦点。但是，他的这种乐观精神至少可以说是实用主义的，因为他坚信，如果人们总是怨天尤人，不愿去做乌托邦构想，我们永远也不可能摆脱过时的社会政治结构，因为"我们开始坚信/我们可以最终/消除/悲观主义/通过摸索般地/信服/乐观主义/决不怀疑/实现乌托邦的/可能性"["we begin by belieVing/it can bE done/getting Rid/of Pessimism/blindly clinging tO/oPtimism/in no sense doUbting/the possibiLity of/utopiA"（Ⅱ.566—572）]。

大多数反映人口增长问题的小说和电影，尤其是在六七十年代，都以个人陷入过度拥挤的大城市的窘境为主题。这些城市有的大如地球，有的是全球社会的缩影：空间限制、生育约束、缺乏透明度、大规模的官僚体系等充斥这个全球社会，对个性和隐私构成威胁。个人被限制在极小的"本土"空间中，根本无法产生对地方或更大系统和空间的依附感。就作品形式而言，这些文本对20世纪中期各种极权国家的反乌托邦提出批判。我详细讨论的三个文本：布伦纳的《站立在桑给巴尔岛》、布林的《地球》和凯奇的《人口过剩与艺术》，也同样描写拥挤不堪的世界，但所呈现的并不是一个幽闭、恐怖、令人窒息的景象，而更像是一个契机，能使人重新思考个人、集体与本土和全球系统之间的关系。他们都认为新兴信息和网络技术不仅发挥重要作用，而且是一种新型的公共领域，既可以是生态关联性的补充，也可以是生态关联性的隐喻性表现。显然,布林把全球性、环保型治理方式比喻成一种将数字网络与地理结构相融合的"奇异"事件。布伦纳和凯奇对这一问题的态度略显温和,但同样乐观,他们将通信和网络技术看作本地个人与社区树立生态世界主义意识的机会,于是,原先对无处不在的人群带有阶级特征的无端恐惧,就变为欣然接纳的态度,个人不仅愿意与真实的和虚拟的人群交流,甚至连自己也愿意变为虚拟人群中的一员,并借此进入另一个空间——一个资源丰富、分配相对公平的空间。这无疑开辟了一个人与自然交流的新渠道,自然本身在作品中也发生了不可逆转的改变。其实,自然的转变只是个喻指,它并没有根本性的改变,只是人们对自己在全球生态网络中的身份和位置有了新的理解。如果先进技术有助于人类开发自然,那么它们也被看成能够重绘全球空间的一种手段。其中,布伦纳和布林借用现代主义城市小说的拼贴结构,描述当今既异质化而又相互联系的全球系统,与克利马的拼贴装置类似;而凯奇的诗借用类似的拼贴策略,创新了诗歌形式。他们重构的全球空间成为人类、非人类和自然环境的媒介,这无疑是一种世界主义,旨在加强人们对文化和生态差异性及关联性的理解。

第三章　全球亚马孙冒险

在美国和欧洲，亚马孙热带雨林长期以来都是丰富的自然资源、奇特物种、全球生态系统关联性和环境危机的象征。这片广袤的雨林每年吸收大量的二氧化碳，制造大量氧气，因此被誉为"地球绿肺"。但是，亚马孙地区也是各种政治争议的焦点。过去几十年里，第一世界的环保主义者越来越关注森林砍伐对全球大气层的破坏力，但南美国家却一直宣称它们有独立决定本国自然资源如何使用的权利。20世纪七八十年代，巴西两位橡胶收割工代表——环保主义者威尔逊·皮涅罗（Wilson Pinheiro）和奇科·门第斯（Chico Mendes）就"本地"利益均匀分配问题进行斗争，极大地缓解了世界公众的压力，因为就地方而言，他们的"利益"诉求是不一致的。遗憾的是，皮涅罗和门第斯虽为可持续利用亚马孙雨林资源的代表，并为此进行了大量斗争，但持续下跌的橡胶价格迫使当地许多土地所有者变卖土地，转而进行不可持续的牧场经营。橡胶收割工试图挽救他们传统的生活方式，而牧场主主张变林地为耕地，两者之间的矛盾日益激化，导致皮涅罗和门第斯于1980年和1988年遭人暗杀。门第斯至今仍是国际环保斗争的偶像。截至今日，关于极端贫困的人群——尤其是巴西的贫困人群——不顾长远利益变雨林为耕地的报导还会时不时见诸媒体，这使第一世界的环保主义者陷入两难的选择：是优先消除——哪怕是暂时地——人类苦难，还是坚决保护这个资源最丰富、无可取代的全球生态系统？雨林土壤肥力衰竭，迫使农场主转移到新的林区,他们所经之处,丛林被大量焚烧,原始树木被肆意砍伐,留下片片荒漠,构成一幅幅满目疮痍的生态危机画面。

亚马孙雨林一直是国际环保领域关注的焦点,因此,作家和艺术家常常选择以亚马孙为故事背景,探讨本地与全球生态系统之间以及本地、国家和国际政治与经济之间的相关性。我将在本章分析两部艺术作品。一部是德国艺术家洛泰尔·鲍姆嘉通(Lothar Baumgarten)的纪录片《夜的起源:亚马孙人的宇宙》[(*Der Ursprung der Nacht*:*Amazonas Kosmos*),1973—1977],另一部是日裔美国作家山下凯伦(Karen Tei Yamashita)的小说《穿越雨林之弧》(*Through the Arc of the Rain Forest*,1990)。两部作品均以巴西丛林为背景,突出其生态重要性,并以世界主义视角重新想象自然环境。它们都将热带雨林的本土性看成一种视觉错觉,随着对雨林全球关联性的认识,这种错觉也慢慢消失。无论是纪录片还是小说,都通过试验性的叙事手法,细致地把亚马孙区域异化了——或者用第一章所讨论的术语,它被"去地域化"了,使之不再是一个呈现真实生态面貌的独立区域。鲍姆嘉通巧妙地混淆了读者的视觉与听觉,迫使读者去思考亚马孙与德国莱茵河之间的关联性;而山下则借用拉丁美洲的魔幻现实主义技巧以及北美族性写作的叙事策略,将读者引入经济全球化的传说中,再鼓励读者去反思各洲和各国的文学传统。以上两部作品强调亚马孙与其他区域的联系,使之成为全球关联性的主要象征,因此可以说,亚马孙是全球的。同时他们指出了人们认同上的困惑:完全独立于全球生态系统的本土生态系统已不复存在。

第一节 亚马孙与莱茵河:《夜的起源》

洛泰尔·鲍姆嘉通的这部艺术作品至今已跨越近 40 年的历

史，囊括了照相和幻灯等多种媒体技术、源于自然的素材、天然艺术品、博物馆墙面上的简介等多种素材，用"装置艺术"（Installation Art）来称呼它十分贴切，然而鲍姆嘉通不喜欢这个术语，认为它含义模糊。问题是，除了这个术语，很难找到另一个词来描述这种既不完全属于雕塑又不完全属于绘画的艺术类别。鲍姆嘉通热衷于将日常物品融进自己的艺术作品，这显然是受到他的老师——德国艺术家约瑟夫·博伊斯（Joseph Beuys）——的影响，但与博伊斯不同的是，他对自然界和自然物种的各种分类名称有着浓厚的兴趣，并非常关注土著民族及其文化与知识形式。鲍姆嘉通试图利用特定的空间创作适当的作品，以防止艺术变成装饰性的、可到处携带的商品。1993 年他在纽约古根海姆博物馆举办的展览广为人知。当时他在展览馆墙壁上贴了几十个新大陆土著人的名字，并在旁边写上表示过去时的动词，如"征服"、"着装"、"研究"、"传奇化"等。这些词并不是要突出异国情调，也不是要获得特殊的审美效果，而是为了唤起人们对土著文化和命运的思考。它同时也强调一个不争的事实——欧洲人给许多新大陆土著人所起的名字，都不是土著人自己名称的翻译，而是欧洲人对其敌人的称呼。鲍姆嘉通的大多数作品都表现出他对土著文化的兴趣，这促使他于 1978 年到 1980 年在委内瑞拉的亚诺玛米部落（Yanomami）住了一年半。

实际上，以土著人的方法认识自然界，正是鲍姆嘉通唯一的影视作品《夜的起源：亚马孙人的宇宙》的基本构想。影片由一段旁白开始——一个女性的声音用德语讲述巴西图皮（Tupi）土著人的神话故事，其中掺杂了其他文化元素：内容选自人类学家克劳德·列维 - 斯特劳斯（Claude Lévi-Strauss）的著作《从蜂蜜到烟灰》（*Du miel anx cendres*）。列维 - 斯特劳斯写道："很久很久以前，地球上只有白天，没有黑夜。那时，黑夜沉睡在海底，动物也还没有产生。万物都有语言能力。”（416）① 有趣的是，这个关于宇宙昼夜交替起源的神话故事也解释了“物种的起源”：动物起源于物种间语言的异化过程。列维－斯特劳斯对这个神话在宇宙学、性学、动物学和语言学等方面做了引人入胜的思考和分析。他的分析与该神话本身构成了该电影的背景，吸引观众进入电影世界。图皮人传说的高潮是，巨蛇（the Great Snake）叛逆的仆人打开了本该密封的坚果，把黑夜释放了出来：“夜幕降临的瞬间，森林里的一切都变成了四肢动物和鸟类；江河里的一切变成了鸭子和鱼儿；篮子变成了美洲虎；渔夫和独木舟也变成了鸭子——渔夫的头成了鸭嘴，小船成了鸭身，船桨成了鸭脚。”（416—417）神话中万物变形的能力对鲍姆嘉通电影的表现手法至关重要，也成为他生态关联性假设的基础：相距万里的不同地点是密切相关的。

电影结尾时又回到图皮神话，响起了一个男性的声音：“对于那些人……（他逐一列举了数十个现已灭绝的土著民族）来说，再也没有黎明了。”该结局改变了“黑夜”一词在宇宙学中的本意，将“黑夜”的诞生看作对整个逝去文化的挽歌。然而，土著文化在殖民化和现代化进程中的命运仅仅是该电影的一小部分。整体而言，影片更关注某些自然世界组成部分的出现、认知、分类和消失。影片开头，在黑色的背景下，整个屏幕布满了黄色大写的物种名称单词，其中一些是用德语写的人们所熟悉的物种或种群名称，例如“SPECHT”（啄木鸟）、“KÜRBIS”（南瓜）、“JAGUAR”（美洲豹）、“MANIOK”（木薯）、“EI-DECHSE”（蜥蜴）等，另一些是很少为外行人所知的词，如“URUBU”（黑秃鹫）、“TONINA”（太阳草）和“COATI”（浣熊）。列举这些物种名称后，屏幕上才出现电影的名称，接着又

---

① 引文取自约翰和朵丽恩·威特曼（John and Doreen Weightman）翻译的《从蜂蜜到烟灰》（*Du Miel aux cendres*）。

一组物种名称布满整个屏幕。和开始时的一样,名称中既有熟悉的,也有陌生的。稍后,这些名词从屏幕上逐一消失,留下一片黑暗。原来,影片标题中的"黑夜"是与物种灭绝相联系,如同电影的结尾一样,黑夜与整个人类文化的消亡相联系。

影片的开头也许会让人觉得,整部电影可能是在记录并喟叹亚马孙自然界的消失和相应的土著文化的消亡,但很快,电影就将观众带入一个完全不同的视觉空间:车灯穿梭在夜幕中的短暂画面后,镜头开始探索亚马孙热带雨林:树林、灌木、水面、白云、飞鸟、爬虫和昆虫,有些画面摄于白天,有些摄于夜晚,天气有风和日丽、细雨蒙蒙之时,也有电闪雷鸣之时。与普通的电影相比,这些画面更像是一系列静物展示,瑰丽奇异的景物美不胜收:波光粼粼的水面、令人炫目的闪电、飘动的云团、跳跃的兔子、飞翔的小鸟,还有树皮和青蛙眼睛的特写镜头,这一切都令观众感到震撼,因为它们不仅从纯粹的美学意义上感染着观众,还能唤起人们对艺术历史的回忆。水中淡淡的倒影让人想起莫奈(Monet)画笔下的睡莲;阳光下的圆木、枯叶和成群结队的昆虫特写犹如抽象艺术,云朵宛如水彩画,而另一些草木就像是印象派画似的。有时,摄像机捕捉到鸟儿飞翔的模糊画面,其效果既具有印象派画家的色彩敏感性,又有未来派画家贾科莫·巴拉(Giacomo Balla)用画笔捕捉燕子飞翔时的韵味。当然,过去几十年中,摄像技术日益先进,电影制片人日趋专业化,这两者不断使人们从前无法企及的感知领域变为可能,在许多自然纪录片中创造出震撼观众的奇美图像:海洋、地下、夜间世界以及微观领域通过画面呈现在人的感官面前,这是早期技术无法做到的。然而,鲍姆嘉通的电影完全没有运用此类超现实主义技术,甚至与一般意义上的纪录片也大相径庭。许多场景的镜头要么是蓄意失焦,要么是故意放大,使人难以辨认所见之物:例如,电影的开头和结尾出现了一张呈现疣状纹理的淡蓝色振动薄膜,它可能是一片被放大的叶子,也可能是一只蟾蜍的皮肤,或是其他物质;一个带有黄绿斑点的东西,起初看上去像变色龙,但随着光线的增强,它露出了真实的面貌——一根长满苔藓的树枝,太阳斑驳的光影落于其上。这些美丽又让人着迷的画面和谜一样的呈现方式,打破了传统自然纪录片的说教风格,让观众看得如痴如醉。

电影中运用的其他影像技术也让观众越来越怀疑其"纪录片"性质。摄像机时常将镜头停留在一些景物上——水面泛起的白光、伸向空中的树枝、流动的河水,或布满苔藓的氖绿色树干。这些景物本身并没有特定的生态或生物信息。许多动物都只被拍到一部分,或是只捕捉到其快速运动的一个瞬间——一只浮在水面但只露出龟壳的海龟、一只在树后面乱窜的昆虫、一截游走于草丛间的蛇身。镜头切换之快令人几乎无法辨别它们,这与生态电影大相径庭。即使是最难以捕捉到的动物,生态电影也会极力去展现它们的全貌。显然,这部电影更热衷于展现视觉变化手段,擅长运用并置暗示手段,而非提供事实信息。例如,镜头捕捉到一群水中的青蛙,它们鸣叫时两颊鼓起,就像是发白的气泡。不一会儿下起了阵雨,雨滴打在青蛙周围的水面上,激起了一个个气泡,与青蛙鼓起的两颊甚为相似。这画面不是对青蛙行为习性的解读,而是要产生一种视觉转喻,引起观众的好奇与思考。有时,镜头里只有一个亮黄色的尖端,观众就猜测这是摄影记者的橡皮艇,这也达到了上述视觉隐喻的效果,因为他让观众联想到了电影开头的图皮神话中,渔夫和船一起变成鸭子那一段故事。

如果说鲍姆嘉通刻意运用电影技术淡化纪录片的传统影响,那么,电影的解说也是如此。大部分解说词都以字幕形式出现在画面中。影片后半部分,有些解说词是通过一个男解说员口述的,而不是以字幕直观地呈现在屏幕上。字幕中掺杂植物物种或生态现象的名称,普通观众会觉得很生僻,例如,"冲积平原"(Várzea)、"附生植物"(Epiphyten)、"龙虾"(Homarus vulgaris），"巴西橡胶树"（Hevea brasiliensis）、"吐根植物"（Ipecac-uahna）等。但只要看一段时间，即使是不懂生物学的观众也会发现，这些字幕几乎都不是直接描述画面中的内容。当然，它们也有一些可能是在说明画面中某个物种的属性或行为，比如，在一个芦苇镜头里出现"栽培变种"（Kulturfrom）这个词，或者在一群苍鹭的画面旁边出现"一夫多妻制"（Polygamie）这个词汇。然而在更多情况下，这些解说词似乎只是对某个意象的隐喻，或者与图像毫无关系（这让人很好奇）："古柯和可可"（Coca & Kakao）出现在一条褐色河流的画面旁，河中漂着一只小船向下游驶去；"胡椒大餐"（Pfeffergericht）叠加在一个水坑的特写镜头上，水坑被有毒液体染成了黄色，上面散落着浅色的碎片；和"奇异狩猎植物"（Jagdzauberpfla nzen）一同出现的景物，看着像布满斑点的树皮或树叶，也可能是地上随处可见的一块烂香蕉皮；"令人企盼的犰狳"（antizipierte Gürteltiere）出现在一个树干镜头中，但画面中根本没有出现犰狳。又如"敲打出的旋律"（geklopfte Melodie）和"口哨语言"（gepfiffene Sprache），这些词组可能是指人类居住的自然世界或遵从的文化习俗，但都没有在画面中直观地体现出来。"A. L. P"这个缩写词会让一些观众想起詹姆斯·乔伊斯（James Joyce）《芬尼根守灵》中的女主人公安娜·丽维雅·普拉贝尔（Anna Livia Plura-belle）。之后的画面像莫奈笔下水中树干的画面，金色的碎片漂浮在水面上，可能会使人联想到《芬尼根守灵》中变成树的洗衣女。"H. B. K"对大多数人来说始终是个谜。据鲍姆嘉通所说，它是指19世纪探索南美洲动物和植物世界的探险家洪堡（Humboldt）和邦普兰（Bonpland），以及与洪堡有关的"艺术学院"（Hochschule der Künste）。其他词汇则明显地与亚马孙地区的殖民历史有关："法兰西斯科·奥雷亚纳"（Francisco Orel-lana）指的是西班牙征服者，他在1542年航行了亚马孙河全程，并为它命名；"埃尔多拉多"（EL DORADO）的本意是黄金国度，与阳光下金光闪闪的水面并列在一起，极具讽刺意味：原来吸引奥雷亚纳和其他欧洲旅客的是黄金。还有一些解说词则过于抽象，无从解释，比如，"气候"（KLIMA）、"区域"（GEGEND）、"……矛盾"、"悉、悉、悉"（xi，xi，xi），还有在屏幕上出现四次，每次都在不同位置的符号"［＿＿＿,］"、"［…］"。在一定程度上，这些神秘的视觉元素源于列维－斯特劳斯（Lévi-Strauss）对土著神话的结构主义分析："悉、悉、悉"很可能指坚果内部发出的奇怪声音，呼唤着巨蛇的仆人将它打开，释放图皮神话之夜，"志、志、志……悉……"（ten，ten，ten…xi…，358）。方括号、圆括号、精致的三角形和圆形图表等，是列维－斯特劳斯分析神话深层结构时所使用过的符号，现在都作为字幕出现在鲍姆嘉通的电影画面中，但他不像列维－斯特劳斯那样，没有做任何补充说明。脱离电影背景，单从这些符号判断，它们似乎是在戏仿和排斥传统科学（或人类学）对物种的解说和分类方式，通过这些符号，观众能看出一丝电影的元纪录片式设计：与其为自然界贴上特性标签，还不如思考这些标签会如何影响我们对自然的感知。影片没有让观众去熟悉自然世界，而是巧妙地让观众与图像和声音始终保持一定距离，促使观众反思：影片中的画面和声音像字幕一样，也是人为的建构。

如果说鲍姆嘉通的视觉技术和文本处理方式让观众对这部长达98分钟的电影感到迷惑不解，那么，令观众尤为不安的则是其原定内容与实际图像的脱节。电影中不断隐约出现的奇特的动物叫声和沉闷的击鼓声，使人联想到丛林的场景，但观众却逐渐意识到，眼前所见的景象与亚马孙热带雨林无关。尽管植被有时候看起来也很奇怪，但并没有热带雨林中的植物那么郁郁葱葱，观众也没看到任何北半球植物鲜有的根或树皮。还有，我们看到的动物都是通过特写或失焦镜头拍摄的，使人感觉陌生，难以辨认：它们似乎是鸟类（比如乌鸦、黑水鸡或苍鹭）、爬行动物和两栖动物（如海龟、蜥蜴、蛇、青蛙），或是昆虫，但没有出现任何富有热带特色的动物，如猴子、鹦鹉、美洲豹、短吻鳄等。此外，电影中越来越多的线索表明，这些景观也不是未开垦的原始荒野：影片中出现了一些垃圾和堆积的碎屑；水洼被工业污染物染出深深浅浅的颜色；头顶上方时常有飞机飞过；一根树枝上挂着一口锅和几把刀；一条绿色连裤袜遮住了植物顶端；树木背后出现了几堵砖墙；还有一个镜头一直徘徊在一张野餐桌和四把椅子之间，这桌椅都是长期固定在此处供游客使用的。亚马孙雨林里有飞机、砖墙，还有野餐桌。显然，这与一个充满异国情调的原始自然生态系统相去甚远。

尽管电影的画面美不胜收，但观众们逐渐意识到，其名称、其中奇异的物种名称以及口述的图皮神话等，并不能使观众相信该影片摄于亚马孙热带雨林。影片结尾的字幕解开了这个谜底："1973—1977 年拍摄于莱茵森林"。原来，电影的拍摄地不是在巴西，而是在离德国杜塞尔多夫市不远的莱茵河畔的森林里。当然，这个发现引发了一系列思考：在自然摄影中，"真实"是怎样建构的？相机该如何取景和构景以引导观众对画面做出特定的解读？影像艺术的本质又是什么呢？评论家罗伯塔·史密斯（Roberta Smith）评论道："'文明'与'天然'之间的距离已不复存在。奇异性与他者性（otherness）成了人们思维中——尤其是西方思维中——的必要幻想。"拍摄视角的转换也改变了我们对电影中环保主义因素的理解。影片中许多线索都证明这片"处女"森林其实已有人踏足，或者离人类居住区并不远，这些线索对于莱茵地区而言，并不显得怪异。我们先前的假设是：亚马孙森林是（或者应该是）远离"人类文明"的，但是现在我们需要重新思考这个假设。同理，人们一开始以为电影中的垃圾与污染是相对原始的自然景观受到开采掠夺的证据，但后来却发现它们是来自第一世界的一个工业区。影片似乎在质问人们：为什么这些污染画面出现在发达国家更容易为人接受，而出现在热带雨林中却使我们感到不安呢?它还指出了一个事实:来自于莱茵森林的垃圾,在第一世界对第三世界的经济和生态剥削下,最终出现在了亚马孙雨林。相反,一旦认识到影片中所有看起来陌生的异域热带生物实际上都是在欧洲拍摄的,观众便不得不开始重新思考自己对当地自然环境的认识,以及对遥远的自然环境的再想象。

莱茵河与亚马孙的叠印效果,不论是在视角上还是在概念上,都迫使观众在两者之间来回穿梭。实际上,该电影自始至终都在展现多重视觉、文字隐喻和地理变形。最终的视觉变化从根本上向观众暗示:不能再将莱茵河与亚马孙看成是两个相互独立的自然区域,它们在许多方面密切相关。这种全球关联性通过经济交流与开发、旅游业与国际旅行得以体现。国际旅游可以追溯到德国、西班牙和葡萄牙地理探险和殖民扩张的历史中。全球关联性还可以通过环境污染得以体现,也可以通过电影所表现的全球共有的自然美景和陌生感体现出来。影片中有关自然的旁白和字幕——拉丁语、德语、葡萄牙语和土著语,更是强化了全球关联性这个主题。这两个地理上相距甚远的生态系统的相互叠印,以及那些神秘的多种语言字幕,传达给我们这样一种意识:巴西和德国的景观已经脱离自身的原始面貌,不再是完整意义上的本土风景。或者如我在第一章分析的那样,已经"去地域化"了,或者说已经融入全球生态系统。鲍姆嘉通元纪录片实验技术让观众觉得,自己能从影片中详细了解某个地方的生态系统情况,但最后却发现,影片中展现的亚马孙雨林处于多种历史和当代文化体系当中,受到各种文化影响,与全球生态系统密不可分。当然,脱离了历史和文化语境,这片雨林也不可能呈现为这种状态。生态关联性是通过生态系统的替换而得以确立,而替换也产生了各种并列的视角:欧洲观众从自身的视角凝视南美洲,却在凝视的过程中变成了他们自己的生态系统的局外人。当观众将视角转到外部世界时,便能意识到这种关联性。鲍姆嘉通以讲述土著神话的方式强调的正是这种联系意识的失而复得。他通过电影镜头哀叹本土视角的消失，同时试图重新恢复本土视角。他的影片也表明，利用先进技术来捕获不同文化情感是极其困难的。《夜的起源》呈现了欧洲和南美洲之间的生态与文化联系，展现了人类与自然界接触的不同历史时刻，以及对待该问题的不同观点，由此表达了其生态世界主义意识（这点我在第一章中概述过），而他在电影中使用的拍摄技巧，15 年后又为小说家山下凯伦所借鉴，成为她的亚马孙雨林叙事策略的源头。

第二节　本地岩石和全球塑料：《穿越雨林之弧》

和鲍姆嘉通的电影一样，山下的小说《穿越雨林之弧》似乎是以亚马孙丛林为焦点，但其叙事材料与策略融合了数个国家和地区的文学传统，从这点看，故事焦点更像是在这些国家和地区之间。山下在巴西居住了近 10 年，她的第二部小说《巴西 - 马鲁》（*Brazil-maru*，1992）描绘了该国日本移民区的情况。《穿越雨林之弧》以及她近期的两部小说《橙县热带》（*Tropic of Orange*，1997）和《K 循环圈》（*Circle K Cycles*，2001），显然受拉美葡语和西班牙语文学传统的影响。她的小说博采众长，既有北美多元文化写作和拉美魔幻现实主义成分，也有自 20 世纪 80 年代起流行于美国和日本的后现代主义文学元素，故事常常围绕美国、拉丁美洲和日本的移民展开。但是，《穿越雨林之弧》鲜明地涉及生态问题。正因为如此，人们常常以该小说为起点，讨论生态全球主义和文化全球主义之间的联系。

小说的情节由人们在亚马孙热带雨林中发现了一种新物质而展开。该物质在土壤中形成了一个巨大的岩石板，坚不可摧，被最先发现它的当地居民叫作巨漂砾（Matacão）。因为这块漂砾的存在，当地人无法凿井取水和灌溉农田。科学家最初也无法解释漂砾的成分是什么，也不知道它从何而来，于是，人们众说纷绔，各种解释流传开来。很快，这块怪石板吸引了心怀各种目的的人，他们都想利用它实施自己的计划，并从中获取利益。这也构成了小说叙事的核心。这些人当中，有一对来自巴西圣保罗的夫妇，名叫巴蒂斯塔·迪亚潘（Batista Djapan）和塔尼娅·阿帕雷西达·迪亚潘（Tania Aparecida Djapan），他们经营一个小型信鸽养殖场，很快将养殖地点选在了漂砾所在地，训练信鸽为各种产品做广告。奇科·帕科（Chico Paco）是一个来自巴西东北部的年轻渔民，他把漂砾所在地变成了一个重要的朝拜圣地，自己也因此成为一场宗教复兴运动的领袖。大众媒体蜂拥来到漂砾所在地，他们对一个名叫马内·佩纳 [Mané Pena，也许是以奇科·门第斯（Chico Mendes）为原型塑造的] 的割胶工人感兴趣，因为他能成功地将鸟的羽毛应用于康复治疗。很快，在媒体的吹捧下，佩纳成为一位掌握奇特康复技术的国际理疗大师。另外，美国商人 J. B. 特威蒲（J. B. Tweep）也来到漂砾所在地，为他在纽约的公司寻求商机。特威蒲长着三只胳膊，其争强好胜的个性使他远近闻名，他最终邀请小说主人公数政石丸（Kazu-masa Ishimaru）前去参观漂砾。数政石丸从日本移居巴西不久，是巴西铁路系统的安全检查员，中彩票后便加盟特威蒲的公司，成了一名大股东。和长着三只胳膊的特威蒲一样，石丸怪异的外貌也十分引人注目：从小，他的额前就莫名其妙地长出一个高尔夫球大小的肉球，不但会自己转动，还会绕着他的前额旋转。后来人们发现，他头上的肉球对漂砾有磁性引力，两者的成分也一样。于是，特威蒲有意无意地把石丸与外界隔离开，企图利用他来发现新的埋藏漂砾的地方。许多其他团体也开始对这个神秘的肉球产生兴趣，希望利用它攫取财富。

　　一时间，各种计划迅速开展起来，导致商业和公司爆炸式发展，并迅速扩大至全球范围。奇科·帕科接管了一个广播电台，用它来播放宗教节目，鼓励全巴西人民朝拜圣地。马内·佩纳这个目不识丁的当地农民声名鹊起，很快成为国际名人，还出版了几部著作——他的秘书把他的演讲写成书面文字，然后编辑出版。他看着电视里的自己向众人发表演讲，画面上配着各种语言的字幕，但那些语言他一种都不懂。塔尼娅·阿帕雷西达天生是做生意的料，她经营的小型养殖场快速发展，一跃成为全国性的大企业，最后成为跨国公司：她起初只是用信鸽投送广告，后来却利用信鸽建成了一个邮政系统。事实上，在迪亚潘公司发展的巅峰时期，全球信鸽网络发展成了一个国际通讯网络——一个建立在鸟翅上的"因特网"。特威蒲则聘请了许多科学家和工程师分析研究漂砾。他们最终发现，构成漂砾的物质是之前从未被发现的，它像石油和硅一样，不仅强度高，而且可塑性很强，用途十分广泛：既可以用做建筑材料，还可以制造义肢、衣服、饰件，甚至食品。实际上，漂砾最显著的特性是它能代替其他物体和物质，达到以假乱真的地步。就连马内·佩纳也辨别不出一根用漂砾制成的羽毛和一根真正的羽毛之间的差别。不用说，特威蒲公司开始用这个典型的鲍德里亚（法国当代著名文化理论家——译者注）式戏仿物质，大肆仿制和出售各种产品：从假冒的康复治疗羽毛到信用卡再到汽车，一应俱全。

　　漂砾生意从全国蔓延到全球，经济全球化便开始浮现出其黑暗面：小说中几乎所有人物不论在社交上还是情感上，都变得越来越孤独。奇科·帕科远离巴西东北部的家人后，发现自己和他们日渐疏远。马内·佩纳把大部分时间花在国际商务旅行、开会和电视节目上，陪伴家人的时间越来越少，和他们的关系也因此出现了裂痕。为了不让众多猎头找到数政石丸，特威蒲把他软禁起来，迫使他与深爱的女管家罗狄丝（Lourdes）和她的两个孩子分开。由于塔尼娅·迪亚潘长年飞往各国拓展业务，她丈夫巴蒂斯塔好几年都没见上她一面，感到极度孤独。只有特威蒲可以从一个长了三个乳房的鸟类学家身上找到暂时的快乐。对于小说中其他所有男性角色和一些女性角色而言，不论是建立在全球信鸽网络的基础上还是建立在企业扩张的基础上，全球关联性都会给人们带来难以忍受的孤独感。殊不知,这些人往往都是全球关联性的主要缔造者。

乍一看,小说讲的似乎又是一个老套的反全球化故事:第三世界一个偏远的地方发现了一种宝贵的自然资源,随后跨国公司和媒体进驻当地,结果,当地的生态系统和社会构架遭到严重破坏。但这些并不是山下小说的重点,她关注的其实是小说的叙事方式,尽管在小说末尾处,她对这种叙事模式的大多数设想都提出了质疑。① 首先,漂砾不是天然物质,也不是当地原有的物质。正如特威蒲聘请的科学家们发现的那样,漂砾根本不是真正的岩石,而是一种塑料聚合物——所以才会有很强的可塑性。那么,偌大的一块塑料板究竟是如何出现在亚马孙热带雨林的地幔中的呢?直到临近小说末尾,作者才揭晓谜底:

> 科学家断言,大部分漂砾形成于上个世纪,与聚氨酯和泡沫聚苯乙烯这两种普通塑料是同时发展的。事实上,地球上只要是有人居住的地方,下面都埋藏着巨大的不可降解废弃材料融化层,它们受到来自地表的巨大压力,慢慢被挤入地幔深处。在这块巨大的融化层中,一些流动沉积物又通过天然的地下管道被挤压至处女地。于是,地球上最后一块处女地——亚马孙热带雨林的下方便出现了大量熔融体沉积物。(202)

这里新发现的原材料最后被证明是非天然的,确切地说,是工业

---

① 有些评论家认为《穿越雨林之弧》是一部地地道道的反全球化小说。帕特里克·墨菲(Patrick Murphy)认为那是一部"关于社区毁灭的有戏剧意味的警示性小说。由于多民族资本主义对产品、人、实践活动和信仰商业化操作,许多社区被毁灭了,长此以往,意味着几乎所有社区都要被毁灭"[《纵身田野》(*Farther Afield*,187)]。施(Sze)持有相同观点。我认为,这样的理解实在是太过简单化了,忽视了山下凯伦小说的复杂性和叙事技巧。

垃圾的副产物，但由于地质作用改变了形态，使得人们难以区分它是天然的还是人造的。第二章在讲到布林的小说《地球》的高潮处时，也出现了一个类似的地质和高科技的结合体。此外，书中看似是在讲述原生态热带雨林遭到了跨国公司的破坏，但其实该地很久以前就已经被卷入全球化进程中，不明不白地遭到来自全球的废塑料的破坏，这些塑料看上去与当地的岩石真假难辨——全球塑料其实就是当地岩石，区分二者已经毫无意义。漂砾作为小说的核心标志，不仅告诉人们地球上已经没有原始荒野了，而且也鲜明地表明，全球关联性已经从根本上影响了地球上每一处本土区域。而当地的基岩其实就是全球塑料垃圾，这一点可以说是去地域化——全球化——后文化后果的一个绝佳比喻，指本土卷入全球环境后，导致文化和地理之间的联系逐渐弱化，第一章对此做过讨论。和鲍姆嘉通一样，山下凯伦的去地域化也特别针对本土的自然环境，当然，它其实已被全球化了，被人为化了。亚马孙热带雨林下面挖出的不是岩石和树根，而是聚合物，这说明人们已经不可能深入体验本土环境，遑论回归自然了。在山下凯伦看来，天然土壤本身已被去地域化，变成了人类工业和远程关联性的产物，同时也是周边地区地质作用的结果。

　　小说中全球化所呈现的社会—文化形式和经济形式模糊不清。特威蒲位于纽约的杰弗里和乔治亚·甘布尔公司（Geoffrey and Georgia Gamble，GGG），看起来像是美国经济帝国主义的缩影：特威蒲多出的一条胳膊、他对巴西的无情入侵以及他对石丸私生活的无情干预等，似乎象征美国经济帝国主义的大肆扩张。然而，一个从日本到巴西的移民竟然是公司的重要股东，受到总经理的器重，这一点不禁使人产生疑问：GGG 公司到底在多大程度上是"美国"的？GGG 对美国读者来说是一个再熟悉不过的跨国公司，而塔尼娅和巴蒂斯塔·迪亚潘却塑造了一种不同的公司形象：与一般印象中贪婪而残酷的跨国公司不同，它是第三世界的一个小型家庭公司，由一位女性经营，不仅运用后现代通信方式,如广告、国际商务旅行、全球通信网络等,而且还运用前现代通讯方式:不是借助无线电波和电子脉冲的那种,而是借助家养信鸽传递信息的古老通讯手段。这家公司的兴起改变了第三世界是美国资本主义可怜的受害者形象,同时也使人产生疑问:哪种经济全球化形式该被抛弃?哪种又值得追求?

相对于其他因素,小说的结尾更加发人深省:仅仅把这部小说作为反全球化故事阅读是否合适?要知道,所有全球化计划及其相关的乌托邦想象都以彻底失败而告终:首先,已经广泛应用于治疗各种病症——小到普通感冒,大至抑郁症——的漂砾塑料羽毛,被查出会使部分人群产生幻觉,以为自己会飞,并因此走上自杀的道路。然后,一种通过鸟类羽毛传播的斑疹伤寒迅速在巴西蔓延,夺走了成千上万人的生命。人们只有使用大量杀虫剂,才能遏制这种疾病的传播,但这却导致亚马孙雨林所有鸟类的灭绝,不禁使人想起雷切尔·卡森《寂静的春天》描写鸟类濒临灭亡的惨状。《寂静的春天》已经成为生态小说的经典。最后,人们还发现漂砾材料本身易受某种细菌的侵蚀而分解,并最终化为尘土,于是,高楼大厦、身体器官以及日常用具开始分崩离析。紧接着,经济状况开始恶化,绝望的人们时不时选择自杀。小说的主要角色都被卷入这场灾难:马内·佩纳和家人最终死于斑疹伤寒;奇科·帕科则被猎头公司误杀,他们原来的目标是石丸和他脑袋上的怪球;特威蒲在鸟类学家离他而去和他的企业帝国倒闭后自杀了。只有石丸与罗狄丝和迪亚潘夫妇在小说结尾时得以重逢。随着全球关联性土崩瓦解,他们最终不再孤独。

显然,小说的结尾包含着多重讽刺性的情节逆转:原本认为不可生物降解的废料最终却可以被降解;坚如岩石的塑料最终化为尘土;用来治病的羽毛却是杀人的利器。有人可能会把这些灾难视为全球化计划的终结和地方体验的真实回归。然而,小说结尾却没有给出一个明确的结论,反而留下一个自相矛盾、让人迷惑的地方场景。一方面,虽然漂砾文化时期终结了,但破坏自然环境的行径有增无减。这一点，小说在描写巨大的悼念队伍抬着帕科的遗体，穿越巴西热带雨林，直到大西洋海岸的途中，通过他们的所见所闻做了全面展示：

> 送葬队伍日夜行进，以地为床，以穷困为食，就这样持续了好几个星期。他们穿过高速公路破碎的深长裂口和静谧了大约 1 亿年之久的原始雨林。
>
> 追寻着奇科·帕科曾经的脚步，送葬队伍经过水电站，只见今日大坝的所在地就是昔日村镇的所在地。他们途径采矿场，那里仍然无休止地开采铁矿、锰矿和铝土矿，似乎不耗尽是不会罢休的。他们经过一片淘金地，三分之一送葬的人无法抵挡金子的诱惑，留在了那里。他们穿过河流，看到捕鱼船上的渔网里堆满捕来的奇异动物：海牛、巨骨舌鱼、类巨滑鱼和马帕拉鱼。他们遇到载着木材、巴西坚果和橡胶的各类卡车，就挤到一边让它们先过。他们经过燃烧着的和烧成炭黑的田地，这些田地是新近清空出来的草地，瘤牛群正顶着长长的犄角向新的草地飞奔。他们经过一个日本移民的黑胡椒树种植园。他们经过一群勘测员和工程师，还有形形色色的挖掘机、拖拉机和伐木锯。他们经过了政府的五年计划和十年计划，而前方宝贵的森林似乎在他们到达之前就飞快地消失殆尽。他们经过昔日地方游击队的藏匿之处，踏过无名的坟墓和被人遗忘的战争遗址。雨停下时，他们知道已经进入巴西东北部的干旱之地，沥青马路被太阳烤得冒烟，干裂的大地向远方延伸。（209—210）

这段节奏优美、文理俱惬的文字，勾画出的却是一副惨遭破坏的生态全貌，从而把对奇科·帕科的悼念转化成了对这个被无情攫取的自然世界的哀悼。虽然随着漂砾的瓦解，全球化带来的某些破坏作用可能会消失，但全国范围的生态恶化状况日趋严重，且看不到任何向好的希望。

但是，小说并未就此结束。数政石丸移民到巴西之后，对这个国家的热爱日益增加，把它当作第二家乡，他热爱管家罗狄丝和她的孩子，这些都在小说的大团圆结局中得到证明，不同种族间组成的小家庭快乐地生活在

> 一个种着几十英亩热带果树和葡萄树的农场。他们的另一个种植园，里面有菠萝、甘蔗、甜玉米和咖啡。罗狄丝的儿子鲁本斯（Rubens）绕着番石榴园开心地骑着小车，她的女儿吉斯莲（Gislaine）坐在嘉宝果树（jaboticaba tree）的树枝上，嘴唇贴在黑紫的果皮上吮吸着香甜的白色汁肉。数政也像个孩子似的，绕着罗狄丝跑，不断地往她的篮子里填小香蕉、大鳄梨和芒果，这些东西对他来说，如同夕阳般美好。（211）

对于数政与罗狄丝来说，全球关联性最终带来的是举家团圆和反朴归真。有人也许会认为，山下在此是想要暗示跨国界的文化间际性，虽然山下本人对某些支持文化间际性的政治和经济手段持不同意见。然而更让人费解的是，这幅重归田野的乡村幸福景象，如何与漂砾这个让回归乡土变得不可能的象征相协调？这一幅田园美景图如何与巴西生态环境惨遭破坏的景象（前一两页山下还在对其进行大肆哀悼）相协调？不论读者对这两个矛盾现象做何种解释，我们都不能表面地解读小说结尾的意义。其实，它只是一个乌托邦式的幻想，或是一次对回归到前现代时期的想象。当然，这种结尾怎么说都不太符合小说的复杂发展。小说通过回归乡村生活这样的老套情节，解决了情节中有关全球化时代的地方体验问题，同时把全球化的模糊性从物理环境转向了个人家庭空间。也就是说，小说用社会文化层面的手段去解决之前在生态层面上提出的问题，因而，有关其之前提出的对地方环

境和全球环境间关系套路的质疑，小说并未做任何回答。生态去地域化受制于文化再地域化（reterritorialization）以及传统的再地域化：数政与罗狄丝来自不同的种族和社会阶层，但他们最终组成了一个四口之家（爸爸、妈妈、儿子和女儿），这个情节，从某种程度上说，与"在全球化中找到田园避难所"的情节一样老套。

　　不过，山下对地方体验问题的讨论不仅仅体现在该小说的情节里。事实上，她深受加西亚·马尔克斯（Gabriel García Márquez）的《百年孤独》（Cien años de soledad，1967）和马里奥·安德拉德（Mário de Andrade）的经典巴西名著《马库纳伊玛：没有个性的英雄》（Macunaíma：O herói sem nenhum caráter，1928）的影响。这两部小说都通过描绘主人公遭遇的空间重构（spatial configuration）来刻画拉丁美洲的状况。"漂砾"使人立刻想到马尔克斯虚构的村庄马贡多（Macondo）和安德拉德笔下的主人公马库纳伊玛（Macunaima）。山下刻画的角色与马尔克斯描写的布恩迪亚（Buendía）家族以及安德拉德小说里的角色一样，饱受渴望与孤独的折磨。具体而言，山下只是把马尔克斯笔下偏远的拉丁美洲小镇变成了同样遥远的热带雨林，把逐渐与世界建立联系的小镇编年史故事转换为极易被外来经济文化侵蚀的热带雨林故事，同时又将安德拉德的超自然变形传说变成了一个有关生态适应的故事。她与他们的唯一区别是加入了一些未来主义情节。通过这些转变，她不再强调拉丁美洲地区和民族身份问题的重要性，而是强调在无法保持对具体环境的情感时，人们该如何保持本土认同的问题。①

　　山下小说的一些叙事素材与马尔克斯的《百年孤独》极为

---

　　①　雷切尔·李（Rachel Lee）对该小说的解读完全没有说服力，因为她局限于亚裔美国文学的条条框框中，而忽视了山下凯伦小说的叙事语境是20世纪的叙事传统这个事实。《亚裔美国文学中的美洲：书写民族和跨民族的性别化小说》（The Americas of Asian American Literature：Gendered Fictions of Nation and Transnation），第106—138页。

相似。例如，山下小说中有的角色或畸形，或多手多脚，这都与
《百年孤独》中布恩迪亚一家人担心后代带长出猪尾巴的情节类
似。再如，山下小说中鸟类灭绝后羽毛纷纷落下，天空下起了羽
毛雨，让人联想到《百年孤独》中布恩迪亚一世逝世时漫天的
小黄花雨。另外，漂砾瓦解的灾难使我们想起《百年孤独》结
尾处马贡多（Macondo）小镇的毁灭。另外，弥漫在两部作品中
的"孤独"主题，不能不使人将二者联系在一起。马尔克斯笔
下的人物似乎有一种与生俱来的孤独感，一百多年来，布恩迪亚
家族的每一代人都无法对外人产生真诚的感情，而家族内部渐渐
有人偷食禁果，不伦之恋时有发生。布恩迪亚家族这种情感缺失
的血统其实也是家族所在社区——逐渐发展起来的马贡多小
镇——的真实写照。起初，小镇在地理上与拉美大陆其余地区相
隔离，几乎处于与世隔绝的状态。它初建时以及早期的历史记录
都失误连连，充满错误的地理标注，地图绘制也不准确。阿尔卡
蒂奥·布恩迪亚与其追随者从里奥阿查老镇（Riohacha）出发，
寻找通往大洋的道路，却以失败告终："历经 26 个月，他们放
弃了原来的打算。为了不走回头路，决定在此建立马贡多小
镇。"（20）[①] 最初几年，小镇与外界的唯一接触就是一群吉普赛
人，后者会偶尔拜访他们，给他们讲述最新的科技发展与发明。
这点燃了何塞·阿尔卡蒂奥·布恩迪亚心中渴望打破马贡多与世
隔绝状态的火焰：他曾对乌苏拉说："这个世界时刻发生着不可
思议的事。就在那边，河流的对岸，什么奇妙的东西都有，而我
们还过着驴一样的生活。"（17） 于是，他组织了一次远征，"希
望打开马贡多通向外界伟大的科技发明之路"（19）。尽管他没
有找到通往科技发明的道路，却发现了他之前错过的通往大洋之
路。他深感失望，画出一张错误的地图，认为马贡多位于一座三
面环水、与世隔绝的半岛上，并提出要举镇搬迁。幸亏他妻子强

[①]　《百年孤独》的引文均由本人从西班牙语翻译。

烈反对，搬迁之事就此不提。

《百年孤独》描绘了马贡多小镇逐渐与全国和全球建立联系的过程，展现了人们从依靠游历世界的吉普赛人了解世界和利用毛驴传信的原始方式，到开通铁路，卷入内战，再到最后受美国香蕉公司入侵的历程。[①] 布恩迪亚家族的几代子孙都曾离开小镇去探险，学习，找情爱伴侣，或因过失被父母逐出家族，但大多数最终还是归根小镇。即便环游过世界，族内通婚的习惯在他们心中依然根深蒂固。事实上，他们的家庭关系越亲密，内心承受的孤独感便越强烈。从空间上看，小说常常把封闭的族内空间——尤其是布恩迪亚家的一个小房间，世代子孙蜗居于此，进行科学研究，打造金饰，或者研究吉普赛人墨尔基阿德斯留下来的深奥难解的经文——和一些族人曾经到过的遥远的全球空间进行辩证描写。故事并没有着重叙述外出者的经历，而是始终停留在马贡多小镇，集中描写族内成员将自己囚闭在极端狭小的空间里的生存状况以及对此的迷恋之情。

最后一代奥雷里亚诺·布恩迪亚（Aureliano Buendia）的生活经历再一次体现了这种辩证思想。他从小的生活空间仅限于家里，醉心于解读墨尔基阿德斯的作品，交的朋友也是有相同读书口味的人。后来，朋友们四散于世界各地：有人去了巴塞罗那，有人定居巴黎，有人去美国旅游，而奥雷里亚诺依旧蜗居在马贡多。不过蜗居在那里并不是一无是处：他神奇地知道天下事情，无一不了如指掌，像一部百科全书——他叔叔何塞·阿尔卡蒂奥刚从罗马回来，便惊奇地发现，奥雷里亚诺足不出镇，却知道罗马当地某些物品的价格。奥雷里亚诺的小姨阿玛兰妲·乌苏拉（Amaranta Ursula）带着梦想开家航空公司的丈夫从比利时留学

①　布莱恩·康尼夫（Brian Conniff）认为小说中的吉普赛人就是全球空间的代表和知识，与马贡多形成对比。在其他方面，解读小说空间的研究均与康尼夫的不同。

归来后，奥雷里亚诺爱上了她。这个有着欧洲教养的大都市女人与其蜗居族内的外甥最后一次苟合后，生出了可怕的带着猪尾巴的后代，导致布恩迪亚家族的衰败，并最终导致马贡多镇的灭亡。对于布恩迪亚家族而言，游历世界各地都是暂时的经历，像归巢的鸽子一样，他们割舍不了对小镇的情感，终究还是要回到小镇，甘愿成为与世隔绝的小镇的牺牲品，忍受孤独。

山下借鉴并改变了马尔克斯的叙事策略，她笔下的拉丁美洲无论在地理上还是经济上，都不再与世隔绝。在她的小说中，跨国公司、洲际移民、环境污染等都是整个拉美大陆的常态。她小说中的主要人物来自不同的社会和地理背景，与自我封闭的布恩迪亚家族完全是两个极端。山下小说中只有马内·佩纳一开始就出生于漂砾地区，而读者是跟随其他人物从他们遥远的故土来到这片热带雨林的。这种叙事手法颠覆了《百年孤独》集中于一个小镇的空间布局：马贡多是根，游子终将回归并永久居住在那里。相反，漂砾地区只是众人会聚的一个目的地。在这样的对比中，个人身份与本土的关系便呈现出明显不同的形式。山下笔下的人物并不能轻易地回归他们"自然而然"的家。

同样，两本小说所再现的"孤独"也大相径庭。布恩迪亚家族的孤独似乎是来自家族遗传和与生俱来的性格特质。他们即使有机会和他人建立良好关系，也会主动放弃。相反，山下的主人公与家人伙伴的关系密切，他们因为要实现自己的全球化计划，不得不各奔东西，这才使得他们陷入孤独的深渊。这种孤独不仅仅是因为与家人、故土分离造成的，更深一层来讲，它源自一个事实：在全球化背景下，一个人的家乡很可能变成遥远国度的垃圾场，所谓的"故土"因而失去了原来的意义。与《百年孤独》不同，山下所描绘的孤独并不仅是心理、社会与文化层面上的孤独，而且是生态层面上的：即使是处在自己最熟悉的自然环境中，个人和社区依旧要经历去地域化过程带来的痛苦。

在全球化社会中，人们应与自然保持何种关系？山下借鉴马里奥·安德拉德在《马库纳伊玛》中的叙事手法，对这个问题做了探索。安德拉德的小说讲述了马库纳伊玛、吉盖（Jiguê）和马阿乃谱（Maanape）三兄弟从亚马孙的家乡到大都市圣保罗，再返回丛林的冒险故事。旅程伊始，马库纳伊玛遇到了他深爱的女人——森林之母、亚马孙的熙（Ci）女王，之后又失去了她。在他们的孩子夭折后，熙女王化身为天上的星座。他一直想回到她的身边，之后有关他的情节主要讲述他如何历经千辛万苦重新找回唯一的相思之物——熙送给他的护身符。安德拉德将他的心态诠释为"追思"（saudade）——一种长期以来被视为巴西民族特色的相思之情。马库纳伊玛的追思在小说中是一种特殊的动机，直到马库纳伊玛化身为星座之时也未改变。不论就文化定型思维而言，还是就《马库纳伊玛》的叙事手法而言，山下都受到安德拉德的影响。她只不过是将"追思"之情放置于全球化的大背景下书写。在她的小说中，漂砾被发现之后，主人公们由此实施他们的计划，因此不得不承受分离带来的孤独感。巴蒂斯塔·迪亚潘和塔尼娅·阿帕雷西达·迪亚潘［她的昵称是熙汀哈（Cidinha）］也许是《穿越雨林之弧》中的马库纳伊玛和熙的最直接的原型。化身为星座的亚马孙女王在山下的作品中成了一家跨国企业的总经理，环游世界。对于巴蒂斯塔来说，他的妻子整日在外，这与去外太空没什么分别。① 马库纳伊玛和熙在一起后，成群的鸟成了熙的随从，它们讽刺地象征着巴蒂斯塔身边归巢的鸽子，② 而更具更讽刺意味的是，迪亚潘夫妇养的

---

① "他唯一知道的就是，塔尼娅·阿帕雷西达走了，至于弄明白她走了多远，是没有意义的。巴蒂斯塔嫉火中烧，她的想象力会随她到另一个房间或者月亮上。"（173）

② 在给主人公马库纳伊玛（Macunaima）的"后记"中，作家安德拉德解开了会讲话的鹦鹉的身份之谜：它就是会讲话的幽默的同类，告诉了叙述者关于主人公的故事，并且陪伴有三个乳房的法国鸟类学家米歇尔·玛贝勒。玛贝勒也许是亚马孙单乳房女王熙的另一个鹦鹉化身。这只鸟不仅会讲故事，会吃卡芒贝尔奶酪，而且还会唱《马赛曲》。

鸟无论在哪里放飞,都能找到回家的路,而身处全球环境的人们却找不到文化和情感上的栖身之所。

《穿越雨林之弧》的几位主人公——数政石丸、罗狄丝和迪亚潘夫妇,从圣保罗远行到亚马孙,这正好颠倒了《马库纳伊玛》基本的空间轨迹。① 安德拉德在《马库纳伊玛》中通过叙述人物旅行的经历,描绘了五光十色的巴西风光,只不过这些风景地的各种物事说不定什么时候就会突然变形。安德拉德热衷于使用大量的奔跑场景,让他的主人公以超自然的速度穿越巴西广袤的疆土,甚至还会来到邻国,借机呈现该国的地理风光和历史。小说通过对这些场景的热情描写,展现了他诙谐生动的写作风格。《马库纳伊玛》中包括了丰富的史诗般的名录,上面列举了种种自然景观以及动植物的特征。有趣的是,他的描述并没有沿用现实主义风格。虽然安德拉德笔下的主人公途经之地都可以在巴西地图上找到,但那些动植物并没有明显的地域特征,因为他有时候错置它们的生长地。安德拉德对此的解释是,他想要通过这种方式来强调其对国家的隐喻,而不是突出某个地域特征。② 这个旅程和《穿越雨林之弧》中的一些场景相呼应,比如之前引用过的哀悼游行队伍,他们也穿越广袤的巴西景观,只是在后者的描述中,这片土地因其丰富的矿产资源遭到过度开采,动植物资源遭到破坏,原来的美丽富饶之地如今是满目疮痍的惨状。

---

① 长着三只胳膊的美国商人特威蒲在山下凯伦笔下,也许就是秘鲁商人皮尔特拉(Pietra)的翻版。安德拉德笔下的马库纳伊玛自始至终都与皮尔特拉争斗。皮尔特拉也被描绘成一个神话人物,像那个"食人者"巨人皮艾曼(Piaiman)一样。"食人者"形象在情节设计中为特威蒲的资本主义扩张提供了借鉴作用。

② 坎帕斯(Campos)引用过安德拉德这么一段话:"我的兴趣之一就是完全不理睬地理知识以及与具体地域有关的动植物的知识。从这个意义上讲,我将自然界去地域化了。同时,我想到了巴西,觉得它是一个同质化的国家,在民族上如此,在地理上也是如此。"(78—79)本段话由本人翻译。同时可参见苏亚雷斯和汤姆林森(Tomlins)(98)。

　　安德拉德描写巴西景观和栖居其中的人类和非人类时，赋予了它们巨大的变形能力，这也是他最令人津津乐道的创作特色。小男孩摇身一变，就成了一个成年男子，或是一只切叶蚁，或是胭脂树灌木。一具死尸或一点呕吐物可以变成一座山、一座沙丘，或是杂草丛生的岛屿。人和动物可以飞入天空变成星座。只要魔法使用得当，死尸——就算残缺不堪——也可以恢复其生命和健康。就连现代技术领域也不例外：虱子能变成钥匙，美洲虎能变成汽车，一只鹳可以变成一架飞机，而当马库纳伊玛在圣保罗需要打电话的时候，他轻而易举地把他的兄弟吉盖变成了临时电话。换句话说，不管是生命体还是非生命体，他们在《马库纳伊玛》中似乎都没有什么本质特性或存在模式：自然和科技世界在任何时候都必须服从不可预见的瞬间变形规律。

　　这种物理世界无限变异的意识也贯穿于山下的《穿越雨林之弧》和鲍姆嘉通的《夜的起源》。当然，少许的变化还是有的。事实上，小说《穿越雨林之弧》的名称就取自一句谚语，这句谚语正好强调了这种可变性。山下在小说的一段引语中写道："我曾听巴西的孩子说，无论什么东西，只要经过彩虹的弧光，它都会变成自己的对立物。但鸟的对立物是什么？人的又是什么？广袤的雨林里，雨水在雨季永不停歇，彩虹无数，那么，这个雨林的对立物又会是什么样的场景？"山下强调将适应性视为一种改变身体和景观的生态机制，这是她把魔幻现实主义转变为现实主义的方法之一。书中，亚马孙雨林中的废料场变成了一块户外生物适应性实验场，她的描述介于生态科学与安德拉德魔幻现实主义之间：

　　　　在离漂砾约72公里远的一个区域，人们发现了一个巨大的类似于停车场的地方，停着各式各样的飞机与车辆。它们已经被遗弃了几十年之久，上面爬满了纵横交错的藤蔓植物，就像被其吞噬了一般……而这个雨林停车场最有趣之处，是自然以独特的方式适应并利用了它。生态学家们惊奇地发现，一种稀有的蝴蝶只栖息于福特与雪佛兰车座下方的乙烯基塑料中，而它们身上那精致优美的红色实际上是由于长期摄取水合氧化铁所得。在那里，人们还发现了变种的老鼠，它们的尾巴善于抓取物体，能够钻进汽车的排气管。它们的脚板上还进化出一种吸盘，方便爬上飞机和汽车光滑的侧身和底座……雌鼠披着带有斑点的棕黄绿色皮毛，而雄鼠的黄绿色皮毛则油光发亮，透着银色和出租车的那种亮黄色……［一种］新型鸟类，是秃鹰与秃鹫杂交的产物……它们在飞机螺旋桨上筑巢，还会捕捉从汽车尾气管中窜出来的老鼠。最后，还有一种新式的气生植物（air plant），或者说是附生植物，生长在腐烂的车辆表面……与此同时，居住在漂砾地区的人们也设法去适应这个巨大的金属覆盖场的存在，这让人意想不到，如同雨林中停车场中的那些生物一样不可思议。唯一不出所料的就是亚马孙森林的生态规律：有枯烂，也有新生，循环往复，永不停歇。(99—101)

在这段话中，山下对基本看似合理的适应过程做了适度的夸张描述，使其变为一个奇异的生态过程，它暗示着生物物种及其所处的半自然、半科技化的环境变化。垃圾场上的生态系统呼应着小说中最显著的生态变异——废物和塑料演变为岩石，这种自然物质与人工技术物质的彻底融合与安德拉德笔下的神奇变形甚为接近。

如果说山下笔下这个经历了生态演变的雨林垃圾场暗示着某个"地方"可以从完全不同的元素中演化而来，那么，漂砾本身则标志着这一本土基岩是受全球重塑的结果。安德拉德的魔幻现实主义手法主要表现显著的巴西民族特色，而山下的魔幻现实

主义则是为了强调本土和国家观念与全球化过程密不可分。① 这
一内在联系从两个方面得到了突出体现：第一，漂砾最终来源于
第一世界；第二，人们在发现漂砾可作为工业原材料这一属性
后，将其运用到了各个领域。依靠漂砾完成的最富于想象的工程
之一是一个名叫奇卡兰迪亚（Chicolandia）的游乐场，这个类似
于迪斯尼乐园的游乐场，是新近电视传教者奇科·帕科修建的，
目的是帮他年轻的朋友吉尔伯托实现电影和电视梦想：

> 奇卡兰迪亚的所有东西都由漂砾塑料做成：从过山车到
> 巨型棕榈树，从低垂的兰花到各种建筑——里里外外都是模
> 仿吉尔伯托喜欢的电影场景建造的……大象、狮子、袋鼠、
> 斑马、食蚁兽、骆驼、树懒、水牛、熊猫、秃鹰、企鹅和鳄
> 鱼等人工动物也出自这个革命性的塑料，它们栩栩如生，到
> 了以假乱真的程度……有走的、有爬的、有蠕行的，还有悬
> 挂的和飞翔的，数不胜数——这些动物很快就组成了一个奇
> 怪的生态系统，穿行于这个人造迷宫的各种壮丽场景之中：
> 沙漠绿洲上的巴比伦塔、泰姬陵、阿姆斯特丹码头、纽约的
> 时代广场、迈阿密国际机场、法国的里维埃拉、拉斯维加斯
> 大道、巴塔哥尼亚、加州淘金地、埃及与秘鲁的金字塔、印
> 度尼西亚的塔群、中世纪城堡、"铁达尼号"、古罗马、神
> 秘的希腊以及月球等等。吉尔伯托对电视节目的想象与记忆
> 无穷无尽。曾经的他不过是一个足不出户的残疾人，除了自

---

① 即使在安德拉德笔下，这种叙事手法也有着似是而非的特点，他塑造了巴西
最鲜明的特征：真实世界无休止的可变性。这样做使得原本是巴西的特征，却由于
不断变化而失去了特征，这也许就是小说的副标题为"没有个性的英雄"的原因吧。
安德拉德对这种失去特点的状况，做了这样的论述："毫无疑问，马库纳伊玛吸引我
的是我希望通过这个地方发现巴西人的国民性。经过一番争斗，我自信地发现巴西
人根本没有个性……巴西人没有个性，因为他既没有自己的文明，也没有历史意识。
法国人有个性，约鲁巴人（Yoruba）有，墨西哥人也有……但巴西人没有。"（转引
自坎帕斯第75页。本人翻译自葡萄牙文。）

己那建在巴西东北部沿海地区多彩沙丘上的故乡——现在已变成漂砾地区，再也没有去过其他任何地方，而今，他可以随时随地畅游世界了。（168）

比起讲述漂砾起源地的那部分内容，漂砾对全球的隐喻在此处更为明显，因为它将世界各地的自然生态系统、文化和历史都汇集到了同一个地方——巴西雨林里的一块区域。① 各地实景化成电视和电影中的场景，进而用塑料将这些场景建造起来，这种对实景的双重加工——更具讽刺意味的是，拉斯维加斯大道原景本身就是各个时期和地方的模拟——并未减弱它在本土的呈现效果。相反，它有助于强调全球空间对人们——甚至是对于吉尔伯托那样活动范围有限的残疾人——的生活影响到底有多大。山下在小说中不仅影射安德拉德的巴西身份魔法变形，也暗指美国人心目中"神奇王国"的思想，以此巧妙地融合不同美洲国家的文化传统，进而创造出一个同时包含自然与人工、地方与全球的叙事场景。她吸收了两部有关拉美地方和身份的经典著作的素材和策略，重新打造了一个关于全球时代的故事，并将本土去地域化融入小说的基本构架中。

　　然而，这种去地域化到底有多复杂，这只有读到小说的最后一页才会明了。小说结尾以一句简单的话概括了数政和罗狄丝的故事:"但是所有这些事情都发生在很久以前"，这又使我们回到了小说的叙述框架和叙述者的视角。或者更精确也或者更荒谬地说，是回到了叙述者自己的将来，因为叙述者在故事的结尾已不存在了。实际上，他在小说一开始就不存在了，只是康得布雷（Candomble）仪式里的一个对过去的回忆。小说也没有明确地

① 正如马库纳伊玛的超自然旅行赋予安德拉德进入巴西历史和地理的机会一样，安德拉德也能邂逅土著人的工艺品和历史人物，这些人物中既有殖民时期的，也有来自他现在的景观的。奇卡兰迪亚游乐场既是历史的模拟，也是地理和文化差异的产物。

指出叙述者是"他"还是"她",因为叙述《穿越雨林之弧》的根本不是人类。读者从小说一开始就发现,讲故事的"我"就是长在数政石丸额前的肉球,一直陪伴着他,像个"小小的卫星"(8),或是"莽撞的小行星"一般(5),绕着自转轴旋转。这个由漂砾物质组成的球体具有磁性,很明显是地球的一个迷你复制品,它的声音来自地层深处。山下通过选择特殊的叙述者,清楚地表明其生态中心主义的叙事立场。然而,这个立场注定和漂砾本身一样模糊。作为叙述者的球体被改造得稀奇古怪,它半塑料半岩石,半废弃料半原材料,而且绕着"人"的额头不停旋转,这好像是要告诉读者,即使在如此奇异的叙事策略下,人类中心主义也是一种必然。

选择这种叙事视角也体现了小说对当地和全球空间关系的处理方法。看似魔幻现实主义版本的洛夫洛克盖亚假说,却用在了一个具体的人物身上——一个从东亚到拉美的移民。山下借此将其全球关联性观点与具体人类和本地情境联系起来,而不是单纯将关联性定义为对地方天然的或本质的依附情感:石丸仅是在他日复一日地坐火车往返穿越这个国家后才逐渐爱上这个新的家园的。对于石丸来说,根植于某地正是始于远途游历,就像他从日本远行到巴西,又一次次地穿行于巴西一样。因为球体一直在旅途中陪伴着他,因而它常常会以一个旁观者的姿态发话:它称自己有时能够预见未来(8—9,28),看到的比人类(111)能看到的更多,而且能先于石丸本人预见他的情绪(35)。但是,他也承认,有些时候它不能完全理解人类的情感。卡罗琳·罗蒂(Caroline Rody)精辟地指出,球体在小说中"是对全知叙述者诙谐的直观再现"(629)。它的身份很模糊:既不是全知的第一人称叙述者,也不是与具体人物相联系的第三人称叙述者,而是介于两者之间。而正是借助其模糊的身份,山下以记叙的形式将这个微型地球模拟成了一种地方视野,它既可以小到本土的各种细节,又可以大到全球的广阔天地。①

如果说这样一个视角显得有些贫乏,那么它的脆弱性——或者更准确地说,它的生物降解性,就在球体和其他漂砾物质受到有害细菌侵蚀而分解时,得到了验证。它死亡后还能作为叙述者的原因只能从该书的叙事结构中得到解释:它被作为集体记忆仪式的一部分而唤回,这一点叙述者在开头便有所交代:"造化弄人,我被回忆带了回来……我竟然像非洲和巴西相结合的康得布雷宗教仪式中的其他亡灵一样再生了,这让我自己也觉得好笑……被记忆带了回来,我成为一种记忆,正因为如此,我注定要成为你的记忆。"(3)

小说结尾时,它再次以肯定的语气说:"现在,记忆完整地完成了,我向你们告别。你在问这是谁的记忆?到底是谁的呢?"(212)话音落下,山下的文本便超越了自身的界限,将读者带到仪式中来,因为球体和它的故事现在也已经成为读者记忆的一部分。② 山下把漂砾的故事同时置于带点科幻小说色彩的未来与叙述者和读者的记忆中,通过这种方式将其刻画为一种先行未来(futur anterieur):

> 在遥远的地平线,你可以看见现代高楼大厦和办公建筑
> 留下的破碎残骸,所有的东西都生了锈,发了霉,有毒的长

---

① 我觉得叙述者就是一个全球的"在场"。罗蒂也有同感,她认为山下凯伦的目的"是唤起我们对全球社区的关怀之情。要获得最佳效果,难道还有比让一个不受明显的民族或者族裔特征影响的叙述者更合适的选择吗?何况这个叙述者还如此迷人!山下凯伦和她笔下的主人公数政石丸也许有族裔之根,但是他额头上的肉球却无根无源。小说围绕肉球的情节最终将一个族裔视角转换成了一个全球的历史视角。山下凯伦作品中的肉球就是客观性的表现,保持了历史根源的痕迹"。《不可能的声音:莫里森的〈爵士乐〉和山下凯伦的〈穿越雨林之弧〉中的族裔后现代叙事》("Impossible Voices: Ethnic Postmodern Narration in Toni Morison's *Jazz* and Karen Tei Yamashita's *Through the Arc of the Rain Forest*"),第 638 页。

② 我在题为《后现代美国小说的风险瞬时性》("The Temporality of Risk in the Postmodern American Novel")的论文中,讨论了《穿越雨林之弧》中的时间问题。

藤弯弯绕绕地缠着塌陷的阳台。树木弯着穿过窗户，雨水连绵不绝，雾气永不消散，阴沉沉的天空中透着鬼魅般的颜色，徘徊在所有物体上方。古老的森林又回来了，分泌着它的消化液，慢慢地分解着万物，直到它们可以被吃下，被吸收。它追寻着生物体失去的完美。这些生物体的消化和分泌曾经是同一回事，但今后再也不会一样了。(212)

漂砾的最后一个场景与之前丛林中的废弃地遥相呼应，虽然指的是不可逆转的变化，但它也再次肯定了生态力量的强大。在漂砾的现代主义废墟上，山下用后面三句话描述了一个丛林的重生——而这个场景的叙述者，本身也不过是一个记忆罢了——但这只能成为读者的回忆。

这种叙事主体的时间错位——叙述者讲述自己的记忆，但叙述者本身已成为记忆——使得空间去地域化的主题更加复杂化了。作为读者，我们要依赖叙述者的声音去了解故事，但是这个故事却告诉我们，叙述者自身已经解体了，这就像大部分故事情节围绕全球化过程展开，但它最后的失败却和它的成功一样，都是小说的关键。由于叙述者只出现在小说的开头和结尾，存在感不强，因而小说的叙述框架并没有为我们概括实质的故事内容，而是指向了另一种框架手段，即依靠未来的康得布雷宗教仪式来唤回叙述者的记忆。然而，关于这个仪式，我们知之甚少，小说也完全没有交代是何种团体在何时何地举行过这种仪式。换句话说，山下的小说讲述了一个稍有未来感的故事，但其叙事框架却称故事发生在遥远的过去，此外，再没有提供任何关于它的信息，哪怕是遥远未来的信息。关于未来的生态环境，书中唯一重点描写的就是那个不断被人类改变，但自身仍有永恒变化能力的热带雨林。即使在最后的情节中，自然也不是一个稳定的本土环境，不能确定人类身份在此生根发芽，相反，它是一个不断变化的动态力量。

　　因此,《夜的起源》和《穿越雨林之弧》两部作品给环保主义思想带来的一大挑战是,不再将本地环境视为稳定而不受外界打扰的生活的基础,而是将其视为不断受到全球影响与改变,同时受其固有的动态性重塑的一个栖息地。带着这么一个去地域化的观念,环境学家的任务不再只是保留原始、纯正的生态系统,而更多的是维护它们持续改变和进化的能力。当然,尽管这种地方观乍一看比更为静态的"植根一地"的观念更有吸引力,但它本身还存在一系列棘手的理论问题需要解决。从环保主义角度看,它提出了一个难题:若是认可不断的转变和变化,人们是否还能将生态系统固有的动态演变和破坏性变化区分开来?后者可能最终导致严重的生态问题甚至生态毁灭。鲍姆嘉通的电影和山下的小说都大量地叙述了生物学和科技之间、天然事物和人造事物之间的模糊界限问题,却都不能为此提供一个明确的答案。当然,想要虚构小说为我们提供一个详细的措施来解决如此复杂的理论问题,这似乎也不尽合理。

　　然而,《夜的起源》和《穿越雨林之弧》把我们带进了一个区域生态系统,赋予了我们一种眼光,有了它,我们就能看到通常只能在域外发现的生态破坏情景。两部作品同时将关于国家和地区认同的寓言融入生态去地域化的故事中,这无疑给读者带来很大的挑战:我们不得不重新想象我们对周围环境的情感依附性,因为它的"本质"很可能是全球性的而不是区域性的。鲍姆嘉通的电影和山下的小说都提出了相同的问题:环保主义想象该怎样从认知和情感的角度说服人们树立世界主义的全球依附意识。正如前文所述,《夜的起源》通过有效地移置读者的生态视角来回应这个问题,而《穿越雨林之弧》则通过讲述数政石丸对新国家和新家庭的接受,并通过选取非人类叙述者的策略,更为委婉地回答了这个问题。这些实验性的叙事策略需要观众和读者在认知和感知上做出调整,如同他们需要做出审美调整一样。对于环保主义者而言,这意味着他们要做出文化和政治立场的调整。

下　部

危若累卵的星球

第四章 世界风险社会的故事

　　一般而言，当学术观念的价值和含义还在被专家热烈讨论之时，这些观念本身已渗透会话修辞中，融入人们的日常习惯里，或是化身为商店里的商品。许多与后现代文化有关的术语，如"解构"和"超现实"，都是通过这种方式慢慢普及的。不过，当德国社会学家贝克在 20 世纪 80 年代创造"风险社会"这个术语时，他是把它作为"后现代"社会结构的另一种表达方式，但他怎么也不会想到，这个饱含生态和技术风险意味的观念，有一天竟会被商品化，摇身一变成为"精巧可爱"的代名词，成了相当一部分儿童娱乐产业的标志。UNKL 公司（big-giant 设计公司的子公司）近期推出一整套玩具形象，正是从这个转变了的观念中发展而来的。UNKL 公司由德里克·韦尔奇（Derek Welch）和简森·贝肯（Jason Bacon）于 2000 年成立，以打造城市青少年新潮文化为理念，设计儿童玩具和服饰。它们的产品中有一个玩具系列以及印有该系列形象的 T 恤。他们将"Haz-ardous Materials Police"（危险品警察）三个词各取一截，变为"HazMaPo"（"特种警察"），并以此命名他们的玩具系列（见图 4-1）。这个玩具系列包括 12 个乙烯基公仔，它们头戴防毒面具，身穿防护衣，样式各不相同。这些特种警察公仔颜色迥异，有纯白、浅蓝、绿色、霓虹灯红、橙色和黑色，它们全副武装，头戴令人恐惧的防毒面具、头盔、呼吸管，背着氧气罐，身穿防护服，犹如一个个锡制机器人，神情古怪却又透出一丝可爱，如同畅销的日本公仔 Hello Kitty、Badtz-Maru 和不计其数的儿童口袋怪物卡片和电子宠物。韦尔奇和贝肯在网站上写道:

> "特种警察"的创作理念,是将两种内涵截然不同的形象结合到一起,造成一种既熟悉又新鲜的感觉。我们将一种亲切简单的形象,与整套防毒装备和防毒面具等不吉利的意象结合了起来。它们光怪陆离,却又透着可爱之气。

图 4 - 1　UNKL 公司授权生产的 HazMapo 玩具公仔

　　且看其中一个公仔形象:这个可爱迷人的家伙背着氧气罐,身穿防毒装备,但防毒服和氧气罐上却印着一颗颗粉白相间的心形图案。这样一个令人惊异的形象,乍一看,让人觉得这两个玩具商真是想象奇特,肯定是由两个愤世嫉俗的青年艺术家转行的。然而,一些主流的德国玩具制造商,如"魔比玩具"(Playmobil)(世界最大的玩具制造商之一,尚无汉语翻译——译者

注），也有其"防毒团"系列产品，它们身穿绿色保护服，戴头盔，套橡胶长靴和手套，拿着真空吸尘器，配套的还有一桶有毒物质，桶上印有黄色警示图标——骷髅和骨头，其形象也不失精致可爱（图4-2）。和UNKL不同的是，魔比玩具公司的网页却不认为给4岁以上孩子提供这样的玩具有任何不妥之处。也许本来就不应该有，因为就算是给幼儿玩的公仔与玩具车，不也是很早就有像警车、救护车和消防车吗？如今，儿童游乐场所出现防毒警察与昔日消防车出现在游乐场所一样司空见惯。消防车的出现预示着环境污染到了非常严重的程度，正如卡森在60年代一个环保运动启动仪式上所谴责的那样。今天，防毒车的出现已经是日常生活的一部分了，人们见怪不怪。出现这些玩具表明，从致癌物质到毒气泄漏再到全球变暖，人们对技术、生态以及其他风险的危机意识已经内在化了。

图4-2　魔比玩具公司的"危险品"玩具

　　渐渐地,这种风险意识促使人们从环保与其他角度重新构想地球。从某种程度上可以说,跨地域风险意识暴露了世界主义(我在第一章对此做了概述)的阴暗面,因为意识到生态和文化之间的紧密联系,就意味着意识到由这种关联性所产生的风险的存在,比如,将外来生物引进本地的生态系统、世界市场对本地自然资源和农业活动的影响、海洋污染、酸雨、放射性尘埃物质或是全球变暖等,不一而足。但是,如果我们仅仅将目光局限于上述阴暗面,我们则容易忽略它们对环保运动的激励作用。殊不知,对风险的感知,以及对风险情境与现代社会之间关系的理解,从一开始就激励着环保主义运动,并且至今仍以各种方式得以延续。风险意识也为人们构想新的社会运动和社会结构提供了重要的理论视角,促使人们思考在共担风险基础上的世界主义意识状态和人类居住环境的形式。这无疑是环境正义工作值得浓墨重彩的一笔,当然,他们的初衷并非从风险角度来实现其环保目的,对此我会在后文中说明其理由。促使人们从世界主义的角度思考环保问题,也是乌尔里希·贝克的《世界主义宣言》("Cosmopolitan Manifesto")的主旨。贝克预言,"世界风险社会"(world risk society)意识必然促使新的跨国社区和政治组织的诞生。因此,对于风险的思索,以及对本土和全球认同形式的思考,相互交错,十分复杂,根本不可能像区分乌托邦和反乌托邦那样将二者分开。

　　尽管当代"风险社会"的概念早已通行于欧洲、北美和其他地区的学术界,但文学和文化界对于贝克作品的研究却始终流于表面,对其细节和内在的矛盾显然关注不够。贝克的理论和其他风险认知分析之间的关系,以及风险和现代化间的联系,都鲜被提及。事实上,尽管风险理论在社会科学领域称得上是一门重要的跨学科研究,但其大部分内容对于文学和文化学者而言,却是陌生的,从生态批评的角度看,更是如此。因此,本章第一节将概述风险认知研究。在过去四十年里,它是最重要的风险分析课题之一，也是支撑风险分析的主要理论框架。得益于 20 世纪 60 年代以来公众不断提高的科技和生态风险意识，这项研究得到了重视，但即使如此，环保主义者对其仍持谨慎态度。80 年代以来，他们一直反对使用"风险"这个术语，也反对风险理论的一些研究成果。我认为，反对主要是基于对风险理论的误解，部分是出于对反环保主义的抵触心理，因为早期风险认知界确实存在反环保主义偏见。后来，风险理论界内部开始质疑其反环保偏见，现已彻底转变。今天，风险认知研究为研究当代社会与自然环境的关系提供了极其重要的文化研究资源。第二节详细阐述风险理论和文学研究共同关注的话题：生态和科技风险认知是如何形成的？它们又是如何在视觉和叙事作品中呈现的？预示世界末日的到来，描绘濒临生态系统崩溃的地球和受到威胁的人类生存方式的叙事作品，在现代环保主义运动中，都是颇具影响的，特别是当这些情境被有意无意地与田园风光形成对比时更是如此。生态批评家认为不论是启示录式的作品还是田园作品在强化人们环保意识方面，均是不尽如人意的，他们对此争论不休。有评论家认为，两种体裁的作品在应对环境问题时，充其量不过是个粗糙的工具，同时，他们又认为风险理论，尤其是风险分析，对作品的影响太大，因而感到不自在，因为风险理论最适合于启示录式和与毒害有关的作品，而与留恋田园生活的情操毫不相关。正如我在第一章所阐述的那样，这些田园生活方式的残影，不同程度地表现了对前现代生活方式的向往和缅怀。那时，没有有毒物质威胁人们的生活，社区规模小，人们注重整体性。第三节评述了用以阐释当代风险与现代化进程以及社会技术革新之间关系的理论方法，也对贝克"'风险社会'即将到来"的说法做了分析，目的是从整体上把握：风险分析更适合分析何种叙事方式的作品？它们与环保主义的叙事模式有何关系？环保主义运动者认为，风险情境和社会基本结构的转型相互联系，空间归属方式的变化以及去地域化进程属于社会基本结构转型的范畴。

在这一点上，风险理论与环保主义既有相同，又有不同。这一点将在第四节做进一步论述，同时，第四节还探讨技术和生态风险对本地、国家和全球居住环境和系统的影响。一旦风险情境——尤其是跨地区的风险情境，成为去地域化这个复杂过程的一部分，它们便会阻断人们与故土的联系，形成不同规模——甚至跨国或跨区域——的文化实践活动。在这个过程中，人们日常生活的细节都会有所改变，进而也会影响国际政治。贝克的《世界主义宣言》阐述了在人类共担风险过程中，新的跨国团体诞生的可能性。但是，贝克将共担风险与共构文化蓝图之间的关系看得过于简单，即便构成新团体的不同地域间有着相同的政治诉求——这是环境正义倡导者和政治学家作品中的常见主题，也还需要在权力不平衡和文化冲突方面做出详细阐述。我在第一章讨论了文化学者对世界主义的研究状况，其中涉及对跨文化文学细致入微的分析，我认为，这对分析风险社会和环境正义模式是大有裨益的。全球风险既可以理解为人类共同面对的环境现实，又是通过不同的文化框架——包括当地居民的居住方式——塑造和过滤的环境现实，这便是我在第一章中提及的以环境为导向的世界主义的要旨。

第五章和第六章将运用这些理论分析文学作品。第五章重点分析以当地化学爆炸事件为主题的两部美国小说：唐·德里罗的《白噪音》和理查德·鲍威尔斯的《收获》。第六章研究两部德国小说：克里斯塔·沃尔夫（Christa Wolf）的《意外：一天的新闻》和加布里尔·沃曼（Gabriele Wohmann）的《笛声》。这两部小说的内容均是关于1986年乌克兰切尔诺贝利核电站事故所产生的国际风险情境。以上四部作品探讨的问题是：置身于各种风险之中的个人与社区，是如何重新考虑个人、国家与国际的文化经济网络之间的关系？应该以何种叙事方式呈现这种新的关系？

第一节　风险感知理论：科学、文化、叙事

从人类学角度看，纵观历史，人类文化与各式各样的风险情境有着千丝万缕的联系，但是对风险情境的正式研究直到近期才出现。医学和经济风险研究至少可以追溯到 18 世纪，而对科技危害和自然灾害的调查研究仅仅开始于 20 世纪初期［戈尔丁（Golding）《风险研究的社会和规划历史》（"A Social and Programmatic History of Risk Research"），25］。20 世纪 60 年代末至70 年代初，技术和生态风险情境研究作为社会科学体系中一个独立的研究领域而出现。1969 年，工程师昌西·斯塔尔（Chauncey Starr）发表了一篇创造性的论文，分析社会效益和技术风险之间的关系，从此开创了对风险评估问题的系统研究。在那个年代，人们日益关注化学和核武带来的危害，当然还有其他类型的环境灾害。[1] 此后的几十年，风险理论在跨学科研究中，如认知心理学、社会学和人类学领域，不断发展；尤其在 90 年代以后，政治学家和经济学家也越来越关注对这一领域的研究。[2] 多年来，该领域里出现了一系列理论，在研究对象和方法论体系上各不相同。其中以实证研究为导向的理论（迄今为止，其所做的实验是该领域里最多的），重点研究不同人群感知风险

---

[1]　在回顾斯塔尔对生态和技术风险的学术分析中（尤其是他的文章《社会公益与技术风险的对抗》），我采用罗福斯特、弗里沃［《风险与现代社会地球扫描读本》的《导言》（"Introduction to *The Earthscan Reader in Risk and Modern Society*"），3］和勒普顿［《风险》（*Risk*）第一、二章］的评述；罗福斯特和弗里沃也勾画了一个不同的发展轨迹，根据他们的说法，这类风险理论的根源可以追溯到地理学上的芝加哥学派，以及对人类与周期性洪水的自然风险的研究（3）。

[2]　从经济学上看，风险分析的历史比这里所概述的要长得多。本书主要是在更宽泛的决策理论框架下谈论风险分析历史。然而，20 世纪 70 年代以来大多数研究技术和生态风险分析的学者，并没有明确地将他们的作品与这个理论框架相联系，而是与我在此分析的范式相关联。

和评估风险的方式,并试图阐释影响风险评估的社会学、心理学或其他方面的因素。这其中的一些基本理论范式,我将在这部分论述。第三节所涉及的理论,主要论述引发技术风险的原因,它们与现代化进程的关系以及对社会结构的影响。

截至 20 世纪 70 年代末,风险分析离不开所谓的心理测评范式。大多数由认知心理学家所做的实证研究,致力于分析公众如何感知各类风险,以及公众做出风险评估的原因。心理测评研究通常认为,做出某种风险评估,要综合考虑风险本身的特征与个人的认知行为,因此,这些研究常常从启发式理论和认知偏差的角度,即通过决策规则和信息筛选过程来分析风险评价。不同群体往往采用不同的认知模式来评价风险。心理测评研究发现专家与外行的风险认知差异明显。科学家、医生、统计学家、工程师等专家对风险的测评和等级评定方式与普通大众差异巨大。专家给出专业意见前会进行数据统计,通常包括对某一风险发生的可能性和后果严重程度进行评估,而大众却不同。对核电厂的风险评估就是一个明显的例证。由于核电厂只发生过极少数安全事故,事故死亡人数也不多,专家对核电厂的风险等级评定较低。然而,普通大众对这些数据不感兴趣,认为核电厂比煤矿和公路交通更危险,尽管每年因煤矿和交通事故致死的人数要多得多。

人们在对心理测评研究所使用的许多变量同样存在分歧。专家与公众有分歧,公众中不同的群体之间也有分歧。不管风险等级如何,公众总是认为,由他人或外力导致的风险比由自身导致的风险危害更大。例如,有些人会担心二手烟的危害,却忽视自身营养不良导致的健康问题。阿特·斯皮格曼 (Art Spiegelman) 的漫画小说《无塔阴影下》(*In the Shadow of No Tower*) 中的主人公,是一个烟鬼,他以幽默的方式对政府刻意隐瞒下曼哈顿地区因"9·11"事件而受到的大气污染问题,进行了猛烈抨击:"我都不确定我还有没有命死在香烟手里。"他以一种极具个性的自嘲方式道出了他对这两种风险的认知 (3)。同样地,对于公众来说，难以感知的危害比能够直接观察到的危害更大；新风险比旧风险更具危害性；不熟悉的风险比熟悉的风险更可怕；具有滞后性危害的风险比具有直接危害的风险更大；不可控制的、具有致命危害的风险比可控制的、不致命的风险更巨大。潜在风险所波及的地域范围会影响人们评定它的危害等级，局限于本地的风险看上去要比跨区域或是全球性风险危害小，而从特定风险情境中获得的利益，也是如此。有时，这些风险感知中的各种变量不是孤立存在的，而是在个体感知中相互关联，它由统计学家通过一种叫"主成分分析法"的技术所揭示。其中有一个感知成分是"恐惧"因素，即人们会对一些风险产生直觉性的恐惧，对另一些风险却并不感到恐惧，而事实上，前者并不比后者更危险。比如，核技术、放射性物质或癌症并不可怕，却会让人产生恐惧，而流感疫情、心脏病、糖尿病就不会引起人们的恐惧心理。在一个外行看来，有些差异看上去是合理的，而有些并不合理。例如，比较有致命危害的风险和无致命危害的风险，前者的风险等级更高，这看上去合情合理，但是，若是根据风险是否能被察觉到，或是根据它们有直接后果还是滞后性后果，来评定风险等级，这似乎就不合理了。然而，不论如何评估这些变量的有效性，都不能仅仅以简单计算可能性和等级程度来判断，而要依赖更为复杂的评估模式［费希霍夫等（Fischhoff et al.）《可接受的风险》（*Acceptable Risk*），第4—7章；费希霍夫、斯洛维奇、利奇腾斯坦（Fischhoff, Slovic, Lichtenstein）《外行的偏差与专家的寓言》（"Lay Foibles and Expert Fables"）；斯洛维奇（Slovic）《风险感知》（"Perception of Risk"）］。①

---

① 长期以来，心理测评模式中许多影响风险感知的基本因素都受到过批评、完善或是重新定义。查尔斯·佩罗（Charles Perrow）曾指出，自愿性风险和非自愿性风险之间的界限并不明显：与吸二手烟相比，开车上班似乎更像是自觉行为。但假如没有其他交通工具可以代替，开车上班与遭受工作场合风险一样，便不完全是个自愿行为。《平常事故》（*Normal Accidents*），第312—313页。

性别和种族差异也是影响风险评估的两个因素。与男性相比，女性对风险评估更高。1994 年詹姆斯·弗林（James Flynn）等人进行了一项大规模的调查研究，发现与白人受访者相比，非白种人受访者对许多风险更为担忧，而且低收入和低文化水平的人对风险评估等级也更高。他们随后分别分析了白人女性、非白人女性、白人男性和非白人男性四组人群的调查结果，结果显示白人男性对风险等级的评估比其他组要低得多；而进一步分析发现，只有百分之三十的白人男性对风险评估较低，其余人与其他三组的评估基本一致。保罗·斯洛维奇（Paul Slovic）总结了研究结果，并提出以下问题和思路:

> 为什么与其他人相比，有如此多的白人男性将这个世界看得更安全？……这也许是因为他们创造和操控着这个世界的主要技术领域和活动，是其中最大的获益者，他们才不觉得有什么大的风险。而女性和非白人男性将这个世界看得更危险，也许是因为他们在许多方面处于弱势。他们掌握的技术少，在社会制度中处于劣势，也没有足够的权力来控制和解决发生在他们身上的事情。尽管弗林等人的研究并不是要确认这些差异，但人们在认知和评估风险时表现出来的种族和性别差异确实表明:权力、地位、是否被边缘化、信任感、对政府的支持度以及其他的社会政治因素，在人们对风险的认知态度上起了很大作用。[《信任》（"Trust"），402]

上文有所提及，心理测评研究也证明，公众对一些风险的认知，并不是看他们对风险本身了解多少，而是与对风险控制机构的信任度有关。例如，社会学家艾伦·马祖尔（Allan Mazur）详细研究洛夫运河危机（Love Canal Crisis）后指出，该河流附近居民的健康受到当地学校排出的有毒废水威胁，但由于该问题没有得到纽约健康委员会重视，居民的恐惧感急剧增加，于是向媒体求助（67—113，162—193）。有时候，公众是否信任权威机构，取决于他们是否认为该机构担负起了该有的责任，其言行是否与公众的价值观一致［契可科维奇（Cvetkovich）和文特尔（Winter）《濒危物种管理的社会呈现与信任》（"Trust and Social Representations of the Management of the Threatened and Endangered species"），288—289］。① 正如布莱恩·韦恩（Brian Wynne）指出的那样，风险承担者有时不得不求助于风险控制机构，因为这些机构就像是风险知识的化身，能用专业的方式来定义和处理风险，使得风险承担者依赖于它们。但是，风险承担者能否意识到这点，也会影响他们对风险的感知［《绵羊》（"Sheep"），52—60］。因此，个人的风险感知分析不能脱离控制危险的社会和体制结构，因为个体均从属于某个机构。

20 世纪 70 年代末，心理测评研究表明，公众从风险自身的某些特性来感知风险，而专家通过明确掌握风险情境来评估风险，因而能够对某一风险建立精确和客观的风险等级。如果公众的风险感知与专家的评估不一致，就需要用科学的社会术语解释并更正。自 80 年代以来，随着"文化理论"（Cultural theory）的兴起，心理测评范式下的观点以及其他假设越来越受到质疑（不要将"文化理论"这个术语与"文化研究"混为一谈）。人类学家玛丽·道格拉斯（Mary Douglas）和社会学家阿伦·威尔达夫斯基（Aaron Wildavsky）于 1982 年出版专著《风险与文化：关于科技和环境危害的选择》（*Risk and Culture：An Essay on the Selection of Technological and Environmental Dangers*）。此书虽然引

---

① 社会信任是分析风险感知和现代社会的关键问题。对于一个社会信任理论，不仅仅要分析社会信任在风险管理中的作用，并将其作为案例，还要从理论上定义它，将它作为风险判断的一种形式，这点可参照厄尔（Earle）和契可科维奇的著作《社会信任：走向世界主义社会》（*Social Trust：Toward a Cosmpolitan Society*）。厄尔和契可科维奇致力于研究社会信任如何通过他们所说的"世界化"建立社会关系。但在他们的分析中，并没有特意把"世界主义"当作一种跨国意识模式来看待。

起极大的争议，但也开创了文化理论研究的先河。道格拉斯早期关于前现代社会禁忌问题的研究，是文化理论发展的早期阶段。两位作者注意到：任何社区——不论是现代还是前现代社区，都会受到许多风险的影响，但只有一部分风险能被意识到，并被赋予特定的社会和文化意义。根据道格拉斯和威尔达夫斯基的观点，个体认知模式远远不足以解释这种选择性的意识及其意义，相反，只有明了一个特定的风险感知对价值观和其所处社会结构的稳定性有何作用这一问题时，我们才能够对其做出解释。根据这个理论，个体的风险评估并不是随案例而变化的，因为个体的风险评估是可以依据其所生活于其中的社会结构而被预测到的〔见道格拉斯和威尔达夫斯基；威尔达夫斯基和德克（Dake）《风险感知理论：谁怕什么又是为什么？》（"Theories of Risk Perception：Who Fears What and Why?"）〕。

与强调实证和数据分析的心理测评范式相比，这种理论模式似乎对文学和文化研究学者来说更熟悉、更有说服力。毕竟，个体风险感知的作用就是自行维护某种社会结构。换句话说，文学研究界认为个体的自行维护是有其政治内涵的，如此解释个体风险感知在过去的 30 年间普遍存在于文化研究领域，因为文化研究或多或少地将个体的风险感知看作意识形态的一种表现方式。然而，就风险感知而言，道格拉斯和威尔达夫斯基并不是严格意义上的社会结构主义者，他们在《风险与文化》中的结论分析也似乎与"政治立场正确"（politically correct）毫不相干。道格拉斯在该书以及后期关于风险的研究中，认为风险具有"无可争议的"真实性，但是选择何种风险，赋予其何种意义，却会受到文化条件的限制〔见勒普顿（Lupton）《风险》，39〕。风险的选择由社会结构决定，而社会结构由"组"变量（即个体融入社会的程度）和"网"变量（即社会纽带通过等级制度、性别、亲属关系等相互联系，形成关系网络的方式）来确定。虽然这个网－组基本框架可以用来分析许多社会结构形式，它对于道格拉斯和威尔达夫斯基的意义却是：它可以预测风险感知可能呈现的形式，具体地说，在经济危机、国际关系与冲突或是技术灾难中，它能预测哪类人最有可能看到其中最大的风险。

最近几十年来，文化和文学界研究种族、族性、阶级、性别、国籍、宗教等社会范畴对个人的文化偏好和世界观形成的巨大作用，在受过这类熏陶的研究者看来，"（风险）感知者并不是一个个体，而是一个机构或者组织，他们因机构的原因而无意识地选择某类风险，呼吁对其管控，要么对其压制，总之是不能让其浮现出来"［雷纳（Rayner）《文化理论》（"Cutural Theory"），86］。这一观点从直觉上来说似乎非常合理。与其类似的一个非常粗略的基本假设，构成了迈克尔·克莱顿（Michael Crichton）臭名昭著的小说《焦虑状态》（*State of Fear*）的中心思想。《焦虑状态》是一部具有科幻意味的惊险小说，旨在揭露全球变暖是一个骗局。在讨论小说题目的那一章里，克莱顿的发言人是一个擅长"生态学思维"的教授，他对小说主人公皮特·埃文斯（Peter Evans）说，所有风险情境，包括气候变化带来的恐惧，都是由他所说的"PLM"（政治－法律－媒体综合体）（political-legal-media complex）策划和控制的：

> 西方国家安全得让人难以置信。但是人们却没有这种感觉，这都是因为 PLM 的存在。这个综合体由大量的社会机构混合而成，强大而稳定。政治家需要人们有所恐惧，才能控制民众。律师需要有危险发生，才有人提起诉讼，才有钱赚。媒体则需要恐怖故事来吸引大众眼球。总之，即使危机根本不存在，这三方都会将其强加于大众，以此来保证他们的事业一帆风顺。（456）

如此看来，环保主义者的风险感知，不过是社会刻意制造出来的恐惧心理的反映。这些恐惧心理都是用以保持政府对人民的监管以及保证律师和记者们事业蓬勃发展：

> "50 年来，西方国家时刻将他们的公民置于永久的恐惧
> 之中：让他们害怕另一端的那个国家，害怕核战争、共产主
> 义威胁、铁幕、邪恶帝国等。在共产主义国家里，他们害怕
> 的刚好相反：他们害怕我们。突然，1989 年秋天，所有的
> 这一切都结束了……柏林墙倒塌了，人们的恐惧心理荡然无
> 存……但必须有其他东西再次将恐惧填满人们的心里。"
>
> 艾文斯皱起眉头。"你是说环境危机取代了冷战？"
>
> "现在看来，正是如此……重要的是，不论我们恐惧的
> 是什么，恐惧从来不会离开我们。它渗透到社会的方方面
> 面。生生不息。"（454—455）

为了避免让人以为这是右翼分子在做宣传鼓动而对小说嗤之以
鼻——该小说确有这种嫌疑，我也许应该提一下左翼作家和电影
制片人迈克尔·摩尔（Michael Moore），他也提出过非常类似的
观点。摩尔在纪实电影《华氏"9·11"》（*Fahrenheit 9/11*）的
结尾中暗示：人们对恐怖主义感到恐惧，很大程度上是右翼政府
伙同特殊阶层和宗教利益团体对恐怖事件炮制和渲染的结果，目
的是控制被剥夺特权的那部分美国人民。换句话说，不论这个观
点带有怎样的政治色彩，这两个例子都表明：在近数十年里，美
国公民始终关心与争论的某些风险问题，其实都是由利益集团和
社会组织诱导的结果。

　　有些人可能认为，道格拉斯和威尔达夫斯基从"文化"角
度分析风险的方法可能比克莱顿或摩尔的方法更为复杂和细致，
人们甚至会期待看到特定社会机构到底是怎样炮制风险或者对人
们的风险感知有怎样的影响，以及人们的风险感知与个人的偏好
之间有什么关系。虽然许多从文化角度研究风险的学者受到福柯
的影响，而不是道格拉斯和威尔达夫斯基的影响（下文我将稍

作阐释），但大多数文化理论家还是创建了不同的文化理论分析范式。他们分析特定的网－组结构是如何形成宿命论、等级制度、个人主义、平均主义或技术狂热等宽泛意义上的世界观的，而这些世界观又与相应的风险感知相伴而生。这种研究要克服一些方法上的难题，比如，如何用实证测试研究假说验证网－组结构模式；怎样将不同领域的结构之间的共存和交互作用理论化；怎样解释个体在不同社会结构中的参与程度（雷纳，96—98；勒普顿，51—57）。① 应当承认，这些基本的世界观和个人倾向在塑造个人风险感知时起了重要作用。虽然道格拉斯和威尔达夫斯基的研究详细阐述了环保主义组织是如何改变某些地区的美国人对风险的感知的，但对于其他社会机构——中学、大学、政党、专业组织、教会、俱乐部、联盟或者某个媒体——所起的作用，却没有多少详细的分析，宽泛的问卷调查倒是很多。

在文化理论研究中运用调查数据，方便了研究者将一些研究发现结合到心理测评中去。尽管心理测评领域还没有完全接受文化理论研究的假说，但心理测评分析已融入大量的文化因素。世界观在广义上是指人们"普遍的社会、文化和政治态度"。心理测评分析吸收了文化研究界有关世界观会改变人们风险认知的观点，人们改变的程度因风险的不同而变化（斯洛维奇《信任》，402）。例如，一项研究表明，人们对开发核电的态度与其世界观密切相关［见彼得斯和斯洛维奇《情感与世界观在感知与接受核电厂中的作用》（"The Role of Affect and Worldviews as Orienting Dispositions in the Perception and Acceptance of Nuclear Power"）］。同时，该研究和一系列的其他研究都发现，人们的情感态度积极与否，也深刻影响人们对风险的判断。根据这些研究，特定现象和事件在人们大脑中的联想与情绪有关。人们在下判断

---

① 雷纳的《文化理论》对反对观点做了综述，并展示了文化理论对这些观点的反驳。

或做决定时，会有意无意地受到这些情绪标签的影响，用有些研究者的话说，这无异于"情感启发"（affect heuristic）［见菲纽肯恩（Finucane）等《风险与利益判断中的情感启发因素》（"The Affect Heuristic in Judgments of Risks and Benefits"）；彼得斯和斯洛维奇］。最新的心理测评研究将世界观、文化偏见和情感等变量融进了它的基本模式，这与70年代的心理测评方法差别甚大。

还有一种风险研究，有时会模糊心理测评和文化研究的界限，它探讨的是风险赖以产生、改变和传播的社会机制和社会机构。大众媒体、中小学、大学和教会，也包括一些非正式的网络，如家庭、朋友、私人组织、互联网聊天群等，在风险产生和传播过程中起到很大的作用。20世纪80年代中期，罗杰·卡斯佩森（Roger Kasperson）等人提出"风险的社会放大"（social amplification of risk）概念，用以描述影响风险感知的社会中介和机构的作用。他们后来又增加了"风险的社会衰减"（social attenuation）这个概念，与"社会放大"共同构成了一个概念体系［弗林等《风险、媒体和烙印①》（*Risk, Media and Stigama*）；卡斯佩森《风险的社会放大：进程》（"The Social Amplification of Risk：Progress"）；卡斯佩森等《引言》（"Introduction"），35—39）］。在该研究领域，这一观点至今极其重要，大多数个体会通过一个或多个社会网络发现他们关注的某种风险，由此可见，该观点揭示了风险信息传播的另一面。② 然而，要研究风险感知

①　"烙印"的概念由弗林、斯洛维奇和昆鲁特尔（Kunreuther）提出，用来表现风险感知的不利影响。但维恩·沃克（Vern Walker）（同在本集中）指出，这个词远非中性，它通常是指一个非理性的或是客观上不合理的社会过程，通过该过程，与风险相关的人物、地点或事物就会显现出来，进而为社会所谴责。他警告说，将这个词引入风险理论，无异于偷偷地把针对普通人风险感知的老偏见再次引进来，这些偏见20世纪八九十年代就在该领域消失了。可能基于这个原因，该词汇在该领域并没得到广泛使用。

②　对卡斯佩森理论框架的基本假设和观念的评论和修正，参见默多克等人的作品。

如何在社会内部传播，就必须考虑相关社会机构的利益，因为正是这些机构使传播得以实现。同时，也要考虑一个更宽泛的问题：社会实体和社会机构在此过程中扮演何种角色——这是文化理论探讨的重点。尽管心理测评和文化研究之间的基本差异仍然存在，但两者的界限已不像 80 年代文化理论研究初期时那么清晰了。

认为社会机构影响并使得人们产生风险感知的观点，将心理测评和文化范式与第三种方法联系了起来，这种方法主要基于米歇尔·福柯（Michel Foucault）的"治理术"（governmentality）理念。借用福柯对性、疯癫、犯罪和惩戒等因素的研究思路，许多理论家——尤其是英国和澳大利亚的理论家——研究政府、保险公司和其他社会机构如何将处于风险中的民众进行分类，以最终完成社会监督和控制的目的［卡斯特尔（Castel）《从危险到风险》（"From Dangerousness to Risk"）见《福柯的影响：治理术研究》（*The Foucault Effect: Studies in Governmentality*）；埃瓦尔德（Ewald）的《保险与风险》（"Insurance and Risk"）和《两个无限》（"Two Infinities"）；奥玛丽（O'Malley）《风险、权力和犯罪预防》（"Risk, Power and Crime Prevention"）］。尽管产生于 19 世纪的保险业务为这方面的历史研究提供了素材，但福柯的追随者对普遍存在的非正式机构的运作方式同样产生了浓厚的兴趣。例如，黛博拉·勒普顿（Deborah Lupton）曾研究现代社会何以将孕妇和儿童视为处于风险中的特殊人群，又是怎样形成正式或非正式的咨询机制和约束体制等问题（88—90）。①

---

①　关于孕妇的管理问题，也可参见林·尼尔森（Lin Nelson）的有趣建议：旨在保护妇女（尤其是孕妇）的条文，有时会将女性受伤害归咎于她们自身生理上的脆弱，而不是风险本身［《污染地区妇女的地位》（"The Place of Women in Polluted Places"），178］。除了心理测评范式、文化理论和治理术之外，德国社会学家尼可拉斯·卢曼（Niklas Luhmann）的系统理论创造了一种新的研究范式。因为卢曼对社会现象的分析建立在一个完全不同的假说上，使用一套不同于大多数盎格鲁 - 撒克逊社会学的术语，因而没有对德国以外的风险研究界产生很大影响。有关这种风险理论，参见卢曼和贾普（《社会学风险理论和风险》）。

　　最近,一些关于风险感知的文章开始质疑心理测评和文化理论范式的有效性。瑞典心理学家伦纳德·斯尤伯格(Lennard Sjoberg)认为,以上两种范式所调查的事项只能解释风险感知模式的一小部分差异[《风险感知模型》("Risk Perception Models")]。他研究欧洲民众对转基因食品的态度时发现,心理测评关注新奇性和恐惧等要素对人们风险感知的影响,而文化理论认为世界观才是主导因素,但事实上,对"干预自然"(interference with nature)的担心、新时代信仰(New Age belief)和道德教化在风险评估中起到的作用更大。在现有的研究模式中,这些变量还没得到充分考虑,鉴于此,斯尤伯格呼吁建立新的研究范式,以解目前风险感知之谜[《原则》("Principles"),S45—S51]。

　　对风险感知的研究在不断变化发展,其理论框架也不断引起争议。我的简要综述表明,这些争议的焦点同时涉及科学、社会和文化三大领域,使得"风险"的定义远远超越了技术和精算范畴,成为一个包含复杂的认知、情感、社会和文化过程的观念,因为没有这些过程,"风险"就不能被人感知、定义和研究。在对"风险该如何理论化、如何对其进行实证研究和政治掌控"的争论中,人们对风险的"客观性"还是"社会建构性"的属性问题争论不休,对风险传播的社会中介——如"社会放大"和"社会衰减"——作用同样是见仁见智。如同其他科学与文化交叉领域一样,风险分析始终伴随着现实主义与各种建构主义之间因理论范式不同而引起的冲突。如上所述,它从20世纪70年代充满现实主义构想的心理测评范式发展为强调精细分析的社会和文化理论范式,而后者不仅导致风险评估非专业化,而且模糊了专业和非专业风险感知的界限。当风险理论家试图将这些评估过程中的各种合理因素模式化时,问题就不仅仅是"哪种风险感知是最合理的或最实际的",还应该考虑"判断合理性和现实性程度的标准是什么"。

提出这些问题，使一些理论家更激进地认为：在对风险的主观性与客观性判断之间，很难设置明确的界限。如此，专家的评估不免受到偏见、特殊兴趣和潜在的价值观结构的影响，于是，"客观风险"被认为是根本就不存在的。每个参与风险争议问题的人，都带有不同的价值观和偏好，他们对风险的定义、对风险的可接受程度和规模的评估，都是建立在不同的价值观基础之上的。专业与非专业只是需要考虑的因素之一，而非唯一，因此，任何有关风险的定义事实上都只是政治意愿的一种表述。不同研究者对该观点的接受程度不同：有些理论家愿意接受有差异的客观性（除了极端的客观性和主观性），有的理论家则完全不接受客观性这个概念，甚至还从建构主义角度来批判"科学"这个术语，认为"科学"不过是一个享有特权的知识模式而已［奥特韦（Otway）《公众智慧与专家错误：走向语境化风险理论》（"Public Wisdom，Expert Fallibility：Toward a Contextual Theory of Risk"）；韦恩（Wynne）《机构神话》（"Institutional Mythology"）］。

当然，这些争论不仅仅局限于学术方面。如今，风险评估已经广泛应用于工业领域和政府管理中，有时候有着明显的政治内涵。导致冲突的根源是文化价值观的差异，因此由谁来决定使用何种技术就成为冲突的焦点。全球环保主义者斗争的焦点同样是围绕这类冲突展开的。环保主义者的斗争最终反映在对风险感知的学术研究界。关于本土知识与科学知识或者管理专长之间的关系、传统的与现代的或全球的生活方式之间的取舍、风险事故的理解和管理方式方面，等等，学术界长期争论不休。自 60 年代起，在政治领域关于风险的争论中，环保视角起到了至关重要的作用，理论界关于风险的争论则始于 80 年代。

环保主义者看到了当前和未来的环境危机，并对此做了不懈的斗争。自 60 年代起，他们的斗争就开始改变政治格局，并且一直持续到七八十年代：比如，小说家雷切尔·卡森对滥用农药提出警告、保罗·埃尔利希对人口过快增长发出警示、梅多斯夫妇（Meadows）对资源短缺做过预测、核能利用引发的抗议以及世界各地的工业事故和工业泄漏所引起的冲突等等。主要的事故有：1956 年日本水俣发生的水银中毒事件［事故引起了各类调查和诉讼，直到 70 年代初才告一段落，石牟礼道子（Michiko Ishimure）以此为题写下了优美的作品］、1979 年意大利塞维索的二噁英泄漏事件、1978 年到 1980 年的洛夫运河危机、1979 年美国的三里岛核电站事故、1984 年印度博帕尔的化学爆炸事件、1985 年密苏里州由二噁英中毒导致时代海滩全镇转移事件以及1986 年切尔诺贝利核爆炸事件。在这样的背景下，风险分析逐渐从专业研究变为大众关注和争论的焦点，因此，有些环保主义者拒绝用"风险"这个术语来代替"危害"、"危险"和"威胁"。如政治学教授兰登·温拿（Langdon Winner）所说，使用"风险"这个术语，就意味着将领土割让给你的敌人：

> 用风险这个词汇来谈论任何状况，都表明我们愿意将预期的收获与可能的危害相比较。除非预期到与活动相关的益处，我们一般不将一项活动看作有风险。相反，如果我们使用"危害"、"危险"、"威胁"和"毁灭"这些词汇和概念，我们便不会有权衡和比较的倾向，因为这些术语并不包含"伤害与利益"同在的意思。凡是想要对任何工业和技术应用设定限制的人，从一开始就把"风险"作为他们考虑的重点，因而从一开始就棋输一招。［《鲸鱼与反应堆：寻找高科技时代的极限》（*The Whale and the Reactor：A Search for Limits in the Age of High Technology*），149］

温拿从这个角度以绝对的语气指出："风险争论意味着有些社会利益集团尚未进入就已经失败了。"（148）他认为将"危害"变为"风险"可以改变社会争论的焦点和解决问题的方式，这当然是正确的。然而，他却夸大了这几个术语间的差异。正如道格拉斯和勒普顿指出的那样，如今"风险"这个术语在大多数情况下对大多数人来说，都是绝对的负面消极词汇［道格拉斯《风险与谴责》（*Risk and Blame*），24；勒普顿，8］。同时，温拿低估了他所提出的代替风险一词的术语的内涵。"幸好，许多人们口中的风险问题，都可以合理地用其他方式描述……你家附近的有毒废料处理场不必定义为'风险'；定义为'有毒废料'可能更合适，"温拿说（151）。事实的确如此，但是，即便使用这个更准确的术语，环保主义者、决策者和公众依然会不断比较和计算：哪一种危害亟须消除或补救，如何分配公共基金来阻止和清除一系列危害物质，以及如何在这个过程中协调不同机构和人群间的利益。换言之，要寻找"有毒废料"问题的解决方案，必然要考虑诸多因素——从计算到机构利益再到文化倾向、情感倾向、世界观等一系列风险理论研究所涉及的变量。

　　环保主义者对此的反对声音稍有不同。他们认为，风险分析本质上就是设定某个风险的"可接受性"，而"可接受"就意味着这一过程模糊了人类生命健康和环境质量在风险中所受的损失。内科医师约瑟夫·瑞格纳（Joseph Regna）坚持"可接受风险的不可接受性"观点，认为："选择零容忍——零受害者或者零排放——从来就没有进入风险评估这个完全封闭的世界里。"［《评估风险：可接受的毒素》（"Assessing Risks：Making Toxics Acceptable"），14］许多其他环保人士大力倡导"谨慎原则"（precautionary principle），其要义是：如果科学不能断定某个活动是否会带来不良后果，那就应该停止该活动，避免发生新的风险。"应不应该停止，这儿举个供判断的例子：如果一种化学物质对六周大的人类胚胎有危害，那么它就是有害物质，不能进入人类的生活环境，"桑德拉·斯坦格雷伯（Sandra Steingraber）在她对环境致癌物质的研究中写道（278）。这一观点对于应对环境有毒物质问题特别有效，因为现在很多物质可以被轻微有毒的物质取代。工厂也经常利用风险评估,故意对他们所使用的化学物质带来的危害含糊其词。在其他领域,"谨慎原则"则难以实施。例如,对核废料的处理过程不可能全无危害。提倡禁止使用核能的人们,必须权衡一下,因中断核能而增加石化燃料燃烧,它所带来的危害是否比核能危害更小。瑞格纳、斯坦格雷伯和许多反对化学工业的批评家坚持实行"谨慎原则",这也许没错,但这个原则不能盲目推广到所有生态和技术风险中去。

瑞格纳笔下的"风险评估"一词的词义极其狭隘,专指用数据分析和表示化学物质的可接受程度,但这个词不能与风险分析和风险理论混为一谈。斯坦格雷伯明确反对使用"风险评估"这个术语(284),而是在论文中使用广义的"风险因素"和"风险感知"等术语,用于分析致病的临床风险因素和特定的风险话语。关于风险分析的学术著作,对制定安全等级或风险等级标准兴趣不大,而关注的是在不同的社会、文化、历史和政治环境中,为什么以及如何设置安全或风险限制,这也包括对"可接受风险"和"零风险"观点的探讨。

温拿、瑞格纳和其他的环保主义者是在 80 年代发表他们的研究成果的,距今有一段时日,那个时候风险分析才处于起步阶段,他们采用的是化繁为简的方法。不过,他们却准确地意识到,一些早期的风险分析形式会遭到反环保主义人士的误解。心理测评方法一开始就显示出了这种偏见:它强调专业理性分析,忽略文化逻辑思维,它并没有意识到他们的专业观点也可能是建立在他们本身的文化假设之上的。环保主义人士对风险的评估通常是难以量化的定性分析,比如强调自然的神圣性、长远的未来以及不确定的后果等等,而专家的评估是建立在量化的基础上的,于是,对于可量化的风险,专家的风险评估要低得多。直到八九十年代,心理测评专家才逐渐将社会和文化因素考虑在内,这种不平衡的评估结果才得以纠正。但从道格拉斯和威尔达夫斯基早期在《风险与文化》一书中对文化理论的表述来看,他们的反环保主义偏见是显而易见的。虽然，他们一开始使用相对复杂的网－组模式，来分析不同的社会机构及与之相关的世界观，但他们在分析美国社会时，却简单地用二分法，将美国的等级社会和市场置于"中心"，而将平均主义运动置于"边缘"，使之对立，并认为这种对立关系才是导致科技和生态风险感知的根源。更糟糕的是，他们诋毁环保主义者的风险感知是"宗派主义的"，却没有对企业或是政府机构的风险感知做出任何批判分析。

毫无疑问，环保主义者有理由反对这种简单又笼统的反环保主义视角。如果将道格拉斯和威尔达夫斯基的方法视作早期风险分析的典型范式，那么，他们不仅忽视了其他理论方法，而且也没有认识到他们的理论方法在逻辑上与自身的反环保主义结论相矛盾。事实上，这个方法可能更适用于环保主义视角。社会学家多萝西·内尔金（Dorothy Nelkin）敏锐地指出，道格拉斯和威尔达夫斯基对环保主义运动"平均主义"倾向的分析，忽视了环保主义到80年代为止涵盖了各种类型的社会组织，其中许多组织政治色彩浓厚，等级森严，与跨国公司的运作没有什么区别[《风险产业的失误》（"Blunders in the Business of Risk"）]。随后的文化理论学家认为，虽然道格拉斯和威尔达夫斯基对环保主义做了误导性的判断，但这并不代表他们的基本设想不合逻辑。文化理论学者赞同他们的观点，即，要理解风险感知，就需要考察社会文化体制、价值观系统及其运作模式，而不仅仅是盯住个体观点不放。基于这种假设，文化理论学者对社会团体、政府、一般反环保主义以及环保主义的风险评估做了重新审视，因为这个理论坚持挖掘"任何群体或团体的风险感知和判断背后所固有的文化属性"（勒普顿，57）。后来的文化理论学者认为，道格拉斯和威尔达夫斯基的反环保主义偏见与他们自己所提出的理论自相矛盾，因此，那些学者试图在自己的研究中保持某种平衡，以消除矛盾。换句话说，文化理论在逻辑上与道格拉斯和威尔达夫斯基的反环保主义偏见并无关联。事实上，两者是相互矛盾的。

在差不多 25 年后的今天，如果人们还怀疑风险理论在本质上是反环保主义的，这无疑是非常过时的，因为今天的风险研究领域日趋成熟和多样化，风险观念得到广泛传播，成为公众讨论的焦点。然而，我不仅是要说明这些风险讨论的存在，更要强调，熟悉该领域内的理论假设和实证发现，对我们理解环保主义思想，特别是生态批评分析，都十分有用，且必不可少。如果环保主义作为社会运动的一种形式，其目的是改变人们对自然界和各种威胁——由各种活动造成、对人类健康和生态系统的可持续发展产生的威胁——的认知，那么，它就必须弄清楚：个体或群体为何要对某个风险做出这样或那样的评估，他们是如何进行判断的。如果这些评估来源于真实信息以外的因素——有关这点风险分析已经论及，环保主义者也应该考虑这些因素，而不是去一味设想更全面的信息会帮助人们从环保视角做出风险感知判断。生态批评家以研究文化习俗和工艺为己任，这些习俗和工艺来源于人对自然和人类社会关系的特定观念，生态批评学者发现风险感知是人类特定观念的重要组成部分，因此，他们对风险理论感兴趣就不足为奇。风险理论家对文化世界观和社会体制在塑造风险感知方面的探索，为人们研究不同历史时期和文化群体中的环境艺术和作品形式，提供了基本背景知识。反过来，文学评论家对文化活动的详细分析丰富了风险理论的研究数据，扩大了它的研究领域。

第二节　风险与叙事

技术和生态风险分析在 20 世纪 70 年代关注的重点是科学和统计式评估，之后尝试解释风险感知的复杂性和风险与现代化之间的关系，并逐渐开始研究它们的文化背景、情感、社会体制和发展过程。这种由特定的社会文化因素来分析风险的方法，一方面将其与科学的社会研究联系起来，另一方面又将其与文化和文学研究关注的问题联系起来。虽然希拉·加沙诺夫（Sheila Jasanoff）、布莱恩·韦恩与其他学者成功地搭建了科学的社会研究与风险理论之间的桥梁，但风险分析和文化文学研究之间的关系却很少被人提及。比较而言，风险理论家很少关注比喻、叙述形式或者视觉呈现在风险评估过程中所起的作用。[①] 伦纳德·斯尤伯格认为，"干预自然"明显反映了公众对基因技术等事物的认知。如果他的观点是正确的，问题便随之而来：对于不同读者而言，"自然"这个词到底意味着什么？个体的"自然观"会受到弗兰肯斯坦（Frankenstein）故事（包括书籍和电影两种版本）的影响吗？正如历史学家乔恩·特纳（Jon Turney）在《弗兰肯斯坦的足迹》（*Frankenstein's Footstep*）中认为，弗兰肯斯坦故事具有开创性，对基因工程话语产生了巨大的影响。一般而言，文学和文化学者对自然、景观、自我和他人，以及人类在健康或生病时身体的功能等基本概念方面做了大量研究，分析在不同的历史时期和文化背景下，人们是如何通过比喻和故事对这些概念进行认知的。相对科学信息而言，这些概念对普通大众来说更容易

---

① 茵加尔·帕姆伦德（Ingar Palmlund）建议将风险的争议作为一部"社会剧"来研究，因为争议也有戏剧特有的语言、情节和程式。虽然这种方法从某种程度上来说很有建设性，但帕姆伦德的分析术语主要来源于希腊悲剧，而未考虑其他戏剧类型，尤其是现代最流行的剧种：一般围绕着矛盾冲突展开，充满各种立场的人物和错综复杂的情节故事。因此，她的方法还是显得过于简单且程式化［见《社会剧和风险评估》（"Social Drama and Risk Evaluation"）］。还有些社会科学家也试图运用文学研究方法，但缺少帕姆伦德的系统性，例如，社会学家艾伦·马祖尔给他的洛夫运河危机研究加了名为《洛夫运河事件的罗生门效应》（*The Rashomon Effect at Love Canal*）的副标题，旨在说明，不同参与者讲述的关于洛夫运河危机的故事五花八门，和黑泽明式的现代主义电影中的故事一样，相互矛盾，没有个统一说法。马祖尔总结道，危机是"经典意义上的悲剧"（212），显然，他没有意识到悲剧的叙事结构与《罗生门》开放性结尾的不确定性并不协调。有关马祖尔和洛夫运河事件的其他分析，参见本人《洛夫运河风险及故事》（"Risk and Narrative at Love Canal"）。

理解，因此，在人们筛选和评估风险时起了重要作用。

同理，以文化为导向的风险感知研究认为，视觉意象能够更直接地反映特定的危险和危机。电视观众对那些有超凡魅力的巨型生物很熟悉——如熊猫、山地大猩猩、鲸鱼等，它们不仅体现着热带雨林、海洋等生态系统的美与价值，也象征着这些生态系统已深陷生态危机之中。① 安德鲁·罗斯（Andrew Ross）指出，满身原油的海鸟已成为象征环境危机的经典画面［参见《芝加哥生活的匪帮理论：自然对社会的欠债》（*Chicago Ganster Theory of Life*：*Nature's Debt to Society*）第三章，特别是第 166 页和第 171、172 页］。小说家罗恩·苏肯尼克（Ron Sukenick）在他的《马赛克人》（*Mosaic Man*）中反映视觉意象的积极和消极作用。故事结束于海湾战争末期，两位主人公从电视上看着关于战争的新闻报道：

> 我们也看到了伊拉克人正往红海倾倒原油，他们要制造一个比阿拉斯加石油泄漏更严重的生态灾难。画面上不断出现被石油污染的生物正在慢慢走向死亡。一幅幅原油"油画"像是一件件透着残忍的"艺术品"，构成我们新的图腾。为什么这些特殊的动物，尤其是野生动物，就不再美丽了？（黑屏）。
>
> 稍后，画面中有一只鸬鹚，试图逃离一个石油池，它不停地挣扎，却注定逃脱不了死亡的命运。电视台不断播放这个画面。原来，这段内容是从现成的底片材料中截取的。瞧，看似真实的画面也在欺骗我们。那么，那些未被展示出来的意象又是如何呢？（252—253）

---

① 以鲸鱼指代海洋，参见 L. 布尔［《濒危世界的写作：美国及其他地方的文学、文化与环境》（*Writing for an Endangered World*：*Literature*，*Culture*，*and Environment in the US and Beyond*），196—223］（以下简称《写作》）。

苏肯尼克在此暗指，使用视角修辞的借代手法能改变风险感知的传递方式，能够将一个特定语境转换到另一语境，但他同时也暗示，这也有可能妨碍人们真正理解特定的风险情境，因为人们都是通过画面接受的。大众媒体依赖这种方式反映环境问题，有可能会影响人们的观点，我们有必要对此进行深入研究。

叙事传统当然会影响人们关注具体情境下的意象。在一项比较主观的研究中，费雷拉（Ferreira）、博宏（Boholm）和吕福斯特德（Lofstedt），仔细分析了发生在瑞典南部的隧道工程有毒物质泄漏事件的电视报道，报道中出现的一系列画面给人的感觉就是：原生态农业景观正受到毒气泄漏事件的危害，被一点一点侵蚀破坏〔《从视角到灾难：寻找意象的一起风险事件》（"From Vision to Catastrophe：A Risk Event in Search of Images"）〕。比如说，牛奶受到污染必须倒掉，这象征着天真与纯洁正在被玷污。然而，令人奇怪的是，三位作者均没有提及田园文学的影响，殊不知，田园文学传统才是赋予这些意象感染力的根源。在西方文化中，乡村一直被视为平静、自然与和谐的象征，与遍布污染的城市形成强烈对比，于是，受到污染的草地和牛奶才会使人产生强烈的灾难意识。这个例子说明，叙事体裁是一个重要的文化工具，有助于人们将有关风险的信息组织成清楚易懂、内涵丰富的故事。当然，叙事模式还有一种"文化力量"，能够取代与现存叙事模式不适应的故事，从这点上来说，这种叙事模式也可以塑造、过滤和重新组织信息，从政治和生态保护的角度衡量，其方式也许不合时宜。总之，在研究风险感知产生方式和它们的呈现形式时——包括纪录片、媒体、小说和诗歌等，叙事分析能够发挥重要作用。

如果说环保话语也是一种讨论风险的交流形式，那么，研究风险的叙事形式和作品中的修辞比喻，有助于人们更好地理解环保话语，因为二者关注的问题有相似之处。在当今表现科技和生态风险情境的作品中，其叙事模式是如何体现环保主义话语内涵的呢？这对风险评估有何影响？当下的叙事模式有无变化？新的模式是否形成？劳伦斯·布尔（Lawrence Buell）对上述问题做了分析研究，将一种环保主义话语称为"毒素话语"（toxic discourse），并将其定义为"由人为因素导致环境遭到化学物质破坏而感知到威胁时表示出的焦虑情感"（《写作》，31）。根据布尔的研究，这种与特定风险——化学污染——相关的话语，既经常出现在资产阶级和大部分白人中产阶级为主体的环保运动中，也出现在倡导环境正义运动中，后者关注的人群是穷人、少数民族和城市居民。他认为"毒素话语"具有四种叙事模式：第一，书写"被背叛的伊甸园神话"——被破坏的田园，表达的是个人对原始环境遭到破坏后的觉醒意识；第二，用堆砌各种意象来预示整个世界遭到破坏的情形，有毒物质遍布每个角落，无处可以幸免；第三，再现类似"大卫与歌利亚的对抗"（David vs. Goliath）场景（歌利亚为圣经中被大卫杀死的巨人——译者注），来表达弱势群体对强势群体和政治巨头的反抗意识；第四，哥特式，常用来描写畸形身体和被污染的自然景观，尤其是维吉尔式的"地下世界"的污染受害者形象（43—44）。布尔发现，其中的一些模式可以追溯到19世纪描绘城市贫困和疾病的作品和更久远的文学作品中。他表示，在"毒素话语"作品中，即便是写实主义作品，也与古老的风险呈现文化传统一脉相承。当然，他的目的不是要追溯环保话语的"社会构建性"传统，或者是要表明正是通过这些传统，一些故事才能够以人们理解的现实主义手法来描述风险。问题是：这些修辞传统是怎样过滤和使用风险信息，使得一些风险情境显得更真实，而另一些就不那么真实？何以使得一些风险情境看上去更加可怕？何以使得一些风险情境能够大致勾画出未来事件的发展方向？毫无疑问，这个问题对风险理论家和生态批评家来说都至关重要。

布尔的"毒素话语"研究为分析环境和科技风险提供了一个更广阔的修辞学视角。不论是含蓄的还是直白的，风险故事都可以通过不同的文学体裁来讲述。例如，侦探小说中分析线索和目击证人的话，发现和揭露罪犯；田园诗歌中描写技术革命之前未受污染的田野风光；哥特式小说中描绘受到环境污染而呈现地狱般可怕的景象和扭曲怪异的身体；成长小说（Bildungsroman）中描写受害者逐渐意识到自己正身处危险境地；悲剧中主人公在接二连三的不幸事件面前显得无能为力；史诗中试图揭示对世界发出的风险暗示。除了要选择适合特定读者或观众的传统模式描述风险情境以外，叙述者还要决定：选择哪些个体或机构作为技术论战中的正面或者反面人物；如何结束他们的故事；如何塑造他们与素材之间的关系，例如目击者、受害者、专家或者记者。

布尔将"毒素话语"看作环保主义话语的一种特定形式进行研究，实际上也在研究风险叙事如何建构特定地方与整个星球之间的关系问题。他分析了许多作品，发现某个地区的化学污染引起的恐惧会让人产生疯狂的联想：整个世界都被毒害侵袭，无人能够幸免或是能够保护好自己。他认为雷切尔·卡森的《寂静的春天》是这种毒素意识最显著的现代源头，更早的是乔治·帕金斯·马什（George Perkins Marsh）的《人与自然》（Man and Nature，1864）和17、18世纪欧洲殖民主义者作品（《写作》，39），他们是最先看到岛上生态系统受到危害的人。布尔说，环保主义者把整个星球看作和谐、平衡的盖亚式系统，而全球污染破坏了这个系统：

> 毒素话语呼吁融合社会建构主义与环境复原主义视角，重新构想自然环境……毒素话语认为人类居住的物质环境——自然，既不完全是个精神世界，也不完全是个生物经济系统，而是一个巨型网络，或是由多个网络构成的结合体。一方面，人，不论你是否喜欢，遍布这个网络系统；另一方面，不论你是否喜欢，这个网络系统中最原始的自然已经被技术极大地改变了。（《写作》，45）

这个有趣的观察结果似乎表明,布尔分析的环保主义话语似乎回归到生态田园观,这我在第一章讨论过。生态田园认为生态系统是个和谐平衡的网络,大自然如果不再受人为干预,能够不断地自我复生。我没有布尔那么自信,不认为作品中描述开发殆尽的土地、畸形的身体和被污染的风景等反面例子,反映的是一个自然平衡的世界,也不认为它们表达的是人们回归自然的渴望之情。人们渴望"无危害"的环境、宁静的社区、纯净"无毒"的身体、前现代的生活方式、草根民主、自给自足、尊重本土知识形态,所有这些构成一幅自然田园图景,与被污染的世界形成鲜明对比。由此看来,描绘一个受到致命毒害的星球,似乎不像是洛夫洛克式的整体论叙述,而更像是一种预示世界末日的启示录文学,后者在20世纪60年代以后的现代环保主义文学中扮演着重要角色。

启示录式的叙述,顾名思义,就是对世界整体命运的叙事,是对地球的一种特殊的构想形式。20世纪六七十年代,环保主义作家常采用这种方式,描绘一个处于毁灭边缘的地球,以此来呼吁社会和政治改革,避免灾难发生。由此看来,它不同于宗教启示录,因为它预想的世界末日是可以阻止的﹝加拉德(Garrard)《生态批评》(Ecocriticism),99﹞,而且它对破坏力度的描述,不是真的要精确预测毁灭程度,而是要敦促人们进行社会变革﹝基灵斯华斯(Killingsworth)和帕尔默(Palmer),41﹞。从世俗的观点看,启示录式的叙事作品可以看作是表达风险感知的一种形式。然而,在这种叙事形式下,善与恶之间、美好的未来与可怕的未来之间界限分明,从这个角度看,它并非以风险理论——强调不确定性、意想不到的后果和必要的权衡与取舍——为基础,而是基于另一种对未来的构想模式。换句话说,环保主义启示录式的叙事作品常常会构想一个理想的社会生态模型,如繁华胜景的田园模式,这在风险话语中是很少见的。需要说明的是，贝克的风险理论较为另类，它包含乌托邦式要素，这点我会在下文中提及。

环保主义的启示录式话语常常遭人抛弃，因为它对未来的预测离题万里。对此，环保主义者回应说，世界末日没有到来的一个重要原因是，这类故事唤醒了公众意识，促使政府采取了行动，另外，人们对风险问题争论不休，也扩大了公众的风险意识。生态评论家研究启示录式话语的当代意义，但观点各异。基灵斯华斯和帕尔默在分析"千禧年生态学"（millennial ecology）时，将环保主义启示录式文学追溯到 60 年代至 80 年代的核毁灭、污染、人口爆炸和大面积饥荒等场景的描写。他们发现 80 年代之后，媒体和科学界警告温室效应的严重后果，使得这一体裁的作品又得以复兴。他们指出，环保主义作家知道，早期世界末日预言未能成真，这影响了环保主义预测的可信度，于是，环保作家们开始变得谨慎，只预测大方向的潮流走向，不纠缠于细节。然而，全球变暖又使得环保主义启示录式作品再度复兴。相反，弗雷德里克·布尔在《从启示录到生活方式》（*From Apocalypse to Way of Life*）中认为，对未来危机的千年预测盛行于六七十年代环保主义思想和作品中，但是自 80 年代之后，风险和危机与人们的生活息息相关，存在于人们的当下生活体验中。人们担心未来的环境危机，但更害怕"活在危机中"，因为人们意识到，由于忽视早年的警示，对自然的开采已超过应有的限度，导致人们每天都被囚困于各种风险之中。

弗雷德里克·布尔对这一转变持矛盾态度。一方面，他认为大肆宣扬世界末日的到来，非但不能激励人们采取行动，反而会使人们心灰意冷；另一方面，他担心过分地使危机常态化会使人们在潜意识中觉得，环境危机不可避免。为避免这种"危机的内在顺应"（domestication within crisis），他呼吁"人们要积极面对而不是消极适应环境危机"（205—206）。他这句话的实际意思是什么，我们还不清楚。不过，他认为那些书写"活在危中"的当代小说，若缺少启示录式的警示或乌托邦寓意，就等于没有为读者提供脱离危机的路径（322）。① 但是，他曾断言环保主义启示录式文学最终会走向没落，这个分析倒是颇具前瞻性。该论断与基灵斯华斯和帕尔默的观点相左，后者认为，启示录式文学作为环保主义的一个流派，具有旺盛的生命力和良好的发展前景。一个重要的原因是，启示录式文学作品不同于风险的叙事描写，因为它建构的是现在、未来与危机的关系。启示录式文学流派认为，地球毁灭迫在眉睫，但也是可以避免的，可以走向一个完全不同的未来。风险派则认为，危机无处不在，虽然可以人为减轻它带来的后果，但设想会有一个不受危机影响的未来，那却是不可想象的。

需要强调的是，二者的观点并不是完全对立的。启示录式的灾难情境是，而且将一直是，对风险认知的一种表现形式，而风险分析中有时也伴有大规模的社会动荡和灾难情境描绘。对全球变暖后果的预测，就是一个例证。我倒认为，二者更重要的区别在于，许多环保主义启示录式文学作品仍或明或暗地坚持勾勒一个理想世界的蓝图，那里生态系统具有自我修复能力，人类社区完整，与周边环境和谐共存，这与他们所描绘的"世界被开采破坏殆尽"的景象截然不同；而风险分析试图描绘的是，人们通过努力，得到了令人满意的结果和相对美好的未来，但这个未来不可能完全避免风险。从某种意义上说，风险分析展现的未来与典型的现代主义文学一脉相承，均强调不确定性、不稳定性和可能出现的多样性后果。但是，风险分析强调以上几个方面，并不意味着风险理论家对具体的风险管理规划漠不关心，相反，正是理论家才告诉我们，作为现代社会和技术发展固有的一部分，风险情境具有复杂性和不确定性，社会和技术发展的终极目标在

---

① 对于危机的驯化问题，将在第六章沃尔夫和沃曼的后切尔诺贝利时代故事中再做分析。

理念上与环保主义并无二致。

第三节　风险、复杂性与现代化

一般的社会学和史学理论，也会分析特定的风险和风险感知与现代化、全球化进程之间的关系，但对实证研究风险感知兴趣不大，因此，纯粹的风险感知研究与以上两个领域不甚相同。不过，有一个研究对二者都产生了影响，那就是查尔斯·佩罗（Charles Perrow）对"系统事故"（system accidents）的精妙分析。在《正常事故：与高危科技共存》（*Normal Accidents：Living with High-Risk Technology*，1984）中，佩罗调查了从大坝、煤矿、海空运输、太空探索、武器系统和生物技术等一系列现代技术系统后指出，最大的风险源于那些极其复杂的科技系统，因为这些系统的内在关联和反馈环路，连专家都不全懂，更别说要预测其中的一些高危故障了。有时，几个相互连接的独立子系统同时发生小故障，一旦故障相互影响，其叠加作用就足以导致整个系统崩溃。这种交互作用下所产生的危害，不是分析系统的正常运作或独立子系统的故障就能预测到的。佩罗强调：

> 如果系统之间的交互和相互作用会不可避免地导致事故发生，那么，我们可以合理地将其称之为"正常事故"（normal accident）或"系统事故"（system accident）。鉴于系统的特性，使用"正常事故"这个怪异的词汇旨在说明不同故障间相互影响，相互作用，复杂多样，难以预料，根本不可能避免。"正常事故"这个术语是针对系统的整体特征而言的，与事故发生的频率无关。（《正常事故》，5）

因此，不论怎样改善系统设计或是强化人员培训，都不能提高其安全系数，因为二者都敌不过技术本身的复杂性。

系统的复杂性和内在关联能使一个不起眼的故障演变为大规模的灾难，即"大灾难背后是由琐碎的细小故障"导致（《正常事故》，9），其特点就是它们所包含的一些技术是在 20 世纪才兴起的，却会对当代社会造成最严重、最难以预测的危害。在某种程度上，这是因为系统的设计无比复杂，导致重大事故在萌芽阶段并不容易被察觉到。"在复杂的工业、空间技术和军事系统里，正常事故一般（而非经常）意味着，子系统之间的相互作用不仅难以预料，而且有时在关键时刻还难以理解。另外，这些系统内部的相互作用不易被肉眼直接观察到。"（《正常事故》，9）佩罗详细分析三里岛事故后指出，核技术就是这种复杂的、内部紧密关联的技术系统，因此很有可能导致系统性事故。正如他的其他案例研究一样，他对三里岛事故的分析充满悬念，令人惊诧不已，读来就像是一本小说。根据佩罗的观点，复杂性和关联性加大了核工厂和核武器的危害性，使它们难以被公众接受，[①] 而海上运输和生物技术，因为对其大力投资而减少了风险，所以都能被公众接受；其他的技术领域，包括化工厂、航空运输、采矿业、化石燃料工厂、道路和车辆安全，虽然改进幅度不大，但也能被公众接受（《正常事故》，304—305）。

佩罗意识到，他的评估与一般的风险评估不尽相同："当前的风险评估理论认为，我最担心的核能和核武器对人类基本没有危害，而我认为无需多大改进的技术，例如化石燃料工厂、汽车安全和采矿业，却对人类造成巨大的危害。"（《正常事故》，305）[②] 但是他认为，正是因为他把焦点放在技术系统的结构和功能上，而不是放在操作带来的后果上，他才能对潜在危害做出更贴合实际的评估。他总结道，从这个角度看，20 世纪 70 年

---

①　对核技术的最新讨论，参见佩罗的《下一场大灾难》（*The Next Catastrophe*）（第五章）和菲德尔（Feder）的观点：气候变化也许会使人们再次接受使用核能。

②　佩罗说核军备对人类造成的危害微乎其微。他指的是事故带来的伤害，而不是作为武器的杀伤力。

代，研究风险感知的心理测评学者发现，人们对某些技术有"恐惧"心理，但他们认为公众的"恐惧"心理主要是由公众的无知和情绪反应造成的。事实上，公众的"恐惧"心理都有现实依据，因为许多带有"令人恐惧风险"的技术，都由极其复杂和相互作用的系统构成。从这点来看，与政府、企业和学者对风险的技术评估相比较，佩罗的分类与公众对风险的感知更一致（《正常事故》，327—328）。

如果佩罗的目的是为心理测评方法研究公众的风险感知提供另一种视角，那么，他的分析也包含着对风险的历史研究提供一种方法。虽然道格拉斯、威尔达夫斯基等采用人类学研究方法的理论家，更关注促使人们选择某种风险背后的文化机制，而不是研究风险本身。佩罗指出，随着工业化进程和 20 世纪技术创新步伐的加快，新的风险情境已经形成。简言之，不同性质的风险伴随着经济和技术的现代化进程产生了。这些新的风险不能简单地等同于早期的瘟疫、战争和自然灾害，因此，对于佩罗来说，首当其冲的是研究技术风险的新情形，然后才是风险的社会建构和风险感知问题。

为何风险在当代文化中无处不在？对于这个问题，技术史学家托马斯·休斯（Thomas Hughes）做了相关研究与分析。休斯说，促成现代社会——尤其是美国社会——转型的，并不是单一的技术原则和发明，如电、电话和汽车，而是大规模而又极其复杂的技术－经济体系，因为只有通过这些体系，所发明的产品才得以生产、销售和掌控。对休斯而言，正是由于发明和运行这些复杂的技术和组织网络，才将美国推向现代文明。技术硬件只是技术网络的一部分，其他的还包括交通运输、通信技术、信息系统以及组织、法律、社会和经济机构和这些机构中的人。虽然休斯没有直接从风险理论的角度来论述他的观点，但他提到了佩罗的理论。他指出，这些大规模技术体系已经变得十分复杂、费解且难以掌控，因而，对它所产生的风险，也难以查明来由，更不用说预测后果了［《美国的创世记：1870—1970 百年发明和技术创造的热情》（*American Genesis：A Century of Invention and Technological Enthusiasm，1870 - 1970*），443—472］。这一观点构成了理查德·鲍威尔斯小说《收获》的核心。该小说详尽描述了一家体系复杂的化学公司竟然发展到向全球散播有毒产品的故事。我会在第五章分析该小说。

我在第一章分析过英国社会学家安东尼·吉登斯的"脱域"（disembedding）概念。吉登斯从现代化进程中的社会转变角度来分析风险。他说，通过创造跨区域的社会体制、交易网络和专家体系，脱域机制（disembedding mechanism）给很多地区和人口带来了安全与保障，例如，通过它安全的食物、水以及电能供应会得到保障，人们能共享法律公约和保险业务。但是，它有时也会带来新的风险，甚至是波及全球的风险：

> 所有脱域机制都不受特定个体或团体的限制。如果该机制越是具有全球规模，这种趋势就越明显。尽管全球化机制提高了安全性，但新的风险也随之产生：资源和服务不再由地方控制，因此，一旦发生突发事件，地方就不能进行集中调控。而且，脱域机制难免出现纰漏，那就会影响到该机制内的每一个人。例如，油价的变动对采用燃油中央供暖而不是壁炉供暖的使用者影响很大。1973 年欧佩克卡特尔行动导致的"石油危机"，影响了所有石油产品消费者。(《现代性的后果》，126—127)

现代化的典型特征之一就是建立了脱域机制，但它不仅创造了安全网络，也衍生出了风险网络，这无疑会影响社会信任度。在吉登斯的理论中，社会信任是现代社会运行的基础。公众相信法律、专家和交易系统等隐形网络能够持续合理运行，这种信任是现代社会大规模社会体制良好运行的持久动力。但风险情境——

尤其是那些特别危险的或是影响深远的——的出现，使这种信任基础受到挑战：依靠现代的信息和通信网络，人们广泛意识到各种风险的存在，同时也看到专家处理风险的局限性。此外，现代社会也没能够解决这些知识和管理能力上的局限性，使人们能够像信仰宗教般，坚定不移地信任社会体制（《后果》，125）。脱域机制创造的新风险情境，以及随之产生的新的风险意识，使得吉登斯认为后现代性是一种"风险文化"[《现代性和自我同一性》（*Modernity and Self-Identity*），3]。

　　吉登斯有关风险和信任的著作显然受了乌尔里希·贝克著作的影响。贝克将风险概念和更广阔的现代化和全球化理论相联系。与吉登斯和斯科特·拉什（Scott Lash）一样，贝克也认为现代社会已经进入"弹性现代化"（flexible modernization）阶段。在这一阶段中，现代化进程改变的不是传统的社会结构，而是在早期现代化浪潮中产生的社会结构。① 贝克认为，新时代的特征就是危害无处不在，判断危害有两个标准：一、它们本身是现代化进程的产物，因而也会在现代化中不断发展自身并对现代社会构成威胁；二、一些风险，如全球变暖、臭氧层变薄等，第一次成为真正的全球问题。贝克在 80 年代中期做出了他著名的论断，即，这些风险将会把现代化进程推向一个新的阶段——不是"后现代"阶段，而是"风险社会"阶段。虽然在现代化初期，人们是从财富和分配的角度讨论社会特征和社会矛盾的，但贝克指出："在高度现代化的社会，社会财富的创造与社会风险的创造密不可分。相应地，贫穷社会的分配问题和矛盾，被科技风险在生产、定义和分配中的问题与冲突取代。"（《风险社会》，25）② 这些新风险超越现有的社会结构，创造了一种新的社会结构。"贫穷有等级之分，雾霾却人人有份。"贝克用这句被广为

---

①　有关不同的反思性现代化概念，参见贝克、吉登斯和拉什的理论。

②　贝克《风险社会》的引文由本人翻译。

引用的警世格言总结了他在《风险社会》中的观点（48）。

这句格言表明，现代社会的技术发展已经进入一个特殊阶段，即，技术发展造成的"意外"的"副作用"，连技术本身都无法控制，因此，现代社会无法保护自身，技术发展的副作用在过去并不显眼，如今已完全进入公众的视野。权势群体企图将这些副作用转移到普通大众身上，但最终发现，自己同样会受到伤害。贝克认为，生态危机就是一个实例。为了攫取利润而破坏生态的人，如今也因生态危机而失去了赚钱工具（《风险社会》，48—50）。再以过度使用农药为例，有些国家制造农药，为了国内食物不受影响，就将农药出口到环境政策较为宽松的国家，但结果，他们向这些国家进口的食物，却都是受到那些出口农药污染的，贝克将这种全球范围内影响称作"反向效应"（boomerang effect）。当然，购买有机农产品可能使有钱人暂时免受这种效应的影响，但是当土壤、空气和饮用水都遭到了污染，生活的基础就遭到了破坏，即使特权群体，也会受到这些风险的影响。如果一些风险被刻意转移至其他国家，其他风险也会在不知不觉中遍及全球：加拿大最偏僻的湖泊的水变酸了、斯堪的纳维亚最北部的森林因酸雨而死亡。贝克认为，核武器的存在就证明，其潜在的危害对于穷人和富人是一样的。生态危机虽然发展缓慢，但是最终会造成与原子弹一样的后果（《风险社会》，50）。

所有这些并不能说明，贝克否定目前由物质缺乏而带来的日益增长的风险。尽管贝克曾戏称"雾霾人人有份"，但他却不断强调，极端的贫困和极端的风险之间存在系统性"引力"（force of attraction）（《风险社会》，55），他的观点和他的调皮话并不矛盾。贫困与风险之间存在"引力"，因为他并未将风险社会看作是一个健全的社会模式，而是一种新兴模式，这个新兴模式与现代贫乏社会的结构相互交错。换言之，他并不是说，数量不断增长、规模不断扩大的现代风险情境已经消除了社会不平等，也不是说这些风险会引领社会走向平均主义，相反，社会不平等会重新体现在不同的层面上。"有一点很明确。在不远的将来，普遍存在的不确定性，将会是人们生活——包括相对富裕的中产阶级在内的大多数人的基本生存——的标识。"[《世界风险社会》(*World Risk Society*)，12] 他强调要把生命故事"个性化"（individualization），因为人们生命过程的社会源头已变得越来越难以预测。虽然这种个性化，既非"个体化"（individuation），也非"个人主义"（individualism），在某些方面看来具有点解放的意味，但"不稳定的自由"这个说法却表明，个人的自我实现和包含风险的新政治经济之间，存在基本的矛盾。很快，这种"选择性的"、"反思的"或是"自助的"（do-it-yourself）传记就会变成崩溃记（《世界风险社会》，12）。贝克的主要观点并不是说，不同社会阶层的人会受到某种风险的均等影响——在极端情况下也许无人能幸免，也不是说当前的社会结构会被新的确定的社会建构所取代，而是要说明风险情境的不可预测性。他同时认为，在将来，社会地位并不能作为是否受风险影响的判断标准。我们或许该读一读唐·德里罗的小说《白噪音》，在这部小说里，风险情境超越了传统的社会阶级差异，这点我将在第五章进行分析。

在 20 世纪 80 年代晚期的西欧和 90 年代的美国，贝克的书都大受欢迎，但也受到多方面的抨击。比如，它将现代"自反性"概念化，忽视了风险也有正面价值，有时甚至可以是一种愉快的体验。最重要的是，贝克认为"社会正围绕风险问题，对各个阶层进行重新分类"，但社会学家指出，他的说法缺乏证据。不论如何，即便是贝克的那些批判者，也不得不承认，贝克的观点是辩证的而不是描述性的。当然，我们并不一定要全盘接受他的基本社会转变理论，才能体会到他观点的力量：风险正成为社会/文化领域的关注点和冲突的重要领域。①

---

① 这类评论的详细阐述，参见戈德布拉特（Goldblatt）《社会理论与环境》(*Social Theory and the Environment*) 第五章。

　　从环保主义角度看，贝克提出了相互矛盾的理论挑战。一方面，他将环保主义者关于技术和生态风险的论述极端化，认为它们将是无可避免的全球性状态，同时也是所有社会进行重构的基础。劳伦斯·布尔认为，就这一点上而言，贝克是"当代社会学界的雷切尔·卡森"（《未来》，5）。但是，从某种意义上说，比起六七十年代环保主义者启示录式构想的风险情境，贝克对"生态危机对社会结构的影响"所做的判断更为极端，因为他预测会有新型的社会诞生，且诞生的趋势无法改变。即便我们有所保留地接受他的新型社会即将诞生的观点，但他的"世界风险社会"观点，有力地支持了环保主义观点，即，技术和生态风险情境对社会的影响会越来越重要。贝克批评一些科学家刻意忽略或者掩盖科技风险，并认为现有的社会和政治机制根本无从应对新的风险。这都与环保主义者的观点一致。

　　另一方面，贝克坚持认为，围绕财富分配矛盾而产生的现代社会结构，最终将被承受风险能力差异所构成的阶层所取代，这与"环境正义"（environmental justice）的观念相左。环境正义倡导者认为，技术和生态的风险情境只会强化现有的社会结构，加剧社会不平等，因为世界上的穷人和少数民（种）族会遭受更大的风险危害，在多数情况下，全球女性也会遭受更大的危害。在国际经济中处于劣势的人，他们的住处不够安全，工作充满风险，而那些富裕的主流人群有更好的抗风险的能力。从威害工业和有毒废料处置场的选址到建筑材料和食物质量，穷人和社会边缘人比上层阶级会遭受到的危害更多，而享受的福利却更少。事实上，古哈（Guha）和马丁内兹－阿莱尔（Martinez-Alier）在他们关于印度和拉丁美洲的环保主义运动的研究中强调，在穷人和土著人社区，人们本来来可以通过合理利用生态资源而谋生，但许多由政府支持的大公司任意开采和破坏当地的生态系统，使当地居民面临生存风险［《环保主义万花筒：论北方与南方》　（*Varieties of Environmentalism：Essays on North and South*），6—11]。贝克的警句，"贫穷有等级之分，雾霾却人人有份"就是针对上述现象的激愤之语。即使两个不同的社会面临同一种风险，它们为降低风险而采取的措施也会截然不同。比如，孟加拉国和荷兰具有相似的地形特征，有可能都因海平面上升而受灾，但是它们应对这个威胁的社会经济措施却会迥然不同。

有人可能想到我之前引用贝克"贫困与风险"相关联的那几个段落，并认为它与环保主义者观点不同。但我认为，这样做会模糊两种方法在社会构想上的差异，这种巨大的差异非常真实。环境正义倡导者在他们的各种宣言中都认为，当前的全球生态危机，既是建立在资本主义体制下社会经济发展的必然结果，也是其社会经济组织恶化的结果，同时也是自启蒙运动理性主义寻求知识所造成的恶果，因此，在他们看来，只有对当前的社会结构进行一场真正的革命，才能根除破坏自然环境的潜在因素。相反，贝克认为，生态危机标志着资本主义阶层的瓦解和现代获取知识途径的没落。全球风险情境不会加剧现存社会的不平等，反而会慢慢瓦解它。从这个方面看，革命正悄然进行，尽管方式不同于社会主义政治设想的那样。

如果从字面上理解贝克的观点，这种矛盾似乎难以解决：两种方法对社会现状的判断有一定的相似性，但对社会的进一步分析却有很大差异。如果说，贝克的观点是强调风险情境在社会冲突中开始起重要作用，那么，风险的危害就会被弱化。实际上可以断定，环境正义运动的兴起就是风险在社会冲突中起作用的最好例证。如果我们思考社会如何才会转化到"风险社会"这个问题，显然，环境正义运动不懈的斗争就是实现转型的关键。风险理论家在研究全球环境危机时，也将环境正义运动看作他们研究的重要部分，并开始使用"脆弱性"（vulnerability）这个概念，意指"对危害的不同敏感性"，并将其作为他们分析的关键术语［卡斯佩森等（Kasperson et al.）《引言》（"Introduction"），24］。① 同理，贝克从世界主义角度来看待因跨国风险情境而兴起的社会群体，这实际上与环境正义运动日益国际化密切相关。

第四节　风险、全球化与世界构想

佩罗、休斯、吉登斯和贝克等人关于风险与现代性关系的理论研究，旨在强调人们的风险经历是深深地嵌入到生态、技术、经济和社会体系之中，这些体系以不同的规模，在小到地方机构大到全球的系统中运行。贝克的"世界风险社会"概念，是从环保主义角度重新构想全球的重要方式之一。劳伦斯·布尔一直将贝克看作可以与詹姆斯·洛夫洛克抗衡的人物，因为洛夫洛克的"行星地球论"将地球看作是一个自给自足、和谐平衡的自我维持系统，但贝克刚好相反，他认为科技发展造成许多难以预料和不可控制的后果，导致地球永久性失去平衡（《未来》，90）。如同盖亚论对环保主义思潮和文化产生过持续影响一样，贝克对全球反向构想也必然在本土和日常生活层面引起类似反响。

贝克仔细研究人们的风险意识对日常思维模式的影响，对于文化学者而言，这才是贝克理论最引人入胜的部分。贝克说，有些当代风险情境与早期的不同，由于常常被"调解"或者被

---

① 有关脆弱性的详细分析，参见埃斯库拉（Ezcurra）《自然生态系统和乡村应对全球环境变化的脆弱性：一个纬度问题?》（"Vulnerability to Global Environmental Change in Natural Ecosystems and Rural Areas: A Question of Latitude?"）、卡斯佩森等《脆弱性、平等观念与全球环境变化》（"Vulnerability, Equity, and Global Environmental Change"），以及利沃曼（Liverman）《全球环境变化的脆弱性》（"Vulnerability to Global Environmental Change"）。

"二手传播"（其他的风险理论家叫作"社会放大"或"社会缩小"作用），因而颠覆了人们传统的感知和体验模式，于是，包括科学家、工程师在内的大多数人，都不能独自辨认或者分析这类风险情境，其原因是人们的"感知能力被剥夺了"（expropriation of senses）。当代技术风险高度复杂且独特，只有精通相关技术的专家才能检测这些风险，而大多数科学家和普通人一样，对此茫然不知。在贝克看来，风险知识高度专门化，渐渐带来了人们日常经验结构和逻辑的改变：

> 欲将风险感知为风险，并且使它们成为人们思维和行动的参照，人们就必须相信从本质上讲，在物质、时间和地理空间方面毫无关联的事物之间存在着相互关联条件的因果关系。除了相信之外，人们还要或多或少地进行推断……当然，这就意味着：看不到的风险一定有很多。从原则上讲，风险是无法感知的，关联性只是理论上的或者是计算出来的……是个人思维、感知和经验中不构成问题的一部分。日常思维的"经验逻辑"也因此被颠倒。人们不再只根据个人经验来做出判断。相反，不以任何经验为基础的一般知识成了决定因素。化学方程式和化学反应、看不见的有毒物质、生物循环和因果链等将主导人们的思维和构想，并引导人们为积极抵御风险而斗争。由此看来，风险意识不是来源于"二手经验"，而是来源于"二手的'非'经验"（second-hand non-experience）。说得更彻底一点：如果认识风险意味着有意识地经历过风险，那么，没有一个人能够认识风险。（《风险社会》，96）

贝克认为，与人们熟知的传统风险不同——比如，延续了几千年的全球传染病，现代化与全球化进程带来了一些史无前例的风险情境，比如，许多有毒物质由于所含毒素没有超标，因而都能进入我们的生活中，但是当这些有毒物质叠加在一起且长期为人们所接触时，谁都不能保证他们会对健康造成什么危害。目前还没有任何政府机构对有毒物质的叠加作用做过评估。同理，要预测大规模风险情境——如气候变化、生物多样性减少——的长期后果，即便对专家而言，也不是一件简单的事情。然而，贝克指出，这些风险已经成为人们生活环境的一部分，人们不仅有所意识，甚至还有了某种心理准备。我在本章开头介绍过，那些身穿防护衣、头戴防毒面具的公仔，已是很普通的儿童玩具。这表明我们开始进入风险社会。①

　　显然，"二手经验"和"二手非经验"的逻辑可能会从根本上改变人们的空间归属模式和居住模式。实际上，贝克所说的经验逻辑的变化，即，发生在他乡的事件、其他人的观点以及专门知识已经在改变人们的日常思维模式，这种变化可以看作我第一章讨论的去地域化的一种形式。我曾说过，去地域化既意味着文化活动与其发源地分离，也意味着与其他地方和空间经验产生不同程度的联系。有些变化导致异化感加剧、漂泊感加剧、经济位移、文化不适和心理不适。当然，也有一些变化意味着建立令人惬意的新的联系形式、做出新的选择、丰富人们的经历、拓展人们的生存空间。那些全国性、区域性，甚至全球范性的非本地风险情境，无疑会加快去地域化进程，因为它们迫使个人和社区根据与更大的社会空间的关系，重构他们的居住模式。

　　社会科学领域的多个学科对环境影响的研究发现，重构必然会引起一系列变化和调整。其中最显著的一点是，风险感知既可以强化个人或社区与本土的联系，也可以中断这种联系。就第一种情况而言，如果人们想要保护所在地区免受危害，他们对地区

---

　　①　很容易把乌尔里希·贝克的"二手非经验"概念与鲍德里亚的"超真实"（无原本的复本）概念相联系。但这两个概念的背景和含义却截然不同。贝克的论点侧重预期，而非模仿。他的目的是探索新型风险是如何推翻常规推理模式的，而不是和鲍德里亚一样，提倡与当代文化真实性相对的、宽泛的怀疑论。

的感情也会加深，即便成为环境危害的受害者，他们也会团结起来，采用各种方法抵御风险，早期环保运动时成立的"保护后院主义"（NIMBYism）就是典型的例子。"保护后院主义"旨在让风险远离自己的后院，但却没有意识到风险会降临到其他社区。相反，就第二种情况而言，风险感知会迫使人们中断与本土的联系——他们会迁到别处，理由总是充足的：当地物质匮乏、没有文化、低俗等等。更间接地，风险感知会改变人们的日常习惯和社会风俗，从而影响人们的居住习惯、使用地方资源的方式，甚至欣赏某个地方的方式。人们的风险感知方式会有意识或无意识地影响他们的生活方式，这种影响有时会很微妙，有时候会比较明显。人们会担心许多食物的产地、受到生态退化和市场需求制约的耕作方式。人们的流动方式也会受到影响，因为人们会考虑哪些地方的人和地方更安全，人们还会考虑哪些产品的制作方式和产品本身是"干净"、"脏"或者受到了污染。最后，人们还会考虑当地的管理监督机制和过程是否完善，是否能够防止或控制危险发生等。

人们应对风险的一些方式只是对某个突然出现的威胁的临时性应对。例如，最近十年英国爆发疯牛病、德国的禽流感等都让人们担心食品安全，迫使人们改变饮食习惯，或者寻求不同的食品供应商。2003 年"非典"爆发，数以万计的游客取消了飞往东亚和加拿大的行程。有些应对风险的方式则意味着永久地改变生活方式。例如，由于担心渔业资源枯竭，一些地方已不再使用拖网捕鱼，而改为更可持续的方式。因为担心资源枯竭和污染，人们改变了建筑风格、供暖和垃圾处理方式。深刻的文化转型必然带来一些更深远的改变。即就是我之前提到的暂时性危机和灾难，即使可以快速解决，有时也会带来观念和文化转变，这点我将在第六章详细阐述。

地方和跨地区风险情境对人们居住形式的影响，其中也有一种类似的因果关系。基于"二手经验"的逻辑，就算严格意义上的地方风险,其在文化和政治上引起的反响,有时也会超越所在区域。洛夫运河危机事件后,美国许多地区——甚至其他国家——迅速行动,抵御污水排放。地区和全球性风险情境至少可以分为两类:系统性风险(systemic risks)和积聚性风险(cummulative risks)。本地居民对这两类风险的感知和体验完全不同。根据特纳等人(Turner et al.)的分类,系统性风险是指具有全球影响的系统风险,如气候变化、臭氧层破坏等,任何地方发生变化,整个系统都会受到影响。相反,"积聚风险"是全球范围内地区变化的总和,各个地区发生的同一种变化,积累起来最终会影响全球大部分地区,甚至是整个地球的环境现象和环境资源。积聚风险既可以由全球资源分布不均所导致,如地面水资源枯竭、生物多样性减少等,也可以由对全球资源的严重影响所导致,如土壤贫瘠以及森林资源滥伐。即便人类活动不是全球性的,但也可能导致系统性风险,而积聚风险则是由大范围的人类活动导致〔《两种类型》("Two Types"),15—16〕。就我的分析讨论而言,区分二者的差异很重要,因为全球性的积聚性风险,当它还是局部问题时,人们就能感受到,而系统性风险则不然,即便人们能感受到,那也是很久之后的事情。因此,用以应对两种风险的感知、认知和文化机制也会大不相同。

对于积聚风险,其局部的环境恶化信号,如水资源短缺、水土流失等,可能更容易使人们感受到,但如果此类现象持续恶化,就会使人们想到地区和全球风险。这个观点似乎很合理。研究适应本地自然变化而改变居住形式,是理解大规模风险情境的捷径,这也是我在第一章论述大多数环保主义者呼吁回归地方的认识基础。但是,人们的文化意识也并不总是沿着积聚风险的轨迹发展的。蒂姆·加拉格尔(Tim Gallagher)调查灭绝的象牙喙啄木鸟情况时,最终在 2004 年发现了一个有趣的现象,表明地方意识会阻碍人们对大规模风险的感知。加拉格尔说他多次到访一个古老的柏树林——19 世纪美国南部典型的树林,它们是象牙喙啄木鸟偏爱的栖息地，遭到大肆砍伐，如今已几近绝迹，他为此痛惜不已。路易斯安那州的一位老人为他提供了大量信息，老人记得年轻时对森林的破坏程度是难以想象的：

> 格雷格年轻时遇到每一个年长的伐木工，都会问他们森林过去的样子。他们常常会说："太可惜了！这里本来都是大树。"他很疑惑地问道："既然你们这么喜欢树，为什么还要砍伐呢？"他们的回答很复杂。大多数伐木工与外界缺乏联系，生活艰难，又急需用钱。千万棵树就在眼前，再砍，也不至于砍完吧？
>
> 但伐木工们似乎不知道还有几十个（如果没有几百个）伐木队在同时砍伐。许多人甚至从密西西比州、阿肯色州、得克萨斯州来这里。如此大规模的砍伐直到20世纪20年代才结束。格雷格说："无树可砍时，连伐木工人都惊诧不已。结果就是现在这个样子了。"[《象牙喙啄木鸟》（*The Grail Bird*），138]

从这个案例中可以看到，人们不仅没有因为详实的地方知识而意识到潜在的积聚风险，反而因为与外界隔绝，不能接收外界信息，导致单纯的地方知识还不足以使人们产生风险意识。贝克曾认为信息传播对于理解现代风险情境有着至关重要的作用，在这里意外地得到了证实。就这个案例而言，并不是信息传播的知识不能被伐木工人的经验所证实，而是感官知识未能与更隐晦的生态系统相联系，才导致人们不能对风险做出判断。

我在第五、六两章分析讨论的文学作品，探讨的是立足于本地、一个区域和全球的风险意识，是如何通过小说情境改变人们的语言、叙述和思维模式的问题。德里罗（DeLillo）的主人公杰克·格拉德尼（Jack Gladney）遭受到可感知的风险，但对该风险影响其健康和生命的后果一无所知。鲍威尔斯（Powers）的主人公劳拉·博迪（Laura Bodey）遇到一个较难察觉的局部风险，最终形成全球风险的一部分，但其形成过程却介于系统风险和积聚风险之间：她罹患癌症，可能是由当地使用农药导致，但该农药却是在全球拥有众多分公司的跨国化学企业生产的。伍尔夫（Wolf）和沃曼（Wohmann）小说的主人公生活在切尔诺贝利事件后期的东德和西德，在这个大规模地区性灾难发生后，他们体验到各种微妙的去地域化形式。尽管以上小说可以做其他解读，但它们都在书写现代风险情境，都在探讨局部风险与区域或者全球风险千丝万缕的联系，最终影响人们的居住文化。以不同的形式叙述风险经历，以上作家也在进行叙事实验，当然，效果也不尽相同。

区分系统风险和积聚风险的差异，带来两个疑问：本地经验对全球生态系统有何影响？两者的差异与基于风险的社会网络有何关联？许多小说和非虚构文本都以"风险体验会破坏社会凝聚力"为主题，叙述个人和地区遭遇生态和技术风险的故事。有时候，文本中叙述的风险情境会掀起一股抵御风险的社会热潮，变成一场政治运动，起到强化社区经验的作用。正如劳伦斯·布尔指出的那样，特定的环境正义话语既关注具有悠久历史文化传统的社区，因为它假设这样的社区是存在的，又试图在面临风险威胁时，重塑新的社区，例如一个邮政区（《写作》，41）。在过去的 20 年里，环境正义运动试图建立风险社区之间的国际联盟，旨在抗衡跨国公司和世界银行与国际货币基金等国际组织的影响。

从不同的政治角度看，共担风险会促使新形式的社区和政治机构产生，贝克认为，这样的假设预示着一种新的世界主义即将诞生：

> 共担风险或"风险的社会化"……可以……成为社区的坚实基础，这个基础既是地域的，也是非地域的……因

此，后民族社区就可以建造或重建成一个风险共担的社区。社区的文化特点将依据其共担风险的程度而确定。换句话说，社区有相对共同的理念。"共担风险"同时意味着承担责任，遵守惯例，依据"风险"划定其区域，分担费用。在当今高科技时代，许多风险社区就是潜在的政治社区，因为它们要承担其他人冒险的风险。世界风险社会内有一种基本的权力二元结构：制造风险并从中获益的一方和遭受风险的一方。（《世界风险社会》，16）

这个论点与环境正义运动的一些观点并无本质区别，所不同的是，贝克对现有社区和它们面临的风险兴趣不大，而是将目光放在了有可能产生的跨国社区和政治机构上。在他看来，这样形成的风险群体超越了"保护后院主义"的狭隘，这不仅因为它们有临时行动联盟，也因为它们构成新世界主义文化的基石，这与官方的世界民主体制迥然不同，后者是大卫·赫尔德（David Held）和其他政治科学家世界公民论的基础。贝克认为，这种以风险为基础形成的文化团结联盟比官僚化过程形成的机构更重要，这使人想起马克思和恩格斯的国际工人阶级论点：

> 没有强大的世界主义政治意识，没有相应的全球公民社会和代表公共意见的机构，世界主义民主仅仅是乌托邦式的幻想。关键是世界团结意识能否发展、如何发展？150年前，《共产党宣言》诞生。如今，在新千年开始之际，是诞生世界主义宣言的时候了。《共产党宣言》有关阶级斗争，世界主义宣言则关乎跨国与本国间的冲突和对话，我们需要开启和组织这些对话……世界主义宣言的要旨是：存在一种全球和本土的辩证问题，这个问题是任何民族国家政治都无法解决的。（《世界风险社会》，14—15）

贝克在他 90 年代的研究中认为，这些问题形成于他所谓的全球"亚政治学"（subpolitics），这种亚政治学可能大于国家规模，也有可能小于国家规模，它的执行者包括非政府组织、一系列机构和诸多民间自发组织，它们在即将到来的世界风险社会中会起到越来越重要的作用。他的近期作品表达的主要观点是：风险、生态、经济和恐怖主义的相互依存，这有助于形成世界主义的政治秩序。与其说是"亚政治学"，还不如说是全球风险意识，能够重塑主流政治。《世界主义视角》（Der Kosmopolitische Blik，2004）探讨了这种转型对世界政治和社会学研究方法论的影响。

由于我主要关注的是世界主义的文化内涵方面，因而不能深究世界主义可能催生何种政治模式的问题。不过，澳大利亚政治学家罗宾·埃克斯利（Robyn Eckersley）对此做了深刻的思考。她的分析清晰独到，比贝克的更具体详细，因而有必要在此提及。在思考如何在生态民主制下建立政治结构的问题时，埃克斯利提出"超越国界的绿色国家"（transnationally oriented green states）（202）这个理念。埃克斯利的理念介乎哈贝马斯和大卫·赫尔德的跨国民主模式。哈贝马斯在民族国家的基础上提出建立超国家社区，因为民族国家的民主结构依据的是社区归属或者会员制原则。赫尔德的全球民主结构是建立在感情依托的世界主义原则上的，因为这一原则要求成员不服从自己不认同的统治［埃克斯利《绿色国家：民主与主权再思考》（The Green States：Rethinking Democracy and Sovereignty），173］。① 埃克斯利追求的模式：

> 有着明显的社区主义的真知灼见，同时有切实可行的世界主义理念。如果对特定的个体、地点和物种不了解或者没

---

① 埃克斯利主要研究了哈贝马斯的《后民族结构》（Die postnationale Konstellation）和赫尔德的《民主和全球秩序》（Democracy and the Global Order）。将这两本书放在一起研究，显而易见，埃克斯利眼中的世界主义与我在论述中所依据的文化理论不同。

有情感，就很难理解人们还有什么动力去保护特定个体、地方和物种的权利。对本地社会和生态环境的依附感情是人们团结一致的基础。为了实现全球环境正义的目标，这种感情从本体论上讲，比道德和政治斗争更重要。大多数环保主义运动者本能地理解这种情感的重要性，他们也确实是因为对故土或者某一社区有难以割舍的情感才投身环保工作。然而，随着经济全球化进程步伐不断加快，人们的"脱域性"（dis-embeddedness）日益明显，要想缩小生态问题制造者和受害者之间的鸿沟，似乎是不可能的。唯一的途径就是全球各地的环境受害者逐步建立情感联盟，之后就是建立"超越国界的绿色国家"，并为这个国度内外的生态公民制定切实可行的民主程序。（190）

在研究什么样的政治过程和政治结构可以促使临近伦理转变为生态世界主义伦理时，① 埃克斯利提出以下方式，来代替全面的跨国政治机构和结构：

> 各国在相对独立的地域的基础上共同协商，一点一滴地、试验性地建立跨国界民主制，这是完全有可能的，也是可行的。这种方法促使各国协商解决某些跨国问题，而不是预设解决的原则。昔日在时间和空间基础上的民主协商制，仍然会发挥作用，这有利于颁布法律法规，以保证跨边境环境下人们享有生态公民的权利。当然，这类协调并不适用于所有领域……因此，实施这项计划要以情感原则代替并补充归属原则为基础。情感原则不必取代归属原则。（192—193）

---

① 基于我在第一章的论述，我想证明埃克斯利"本土在本体论上优先"观点的合理性。尽管她也提到不一定非要和那些土生土长的人群和物种才能建立联盟，但她确实是将本土与具体的地点相联系。更重要的是，埃克斯利自己也承认，仅有临近伦理是不够的。

跨国风险情境以及由其他生态问题导致的冲突,如何能新民主制产生的转折点的?对于该问题,埃克斯利提供了一个基本框架,并不断补充细节以求完善。

比较而言,贝克的国际风险联盟徘徊在描述和规范之间,既有对当今政治冲突的现实主义记叙,也有乌托邦式的理想愿景。话说回来,如果愿意承认乌托邦模式还有其实用性,这个趋势相比于贝克关于风险与文化关系的简单假设,问题就会大幅减少。本章提及了诸多风险理论,其中贝克的一个观点最具洞察力,即风险体验只有在特定的文化背景下才有意义。但在这个基本假设背后,他似乎表明,共担风险本身就隐含着丰富的文化共性,而这个共性就是建立新社区的基础。但是,环境正义倡导者创建联盟的艰辛过程,说明问题并不是那么简单,"语言、文化、教育、阶级和资源获取途径等方面的差异,给他们构成了重重障碍"〔基弗(Kiefer)和本杰明(Benjamin)《团结第三世界:扩展国际环境正义运动》("Solidarity with the Third World:Building an International Environmental-Justice Movement"),233〕。正如基弗和本杰明指出的那样,发展中国家的"风险社区"对殖民主义和新殖民主义历史记忆犹新,有时会对发达国家的环保组织活动持谨慎和怀疑态度。同时,基本的文化习俗差异导致人们在会谈、传授知识、如何采取政治行动等方面困难重重,导致无法建立有效的行动联盟,遑论建立长期的跨国风险社区了(234—235)。换言之,"共担风险",如果缺乏更宽泛的文化共识,本社区成员便不能掌握风险情境对于另一社区成员的社会文化意义,它就只能是一块踏脚石。①

----

① 跨文化风险感知的实证研究,参见雷恩(Renn)和罗尔曼(Rohrmann)《跨文化风险感知:实证研究概论》(*Cross-Cultural Risk Perception:A Survey of Empirical Studies*)。

贝克的世界主义意识和起源于风险共担政治产生的新的全球文化构想，都需要充分考虑社会文化差异才能得以完善。社会文化差异在环境正义活动家的实地考察时就已经发现了。当然，环境正义运动的核心工作是呼吁和动员人们采取政治行动和建立联盟，没有切实关注文化对人们理解其工作的重要性。环境正义运动有时会引用女性主义、后殖民主义和批判种族理论，但它以重新确定这些理论的主要观点为主，而不是解释处于生态、经济和技术风险情境下的社区如何转变这些理论基础。环境正义学者T. V. 里德（T. V. Reed）说："目前环境正义运动的文化意识非常淡薄，没有充分意识到借用文化工作者的作用。"（《走向环境正义生态批评》，153）

环境正义运动所做的实地调查报告，并没有形成成熟的理论框架，因而还无法解决生态背景下的跨文化理解或者误解的问题。这类调查报告提供了丰富资源，有助于人们形成某种理论，帮助人们更好地阐释贝克所说的风险和世界主义大团结之间的关系。相比之下，人类学家、社会学家、哲学家和文学批评家则认为，世界主义是提升人们跨文化素养的途径，因而对世界主义做了许多精细的辨析。由于各国全球化程度不尽相同，对世界主义的重新思考均被有意识地置于不平等的政治和经济语境之下，因此，大多数情况下，这类思考并不包括非人类世界，也不包括我关注的全球环境风险情境。我之前提过，环境导向的世界主义需要至少精通一种文化，才能系统理解全球生态。不论是环保主义者一味宣扬的全球关联性，还是典型的现代环保主义的田园构想，都不能完全理解全球生态状况。环境正义行动主义和贝克对全球风险情境下新型联盟的宏大构想，都分析了生态世界主义如何将局部风险体验与全球（人类与非人类）意识联系起来，这便是二者的价值所在。

第五章　中毒的身体、企业毒药：
局部风险和全球系统

　　众所周知，雷切尔·卡森《寂静的春天》极大地激发了美国的现代环保主义运动。该书主要讲述美国农业界和家庭过度使用农药和除草剂带来的副作用。卡森将环境化学物质的危害等同于核辐射造成的危害。到 60 年代初期，有关核辐射危害的故事和图片已经铺天盖地了。卡森以此给尚不知道化学危害的公众和政治家敲了警钟，其影响超过了其他类似作品，如刘易斯·赫伯特（Lewis Herbert）的《我们的人造环境》（*Our Synthetic Environment*）——该小说比《寂静的春天》早出版 6 个月，罗伯特·拉德（Robert L. Ludd）《杀虫剂和生活景观》（*Pesticides and the Living Landscape*, 1964）等。揭露环境化学品危害的作品至今仍是美国环境文学的重要主题。70 年代末，洛夫运河危机事件掀起了以洛伊斯·吉布斯（Lois Gibbs）为代表的公民反有毒废弃物运动的高潮，使得这一主题再次成为民众争论的焦点，并带动了一系列的相关研究，如吉布斯的自述集《洛夫运河：我的故事》（*Love Canal: My Story*, 1982）。20 世纪 90 年代和 21 世纪初涌现了有关这一主题的诸多电影和书籍，虚构和非虚构类的都有，包括托德·海恩斯（Todd Haynes）的电影《安然无恙》（*Safe*, 1995）、西奥·科尔伯恩（Theo Colborn）的《被盗走的未来》（*Our Stolen Future*, 1996）、桑德拉·斯坦格雷伯（Sandra Steingraber）的纪实小说《生活在下游》（*Living Down stream*,1997)、斯蒂芬·泽里安(Stephen Zaillian)的电影《法网边缘》(*A Civil Action*,1999)、斯蒂文·索德伯格(Steven Soderbergh)的电影《永不妥协》(*Erin Brockovich*,2000)和苏珊娜·安东娜塔(Susanne Antonetta)的回忆录《被毒害的身体》(*Body Toxic*,2001)。这些最具代表性的影视和文学作品,都与有毒物质污染及其后果有关。同时,迅速发展的环境正义运动使公众的注意力投向了少数族群和穷人身上,这些人群大多住在危险的工厂和废料处理场附近,遭受的风险日益加剧。

如果我们认为,化学物质对人体的危害效应只是引起了环保运动者的关注,那就大错特错了。化学物质既是有毒的,又可以制成药物,这种双重属性在过去40年内,不断成为美国文学和文化领域的热门话题。同时,如何用化学物质改变人们的生理和心理状态也引起了研究热潮。60年代美国的反主流文化不同于其他地区的反主流文化,它充斥着对药物的迷恋。当时,迷幻药既被看作是追求个性解放的工具,也是堕落和被征服的象征。艾伦·金斯伯格(Allen Ginsberg)、威廉·巴勒斯(William Burroughs)和托马斯·品钦(Thomas Pynchon)的文学作品就是最好的证明。主流医学文化关注的是开发能够治疗所有生理和心理疾病的药物,而新时代反主流文化既对抗又复制着主流医学文化,大肆宣扬"自然"、"草本"和"无毒"的治疗方法。二者殊途同归,都痴迷于治疗、改变或者改善人体和人脑,却同时都担心这些方法到头来会毒害身体[参见罗斯(Ross)《奇怪的天气》(*Strange Weather*),15—74]。

因此,劳伦斯·布尔在分析环境文学中的风险感知时,将重点放在作品中化学物质污染问题上是有充分理由的。[1] 化学污染

---

① 和许多其他作家和评论家一样,布尔也坚持将化学制品与核风险结合起来。他常以威廉姆斯(Terry Tempest Williams)的《避难所》(*Refuge*)为例证,因为该书讲到癌症病例可能是由美国在其西部的核试验导致的。

确实是美国环境保护主义的中心问题,同时也是作家和电影制片人用以探索身体与环境、公共与家庭空间、有害技术与有益技术之间模糊界限的途径。我在这里主要分析两部小说,它们虽不带有明显的环境保护主义色彩,但书中对化学物质污染危害的探索,是现代风险调查的一部分,因为现代社会的人都受到风险威胁,也有助于调查风险怎样改变着现代社会的技术结构。唐·德里罗的后现代主义经典之作《白噪音》(1985)和理查德·鲍威尔斯的《收获》(1998)都涉及风险感知及其书写贝克所说的"风险社会"中的文化构想问题。德里罗的《白噪音》以讽刺的语气叙述本地风险情境,涉及现实主义和夸张手法在再现风险感知及其复杂的艺术问题。理查德·鲍威尔斯的《收获》将风险置于复杂的全球系统中,以此探索这个大系统如何在叙述中得到有效呈现的问题。本章对劳伦斯·布尔的"毒素话语"分析稍作修改,并以此为基础,探讨生态批评、风险理论和叙事之间的关系,认为将风险作为文学主题研究,既可以强化又可以转变对当代作品的标准化解读方式,同时,对风险及其叙事关系的思考,也会为叙事研究提供有益的借鉴作用。

第一节 "不可靠的威胁":唐·德里罗的《白噪音》

　　德里罗的《白噪音》发表于1985年1月。此前一个多月,印度博帕尔一家联合碳化物工厂发生毒气泄漏事件,造成至少两千人死亡,数千人受伤。小说的第一批评论者发现,小说中描写的毒气泄漏事件与博帕尔事件如出一辙,这个巧合十分诡异。[1]媒体委婉地称作的"空中毒气事件"(airborne toxic event),发

---

　　① 见马克·欧斯汀在维京版《白噪音》(vii)中的序言,该版本也包括博帕尔(Bhopal)事件的材料(Mark Osteen)(353—362)。

生在布莱克史密斯的中西部大学城，希特勒研究教授杰克·格拉德尼和他家人居住在那里。火车货运站的意外事故引发农药制剂尼欧德尼 D 气体从车厢泄漏，随后在布莱克史密斯上空形成大片"云层"。当地居民很快被要求撤离，在去往疏散营地的途中，格拉德尼能偶然闻到有毒气体的味道。到达营地后，居民们接受健康检查，看到那些检查数据时，格拉德尼意识到，即使只吸入少量毒气，也会造成极其严重的健康问题。以下是他和一位化验师的谈话：

"我就要死了吗？"

"那还不至于。"（技师）说。

"你的意思是？"

"你都说了这么多话，哪会死得了！"

"那要说多少才会死？"

"不是多少话的问题，是多少年的问题。15 年以后就知道了。我们现在确实惹上了麻烦。"

"15 年后我们能知道些什么呢？"

"如果那时你还活着，我们会知道得比现在更多。尼欧德尼 D 的危害可以持续 30 年，那时你已经过了一半了。"

"我以为是 40 年。"

"土壤中 40 年，人体内 30 年。"

"也就是说，我得活到 80 岁，才能摆脱它，那时才可以松口气。"

"这就是我们目前所知道的。"

"可是大家都觉得，目前我们知道得太少，根本断定不了什么。"

"我这样给你说吧。如果我是只老鼠，我绝不会再踏入发生这次事件的两百英里范围内。"

"如果是人呢，该怎么办？"

他仔细地打量着我……

"我不会为看不见摸不着的事担心,"他说,"我会照样生活。结婚、安家、生子……"

"但是你说我们惹上了麻烦。"

"这不是我说的。是电脑说的。是整个系统说的。这就是我们所说的大规模数据库统计。我输入格拉德尼 J. A. K.,化学物质名称,你接触到它的时间,然后输入你使用电脑的历史、你的基因、人事资料、病历、心理状态、有无犯罪记录和住院记录,这时就会出现一个脉冲星星图标。但这并不代表你会发生什么,至少今天、明天不会发生。这只是证明你就是一堆记录。每个人都是。"(140—141)

小说中的这段以及类似对话引起评论界的极大兴趣,人们讨论最多的是:它如何能使死亡显得既清晰透明又模糊不清?格拉德尼不乏幽默的存在主义式担忧怎么就转变成了一堆电脑数据?① 许多评论家可能会说,这种转变很正常,因为在这本小说里,再严酷的现实也会消失于一层层的再现和模拟之中。在《白噪音》中,除了看铺天盖地的媒体报道,受害者根本无法知道自己的处境。阿道夫·希特勒和埃尔维斯·普雷斯利(Elvis Presley)共同出现在一次讲座的内容里,讲座是关于他们和母亲的关系的。尼欧德尼 D 毒气泄漏事件仅仅是重大灾难管理公司一次疏散演习的案例。该公司认为演练不仅可以为真实的灾难做准备,还可以预防灾难发生。格拉德尼发现,他 9 岁的女儿在其中一场演练中扮演的是受害者角色,以讽刺或严肃的语气质问公司经理:"你们确定这是一次模拟吗?你们也许在等待一次更大的泄漏,开始倒计时吧。"(204)诸如此类的鲍德里亚式(Baudril-

---

① 例如,迈克尔·瓦尔迪兹·摩西(Michael Valdez Moses)对《脱离自然的肉欲》("Lust Removed From Nature")中的场景做了海德格尔式解读。

lardesque）场景在小说中数不胜数，许多评论家因而将《白噪音》看成后现代模拟文化的一次叙事展现，因为在这类小说中，模拟从体系上讲，远比人们感受到的现实更重要。[①]

不可否认，德里罗将再现（representation）等同于现实，这使得许多评论家因为不满他处理技术风险问题的方式而对作品提出批评。A. O. 斯科特（Scott）认为德里罗的"'空中毒气事件'充斥着象征主义色彩：它投射出的是一种弥漫整个社会的恐惧心理，也充斥着所有小说人物的心灵。毒气事件作为小说的素材，与作品的目的无关"（41）。[②] 劳伦斯·布尔这样杰出的生态批评家也认为："《白噪音》将毒气事件作为非正统（inauthenticity）的后现代象征呈现出来，降低了事件的严重性，成了主人公文化空虚的催化剂。"（《写作》，51）在布尔看来，如果未能揭示对生态的威胁，这样的情节是可以被任何其他事件取代的。然而，只有把尼欧德尼 D 事件与小说中的其他部分分开，把它看作技术风险情境时，以上的观点才能站得住脚。正如我所说的那样，当你更系统地分析《白噪音》与风险相关的主题时，当你思考风险理论对小说叙事形式的影响时，脑海中就会出现一幅截然相反的画面。[③]

尼欧德尼 D 泄漏事件不是格拉德尼一家遭遇的唯一一次风险。相反，小说大量描写了普通美国家庭在日常生活中遇到的各类风险情境，这实际上就是作品的母题。例如，小说开头部分写

---

① 对《白噪音》中的奇观、模拟以及媒体在塑造现实时作用的分析，参见杜瓦尔（Duvall）、兰特里夏（Lentricchia）、里弗（Reeve）和克里奇（Kerridge）。保罗·麦特白（Paul Maltby）提出了一个不同的观点，他认为小说中的确出现了几个超凡脱俗的浪漫情感场景，因而后现代主义的模拟也确实能表达某些真实感受［《浪漫主义玄学》（"Romantic Metaphysic"）］。

② 有趣的是，这条评论出现在一本对理查德·鲍威尔斯《收获》（本书将在后面讨论）的书评里。斯科特指出，与《白噪音》不同，《收获》中的化学制品风险并没有象征性（41）。在他看来，简单地把对"周围的恐惧"改为对"环境的恐惧"可能会呈现毒气事件的真实性。

③ 在强调《白噪音》中风险概念的重要性时，值得提及德里罗的早期作品《名字》（*Names*）（1982），该小说的主人公是一位政治风险分析者。

到格拉德尼孩子所在的学校,由于受到有毒烟雾侵扰而必须搬迁。毒烟很有可能是"通风系统、油漆、泡沫绝缘材料、电绝缘材料、自助餐厅食品、电脑辐射、石棉防火材料、集装箱的黏合剂,或者是一些渗透进日常用品的细微物质"引起的(35),这些物质和我在第四章开头提到的玩具一样,在幽默和恐怖之间找到平衡点,强调儿童世界里到处都有潜在危险。不论其源头是什么,这些毒烟导致学校勘测小组的一位成员丧命(40)。另一方面,格拉德尼担心他儿子海因里希受到了化学废料或空气污染的毒害,因为他只有14岁,就开始掉头发了(22)。格拉德尼继女的生父丹尼斯参加"核事故救援基金"(Nuclear Accident Readiness Fund)筹款活动途中,拜访了格拉德尼家。他说举办这样的活动是为了"以防万一"(56)。不仅成年人意识到风险,就连海因里希也可以说出家用电器电磁辐射带来的一大堆危害:"事实上,我们周围的辐射才是最要命的。收音机、电视机、微波炉、门外的电线、汽车超速监视区……什么泄漏、放射、辐射,统统都忘了吧,你家里的东西迟早都会要了你的命。"(174—175)同样耐人寻味的是,女儿丝黛菲对母亲芭贝特说,嚼口香糖会吃到致癌物添加剂,而另一个女儿丹尼丝坚持让母亲出门涂防晒霜,以免得皮肤癌(264)。

实际上,有时候成人对待风险没有儿童认真。"每天都有毒气泄漏的新闻。储油罐里有致癌溶剂,烟囱排放毒气,发电厂排放含放射性物质的水。如果每天都发生这些事故,那得有多严重啊?既然叫严重事故,不就是说明它们不会每天都发生吗?"芭贝特问道(174)。她尽管不愿意承认受到威胁,但还是勾出了一幅环绕家庭的"风险景观"。[①] 而另一方面,她对广播里"要

---

① "风险景观"这个术语来自苏珊·卡特尔(Susan Cutter),引自戴特灵(Deitering)《后自然小说:80年代小说中的毒素意识》("The Postnatural Novel: Toxic Consciousness in Fiction of the 1980s"),第200页。

将水烧开后再使用"的劝告嗤之以鼻。但她意识到这些风险会频繁发生,这倒没错:毒气事件刚过去几个月,布莱克史密斯镇又陷入了空中毒雾的包围之中——河对岸的化学烟雾飘到了镇上(270—271)。除上述风险外,小说还经常提到车祸、空难等意外事故,而我主要分析与医药产品相关的风险。这些实例说明,"空中毒气事件"虽然是小说的主线,但它绝对不是一个特例,只不过在规模上比格拉德尼遇到的其他风险要大得多而已。他周遭的环境风险,有的轻微得可以忽略,有的严重得能致命,每个普通公民都会遇到这些风险。因此,德里罗的小说就不是关于一个普通家庭遭遇特殊技术风险的故事,而是对我在第四章中勾勒的"风险社会"生存状况的真实写照。①

　　故事一开始,格拉德尼就把自己定位为一个中产阶级来体验风险。小说第一幕是新学年开始,他观察着家长送孩子返校的场景:父亲们"乐意挤出时间陪孩子,看上去有种疏远感,但很慷慨,觉得自己当父亲是够资格的,举手投足间都让人联想到他们一定有巨额人身意外保险"。在他看来,中产阶级既有时间,也有钱购买保险来抵御风险。毒气事件之后,这两样东西格拉德尼都不再拥有了,或者说,他自认为不再拥有了。但是在这次事件发生之初,格拉德尼似乎还觉得,他的中产阶级身份就是抵御风险的屏障。当家人越来越担心受到毒气危害时,他说:

　　　　这种事只会发生在污染区的穷人身上。这个社会就是这样,遭遇自然和人为灾害最多的永远都是穷人和文盲。低洼地区的人遭遇洪水侵袭,棚屋区的人遭遇龙卷风和飓风。我是大学教授。你什么时候在电视上看到过大学教授在洪水淹没的街道上划船?我们住在干净整洁的小镇上,旁边是一所

―――――――――――

　　①　我已经在《时间性风险》中分析过时间视角(temporal perspective),该观点来自《白噪音》中这类对风险社会的关注。

庄重雅致的大学。这些事情是不会发生在布莱克史密斯镇上的。（114）

不论格拉德尼是真这么想的还是在安慰家人，他都确信，是否遭遇风险与社会阶层有关。我在第四章讨论过，贝克的观点与此相反，他认为，新的风险会创造新的社会结构，形成新的现代性特征。依据贝克的观点，格拉德尼根据早期物资相对贫乏的现代社会的分类标准，来判定他在风险社会中的地位。很明显，他眼中的风险只是洪水、飓风等自然灾害，而不是人为灾难（就像他经历过的毒气事件）。他有关阶级与风险之间关系的断言，很明显是一种否定策略，但却恰恰证明德里罗在《白噪音》中关心的是：风险是怎样一步步侵入人们的生活的，即使是那些原先以为自己可以免于受灾的公民，也难逃其害。

劳伦斯·布尔认为，格拉德尼在最后一章中对死亡的迷恋与毒气事件"只有一点儿关联"，因为毒气事件并不是小说的中心内容，它只是"用以支持观点的一个隐喻"（《写作》，51）。在最后一章"迪拉尔拉玛"（Dylarama）里，格拉德尼发现，妻子芭贝特和一家制药公司的销售代表偷情，换来他们公司正在试验的"迪拉尔"新药，它可以抑制死亡恐惧。格拉德尼开始疯狂地寻找这个代表，想将他杀死，顺便弄到这种药来抵抗自己对死亡的恐惧。然而，他找到那个代表时，看到的却是一个惨不忍睹的男人——因过度用药而饱受药物副作用摧残。格拉德尼狠狠地打他，折磨他，但随后突然改变了主意，又把他送到医院救治。布尔之外的许多评论家都认为，小说里出现这样的情节，显得毫无意义。① 但是，如果把《白噪音》当作对技术风险情境的描

---

① 例如，比安卡·赛森（Bianca Theisen）指出，德里罗的叙事策略就是凸显"通过情节来分解情节……的悖论"［《论白噪音》（"White Noise"，132；我的译文］。

绘，这几个情节也就不显得那么松散了。格拉德尼疯狂地寻找可以减轻死亡恐惧的药物，不管药物是否还在试验中，也不管它有什么副作用，这一情节只是从反方向来叙述之前所提到的风险情境。在毒气事件中，主人公受到化学物质的潜在致命威胁时，自己都没有意识到，在"迪拉尔拉玛"那章中，他却主动接受另一种化学物质，而不管其危害如何，只期望它可以抵制之前那个风险带来的不良影响。

从小说中可以明显看出，描写尼欧德尼 D 和迪拉尔旨在说明，在当代社会，有毒的化学物质无处不在。尼欧德尼 D 迫使人们撤离家园，格拉德尼却在室外受到辐射，而迪拉尔又说明，化学物品已经进入普通家庭。因此，那位健康医师建议格拉德尼不要担心健康问题，只管"结婚、安家、生子"的建议，显得十分滑稽（141）。首先，年轻的医师竟然对结过 4 次婚有 5 个孩子的 50 多岁的格拉德尼提出这样的建议；其次，这段话的言外之意就是：家庭范围在化学风险评估中是安全地带。但结果却是家里也充满各种对人体有害的化学用品。在小说的前半部分，格拉德尼漫不经心地说他按时用"降血压药、解压药、抗过敏药、滴眼药、阿司匹林。这很平常……每个人都会吃一些的"（62），这是他在小说中第一次正眼瞧这些家庭日常用药。至于这些药物一起吃会产生什么样的副作用，这个本应该在这时就提出的问题，一直到后来，格拉德尼发现妻子所吃新药的药性时，才开始讨论。但是，即使在小说的开头，读者也能明显地感受到，连家园也不是化学物质危害的避难所。如果尼欧德尼 D 威胁的是公共社区和生活空间，那么，迪拉尔则将危害带进人们私密的家庭内部空间。

此外，两种药物对人体都有潜在的致命危害，但人类对它们却是一知半解。"粉状的尼欧德尼 D 无色无味，非常危险，但无人知道它会对人类及其后代造成什么样的伤害。药剂师一直在测试，连他们也不能确定，抑或是他们知道但不说出来。"海因里

希在撤离途中说道（131）。芭贝特也说，对迪拉尔的官方检测
一拖再拖，因为制药公司认为该药物存在很大的风险："我可能
会死去。我的身体可能活着但是大脑会死亡。左脑死亡但是右脑
可能会活着……格雷先生想要我知道这些风险。"（193）小说中
描述的两种药物的副作用刚好相反:尼欧德尼 D 最显著的副作
用是使人长期产生记忆幻觉，而芭贝特服用迪拉尔后开始失忆。
杰克·格拉德尼在回顾迪拉尔时，清晰地说出了这两种药物互补
的一面:"迪拉尔起作用了吗……它仅仅是尼欧德尼 D 舒缓剂，
使之缓慢地流淌进我的血管，冲淡我大脑对死亡的恐惧……它只
是披着人类面孔的技术。"（211）因此，《白噪音》不仅揭示了
技术既可以救人也可以使人毁灭的双重性，还特别强调，主人公
害怕某种致命风险，却愿意接受另一种物质所携带的同等风险来
抵消对前者的恐惧。同理，小说还揭示了芭贝特身上的矛盾:她
因为健康原因减肥，却甘愿冒损害健康而接受失去一半脑功能的
代价。《白噪音》中诸如此类的场景，体现"自愿性"（volunta-
ry）风险和"非自愿性"风险的区别。这点，我曾在第四章讨
论过，风险分析家常常也在他们的研究中发现这点。此外，小说
人物生活的社会技术日益翻新，机构林立。作者在描写他们日复
一日接触各种技术风险的经历时，也刻画了他们复杂的心理及其
对文化的反思。

　　很难把小说人物的这些决定看作是理性的。从这点看，德里
罗也可能是以讽刺的手法，刻画人们面对风险意识时的矛盾心
理。正如很多评论家所说，格拉德尼对死亡的恐惧从一开始就不
合情理，因为根本没有什么能直接威胁他的生命。如果把毒气事
件当作小说中唯一真实的危害，这个观点就是正确的，但是，格
拉德尼对死亡的恐惧先于毒气事件，毒气事件只不过是强化了他
的恐惧感而已。如果认为，小说旨在表达个人和社区在社会大环
境下会遭受各种风险，且许多风险都是新出现的，其副作用至少
部分是未知的，那么，格拉德尼一家对死亡的恐惧就不是毫无缘

由了：存在着许多未知风险的事实，仅这一点就足以证明他们的恐惧是事出有因。换句话说，《白噪音》描绘的风险社会是基于两个维度的：一方面，小说指涉的不是单个的技术灾难，而是一系列程度从轻微到致命的风险；另一方面，这种风险情境的范围很大，暗示着人们日常生活中也会隐藏有诸多的风险，只是暂时没有被发现而已。如果如贝克所说，风险意识不仅仅来源于经验和二手经验，也来源于"二手非经验"，即对尚无人经历的风险的预期（《风险社会》，96），那么，格拉德尼一家对死亡的恐惧也就不再是捕风捉影了。

有人可能会反对把《白噪音》解读为一部现实主义小说，一部风险社会的纪录片。初看，这样的反对是有道理的。《白噪音》是对当代社会的讽刺性作品，既有超市、信用卡、品牌广告的现实主义细节，也有荒诞、夸张和幽默元素，比如说，希特勒研究系的主任竟然是一个不会说德语的教授，"美国最值得留影的谷仓"竟然是著名的旅游景点，药片服用后，人们竟然会把单词与实物混淆，修女竟然承认她们不信仰上帝，她们当修女不过是让那些不信教的人觉得她们有信仰而已。即使承认我对风险重要性的分析较为准确，也有人会说，德里罗仅仅是嘲讽风险感知，并不是十分严肃的。毫无疑问，如果格拉德尼一家的日常生活是小说的讽刺对象，他们的风险经历也是讽刺的对象。实际上，小说远不是那么简单。即便说它是讽刺作品，也能够辨认出现实或是夸张的成分，其实，这都是基于一个假设而做的判断，即作为读者，我们清楚现实世界是怎样的，知道德里罗叙述的世界与它有何种差别。事实上，现实和夸张的界限往往很模糊。我们可能会觉得希特勒研究部门的存在简直不可思议，但不是也有教授研究麦片包装盒上的文字说明吗？不也有教授讲授美国电影中的车祸吗？这些就合理吗？让人将文字错以为是实物的药片显得荒唐，但对精神药物的离奇副作用人们却习以为常。媒体对尼欧德尼 D 事件的报道越来越委婉，这无疑非常有趣，但也容易让人想起，在"真实"世界里的媒体操控下，各种风险呈现出"社会衰减"趋势。从某种程度上说，《白噪音》是部讽刺小说，但并非完全意义上的讽刺小说，因为它对读者区分真与假、现实与夸张的能力提出了更高的要求。①

布莱恩·麦克黑尔（Brian McHale）在更广泛的语境下，对这种讽刺模式衍生的本体论意义上的不确定性做了理论概括，并认为不确定性是后现代主义小说的一个典型特征［《后现代小说》（Postmodernist Fiction）］。尽管麦克黑尔认为这种不确定性与反现实主义叙事模式有关，然而，在以风险理论研究叙事的语境下，模糊现实与非现实之间的界限，这本身就具有明确的现实主义目的。德里罗笔下的人物在评估风险或"不可靠威胁"（unreliable menace）时，所做的其实就是这样模糊的区分（184）。因而，小说的叙事模式要求读者同样要对风险的真实性做出判断，小说通过形式变化反映了风险评估在"现实世界"中本质上是不确定的。当然，我们没有必要认定，这种讽刺手法只是用来描绘事实的风险情境。显然，风险评估的语境要求德里罗的主人公判断风险的真实与否，主人公与媒体、广告或者文化评论界打交道时，也要判断其内容真实与否。尤其是当媒体或广告暗示一些或真实或虚构的灾害和药品的神奇疗效时，或是当大众文化开始关注死亡时，做风险评估就是理所当然的事情。由于这些问题反复出现，我们基本可以断定，《白噪音》不论在主题还是在叙事形式上，始终未脱离风险这个主题。小说中的许多夸张和模拟手法，就是表现后现代非真实性的典型手法，因为日常生活充满风险，且这些风险的现实性、范围和后果都是无法确定的。

----

① 里弗（Reeve）和克里奇（Kerridge）同样认为，"《白噪音》对当代世界各方面极尽讽刺之能事，是因为它认识到，任何这类评论的出发点本身就面临被误解的风险"［《有毒事件：后现代主义与德里罗的〈白噪音〉》（"Toxic Events：Postmodernism and Don DeLillo's White Noise"），305］。

第二节　有毒系统:理查德·鲍威尔斯的《收获》

　　《白噪音》出版十多年后,鲍威尔斯才出版他的《收获》。与《白噪音》一样,它也以美国白人中产阶级遭遇风险为背景。鲍威尔斯比德里罗更详细地描述了风险的成因,叙述了它们是如何融入全球社会经济系统。小说由两条主线交替叙述。第一条主线讲述的是一家名为克莱尔父子(J. Clare&Sons)公司近 150 年的发展史。这家公司,1830 年左右在波士顿成立,是生产肥皂和蜡烛的家族企业。一百多年间,该公司有过技术革新,调整过商业策略,曾几近倒闭,也历经合并、裁员、扩张等过程,最终在 20 世纪 90 年代更名为克莱尔国际公司(Clare International),成为一家跨国化学和制药企业,产品不计其数,包括清洁剂、化妆品、杀虫剂、化肥和人造建筑材料等。克莱尔公司的农业分公司总部坐落在梧桐镇的中西部,数十年来一直是当地经济的支柱产业,也是最大的用人企业。小说的另一条主线围绕一个中年离异的地产经纪人劳拉·博迪(Laura Bodey)展开。她带着两个孩子住在梧桐镇,在一次常规体检中被诊断出患有卵巢癌。小说讲述了她接受手术和化疗、渐渐憔悴到最后死亡的故事。在她生命的最后几个月里,博迪发现她的癌症与克莱尔公司生产的一些化学用品有关,且已经有人为此将该公司告上了法庭。博迪的前夫唐劝她加入诉讼斗争中去。她拒绝了几次后还是加入了,虽然补偿费来得太晚,没能挽回她的生命,但孩子们最终得到了这笔钱。除了这两条主线外,小说还引用和描述了一些法律文件,以及最重要的——克莱尔公司及其产品的广告材料,这些都和博迪病情的发展形成极具讽刺意味的对比。①

在描述技术风险方面，《收获》与《白噪音》有明显的相似之处：故事都以化学物质风险为焦点，都发生在美国中西部小镇的普通家庭身上。② 两位作者对故事地点和家庭类型的选择都表明，风险情境影响到了美国的中产阶级，而这个阶级之前是坚信自身不会受到环境危害的影响的。最重要的是两部小说都试图书写化学物质既能致命也能治病的二重性：毒品与药物的对立，也就是尼欧德尼 D 与迪拉尔；引发博迪癌症的除草剂与她在化疗期间服用的药物之间的对立。这两个对立都不简单，因为两种药物一旦失去应有的疗效，产生的副作用就会变得和它们试图治愈的症状一样严重。虽然《收获》也将毒药和药物、化学物质风险（非自愿）和化学药物风险（自愿）做了比照，小说最终对风险的构想却截然不同。

《白噪音》着重强调化学毒物本身的特性、进入人体的方式以及对人体产生反应的时间间隔和环境要求上。格拉德尼和医生关于他受到毒气侵害的对话就是个明显的例证。此外，小说中有一个小片段——神经化学专家向他解释迪拉尔复杂的物理和化学机制——也说明了这一点（187—189）。鲍威尔斯对博迪的化疗做了同样详细的描述，包括药品的名称、数量、服药的时间以及可能产生的副作用，但对可能导致博迪癌症的物质——她在花园所用的除草剂——却是一笔带过。这有可能是因为真正的致癌原

---

①　以两条故事线索讲述故事并不独现于这部作品，鲍威尔斯在其他作品里也用过这种手法，但还是引起了广泛评论。参见基恩（Kirn）［《商业小说》（"Commercial Fiction"），103］、奎恩（Quinn）［《犀牛的路径》（"On the Tracks of the Rhino"），22］和斯科特（Scott）［《生死攸关》（"A Matter of Life and Death"），40］。《收获》中两条主线的关系与鲍威尔斯早期作品有何差异，参考哈里斯（Harris）关于读者角色的文章中对该问题的讨论［《"成见"：〈收获〉中的读者角色和政治学》（"'The Stereo View'：Politics and the Role of the Reader in *Gain*"），特别是第98—99页］。

②　这两个相似性由 A. O. 斯科特和角谷美智子（Michiko Kakutani）提出。

因根本无从确定。博迪发现，她一旦意识到各种生活化学品的危害，就发现这些化学品无处不在，无从摆脱：

> 这就是她一直住着的地方，但越来越不像个家。从卧室到厨房，一路上就像经过一个物品展览馆："防菌牌"（Germ-Guard）地板、"清亮牌"（Cleer-Thru）窗户、荷兰式餐桌、博迪式房子等，就是一个低档的产品博物馆。但是，不住在这里，她又能住在哪儿呢？
>
> 她发誓要抵制这些产品，来一个彻底大清除。但是东西实在太多了……它们铺在橱柜上、放在微波炉里、露在炉子外、挂在淋浴喷头上。克莱尔公司的产品藏在水槽里，在药箱中，并排放在地下室的架子上，堆满了车库和小屋。
>
> 她的誓言根本没用。太多的东西要清理。她生命的每一个小时都得依靠这些公司的产品，多得根本数不过来。（303—304）

小说中出现大量具有潜在危害的产品，这与海因里希在《白噪音》中说的话产生了怪异的呼应。他说："要你命的迟早是你自个儿家里那些东西。"（175）把除草剂从那一长列名单中挑出来是因为，它是博迪最早意识到的有毒产品：唐把克莱尔公司可能致癌的产品列出来念给博迪听，当念到除草剂时，才念了半个单词"Altra-"，博迪就马上想到了她热爱的花园，立刻答应加入集体诉讼。[①] 布尔认为书写毒素风险作品的话语特点之一，就是描写"被破坏的田园生活"（《写作》，37—38），博迪的决定显然应了这种观点：花园是她心目中未被破坏的"自然"，结果却成了可能致她于死地的凶手。只是"可能"，小说从未证实这点，

---

① 无疑，鲍威尔斯想到了阿特拉津（Atrazine）——一种除草剂名，对于其是否会致癌和干扰内分泌，一直没有定论。

甚至连那个致癌产品的名称都没有完整地拼写出来。这种刻意设置的不确定性体现了某种因果关系,这与《白噪音》截然不同。杰克·格拉德尼在遭遇毒气事件之后戏剧性地指出:"死亡来了,它已经进入你的身体。"(141—142)相反,《收获》没有写出明确的中毒时间。对鲍威尔斯来说,毒素不是来源于具体的化学产品,而是来源于复杂的技术经济系统,正是这个系统在过去的一百多年间,使得各种化学品进入人们生活的方方面面。

最能体现这一点的是小说的叙事结构:与公司成长壮大相对应的是一个人生命的渐渐消逝。克莱尔公司可能与博迪的病情有关,这一点虽然随着情节展开渐渐明晰,但小说开头的一些倒叙情节,已经对此做了暗示。① 此外,小说还玩了一把文字游戏——故事中出现许多和"身体"(body)有关的词,进一步加强了上述的因果联系。显然,女主人公的名字博迪(Bodey)只是"身体"(body)的误拼,而她的对手是一家"合体"(incorporated)公司:② "法律宣布克莱尔肥皂和化学公司合为一体:一个独立,完整的法人……一个虚构的个体,看不见摸不着,只在法律条文里存在。"(158)鲍威尔斯用大量的篇幅描写了公司发展成为合体企业和 19 世纪末的法律象征的历史,因为他把这个历史看作个人权利到商业公司的转变过程。将两条叙事线索并置,既是要说明公司主体(corporate body)和个人之间互相需要的关系,又是要阐明公司主体成为消费者个人致命威胁的过程。杀害劳拉·博迪的不是某一个化学制品,也不是一系列产品,而是作为社会形式存在的化工公司。

小说围绕"身体"(body)的文字游戏表明,两条叙事线索

① 布鲁斯·鲍尔(Bruce Bawer)[《不良公司》("Bad Company")] 和杰弗里·威廉姆斯(Jeffrey Williams)均讨论过《收获》中的倒叙技巧 [《最后一个全才作家:鲍威尔斯采访录》("The Last Generalist:An Interview with Richard Powers"),11]。

② 斯科特也讨论过这种文字游戏(38)。

并不是简单的对立关系。如果"身体"作为隐喻将公司和个人联系了起来，那么，癌症恶化的隐喻同样适用于揭示二者关系的本质。例如，博迪的癌症在手术和化疗之后复发并扩散，而克莱尔公司经历了经济萧条、集体诉讼和几乎使公司破产的内部危机之后继续发展壮大。它从 19 世纪初的家族企业发展成了 20 世纪末的跨国集团公司，甚至连支付赔偿金也是为下一步发展做铺垫。博迪的孩子在其死后收到克莱尔公司集体诉讼的赔偿金，几年后，博迪的儿子蒂姆进入计算机行业，参与一款软件开发，他们想用这款软件来预测甚至控制某些蛋白质序列，创造一个"人体细胞中的化学物质集合体"（355），进而治疗癌症。为了把这款软件投入使用，他和几个朋友决定用积蓄开一家"合体"公司。多番努力后，他们用从克莱尔公司得到的赔偿金成立了另一个公司，开发产品治疗克莱尔公司导致的癌症。虽然他们有可能治愈癌症，但却导致另一种癌症恶化，那就是"合体"公司这个毒瘤本身，所以，小说的结尾就显得既乐观又悲观。

由于鲍威尔斯从产品和结构两方面将跨国公司塑造成一种致命风险，有些评论家就指责他"攻击公司化的美国"［参见考德威尔（Calwell）《香皂盒上》（"On the Soapbox"）第 4 章；卡图塔尼（Katutani）《公司城的繁荣与痛苦》（"Company Town's Prosperity and Pain"），E6］。其他人则认为，他对资本主义企业的描写还是带有很多赞扬和肯定的成分的［科恩（Kirn），103；威廉姆斯（Williams）《问题》（"Issues"），第 13—14 段］。出现上述分歧的原因是，鲍威尔斯——尤其是在小说前半部分——是从消极和积极两个方面思考风险问题的：风险不仅是危害，也是机遇，正如人们在期望获利时，会接受某些不确定的危害一样。比如，克莱尔公司的一个元老就"从事棉花、槐蓝和碳酸钾生意，但其实这些都是有风险的生意。利润等于不确定因素与距离的乘积。风险越大，利润越高"（10）。克莱尔公司的先辈们克服经济危机和各种挫折的种种努力、他们锲而不舍的精神、无穷的创造力和高超的技能，等等，保证了他们的成功，对于这些，鲍威尔斯确实是以欣赏的语气叙述的。但是，随着家族企业发展成股份公司，他的态度也似乎出现了转变，这主要是因为，此时的公司不必遭受之前必须承担的风险却能继续盈利。鲍威尔斯在小说中极力强调"有限责任"这个概念："如果第五条和第十四条宪法修正案能应用到每一个人身上，如果企业是法律意义上的一个个体，那么，克莱尔肥皂和化学制品公司就可以享有宪法赋予给每个公民同等的权益，这也就意味着，没有一个股东可以对这个受法律保护的个体的行动、债务和过失负责。"鲍威尔斯还从安布罗斯·毕尔斯（Ambrose Bierce）的《魔鬼词典》（*Devil's Dictionary*）中引用其对"公司"的定义："一个无需负个体责任就能获取个体利益的独创性机构。"（159；威廉姆斯《问题》，第5段）面临风险并且积极应对的公司在本书中得到了肯定，而免于风险责任的公司成了他们产品消费者的威胁。

　　德里罗笔下充满了神秘而危险的化学物质，而鲍威尔斯《收获》中的化学风险则不同：它并非由具体的化学物质造成，而是由类似于托马斯·休斯（Thomas Hughes）所描述的一个复杂系统导致的。德里罗强调的是具有危害性的物质，这些物质的来源以及造成的后果，普通人很难发现和理解。鲍威尔斯则把焦点放在复杂的技术经济系统上，这个系统制造各种有毒物质，普通人根本不懂它的运作方式。事实上，就算懂得，也无法掌控它：小说结尾提到一位叫富兰克林·肯尼拔（Franklin Kennibar）的人，他是克莱尔国际集团的首席执行官，却难以对公司的重大事务做出决策。这些难以理解和掌控的系统才是《收获》首要关注的风险，而家庭中存在的有毒物质，虽然有些可能会致命，但只居于次要地位。

　　在鲍威尔斯笔下，抵制这些系统是徒劳的，而在德里罗笔下，抵制更是难以想象的。在一次抵制克莱尔公司产品的电视直播节目中，博迪的女儿和她的朋友们公开烧毁该公司生产的化妆品。但是，抵制活动只有一时之效，即便后来对克莱尔公司旷日持久的集体诉讼，也只是迫使它重新改组了事，问题并没有根本解决。[1] 博迪死后不久，由于市值下滑，克莱尔就把它的农业分公司卖给了孟山都（Monsanto）公司。两年后，孟山都又将工厂迁到一个跨国工厂中，梧桐镇就此成了一个经济废墟。企业并购和全球扩张，使得抵制毫无意义。具有讽刺意味的是，小说中鼓励搏迪反抗的是她的前夫——唐，而搏迪和他离婚正是因为她难以忍受唐总是挖掘各种阴暗联系、喜欢揭露阴谋和秘密。搏迪说，只有唐知道如何对她癌症的诊断和治疗提出正确的问题，只有他会研究药物的医疗背景，找出克莱尔公司与她癌症的关系，并鼓励她参与集体诉讼。他不知疲倦地搜索精确全面的信息，是唯一一个了解相关风险知识，并且成功抵制克莱尔公司的人。[2] 但是，他所取得的成效对庞大的系统毫无影响，小说从头至尾都没有让人看到一点能够改变系统的希望。相对于克莱尔集团复杂的全球系统，个人和小团体都显得力不从心。

虽然《收获》以十分成熟的观念讲述个人在抵抗和理解全球网络时无力无助的故事，但它的叙事结构却不具说服力。鲍威尔斯的叙事策略实际上表明，不管小说人物在对抗全球企业时遇到什么样的困难，读者都只能按照"无所不知"的作者为他们所呈现的样子来解读。小说两条主线的设计造成了这种分裂：历

---

① 威廉姆斯说小说缺乏"乌托邦式的前景"，认为鲍威尔斯的政治计划很"温和"，但同时也赞扬他避开了"僵硬的政治判断"（《问题》第13、16、14段）。此外，布尔（Buell）指出该小说"连堂吉诃德式的抵抗努力都没有"（《写作》，290），同时指出，作者至少通过审视企业对本地和个人身体上的影响，来质疑企业的霸权本性（56）。

② 我对人物唐的解读与汤姆·勒克莱尔（Tom LeClair）不同。他认为小说是反对唐的"偏执狂风格"的［《无限求新的鲍威尔斯》（"Powers of Invention"），35］。唐的形象其实比勒克莱尔所说的要正面得多，这也可以从鲍威尔斯通过唐说的话中见出：人类活动已经征服了地球，把它逼到了崩溃的边缘（353）。参见鲍威尔斯与杰弗里·威廉姆斯谈话中对该场景的评论："这一点，小说人物无法认识到，但对我来说，它是本书的情感内核。"

史部分让读者详细了解了跨国公司的发展、作用以及它们与风险情境的关系，但博迪和其他角色对此却懵然不知，尽管他们偶尔也会接触到该公司一些零散的背景信息。他们大多通过第三方叙述（广告片段、公司的自我宣传和克莱尔公司散乱的档案文件）来了解这家公司。之前提到过，这些信息与克莱尔国际集团公司发展壮大的历史相比，与该公司对环境和公众健康的危害相比，实在是微不足道，这不能不说是作者双线叙事策略的瑕疵。

就叙事技巧而言，鲍威尔斯显然受到约翰·多斯·帕索斯、詹姆斯·乔伊斯和阿尔佛雷德·都柏林（Alfred Doblin）等现代主义都市小说家的影响，也受到约翰·布伦纳的《站立在桑给巴尔岛》和大卫·布林《地球》的影响，即把现代机构和媒体的"真实"话语片段插入虚构故事。① 这种技巧起初是用来表现现代都市中语言五花八门与杂乱无章情形的，现在转而用于描述跨国集团，这种转变本身就不合理，因为鲍威尔斯的最终目的不是展现消费品的多样性，而是揭露潜藏在日用消费品背后的危害。不管这些高度现代化的语言片段本身能起什么效果，一旦它们被插入小说当中，这些效果就消失殆尽，因为小说从全知视角为读者提供"最重要和最权威"的信息，这些信息在《曼哈顿中转站》（*Manhattan Transfer*）、《尤利西斯》（*Ulysses*）或者《柏林亚历山大广场》（*Berlin Alexanderplatz*）中都是见不到的。上述语言片段在诸如《站立在桑给巴尔岛》或《地球》等现代与后现代小说中所引起的诧异和迷惑，《收获》没有给人这种感觉，因为后者的叙事模式为读者提供语境和方向，并对情节进行控制，于是，表面上的拼贴式叙事便有了井井有条的秩序。

在小说后的三分之一部分，鲍威尔斯又采用了一种不同的手法来描写克莱尔国际集团的运作。有些章节里，他在描述公司及

---

① 威廉姆斯简单地提到过多斯·帕索斯和乔伊斯的影响（《问题》，第9段）。布尔也提到过帕索斯的影响（《写作》，55）。

其遍布全球的产品时，会对产品的某个方面来个"特写"。比如，他在描写一款消费产品———一次性相机时，不但讲了它的加工过程和材料，还追溯了它在全球的产地状况。这个文体新颖的片段旨在表达"一个我们都需要知道的观点：世界正稳步迈向一个新时代，在这个时代中，我们不需要对我们所用的物品有什么了解"（347）。这个片段向读者展示了一款产品是如何利用来自世界各地的原材料进行加工和生产，如何进行销售的，以此将消费产品观念化：

> 相机套上注明："中国制造，胶卷来自意大利或德国。"胶卷成分来自地球各地，一张照片根本不能拍下那么多。卤化银、金属盐、漂白定影剂等成分和零部件分别来自俄罗斯、美国亚利桑那、巴西，还有来自海底的。装在袋中的相机是真正的国际化产品：来自西北太平洋和东南亚平原的树木，加拿大秸秆和回收利用的剩余木材，韩国的黏合剂，澳大利亚、牙买加和几内亚的铅土。墨西哥湾的原油或北海的布伦特混合油运往中国台湾，在那里制成塑料，最后在中国大陆制成塑料模型；辰砂是西班牙的；合金和钛是南非的；闪光材料印有马来西亚标志；电子零部件来自新加坡；设计源于纽约；组装和运输由加利福尼亚某个巨型船队完成。这时，这个现存最大最复杂的合作才算完成。（347—348）

这个集全球之力生产的产品就放在劳拉·博迪医院病床的抽屉里。实际上，这是一个死亡象征，因为它出现在博迪生前最后一幕之后。但是，即使博迪在作者描述照相机的全球生产过程时还未死，就算她手里拿着这个照相机，她也听不到这个信息了。照相机只是个成品，主人公在它身上除了能看到说明书上的警示和免责声明外，看不到它的过去，但在读者眼中，它是典型的运用全球原材料制造而成的国际化产品。有趣的是，人类对相机的设计、研究和生产组织过程,作者只是在前几章一笔带过,用语缺少曲折动词和被动结构,这更凸显了作者对生产中介的忽略:这个物体似乎是在读者眼前自行完成组装的。这种描写方法实际上是对全球资源浪费的控诉,而不是对资本主义剥削劳动力的批评:"整个工程的浩繁壮大被刻意忽略了。劳动力、材料、组装、海运、销售定价、企业的日常管理费用、保险、国际关税——所有这些加起来的费用还不足 10 美元。世界把它自己亏本卖给了我们,直到我们再也支付不起为止。"(348)

追溯从光合作用到成像过程——从砍伐"曾经为阳光而生长的树木"到制成硬纸包装盒,从成像到忘记怎么来的胶片的全过程,鲍威尔斯在这一部分写得十分精彩,既有成熟的观念,也有对工业领域娴熟的知识,抒情味十足,但是,作为整体叙事结构的一部分,问题就来了:这就类似于两条主线交替叙述,偶尔穿插一段公司宣传片段,又突然将克莱尔作为成长小说的主人公一样,追溯它的传奇故事。[①] 这些手法为读者创造了一个虚构的世界,在这个世界里,个人带有深深的全球资本主义网络印记,不断受到这个网络的威胁,却又离不开这个网络,人们无法认识和理解它,更不用说对抗它了。令人感到惊奇的是,对个性、隐私和自由这些基本概念的挑战,却没有带来读者阅读过程的不悦。作品以详实的细节,反映个人和当地社区无法理解或控制影响他们生存的公司魔力,但勾画这幅全景图叙事者却对公司发展历史和地理变迁等信息了如指掌,他的话语简单易懂,完全不担心读者不能理解他的意思或是不能将各种信息联系起来。这种叙事技巧和德里罗的相去甚远。德里罗惯用巧妙的讽刺,挑战读者的现实主义观念和他们对现实的看法,就像小说中的风险情境对于人物的挑战那样。鲍威尔斯的叙述手法与巴勒斯和品钦的

---

① 斯科特指出,鲍威尔斯"对克莱尔公司的编年史的描写,更像是一部生命故事,而不是公司的发展历史"(38)。

也不尽相同，尽管鲍威尔斯被认为是后两位文学大师的接班人。巴勒斯、品钦、凯西·阿克（Kathy Acher）笔下的人物，常常受困于各种难以理解，又无所抗拒的力量和机制，但这几位作者从来不会让读者觉得，主人公可以在全知叙述者和现实主义叙述的帮助下把控自己所处的世界。他们不断挑战读者自身的认知策略和可能有助于他们理解全球联系的语言能力。相反，在《收获》中，叙述者信心满满，以为掌握全球化的真谛，语言复杂却也直白，这与小说人物在全球系统面前的无力无助形成鲜明的对比。从这个角度看，《收获》虽然在观念上做了精致复杂的安排，但其叙事形式却不尽如人意。

除了这种种差别，鲍威尔斯和德里罗都把小说人物置于充斥着各种风险的环境中，他们最大的挑战就是树立风险意识，在与风险共存中生存，乃至死亡。两部小说里，化学制品毒害都是主要的风险，它们模糊了身体与环境、家庭空间与公共空间、有益技术与有害技术之间的界限。正是在这些模糊界限之内，风险感知和风险评估的不确定性显得尤为突出。从美学上看，《白噪音》更有趣味，因为它用巧妙的讽刺，把不确定性比喻成"不可靠威胁"，这点我在之前讲过。《白噪音》能获得这种效果，是因为它把风险感知的概念限于个人和本土的范围之内。相对而言，鲍威尔斯则超出了这个界限，他通过全知视角，详细叙述复杂的全球经济技术系统，并认为这个系统才是风险之源。更重要的是，他展现了当地居民被一步步卷入全球网络并遭受"去地域化"的过程。但就叙事技巧而言，鲍威尔斯采用的是游离于地球之外的视角，如同60年代用"蓝色星球"（Blue Planet）图标反映地球全貌一样，而不是像世界主义理论家设想的那样，试图把这种视角与不同的观点和观念相融合，为读者塑造一个全球形象。我在第二章分析过布伦纳、布林和凯奇的作品。和他们一样，鲍威尔斯似乎意识到高度现代主义都市小说的叙事技巧有可能将不同观点融合在一起，但与这些试验性作家不同，鲍威尔斯并非从整体结构上运用这些技巧，更多是出于修饰目的。不过，鲍威尔斯将一个本地故事置于全球框架，呈现了各种跨国风险情境，这种手法必将引起重视，成为 21 世纪文学和艺术关注的中心。

第六章　回顾:切尔诺贝利事件和每一天

第一节　影响全球的切尔诺贝利事故

"然后，第三个天使说话了，继而一颗大恒星像一支火把一样燃烧着从天堂坠落，落到了三分之一的河流上，落在了河流的源头里。这颗大恒星名叫苦艾（Wormwood）。三分之一的河流也成了苦艾，许多人都被河水苦死了。"《约翰启示录》（8：10—11）预测的场景在 1986 年 4 月 26 日有了崭新的意义。这天清晨，乌克兰普里皮亚特镇的切尔诺贝利（Chernobyl）核电厂 4 号反应堆发生爆炸，把一缕缕的放射性烟尘射向空中。乌克兰语中"切尔诺贝利"（地名）就是"苦艾"（植物名字）的意思。事件发生后，这种巧合经常被人提及，苏联和世界各地的人们都觉得它预示着现代技术末日的到来。科学家和作家抓住"切尔诺贝利恒星"（Chernobyl star）大做文章，旨在告诉读者，巨大的灾难随时可能发生，其严重后果十分诡异，看不见摸不着，难以预料。这种千年预示（millennial reference）是对戈尔巴乔夫政府延误、阻挠和歪曲信息做法的有力回击，因为该政府不久前刚宣布推行政策"公开化"（glasnost），其做法在这次灾难中完全相反。

苏联科学家曾断言，发生类似灾难的概率极小，一万年才会遇到一次。在全国和国际社会的压力下，事故原因渐渐浮出水面。① 极具讽刺意味的是，爆炸前 24 小时，工厂操作员进行了所谓的安全检查：调查在动力失效的情况下核反应堆还能提供多长时间的涡轮动力。检测发现 RBMK1000 号反应堆有设计缺陷，安全程序不到位，操作员完全违反安全规定，认为这些会导致核能时代的重大事故。200 多人遭到辐射，31 人——大多是到达现场的消防员，受辐射致死，近 11 万 6 千人从附近地区撤离。② 爆炸产生的放射性烟云最先被风吹到西北部的拉脱维亚、立陶宛和斯堪的纳维亚地区。接下来的几天，气流先把放射性物质带到西方的波兰、奥地利和德国、瑞士、意大利和法国的部分地区，然后带到西北方向的德国其他地区、荷兰和英国，接着又带到东北方向的俄罗斯上空。当地的气候条件严重影响不同地区的受害程度。雨水把这些放射性尘埃物带到地面上来。总之，20 多个国家 4 亿多人受到切尔诺贝利放射性尘埃的影响，甚至连遥远的美国也检测出放射性物质。

切尔诺贝利事件变成了一个实实在在的跨国风险情境，不但放射性尘埃跨越了国界，这次事件的各类信息也在全球泛滥。最初报道这次事故的并非苏联，而是瑞典。瑞典当局 4 月 28 日检测到国内辐射水平上升，开始调查其原因。作为回应，戈尔巴乔夫政府在全国人民面前向国外政府发布了这条消息，而国内部分地区的人民还是从国外媒体获知这个消息的。危机期间，东欧和

---

① 我的简单介绍参考了《回到切尔诺贝利》一书，以及梅德韦杰夫（Medevedev）[《切尔诺贝利事件真相》(*The Truth About Chernobyl*)]、盖尔（Gale）和豪瑟（Hauser）的作品 [《最后一次警告：切尔诺贝利遗产》(*Final Warning: The Legacy of Chernobyl*)]，还有莫尔德 [《切尔诺贝利报告：切尔诺贝利灾难的绝对历史》(*Chernobyl Record: The Definitive History of the Chernobyl Catastrophe*)] 和瓦尔格 [《切尔诺贝利：综合风险评估》(*Chernobyl: Comprehensive Risk Assessment*)] 详细的技术报告。

② 最初估计有 135000 人撤离，而且这个数据仍然被许多事故报道引用。根据莫尔德的报告，数字后来做了修改，变小了（103）。

西欧主要依靠新闻媒体获取事故的最新进展，并通过媒体指导人们如何预防核辐射。各国的预防措施并不相同。有些国家建议人们涂碘酒，防止甲状腺摄取放射性碘；有些国家告诫人们停止户外活动；有些建议停止使用新鲜食物，比如牛奶、蔬菜；还有一些则要求销毁部分已成熟的农作物，比如生菜、卷心菜。随后几周，该做什么，不该做什么，众说纷纭，人们对于放松还是终止以上安全措施，莫衷一是。措施千变万化，使得受灾群众对灾难程度无从了解，也不知道该做些什么。这引发了广泛且不同的文化反响，恐惧、谣言、家庭偏方到调侃，不一而足。在不同的文化背景下，切尔诺贝利事故显示出风险情境会有不同的理解，会被社会文化塑造、放大或者缩小。

　　一个灾难牵涉错综复杂的技术、政治、媒体和国际关系诸领域，由它产生的一系列影响波及几个地区甚至全球。正如贝克所说，这次灾难是诡异而又典型的风险事例，是构成20世纪末21世纪初风险社会的典型特征。事故超越了国界，爆炸带来的放射性尘埃确实影响到了不同背景的人和社区，影响程度完全由气流和气候决定，与国界或社会地位无关。贝克在切尔诺贝利发生事故之前就完成了他的《风险社会》的写作。根据他写于1986年5月的《前言》，这次灾难将他对未来的预测变成了对严酷现实的思考："有关工业/风险社会的话语……充满着残酷的真实性。许多我仍必须在文中提倡的观点——灾难的无法感知性、其对知识的依赖、跨国性、'生态剥夺'、从常态到荒诞的转变等——读起来就像是切尔诺贝利事故后的真实写照。啊，这就是我们要防止到来的未来！"（《风险社会》，10—11）

　　几年后，他再次强调，这次事故是风险社会的标志性案例："进入风险社会的标志是：当现代社会认定并制造的风险渐渐破坏或取消福利社会现有的风险评估安全体系之时……举个简单的例子：切尔诺贝利事故的受害现在到处都是，许多年以后还会有，甚至有的还没出生呢。"（《世界风险社会》，76—77）

　　从其影响范围和受害人数上看，切尔诺贝利灾难正是一些理论家对技术风险做出的最可怕预测的真实写照，它还迫使人们在几年之后追问：这种千年一遇的灾难怎么就变成了人们日常生活和意识的一部分？许多以该灾难为主题的文学作品都涉及类似问题。当然，大多数主要描写当地居民和救助工作者的命运，他们有的直接受辐射侵害，有的在爆炸之后撤离家园。作品形式多样，包括民谣、诗歌和戏剧。弗拉基米尔·古巴耶夫（Vladimir Gubaryev）的戏剧《石棺：一出悲剧》（*Sarcophagus*：*A Tragedy*，1987）、俄罗斯流亡作家茱莉亚·沃兹内森斯卡亚（Julia Voznesenskaya）的小说《切尔诺贝利之星》（*The Star Chernobyl*，1987）、美国科幻小说家弗雷德里克·波尔（Frederick Pohl）的《切尔诺贝利》（*Chernobyl*，1987）和乌克兰裔美国小说家艾琳·扎比托克（Irene Zabytko）的《未洗净的天空》（*The Sky Unwashed*，2000）等典型作品浓墨重彩，揭示灾难如何破坏人们的日常生活，颠覆人们的预期和想象。① 一些小说将重心放在描写个体如何通过媒介体验风险，如何努力去理解风险的后果，并试着用语言和文学形式将他们的理解表达出来，这些小说所承载的文化和语言问题，令人颇感兴趣。东德小说家克里斯塔·沃尔夫（Christa Wolf）的《意外：一天的新闻》（*Accidents*：*A Day's News*）和西德作家加布里尔·沃曼（Gabriele Wohmann）的《笛声》（*Sound of the Flute*），均发表于1987年，提出个人该如何在全球化环境下生存的问题，因为在新的环境下，风险超出国界，又不能被人的感官所感知，而传统的语言和社会机制又毫无助益。由于这些局部或全球风险情境难

---

　　① 对这些文本的调查研究可参考科诺内科（Kononenko）[《杜马赞同切尔诺贝利：旧体裁，新题目》（"Duma Pro Chornobyl：Old Genres，New Topics"）]、万斯（Weiss）[《从广岛到切尔诺贝利：核时代的文学警示》（"From Hiroshima to Chernobyl：Literary Warnings in the Nuclear Age"）] 等。鲁德夫（Rudloff）评述了一些关于这个主题的德国文学作品，但没有提到沃曼的作品。

以用传统语言和常理来解释，因此，回答这个问题就需要新的叙事方式、策略和内容。

在沃尔夫和沃曼的小说中，主人公都受到了意想不到的来自远方的威胁。不管是他们自己还是政府，都无力采取任何行动去抵抗它，他们不得不开始反思自己的居住和生活方式。沃尔夫描写了主人公得知切尔诺贝利事件后陷入极度震惊的一天；沃曼的故事则围绕几个不同性格的人物展开，描写了灾难在此后几个月里对他们的影响，因为他们的风险意识随着时间的推移而逐渐强烈。尽管两部作品的视角、范围和风格不同，但它们都探讨了以下三点。第一（也是最主要的），人们日常生活节奏是如何被跨国环境危机打破的，以及人们该如何在灾后继续生活。第二，探讨了切尔诺贝利等事件改变个体与本土关系的过程以及个人去地域化的经历，因为影响人们习俗的文化实践脱离了本土。这个问题，我在第一和第四章做过理论阐述。第三，小说人物已远离本土，在这个高度现代的社会，就社会和情感联系而言，他们经历的是与本土的去地域化过程。他们与本土的关系起到隐喻的作用，代表的正是两部小说人物的风险体验。环保主义者和生态批评家呼吁人们树立"地方意识"，但随着全球化的快速发展，环境危机与日常生活的关系迫使我们重新思考"地方意识"这个概念。沃尔夫和沃曼的小说表明，没有跨国关联性（transnational connectedness）意识，所谓的"地方意识"是不可思议的。

第二节　危机:克里斯塔·沃尔夫的《意外:一天的新闻》

沃尔夫的故事发生在一天之内。那天，媒体首次报道切尔诺贝利事件（大概是 1986 年 4 月 28 日）。女主人公从她的视角，以第一人称叙述故事。她是位上了年纪的作家，居住在当时东德梅克伦堡省的一个村庄。她这天像往常一样做饭、照顾花草、和邻居交谈、骑车、打电话、看书、听广播以及看电视。但从早到晚，她也一直想着切尔诺贝利事件，这个看不见却致命的灾难，这和她平淡无奇的生活形成了鲜明对比。这天，她哥哥要做脑肿瘤切除手术，她好几个小时都焦虑不安，脑子里充满了手术繁杂的步骤和可能的后果，直到她嫂子打电话来报平安。在等待手术结果的过程中，她一直在看切尔诺贝利事件的电视报道，越看越害怕，越看越气愤。当看到媒体教大众如何避免辐射时，她又开始担心他们的村子也遭了灾，想到邻居们一副满不在乎的样子，她的气就不打一处来。一整天，她都在思考，人们对技术的痴迷，对自然和人类生活的藐视，到底是源于哪种文化，是怎么进化而来的？都是因为这些，才导致了切尔诺贝利这样的大灾难。直到这天快结束时，她才从约瑟夫·康拉德的殖民主义小说《黑暗的心》里找到了一丝安慰，因为书中强调，昔日的英国也曾是一个"黑暗的地方"。

沃尔夫对核技术及其文化根源的描写吸引了广大科学家和技术专家的热切关注。1988—1990年间，几十名科学家和知识分子在科学杂志《光谱》上围绕《意外》展开争论，东德的社会科学院多次举办公开辩论会，这是一场科学与文学的直接对话，具有特殊性。① 充满火药味争论的焦点围绕沃尔夫对核能的描写是否具有科学精确性和政治意图。许多科学家和工程师认为沃尔夫在小说中对核技术的抵制毫无说服力，但也有些人同意她的一些评论，有些为核能辩护：他们认为，即使使用煤这种替代能源，火电厂的风险又该如何应对呢？相反，科学家很少关注小说中先进的神经外科技术。倒是文学评论家经常对这种情节的

---

① 《光谱》杂志发表的文章、沃尔夫与科学家的通信以及各类争鸣文章结集出版，取名为《盲目：有关灾难的辩论》（Verblendung：Disput über einen Stöfall），该书随后成为小说再版时的附录，连同小说一起出版。

"分叉"现象展开评论, 认为两条线索共存反映的就是毁灭性和创造性、致病技术和治疗技术共存的事实 [勃兰兑斯 (Brandes)《插入盲点: 沃尔夫〈意外〉的乌托邦与反乌托邦因素》("Probing the Blind Spot: Utopia and Dystopia in Christa Wolf's *Störfall*"), 107; 艾赛尔 (Eysel)《历史、小说与性别: 沃尔夫〈意外〉叙事干预的政治学》("History, Fiction, Gender: The Politics of Narrative Intervention in Christa Wolf's *Storfall*"), 293; 赫贝尔 (Hebel)《文学中的技巧与技术》("Technikentwicklung und Technikfolgen in der Literatur"), 43; 考夫曼 (Kaufmann)《走向黑暗之心: 评沃尔夫的〈意外〉》("Unerschrocken ins Herz Finsternis: Zu Christa Wolf's *Störfall*"), 256; 玛根瑙 (Magenau)《克里斯塔·沃尔夫传》(*Christa Wolf: Eine Biographie*), 346; 雷伊 (Rey)《黑夜中的一抹光亮: 沃尔夫的新人类学》("Blitze im Der Finsternis: Die neue Anthropologie in Christa Wolf's *Störfall*"), 375; 万斯 (Weiss), 102]。一眼看去, 这种解读似乎很合理, 因为这种二分情节设置使可能致癌的工业事故和移除危害生命的肿瘤切除手术构成了鲜明对照, 但我认为这种简单的二分法对《意外》的情节展开没什么实际帮助, 单纯地将小说看作对核技术的控诉, 也是完全不合理的。因为这一天的大多数时候, 叙述者既在担心核辐射的扩散, 又在焦虑她哥哥的外科手术, 同时还不断衡量这两种风险哪个更大。她一方面在想怎样才能免于放射物质的危害, 一方面又担心她哥哥的脑肿瘤没切除干净, 或是手术后丧失了视觉或嗅觉, 又或者脑部损伤, 使他性格突变, 或者更糟的是, 脑下垂体损伤使他永远丧失智力和运动能力。总之, 这一天大多数的时间, 她都在想着两种风险可能带来的严重危害。

于是, 小说的大部分情节并不是在对比有益技术和有害技术, 而是在对不同风险进行比较。叙述者、她哥哥、嫂子对脑手术的风险一清二楚, 他们和医生详细讨论过, 认为成功率较高,在完全知情的情况下自愿接受手术。外科手术的风险完全是个人的，因而它不会对主人公哥哥之外的任何人造成危害。相反，切尔诺贝利事件的消息传到叙述者耳朵里时，她完全震惊了：当意识到她和她的小村庄会因数百英里之外的一桩事故而受到威胁，而她对这一事故又一无所知，她感到心烦意乱，生活全乱了，她对自然和自己身体的认知也被颠覆了。相比较大规模的放射性污染，脑部手术的风险对她来说更平常、更容易理解，因为它是具体的、可见的、自愿的，后果也是可以预料的，它发生在一个可以接触到的，并且有情感共鸣的人身上。但在切尔诺贝利事故中，她和谁去产生情感共鸣呢？31 位死者，还是媒体报道的数千位撤离者？当然，从更广的范围看，叙述者和她的邻居都可以算作受害者。因此，一种是本地的自愿接受的风险，其后果是可以预测的，另一种是地区的、大众的、不可感知的、被强加在身上的风险，其后果无法完全预测，小说正是对这两种风险进行对比。从某种意义上说，这是对风险感知进行小说化的探讨，其中许多方面，如我在第四章论述的那样，已被风险专家研究过。

　　小说中脑外科手术比核技术看上去更"温和"，并不是因为它能治愈疾病，或者手术会成功（当然也可能不成功），而是因为叙述者在她所处的文化环境中获得的概念、范畴和情感等知识，使她足以应对手术风险，但这类知识却不适用于应对大规模、远距离、危及大众的核能灾害。尽管没有受过专业医学训练，叙述者也能详细地描述人脑构造，设想手术的步骤，如用什么锯子来开颅，怎样拨开脑叶到达其下层组织，考虑可能出现的意外、后果、她哥哥术后的感觉等。相反，面对切尔诺贝利如此规模的灾难，普通人是没有应对的"语言"的。她有一次说道："于是，母亲们坐在收音机旁学习新单词。贝可……半衰期是她们今天学到的新词。碘酒 131。铯。"（27）① 之后她又说："物

① 页码是英文版《事故》的页码，英文版由施瓦兹鲍尔和塔克沃莱恩翻译。

理学家继续用费解的语言和我们交谈。'十五毫雷姆一小时'是什么意思?"（41）叙述者可以毫不困难地想象她哥哥的手术和恢复，但对核风险，她连最基本的知识都不懂。

核风险情境的复杂性不仅体现在复杂的科学概念上，也表现在它为一些非科学话语注入了双重含义和讽刺意味，这些话语范围甚广，有普通的，也有抒情的或是宗教的。例如"辐射或放射"（radiation）正是这类词，它既可以指致癌的放射性也可以指放射性治癌过程。叙述者多次提到这种令人感到不舒服的一词多义现象，有一次她说："璀璨的天空。现在不能这样讲了。你的医生可能会告诉你，人体组织学发现不用放射性治疗我们也可以治疗疾病。"（21—22）还有一次，她把一首布莱希特（Brecht）的自然诗与核技术联系起来："《哦，天堂，万丈光芒的蔚蓝》放射的原理是什么，它的最快和最慢速度各是多少?"（9）在这两个例子中，起初对自然的赞美词在核灾难后蒙上了不祥的意味，叙述者因而开始思考，自然诗与现代的关联性是否又多了一层："《奇妙的大自然照耀我》! 兴许怎样处理储藏大量自然诗的图书馆不是现在最紧要的问题，但它仍是个问题，我想是吧!"（37）。

小说中还频频出现"云"（wolke）这个词和一系列类似的双关语、关联词。它在文中主要指从切尔诺贝利往西部地区移动的一缕缕放射性烟雾。叙述者有一次说道："称之为'云'，说明我们的语言跟不上科学的进程。"（27）她怀念起祖母的时代，那时的云指的是水汽的凝结。当收音机读到一段耶稣乘云升天的经文时，她苦涩地笑了笑。云在诗歌中象征洁白无瑕，这使她想到："可是现在……我倒要看看哪位诗人敢为人先，竟然歌颂起白云! 我们情感世界中的云，现在是完全不同的东西了，我们的感受完全变了。想到这，我竟然不怀好意地笑了：那些赞美白云

的诗歌都成了过往。"(50)① 叙述者强调自然诗歌已消亡,这更
说明传统的抒情语言与切尔诺贝利时代已格格不入,无法表现出
新的含义。

　　除了传统诗歌语言过时之外,《意外》还强调人们的日常话
语体系和普通经验模式的不足。该小说的评论者经常提到,叙述
者——也包括沃尔夫本人——把家庭的、田园的和日常生活与科
学、技术和专业知识对立起来 [勃兰兑斯,111;玛根璐,374;
纳留斯基 (Nalewski) 《紧急情况: 〈意外〉》 ("Ernstfall:
Störfall"),284—285;威斯特 (West) 《沃尔夫阅读康拉德:比
较 〈意外〉 与 〈黑暗的心〉》 ("Christa Wolf Reads Joseph Con-
rad: *Störfall* and *Heart of Darkness*"),260]。小说前几页以大写
字母"重大新闻"(DIE NACHRICHT),借指切尔诺贝利事故,
显然是对传统叙事模式的视觉颠覆。② 小说一直在讲述主人公的
日常活动,如做饭、打扫卫生和做园艺——这使得一些早期的评
论家认为这本书太琐碎无趣,他们抱怨,难道沃尔夫在如此重大
的灾难面前就没有更重要的事要做吗?我认为这恰恰是抵御风险
威胁的一种方式。③ 不论是斥责沃尔夫"无聊琐碎"的评论家,

---

　　① 勃兰兑斯 (Brandes) 分析沃尔夫的双关语"云"(Wolke) 时写道:"云"
作为一个理想概念,就是布莱希特《忆玛丽》("Erinnerung an Marie A") "诗歌中的
白云"的梦幻象征。这里的云指的是纯洁飘逸,像乌托邦理想一样,远离现实世界,
令人感伤不已。参看萨尔曼 (Saalmann) [《有效的亲和力:沃尔夫的 〈意外〉 与康
拉德的 〈黑暗的心〉》("Effective Affinities: Christa Wolf's *Störfall* and Joseph Conrad's
Heart of Darkness"),242—243]。

　　② 几位评论家提到过,这是沃尔夫对其早期作品的引用之一。在她的小说
《分裂的天空》(*Der geteilte Himmel*,1963) 中,大写的"消息"一词指的是人类首
个太空人尤里·加加林的消息,象征着"社会主义和技术进步能结合在一起"的乌
托邦希望。沃尔夫在讲切尔诺贝利事故时引用它,用同样的手法表现的是乌托邦希
望的破灭 [勃兰兑斯,107;福克斯,472;玛根璐,344;纳留斯基,274;温纳德
(Winnard) 《分离与变形:沃尔夫的 〈意外〉》("Division and Transformation: Christa
Wolf's *Störfall*"),72]。

　　③ 参见勃兰兑斯对这些评论的讨论 (111)。

还是为其辩护的人，都没有意识到，叙述者在不断质问，日常方法是否可以用来对抗非比寻常的风险。她不止一次地承认，本地的日常生活是不能脱离全球科技发展的语境的，即使是在梅克伦堡的一个小村庄也不例外。

放射性污染充分表明，不论是自然的还是家庭的，都与全球的技术发展密不可分。即使是家庭种植的食物都会威胁家人的健康。即使亲自为种植的生菜、菠菜和豆瓣菜培土，即使惊喜地发现西葫芦幼苗发芽，叙述者还是意识到，家里的蔬菜不再安全了，因为它们会受到辐射毒害（20）。实际上，与土壤接触都有风险——叙述者听到收音机里在警示人们尽量不要干农活，如果非做不可就一定要戴上橡胶手套。起初她不听劝阻，仍光着手拔草，嘴里还哼着"欢快的胜利号角"（25）。在接下来的几页里我们看到她还是戴上了手套，尽管她还有点不以为然，也没有直接道明戴手套是因为要拔荨麻还是因为她最终接受了收音机里的劝告。无论如何，这条警示表明，虽然当地人过着简单的乡村生活，与大自然积极接触，并且爱护自己的家园，他们不仅逃离不了风险危害，他们的生活方式本身还成了危害的根源。

当她开始了解这种新的风险时，她意识到，她与高危技术设计者存在差别，这主要在于他们对自然的关心和爱护程度不同："突然，我开始怀疑，这些恐怖技术的始作俑者有没有过一次与土壤亲密接触的经历：亲手将种子放进土里，指尖沾上些泥土，然后慢慢观察它们发芽，看着它们长大，这样坚持几周，几个月。"（20—21）

但是她很快想到，这样简单的对比并不合理："我很快就认识到自己的错误，因为大家都听到过或看到过，辛勤工作的科学家和技术员一般都会在院子种花弄草，放松身心。这说的只是老一辈的科学家吗？现在可是新一代的科技人员管事，种花弄草对他们来说过时了吗？我一定要立个清单，把科技新人不知道的活动和乐趣列出来。但这么做为了什么呢？老实说，我也不知

道。"（21）

　　这番话清楚地表明，叙述者在科技面前退让了，因为寻找一个不受科技污染的普通领域的努力，从一开始就注定是失败的。然而，数页之后叙述者又开始了这个想法，并且草拟了一个活动列表：

> 　　表上列举了科技人士大概从来没做过的事情，即使强迫他们做，他们也觉得是在浪费时间。活动包括：换尿布、烹饪、带着大孩子或坐婴儿车的孩子购物、洗衣服、晾晒、收衣服、叠衣服、熨衣服、补衣服、扫地、拖地、地板抛光、吸地板、除尘、缝纫、织衣服、钩编、刺绣、洗碗、洗碗、再洗碗、照顾生病的孩子、给孩子编故事、唱歌。做这些事时，有几件我会认为是浪费时间呢？（31）

这次有力的退让，并不是要强调男性科学家该做习惯上认为是"女人的事"，如做家务、整理院子，或者带孩子，而是表明，本书的女作者也许自己也像她批评的那些科学领域里的人一样，几乎不做家务。由此可见，远离生活中最普通的事情并不一定具有破坏性，正如沉浸其中也并不总是良好的一样。①

　　叙述者认为，除科学家外，普通公民也要对切尔诺贝利事件负起"共同责任"（Mitverantwortung）。按照这个观点，任何用日常活动替代致命技术的尝试都没有意义了。她频繁地提到纳粹

---

　　① 卡琳·爱赛尔（Karin Eysel）在评论该清单时认为："性别角色——也就是说，按照传统，把日常琐事交由女性完成，把科学活动交由男性完成，导致日常活动和科学之间的分裂。这种分裂是沃尔夫关注的核心。"[《历史、小说、性别：沃尔夫〈意外〉叙事干预的政治学》（"History, Fiction, Gender: The Politics of Narrative Intervention in Christa Wolf's *Störfall*"），290] 安德鲁·温纳德（Andrew Winnard）也认为这个清单证明了小说中男性和女性、家务活动与科学活动的分裂（79）；另请参阅威斯特（West）（260）。他们都没有提到，作者列出清单之后，叙事者本人立刻就对清单里的日常琐事表示反感，表明作者对这种分裂持怀疑态度。

时代和"二战"时期,以此来强调普通民众在集体灾难中的共同责任:例如,她想起了一周前有一家人在她家附近聊天,愤怒地讲着妻子父亲的事:他在"二战"时"仅仅"是盖世太保的一个司机,但还是被捕了。当叙述者惊讶地发现以下问题时,这个事件与切尔诺贝利事件之间的相关性也显现了出来。她发现:"所有事物都像梦游者般缜密精确地结合在一起:大多数人渴望舒适生活,相信演讲者和穿白衬衫的人的言论,渴望和谐,害怕矛盾。有些人却自恃清高,渴求权力,唯利是图,肆无忌惮地窥探别人的隐私,私欲膨胀。"(17)

如果渴望舒适而不受打扰的生活愿望是导致大规模技术风险情境的因素之一〔雷奇切恩(Rechtien)《希望的原则抑或黑暗的心脏:沃尔夫的〈意外〉》("'Prinzip Hoffnung' Oder 'Herz der Finsternis'? Zu Christa Wolf's *Störfall*"),236—239〕,那就很难理解为什么渴望舒适的家庭和日常生活的愿望又能同时避免风险情境。固然,这可能只是小说考虑不周到的地方,想同时兼顾二者,反而导致顾此失彼。果真如此,这个缺陷就是系统性的:叙述者每次想用本地和家庭生活代替跨国技术和风险情境时,最后都不得不承认,全球技术和生态关联性十分紧密,根本无法分开。可能《意外》的某些段落使人联想到米歇尔·德·塞尔托(Michel de Certeau)的论点,即日常生活是抵御霸权的策略之一,但是,沃尔夫最终也没有德·塞尔托那样自信,不相信在一个全球工业和技术发达的世界里,这些策略能起很大的作用。

《意外》中,大众媒体将当地日常生活与外界政治、经济、技术和生态网络联系在了一起。如果没有这些信息和通信技术,村民们甚至都不会知道有重大的灾难发生。叙述者本人在这一天的大多数时候都在听三洋晶体管收音机,晚上就换成看电视,继续关注灾难报道,这也引发了她那些直接的政治批评。① 她不仅批评电台和电视台,还斥责控制新闻媒体的国家政府和科研机构,说它们虚伪,开空头支票,隐瞒重要信息。当她看不同频道的报道时,她都能想象到相关人士(多为男性)怎样对事故作出解释,尽是千篇一律的套话,再多看一会,她都能猜出他们回答记者问题的答案。只有一次例外:当看到一位电视记者向专家提问:是否能对高技术领域做出零失误的预测时,她错了:"我和记者都痛苦和惊讶地发现,这个挺随和的家伙没有直接把答案说出来。嗯,我们听到他说,在个新兴的科技领域,绝对无误的诊断是不存在的。新技术的发展过程中必须考虑到某些风险,除非人们完全掌握这项技术。"(102—103)

这个观点把叙述者的抵制情绪推到了顶点:"我非常清楚他们知道这点。只是我没有料到他们会真的说出来——就算只说这么一次。我脑子里在构思写一封信,我想跟别人说,核技术风险和其他(大多数)风险都不一样,一旦它有不确定因素,哪怕再细微,你也必须放弃这项技术。但我不知道该寄给谁,我大喊了一通后,转换了频道。"(103)

社会到底能接受怎样的风险?专家和大众就此的根本分歧就像新老传媒之间的冲突那么明显。专家从不知名的地点通过电视屏幕传播他的观点,而叙述者只能依靠手写书信这种陈旧的方式来表达她的抵触情绪,但她却不知道信该寄到哪里。在这个媒体网络时代,信息传播根本不用考虑地理位置。因此,专家和普通人对风险评估的意见分歧便与通信技术有关。通信技术用一种完全不同的方式来构建"地方"的概念,于是,切尔诺贝利事故所衍生出的一个最重要的问题是:在跨国间如此关联的语境下,

① 安德鲁·温纳德指出,选择使用日本收音机来播放核灾难消息,可能是要暗指日本广岛和长崎的原子弹爆炸事件,文中其他关于广岛和日本的信息也暗示了这个假设(安德鲁·温纳德,76—77)。

人们是否有可能只仅仅生活在"本地"？

　　认为切尔诺贝利事件极其罕见、"与其他风险都不可比"的观点，又使人对沃尔夫的小说产生更多疑问，因为在《意外》中，沃尔夫将这个事故与脑部手术、"二战"和康拉德《黑暗的心》中的殖民主义侵略相比较，遥远而不可感知的风险与本土看得见的风险之间的比较尤为突出。当然，这样说又低估了《意外》中"本土"概念的复杂性。事实上，不论是叙述者的哥哥还是她的女儿和孙子，都没有与她住在同一个地方。叙述者用第二人称称呼她不在场的哥哥，好像是在直接跟他说话，尽管他既不在她身边，当时也处于意识昏迷状态。她和嫂子、女儿，还有一位远在伦敦的朋友都是通过打电话交谈的。她那天至少打了8次电话。每次她打开收音机或是电视，她都希望看到核事故的消息，而每次电话铃响起时，她都渴望手术结果出来了。因此，小说的这两个主要事件其实都没有固定发生地：辐射无处不在，手术也可以在任何地方进行（作者从来没有明说手术在哪儿进行的）。

　　要理解小说如何设置日常生活与危机时刻之间的关系，以及本地与国际的关系，关键要理解上述不确定性。虽然《意外》和理查德·鲍威尔斯的《收获》（见第五章）一样，在描绘叙述者的家庭和田园生活时，都以田园式的后院为主题场景，但它却没有把这个情境和家庭生活、亲密情感联系起来。不过，主人公虽然和亲人距离遥远，但他们之间情感的真实性和深度从未遭到过质疑。相反，可能正是有了这种关系，她才能够更好地理解全球化背景下的地域和风险问题。不管这些关系多么隐形，多么曲折，它们都影响着个人的日常生活，而要正确理解这些关系，还需要理解非本土关系（nonlocal relationship），因为这也是家人关系的一部分。危急时刻如工业事故、致命疾病爆发等，反而最能凸显被日常生活所掩盖的东西：也就是说，在全球联系的时代，人们对本土或者家人的情感越来越受制于本土和家庭以外因素的影响。沃尔夫的《意外》和沃曼的《笛声》的共同之处,就是把风险看作个人关系去地域化的开始。

第三节　常规:加布里尔·沃曼——《笛声》

《笛声》与《意外》有两个共同点:其一,两部小说都以切尔诺贝利事故为背景,书写人们日常生活经历与风险情境、地方和社会网络的关系;其二,小说主要人物关系也是围绕一对极为亲密的兄妹展开的。《笛声》中的哥哥叫安东·阿斯皮尔(Anton Asper),妹妹叫艾米丽·阿斯皮尔(Emily Asper),具有典型的现代主义叙事结构特点,有着弗吉尼亚·伍尔夫和威廉·福克纳(William Faulkner)小说的痕迹,注重深入挖掘各种人物的感知、回忆和预期心理。这些人物都住在格里斯姆镇上或该镇附近,生活中也有千丝万缕的联系。他们是亲戚、邻居、朋友或旧相识、雇员等。故事开始于 1986 年 5 月,那时媒体还在报道切尔诺贝利事故,但已不像沃尔夫小说中那样令人感到恐慌了。故事结束于同年 10 月末,那时,大多数政府都暂停了警示和安全措施,意味着生活开始恢复常态。有人对此欢呼雀跃,有人却持怀疑甚至不满的态度。

人物的多样化和较长的时间框架是沃曼小说的叙事关键,因为小说表现的不是人们刚刚遭遇新的环境风险情境时的反应,而是要探究不同人物在不可避免的风险威胁下如何生活。其中有个叫桑德拉·辛霍兹(Sandra Hinholz)的人物,是个乐观、感性的女人,完全投入在家庭、爱人、音乐课程和她的学术规划等生活细节中,每天思考的基本上就是这四件事情。想到切尔诺贝利事件时,她只会考虑哪些食物不能给孩子吃,完全不能理解为何一些人会把它看得如此严重,而她的爱人安东·阿斯皮尔就是这样一个人。安东的妹妹艾米丽极为关注核灾难以及它给世界带来的影响,她对此十分恐惧,几乎到了精神崩溃的地步。她是位高中老师,但没有请假就离开了工作岗位,不惜编造小小的谎言来骗取处方药,目的是要缓解自己的焦虑情绪,这和德里罗《白噪音》(见第五章)中杰克和芭贝特·格拉德尼非常相似。以上是处于两个极端的人物,在他们之间还有许多人物,他们的风险意识和对待风险的态度各不相同,有的强烈反抗,有的听之任之,有的惶惶不安,有的满怀希望。

在挖掘人物心理的过程中,沃曼既描写了新风险给生活带来的改变,也写了人们存在主义式的担心与恐惧,因为这些恐惧产生于他们未受到事件影响之前,正如杰克·格拉德尼在受到毒气危害之前就对死亡产生恐惧一样。当然,他们的恐惧感都是由该事件导致的。殊不知,职业焦虑、对年龄和性生活的担忧、社会关系的成功和失败等等,这些日常烦恼都与核风险搭上了边,纠缠不清。新老恐惧犬牙交错,正如一位评论家对此评论的那样,小说中人们感到恐惧的根源是这个越来越失去人性的世界,在这个背景下,切尔诺贝利事件本身的重要性大为降低[弗里希(Fritsch)《论沃曼小说〈笛声〉的恐惧感》("Spielarten der Angst in Gabriele Wohmanns *der Flötenton*")426]。这个观点和某些论者对德里罗《白噪音》的评价一样,认为德里罗的"空中毒雾事件"仅仅是可能引发人们对生存焦虑的导火线之一。但是,即使人们接受这种观点(这只是对小说的一种解读,但绝不是最有说服力的解读),我们仍要注意:人们是在切尔诺贝利事件后才开始感受到真切具体的生存恐惧,而不是80年代德国媒体所报道的其他无数风险和死亡情境之后。换言之,虽然人物对切尔诺贝利事件的恐惧和对其他生存问题的担忧交织在一起,但它绝不仅仅是一个展现其他恐惧的平台。事实上,它是一股强大的推动力,促使不同角色渐渐意识到:他们的生活已被卷入本土以外更大的环境中,并且极大地被这个大环境改变着。

小说中,安东·阿斯皮尔的心理活动占了很大篇幅,他对核事故耿耿于怀,说个不停,因而被同事称为"我们那个患有切尔诺贝利综合征的同事"（472）。他不仅痛苦地意识到核辐射的危害，还看到了空气污染和臭氧层破坏等其他风险，因而公开谴责人们过度使用技术改造自然，反对使用核能，坚持认为公民应该被告知使用先进技术可能导致何种后果。虽然他的社会批评有时非常具体，但他内心深处还是充满负疚感和自我怀疑，这些与社会问题和公共灾难一起，成为导致安东悲观的根源。与他人不确定的关系、对自己男子汉气概的怀疑，尤其是对自己年少的儿子西蒙潜在的负疚感，等等，都是他感到压力的原因。儿子患有唐氏综合征，住在一个离他很远的残疾青少年疗养所里。所有这些都不断地浮现在他的脑海里，再加上这个难以捉摸的核辐射，一时间，怀疑、恐惧和内疚感叠加在一起，困扰着他。同样，他的妹妹艾米丽几近精神崩溃，诱因也是核风险，但还有其他原因：她在职业上郁郁不得志、不能成为经济学家、与心理学家塞缪尔·斯佩泽尔（Samuel Speicher）长达 20 年的关系也是暗藏危机。安东和艾米丽的母亲阿斯皮尔夫人和神学家辛霍兹教授是小说中较年长的人物，切尔诺贝利事件使他们怀念逝去的爱人，开始留恋生活，恐惧死亡。就以上人物而言，切尔诺贝利事件与他们日常生活中原有的压力和问题交织在一起，导致他们的生存更加复杂化。①

　　小说清晰地将两类人区分开来：第一类人认为切尔诺贝利事故只是给日常生活又增加了一个风险因素，多了个关注点，不可能完全消除；第二类人则十分关注这个事件，并由此重新思考他们在世界上的位置。举个例子，小说家理查德·卡斯特（Rich-ard Kast）患有失忆症，对近期发生的事不能完全理解；孀妇阿斯皮尔夫人开始用笔记录自己的日常生活，希望重新找到自我；笛手桑德拉·辛霍兹无休止地忙碌于家庭和工作中。对他们来说，切尔诺贝利事件只是个模糊的概念，没有人觉得它会给生活

---

①　参见弗里希（Fritsch）对恐惧的分析。

带来多么严重的影响。而另一方面,阿斯皮尔夫人的女儿、儿子和辛霍兹教授等人,内心遭受灾难的严重打击,他们在整部小说中,努力寻找方法,使他们能再次"正常"地看待这个粗俗的世界。

安东和艾米丽大概是经验逻辑被颠覆的两个最典型人物,这种颠覆方式让人想起贝克对风险社会的分析。安东的生活表面上很成功:他是公司建设部的总经理,游遍了本国和欧洲其他各国,偶尔还去其他洲。他的生活伴侣是个活泼有趣的电视名人。他非常了解切尔诺贝利事故的危害,也了解现代社会的其他风险,如疾病和事故,但朋友和家人让他戒烟,说吸烟对他身体的危害比其他任何风险都要大,他却偏偏不听。这个细节说明,主人公本应对和自己密切相关的风险感到焦虑,但这些焦虑被切尔诺贝利事件外化了或者给取代了。不论他的风险意识从何而来,他基于事实的判断、他对媒体歪曲事实的指责、对政客短视行为的批评、对他们虚伪面目的揭露等等,都是掷地有声、令人信服的。尽管他的评论有时不合时宜,破坏了别人的心情和兴致,甚至伤害了他们的感情,但他的批评更像是一把标尺,给人们提供了评判是非的标准。当然,有些人物对他的社会批评一笑置之,有些则深受启发。他的批评态度在和一位副部长的直接对话中表现得淋漓尽致(447—450)。对话中,他言辞犀利,坚持要知道真相,不断揭露政府掩盖和淡化灾难后果的企图。不管安东对这些事物的关注是出于什么心理,他坚持直面事实。小说中几乎没有其他人与他相同,他的言行使得人们更具体地认识到,生活在"风险社会"中意味着什么。

安东的妹妹艾米丽顶着社会压力,拒绝回到"正常"生活中去,反而用比哥哥更极端的方式看待生活,因而她的言行呈现病态。和哥哥一样,她对放射物质的担心也总是和个人问题挂钩:出于嫉妒,也出于对朋友身体状况的担心。她对朋友朱塔(Jutta)的怀孕感到愤怒;又对学生的冷漠感到气愤;对事业感到沮丧；对政府感到绝望。① 然而，仅仅把她的故事当作一个病态案例研究，无异于忽视沃曼精妙的叙事手法，因为人物的心理问题都实实在在地反映了社会问题，尽管产生这些心理问题的动因各不相同。对艾米丽来说，与所在地之间关系的改变是最大的动因。她觉得自己和大家的未来一片惨淡，自己又无力改变，只能开着车漫无目的地乱逛，依靠她和哥哥在大学时就服用过的止痛药寻求解脱。但是由于它是处方药，她只能不断更换药店去买药，每到一家药店，就假装自己是个旅行者，途中需要吃药。当这种方法不再奏效时，她就去按别人家的门铃，千方百计博取主人的同情。一次，她停在了辛霍兹教授家的台阶上，不经意间说道："你知道，真是太奇怪了。我有这种感觉好些天了，不知道自己到底属于哪里。"（358）她无助的陈述不仅道出了她的迷茫，也确切地表明：当本地居住模式可以被地球上任何一个地方的灾难性事件彻底改变时，个人与其居住地的关系是多么不堪一击。艾米丽·阿斯皮尔生长于格里姆斯镇，切尔诺贝利事件之后也一直没离开，但在这儿她却找不到自己的归属感。

艾米丽离开之后，辛霍兹教授回到书桌前写道："震惊世界的切尔诺贝利事故，本质上是人类学的。发生如此事件表明人类感知的绵软无力。"（358）这句话也反映了他的无助和焦虑，因为他在 4 月 30 日那天还在雨中散过步，那是爆炸事件不久后的一天，雨滴冲刷着空中的放射性尘埃。"4 月的雨感觉很美，那是因为我对它一无所知。但事实上，它污染到了我。桑德拉的孩子看上去和平时一样，在沙地和草地上玩耍，因为沙堆和草地看起来一如往常；花儿也和往常一样芳香；桑德拉的细香葱味道也没变：只有人类的感觉出了错。"（358—359）

---

① 沃曼在其短篇小说《女性要素》（"Die weibliche Komponente"）中，进一步探讨艾米丽的职业问题和环保活动等女性主义话题。小说的主人公和艾米丽·阿斯皮尔有很多相似之处。该短篇收录在小说集《俄罗斯的夏季》（*Ein russischer Sommer*）中，几篇描写切尔诺贝利事故短篇也收录其中。

辛霍兹写下这句话之前,艾米丽刚到过他家,我们很难不把它看作辛霍兹对艾米丽困境的间接评论,这完全应和着贝克的"感觉被剥夺"的说法。贝克曾认为在风险社会里,个人不得不依靠他人的"非经验"而不是自己的感觉去生活。辛霍兹实际上在这里道出了他自己、孙子们以及其他人对本土普遍的疏离感而已,艾米丽的情形不过是更严重一些。由于人的感官不再能够可靠地传递重要的环境信息,这使得个体与本土的情感日渐疏远。对于艾米丽和辛霍兹而言,正是这种疏离感使得他们能够以批判的眼光看待他们的生活,看待他们与本土和全球的依存关系。

相反,辛霍兹的儿媳笛手桑德拉却自始至终全身心地活在当下。她欢快、乐观、性感、乐于助人,令人对她产生怜爱之情。她身处在一群自我怀疑、消极悲观的人中间,更显得特殊。然而,她过于纯朴,总是无法抓住具体事物之间的抽象联系,这有时也使她显得与这个商务和科技全球化时代格格不入。比如,她带着管弦乐团游历美国后说:"从北到南,从东向西",她最喜欢的还是鲜榨果汁(123),这件事让安东觉得她这个人简直不可思议。桑德拉对日常琐事的热衷既吸引安东又让他厌恶,他说:"美国这个异域国度给你印象最深的竟是鲜榨果汁和耳环。你让这个世界变得如此渺小!"(145)之后,他想到:"桑德拉的每一分钟都有事可做,并且觉得做这些事充满意义。她每天都活力四射,十分活跃,很少关心地球上发生的其他事物,所以看报纸也只看最后一页,尽是些当地的小新闻。"(176)

桑德拉的世界确实很小。连发现公公是安东姨妈的邻居这件小事也能让她高兴上一阵子:"这世界真小啊……这个事实却是让她有了值得高兴的理由……相反,'世界就是他们发现的那么小',这个念头却让安东的心情糟透了。"(99)安东的伴侣莉迪亚是一位见多识广的电视脱口秀节目主持人。当桑德拉拿自己和莉迪亚比较时,就连她自己都觉得她对当今世界知之甚少:

　　　桑德拉输给莉迪亚的当然不仅仅是在政治方面。也许对
当今世界的一些普遍性知识，桑德拉知道得也比莉迪亚要
少。桑德拉欣然承认自己没有关注生活圈子之外的事情，主
要的原因是没时间。是的，自然被无情地开采破坏、大气被
苯和石棉污染、金钱被军备竞赛吞噬，这些现象愈演愈烈，
实在是太恐怖了。安东是对的：这个世界"崩溃"了，这
太可怕了。然而，就在桑德拉飞到这儿之前，她还在格里斯
姆镇的嘉年华上好好乐了一把。（139）

最后那句话又回到了桑德拉的"琐事"中去，这说明，尽管桑
德拉有时会觉得自己很无知，但这对她根本没有影响，她不会因
此而改变。她甚至连想都没想过。

　　因此，整部小说中桑德拉始终保持着纯真质朴的性格，热情
地生活在琐事的小世界里。一次葡萄牙之行开始了她和安东的关
系。起初她以为，只要安东搬来和她住，他就可以很轻松地融入
自己的家庭。她后来才渐渐意识到，安东并不想要两人太亲近，
而且这和安东与自己家人相处的方式相去甚远。桑德拉后来了解
到，安东、艾米丽和他们的母亲感情很好，住得也不远，但很少
见面。事实上，艾米丽就在她母亲的隔壁租了套小公寓，这样就
可以偶尔从窗口看到她母亲。阿斯皮尔一家人喜欢打电话聊天，
而不是面对面交流，就像小说的叙述者经常打电话给家人和朋友
一样。艾米丽每周都要写 7 页纸的信给她母亲，讲她每天的生
活，看到些什么，或是有什么感受。她母亲看后，再按安东的要
求写一页自己生活状况的信，一起寄给安东。安东自己就在旅途
中给母亲寄明信片作为答复。小说中，他的第一张明信片就是离
开德国前在机场寄出的。尽管这一家三口常常想念彼此，他们却
直到这本 500 多页的小说的最后两章才有第一次面对面的交流。
毫无疑问，这种家庭关系对桑德拉来说是完全陌生的。

　　但是，在小说中，不合常规的并不是阿斯皮尔一家，而是桑德拉。虽然小说中 12 个主要人物住得很近，而且或多或少都有某种关系——不是家人、朋友，就是邻居或雇佣关系，但他们的交流方式却让他们看上去很疏远。不仅是艾米丽拒绝去母亲家——她是通过写信和母亲交流，而且她的房东理查德·卡斯特也是这样：理查德以前是小说家，有点喜欢阿斯皮尔夫人，于是他把匿名信偷偷放到阿斯皮尔夫人家的台阶上，而不是去面谈。理查德也会定期打电话和辛霍兹教授聊天，他们从大学起就是好朋友。辛霍兹喜欢窥看阿斯皮尔夫人的妹妹埃特，她的花园刚好在他家旁边。辛霍兹有时打电话给桑德拉，桑德拉偶尔也拜访他，就这样他知道了桑德拉和安东的关系。虽然桑德拉更喜欢面对面交流，但她也离不开电话。同时，打电话也是安东主要的交流方式，和妹妹以及其两个他自称是深爱的女人的交流，都以打电话为主。和沃尔夫的小说一样，沃曼《笛声》中的社会网络也大多是间接的，依靠不同的通信技术建立起来。但令人诧异的是，这些人虽然住得近在咫尺，交流起来却像是远在天边。

　　这种交流模式在小说中一出现，就可以解释为什么安东和桑德拉——小说唯一详细描写的一对情侣——的爱情不是发生在他们的家乡，而是在一次国外旅途上。他们之前在家乡从没见过面。他们能在里斯本相遇，那是因为安东的身份证过期了，而桑德拉的护照弄丢了，两人都不得不去德国大使馆办理证件。换句话说，正是由于他们身在异乡，又脱离了家乡的管理制度，使自己"去地域化"之后，他们才能够偶遇并开始恋爱关系。类似的巧合在小说中十分罕见。相反，一回到德国，他们几乎就不再见面，完全是通过打电话来维系感情。根据这种叙事逻辑，人物在地理上离得越近，他们的社会关系就变得越间接，越要凭借通信技术来维持。对小说中大多数的人物来说，直接会面和亲密行为，远不如孤身独处重要。

不能与身边的人直接交流的现象，很容易被看成是一种病态，而且沃曼小说中的人物有时也会这样认为，然而，沃曼却把这种现象当作常态来描写，并没有做任何明确的评论。值得一提的是，桑德拉虽是小说中唯一一个没有受这种异化症影响的人物，但她却不是一个完全正面的人物形象。她虽然热情、无私、慷慨，但也总显得孩子气并且无知。我认为，沃曼的目的并不是要展现某些态度与关系，将它们做真挚与不真挚之分，而是要探讨在去地域化这个大趋势下，人们该用怎样的语言言说这种平凡生活。

这个问题也不断出现在小说人物所写的各类文字材料中。艾米丽写信时，总是思考该以怎样的方式向她的母亲、哥哥和伴侣塞缪尔写信，她担心个别句子被误解。阿斯皮尔夫人坐在她丈夫的打字机前，平生第一次尝试连贯地记录日常生活细节、她自己以及她对衰老和死亡的思考时，感觉又激动，又痛苦。在里斯本时，安东似乎分别在三张明信片上写他与桑德拉的故事，版本各不相同。后来我们发现这些都只是他的想象，真正的明信片他早已寄出，上面只写了写旅途中的琐事。理查德给阿斯皮尔夫人写匿名信，这在平淡的老年生活里显得特别突兀，这种反差恰恰反映了他内心的挣扎。为了不用每天跑腿，他请了桑德拉的朋友柯尔斯顿帮他送信，却没想到柯尔斯顿通过研究他的小说获得了文学硕士学位。她把他的书读给他听，因为那时他已经得了老年痴呆症，连自己的作品都不认识了。读书过程中，他经常走神，想到其他琐事，一会儿让柯尔斯顿帮他买东西，一会儿让她帮忙系鞋带。这看上去既可笑又悲伤，不禁让我们想到一个问题：琐碎的日常生活和文学故事情节之间到底是什么样的关系。

沃曼不厌其烦地描写这类情境表明，对她来说（对沃尔夫也一样），切尔诺贝利核事故带来的关键问题是：特殊的风险情境与平凡的日常生活是如何联系在一起的。沃尔夫重点刻画人物得知事件后的震惊状态,因为生活与风险在震惊中发生了碰撞。她将平凡的日常生活作为个人与当地和家庭联系的纽带,试图用微不足道的生活细节来抵制越来越难以掌控的高危技术的入侵。同时,她也写下了这些尝试的失败过程,于是,她的主人公最终只能逃避到文学中聊以自慰。相反,沃曼关注的是风险和灾难渐渐融入人们日常生活的过程,因为这些灾难最终成为生活的一部分。在她的小说中,不同的人物有着不同的体验过程:桑德拉对此毫无感觉;安东经过一番争斗后勉强接受了;辛霍兹教授在这一过程中加深了他的政治见解;理查德·卡斯特为此得了健忘症。小说对于人们的不同反应,没有做过任何评论。叙述者的沉默也许会激怒环保主义者,但却会令文学评论家感到欣喜。事实上,沃曼要强调的是,灾难终将融入生活,而且这个过程势不可挡,即使是再可怕的风险,再惊天动地的灾难,也将成为人们生活的一部分。按照布尔的说法,这个过程就是从启示录式的预言变为生活常态的过程。不管这个过程暗示着冷漠还是健忘,或者是一种新的理解政治与日常生活关系的方式,它都是小说必不可少的情节组织部分:相对于风险常态化的过程,小说情节的另一部分就是阿斯皮尔兄妹的妄想症和精神崩溃。

但这并不是说,安东和妹妹恢复了正常的生活意识时,他们就回归到了正统的毫无问题的经验模式。安东的最后妥协发生在小说主要人物大集合的场景里,当时播放的是安东已故父亲的生平电视纪录片。他的父亲叫路易斯·阿斯皮尔,是个诗人。纪录片是他的女友莉迪亚鼓动拍摄的。安东看到朋友和家人在姨妈的花园进进出出,一股深深的爱意和幸福感涌上心头,一下子得到了解脱。他为之感到振奋,酸酸地想到:这个和谐的家庭场景竟然要通过远离真实的媒体和电视展现出来。这个念头一闪而过,他肯定地对自己说,不管真实与否,他都很开心,很享受这美好的一天。"他决定加入到他们所有人中去,享受这样的重聚,承认害怕坐飞机。"(478)该段这样的结尾再次表明,不论真实与

否，不论经历怎样的去地域化，由媒体介入的社会关系以及技术
风险情境已经深深地融入人们的日常生活。

第四节　全球化时代的日常风险

沃尔夫和沃曼都将切尔诺贝利事故描绘成一个大规模、区域
性，甚至是全球性的风险情境，对普通人的日常生活产生了不同
的影响。两位作者都对工业灾难事故和普通生活习惯与惯例做了
鲜明对比，描写了它们之间的冲突，探讨这种冲突导致的观念、
语言、社会和情感问题。两部小说中，人物的生活都可以用贝克
的“二手非经验”逻辑来解读。然而，在两部小说中，冲突的
发生地是小说人物的家乡，其本身在风险入侵前就已经去地域化
了。大众媒体遍布所有人物周围，影响着他们的物质生活和社会
生活方式。几乎所有人都是通过各种通信手段，而不是面对面交
流来建立重要的社会关系，甚至维系私人关系。社会关系去地域
化，从某种程度上来说，是现代社会人们异化症状的延伸，也同
样意味着，即使个体始终生活于一地，生态与技术全球化也迫使
个体在情感上与本地产生疏离感。沃尔夫试图将日常生活和技术
风险相互对立起来，以此来突出二者的紧张关系。她既想将它们
作为两个独立的领域来描述——比如叙述者曾说过，核风险是个
例外，与其他灾难没有可比性，但又意识到，风险情境一定会慢
慢融入日常生活中。最后，作者在这种既独立又联系的矛盾中得
到了勉强的平衡。我曾说过，《意外》没有在观念上很好地解决
这个问题。相反，《笛声》一开始就明确表明风险已经融入日常
生活，它探讨的是不同人物通过何种方式、在什么样的情况下会
遭遇风险，又会付出什么代价。不同人物以自己的方式应对风
险，小说没有明确判断或者肯定任何一种应对方式，从这个意义
上讲，沃曼的小说比起沃尔夫的来，明显少了作者的“干预”，
或者说没有那么“环保主义”。同时，与沃尔夫小说不同，它避

免了观念上的对立,更全面细致地描绘着风险社会中的日常生活。

沃尔夫和沃曼的小说和我之前分析过的许多作品一样,都对这个问题作了探索:人们虽然仍住在原来的地方,但为何他们的日常生活——不管是物质上还是社会关系方面——都越来越脱离本土的根基?这可以说是两部小说对本土主义的一种挑战。当然,两位作者也都提到了脱离本土的一些负面影响,比如,人们担心在院子里种的花草受到污染而感到不安,或者是受存在主义意义上的孤独感和空虚情绪影响。尽管如此,她们也不断以巧妙的手法强调着:这种脱离也使得人们更好地理解本土在全球关联性中所起的作用。两部小说没有试图从简单的盖亚式的整体论视角描述风险,而是极力呈现主人公克服风险影响的努力。尽管风险并不是发生在他们的居住地,而是在遥远的他乡,但影响巨大,极大地改变了他们的生活方式与节奏。这些主人公没有一个是自然爱好者或环保主义者,都是普通人,都或多或少地在平时生活中注意到了风险的存在,于是极力寻求与全球接轨,寻找一种方法,可以既不歇斯底里地担心生态恶化而打乱日常生活节奏,又可以打破过去的思维模式,将生态理念融入生活之中。对环保主义的读者来说,这意味着去地域化威胁着依赖自然和本土的居住模式,同时也推动了全球生态化居住模式的发展,在这种模式下,普通民众都生活于全球风险社会中。

切尔诺贝利事件的 20 年后,大众流行文化又悄无声息地将这段充满预示意义的历史挪作他用。2002 年普里皮亚特(Pripyat)镇首次开放为旅游景点时,很少有人问津,但是到了2004 年、2005 年,成百上千的游客将它作为旅游目的地之一。他们参加当地的徒步旅行,还带着测量放射物的盖革计数器,测一测那里的辐射到底有多大。现在的辐射相对小了很多。有些人来此地是为了纪念该事故,怀念那个时期的苏联生活;有些人则

是被遗弃的工业厂址吸引过来的；还有一些人是来看恢复生机的
鸟儿、狼、野猪和其他野生动物的，因为这里已经成为有名的自
然保护区。玛丽·麦西欧（Mary Mycio）在《苦艾森林：切尔诺
贝利的自然史》（*Wormwood Forest：A Natural History of Cher-
nobyl*）一书中，称它既是"放射性物质笼罩的荒野"，又令人着
迷。《纽约时报》记者 C. J. 齐沃斯（Chivers）到该地旅游后写
过一篇简短的报道，描绘了含有辐射物的各类废旧机器弃置于优
美的自然景观之中的场景，这不禁让人想起山下凯伦《穿越雨
林之弧》中的垃圾场生态景观。重大核事故发生地变成了旅游
景点，这种转变与贝肯和韦尔奇设计的 HazMaPo 玩具公仔一样，
说明大众文化具有神奇的力量，能把可怕的风险情境商业化，甚
至艺术化。切尔诺贝利本已成为抽象的技术灾难的代名词，如今
通过国际旅游这种去地域化方式，它又变成了一个具体的地方，
供全球游客参观。旅游就是一个再地域化的过程，只不过再地域
化不是供人居住的，而是将它变成全球旅游业的一个常规景点。
有人可能反对这种被弗雷德里克·布尔（Frederick Buell）称作
驯化危机（domestication of crisis）的方式，但是，也正是在这个
过程中，才诞生了以风险美学（aestheticization of risk）为特点的
环境主义文学和电影作品。

　　同时，切尔诺贝利灾难在政治领域也不断引起争议，争议的
焦点是如何确定这一灾难对人体健康的危害。医学专家起初预
测，在很长一段时间内，受辐射人群会得各种癌症，尤其是甲状
腺癌和白血病，即两种最常见的辐射后遗症。由于切尔诺贝利附
近的居民被撤离到苏联的不同地区，导致很难确定他们的哪一种
疾病是由这次灾难引发的，哪一些又是其他原因引起的。很多癌
症的潜伏期会长达数十年，要确切判断这次核事故对人体健康的
影响又多了一重困难。此外，除了切尔诺贝利地区的居民之外，
很难断定还有哪些人是"受感染人群"，因为东欧、西欧和北欧
的很多人都受到过小量辐射。基于这么多不确定因素，各方对灾

难后果的评估也千差万别。2005年秋,联合国《切尔诺贝利论坛》发表报告,称还有4000—9000人死于放射性物质的影响(14—21)。2006年4月,联合国悼念事故发生20周年时,绿色和平组织发布了另一份报告,强烈质疑以上数字。该报告称,切尔诺贝利事故导致当地将近270000个癌症病例,其中93000人面临死亡;从90年代初至今,俄罗斯已有60000人因遭受辐射而死亡,而且预计乌克兰和白俄罗斯还会新增140000个死亡人数[见《切尔诺贝利大灾难》(*The Chernobyl Catastrophe*)]。两份报告的统计结果如此悬殊,部分是因为世界卫生组织——联合国报告的数据基本来源于此,仅仅把调查范围限于受害最严重的乌克兰、白俄罗斯和俄罗斯,而绿色和平组织的研究范围则包括整个欧洲。国际癌症研究机构等其他组织指出,切尔诺贝利事故之后,除了重灾区的甲状腺癌病例以外,整个欧洲的癌症率并没有上升[卡迪斯(Cardis)《欧洲切尔诺贝利核辐射癌症患者估算》("Estimates of the Cancer Burden in Europe from Radioactive Fallout from Chernobyl"),1233]。至于遥远的低辐射危害地区,就更难明确灾害带来的真正影响了。

最近,全球变暖问题引起人们的广泛关注,因而,一些停止建造核电厂几十年的国家,甚至像德国这样倡导关闭所有核电厂的国家,现在又重新考虑利用核能的可能性,这更加剧了人们对切尔诺贝利事故对人体健康影响的争论。争论既围绕已有统计结果,也围绕预期的后果。在人们权衡风险时,就连查尔斯·佩罗——我在第四章分析过的作品——这位坚定的核能反对者都表示,气候变化的后果可能比使用核技术的风险更严重,原因是后者不会释放温室气体。而绿色和平组织仍然坚决反对核技术,他们称官方对切尔诺贝利事故导致的死亡率评估过低,就是想诱导公众再次接受核技术,因为70年代以来公众对核技术的敌对情绪不断高涨。换句话说,即便是对20多年前发生的风险情境的研究,其基本假设也是建立在其政治和文化框架之上的,带有一定的政治和文化色彩。核灾难的危害不但会跨越地区、社会和国家，还会在人们的文化构想中与其他风险重新组合，气候变暖就是关于最新的地球景象。风险情境层出不穷，这无疑会在第三个千年赋予本地与全球居住模式和居住文化新的含义。

结语 热议话题:气候变化和生态世界主义

20世纪六七十年代,人口增长、化学污染、核污染和资源短缺等问题是人们想象地球时考虑的焦点,到80年代后期,人们又面临一个新的问题。一开始它被称为"温室效应",意思是热气体的大量排放导致地球温度逐渐上升,之后它又被称作"全球变暖"(global warming)或"气候变化"(climate change)。科学家和环保主义者担心"全球变暖"对普通人来说,听上去不够"危险",因为它是这三个词中最直白的说法,说到"暖",人们总是将它与迷人的夏日海滩联系起来,而不会想到,有一些地区雨量暴增,另一些地区气温骤降。另一方面,"气候变化"听上去是个中性词,不带任何风险意味,用它做术语,风险看上去就没那么严重,因此深受有意淡化其重要性的政客喜爱。实际上,这只是问题的开始。虽然绝大多数科学家认为气候正在变暖,并且肯定气温上升是人为因素导致的,但这一变化到底会引发怎样的生态和社会后果,却无法预测,对于特定地区来说,更难预测其后果。

在90年代,气候变化这一概念逐渐进入文化领域,与其他系统性的全球变化——不论与生态是否有关——一样,对小说和其他抒情性文学形式构成挑战,因为这需要作家从宏观上考虑全球事件的关联性,而传统叙事模式一般却以个人、家庭和国家为叙述对象。气候学家史蒂芬·施奈德(Stephen Schneider)尖锐地指出了问题所在:

还记得那张 20 世纪 60 年代末宇航员从太空拍摄的地球照片吗？它改变了人们的地球意识。白色的星云围绕着蓝色的球体，球体上覆盖着白色的冰川和红色的沙漠。一簇簇螺旋状的暴风圈，在一个如新英格兰地区大小——大约 1000 公里——的区域上，显得异常醒目。这是观看大气层的一种方式。如果乘客感觉飞机在空中颠簸，他也许会认为大气运动是在数百米内进行的。热气球驾驶者如果在空中看到雨滴或雪花悠然降落，他也许会说，观察大气应该精确到毫米……正如数学生态学家西蒙·莱文（Simmon Levin）说的那样，通过不同窗口看世界，世界就会呈现不同的样貌。[《实验室地球：不能输掉的星际赌博》（*Laboratory Earth：The Planetary Gamble We Can't Afford to Lose*），1—2]

我在本书中分析的文本、电影和其他艺术作品探讨本地、地区和全球居住形式时，都直接或间接地涉及全球关联性问题及其分歧，这对作家而言，是个不小的挑战，但涉及气候变化时，他们的挑战就更加复杂了。在 20 年前，这个议题只会出现在科学和文化领域：设想一下，这种全球变化会如何影响某些地区和个人，然后这些案例就成了他人的"二手非经验"，人们就借此来预测一些还未产生的变化。① 从生态角度理解气候变化，并使人们意识到气候变化对全球不同地区造成的各种影响，无疑是当务之急，但至今只有为数不多的作家和电影制片人对此进行过尝试，且取得的成果也很有限。

在把气候变化作为全球风险情境进行描写时，有些电影和小说又回到了启示录式叙述模式，讲述老套的城市灾难和外星人入侵等故事。这些作品包括：罗伯特·西尔弗伯格（Robert Silver-

---

① 在地球历史上，之前的气候异常既不是人类活动引起的，也没有影响到世界人口的数量。到 21 世纪中期，世界人口将达到 90 亿。

berg）的小说《午夜的炎热天空》（*Hot Sky at Night*，1994）、大卫·杜西（David Twohy）的电影《天袭》（*The Arrival*，1996）、罗纳德·艾默里奇（Ronald Emmerich）的电影《后天》（*The Day after Tomorrow*，2004）。迈克尔·克莱顿（Michael Crichton）的《恐惧状态》（*State of Fear*，2004）旨在揭露全球变暖是环保主义者和记者编造的谎言（我在第一章提到过），但情节过于简单，人物刻画肤浅，情节中设置的阴谋牵强附会，不同人物对风险的看法简单地分为好与坏两面，使得整部小说蜕变成了一个英雄与恶人的对抗故事。网络朋克小说家布鲁斯·斯特灵（Bruce Sterling）的《沉重的天气》（*Heavy Weather*，1994）描绘了因气候变化而被摧毁的美国景观和城市，并以此为背景，探索个人的人际关系应如何在社会和生态危机这个大背景下维持，但其分析最终流于肤浅和随意。诺尔曼·斯宾拉德（Norman Spinrad）半讽刺半严肃的作品《温室夏季》（*Greenhouse Summer*，1999）以新近成为亚热带地区的巴黎为背景。与典型的启示录式的叙事情节不同，该作品中气候变化带来的既有赢家，也有输家，结尾却出现了一个可怕的场景：整个星球的气候完全失控，其变化根本无法预测。① 乔治·特纳（George Turner）的《淹没的塔》（*Drowning Towers*，1987），大卫·布林的《地球》和金·斯坦利·罗宾森（Kim Stanley Robinson）的气候变化三部曲《雨的四十种征兆》（*Forty Signs of Rain*，2004）、《五十度以下》（*Fifty Degrees Below*，2005）、《六十天和未来》（*Sixty Days and Counting*，2007）等小说情节更加复杂，都以启示录式的场景开头，构想全球变暖的后果，但随着情节的发展，要么代替了千禧年叙事模式，要么受制于这一模式，要么只与千禧年模式沾点边儿，结果是他们的小说呈现别样的体裁。

罗宾森的三部小说虽然出版最晚，但其叙述策略却最保守。

---

① 感谢帕特里克·D. 墨菲（Patrick D. Murphy）把这本书介绍给我。

他的三部曲关注的是气候变化对华盛顿特区的影响，其中第一部和第二部的主题分别是洪灾和严冬，夹杂着科学家的专业和个人故事。这些科学家调查并制定应对全球变暖的政策，罗宾森借此详细探讨了探索科学知识的复杂机制和政治程序。科学和政治机制分析读起来相当乏味，但科学家的个人故事却为理解全球变暖提供了框架，涉及的问题既有文化之根、家园和家务，也涉及无家可归、流放和野性等问题。比如，一位科学家既要在国家科学管理局工作，还要担起家庭责任，而她的丈夫身为美国参议员的政策顾问，同时还要照顾孩子——家庭事业两头兼顾，这深刻地体现了他们维系家庭的困难。她的丈夫在最后一部小说中已经当选总统。国家科学管理部门的另一位科学家在洪水中失去他的公寓房，便开始住在华盛顿公园的树屋上。这期间他遇到了许多无家可归的人，还有动物园被淹后跑出来的动物。那些动物逐渐恢复了其野性。这两位科学家还认识一群来自肯巴隆（Khembalung）这个亚洲岛国的大使馆人员。由于海平面上升，他们的国家被淹，他们只能在去地域化状态下在精神层面维系大家的家园意识，重新确定自己的身份。罗宾森在对气候变化的描写中，最关键的是要构想一种不依赖地域的居住模式，但却没有为人们理解"全球"提供任何文化视角。故事主要发生在华盛顿特区，要说提供任何认识全球的视角，那也是美国政府的视角。全知叙述者的着眼点从未离开当地场景，因而限制了其他视角以及话语体系的进入。

澳大利亚作家乔治·特纳的小说《大海与夏天》（*The Sea and Summer*），题目充满诗意，写的是不断上升的海平面和气温升高的情况，在美国出版时改名为《淹没的塔》，使人能更直观地感受到题目所蕴含的意义。小说通过一位一千年后的历史学家的视线，追溯20世纪末的"温室效应文化"。除了做学术研究，这位历史学家还打算写部名为《大海与夏天》的小说来记录这段时期，这"书中书"所叙述的事情便构成特纳小说的主要内

容。某个戏剧家打算写反映同一时期的剧本，开始阅读这本
"小说"，期望获得某种灵感，但"小说"却引不起他的兴趣。
"我一开始就该看到，这些人物都挣扎在当地文化和性格矛盾
中，他们不能代表这个分崩离析的世界。我想，也许不可能创造
一群'能够'反映这个世界的人物，"他在写给历史学家的信中
说道（383）。最后，历史学家把他的信"连同那些不同意'以
狭窄的塔楼窗口视角将历史发展局限于观点冲突'的学术评论"
（384）一起放入了档案中。小说出现这样一个有趣的结尾，似
乎表明特纳开始质疑自己的叙事步骤，怀疑它是否能够准确衔接
个人故事和全球变化这个大背景。特纳面临的挑战，如我之前提
到过的，正是反映气候变化的文化产品所面临的最大挑战。

　　我在第二章分析过大卫·布林的小说《地球》对人口增长
的描写。布林创造了一种叙事结构，能够把全球观念与本土故事
融合在一起。正如我之前所说，布林认识到启示录式叙事的力量
并部分采用之，用以描写地方的"独特性"，表示人类逐渐融入
全球居住地变化的新阶段。发生在 2038 年的世界社会中的生态
危机（包括气候变化），几乎已经失控，这时，布林弃用了启示
录叙事模式，而是大胆想象，描写了一个快要从地球内部摧毁世
界的黑洞。同时，他把神话、史诗和寓言的情节元素与现代都市
小说的片段化、异质性、意义多元性等手法糅为一体，试图从全
球主义视角看待地球的命运，巧妙地将全球主义视角与不同的文
化和社区视角相融合。我在第二章分析过，在全球危机背景下，
文化的异质性和复杂性日趋彰显，需要创新叙事形式，才能探讨
全球生态危机和全球环境的关联性。布林的叙事创新是非常大胆
的。《地球》设计了技术毁灭和生态危机两个情节，探讨了不同
的叙事模式，承担了一定的叙事冒险：把史诗和现代主义都市小
说相融通，可以说具体化了我在本书中所探讨的生态世界主义的
观点。

　　气候变化不仅受到文学和故事片的热切关注，也受到非虚构

书籍和纪录片的关注。正如格雷格·加拉德（Greg Garrard）指出的那样，其中许多书籍都以游记的形式写下全球各地气候危机所表现出来的种种现象。美国副总统艾尔·戈尔（Al Gore）的奥斯卡获奖纪录片《难以忽视的真相》（An Inconvenient Truth，2006）采用这种基本结构，影片中戈尔给来自全球的听众做了一个讲座，传递着气象科学知识。宣传片声称说这是"你看过的最恐怖的电影"，还展现了一个类似于《后天》中的千禧年场景，但电影本身特意避免了启示录式的表现手法。这与另一部气候变化纪录片《第 11 个小时》（2007）完全不同，后者包含大量灾难场景，以起到启示的作用。戈尔的影片注重呈现科学技术，并以说教的方式作为叙述框架，这可能会像罗宾森的三部曲一样无聊乏味，但是戈尔意识到了这点，因为他在叙述过程中插入了自传性元素，并配以数字技术，使他的演讲更具说服力。①提到戈尔的个人故事，是为了强调成长小说是一种呈现科学事实的方式——我在第四章讨论过这种风险叙事方式。片中，戈尔使用苹果笔记本电脑来做研究、做报告、与世界各地的人沟通，这表明电脑技术既是探索自然的一种方式，也是建立社会政治网络的一种手段。

　　《难以忽视的真相》强调使用数字技术的重要性，这点与布林的《地球》有异曲同工之妙。在 20 世纪 90 年代，互联网还没有普及，《地球》却以惊人的预知力描述了一个全球联网的数字化世界，其中包括在线新闻、聊天室和电子书等。小说中，数字网络与生态网络极其相似，从某种程度上说，它是生态网络的化身，最后还与生态网络融为一体。同时，小说中还不断出现用计算机模拟星球的图像，当然，小说对现实数字网络的发展预测不是很准确，没有看到第三个千年早期，用户就能用谷歌地球等数字图像软件看到整个地球。布林的《地球》和谷歌地球为思

---

　　① 感谢马丁·普奇纳（Martin Puchner）与我一起讨论戈尔电影的戏剧因素。

考生态危机和跨越不同空间规模的环境、文化关联性提供了意义深远、全面的美学模型。约翰·克利马（John Klima）的"地球单机装置"先于谷歌地球，其结构有类似之处，呈现出不同文化媒介的类似性。约翰·布伦纳的小说《站立在桑给巴尔岛》和约翰·凯奇的诗《人口过剩与艺术》都描绘了一个人口众多、数字化和信息化的交流的地球，既反映严重的生态危机，也预示着实现乌托邦社会的可能性。本书中提到的其他文本、电影和艺术作品都不是通过数字美学来探索全球生态的，而通常以本土为主要场景，详细描绘该地区与全球的关联性，当然，这种关联性有时是不曾料到的，有时让人不安，还有的时候令人兴奋。洛泰尔·鲍姆嘉通的《夜的起源》和山下凯伦的《穿越雨林之弧》聚焦亚马孙热带雨林的生态状况，揭示其在经济全球化过程中真实的和象征的变化与联系。唐·德里罗的《白噪音》和理查德·鲍威尔斯的《收获》中的人物居住在美国中西部的小镇上，被突如其来的风险搅得心神不宁，风险的受害者不仅没有社会阶级之分，而且总是与跨国公司联系在一起。更显著的是，沃尔夫和沃曼小说的主人公逐渐意识到，风险情境把他们与跨国机构和其他地方联系在了一起，因而不得不重新定位和思考他们的日常生活与更大范围的人类居住环境的关系。

　　所有这些作品都直接或间接地强调本地区、生态和文化实践活动与全球网络之间错综复杂的关系，而全球网络要求人们以最新的全球化理论所说的"去地域化"逻辑来重新思考以上概念。与美国大多数旗帜鲜明的"环保主义"作品不同，这些作品对"去地域化"过程持暧昧态度，它们有时候认为需要采用某种形式的"再地域化"来抵制这个过程，但有时又认为，不论从生态主义还是文化方面考虑，"去地域化"过程又是培养世界主义意识和世界主义社区的基础。同时，所有作品都努力寻找恰当的美学形式来表现地球的双重性：地球既是一个整体又在不同的文化背景下呈现不同的形式。因而，人们寻求新的故事和意象，来书写这种新型的以生态世界主义为基础的环保主义。这种环保主义也许能有效地与日益发展的全球关联性模式——包括由风险导致的各种关联性——相融合。本书正是这种探索和书写的成果。

引用文献

Abbey, Edward. *Desert Solitaire: A Season in the Wilderness.* New York: Ballantine, 1998.

Abbey, Edward. *The Monkey Wrench Gang.* New York: Perennial, 2000.

Abram, David. *The Spell of the Sensuous: Perception and Language in a More-Than-Human World.* New York: Vintage, 1996.

Adams, Douglas. *The More Than Complete Hitchhiker's Guide: Complete and Unabridged.* New York: Wings Books, 1986.

Adamson, Joni, Mei Mei Evans, and Rachel Stein, eds. *The Environmental Justice Reader: Politics, Poetics, and Pedagogy.* Tucson: University of Arizona Press, 2002.

Albrow, Martin. *The Global Age: State and Society beyond Modernity.* Cambridge: Polity Press, 1996.

Aldiss, Brian. *Earthworks.* Holborn, England: Four Square, 1967.

Aldiss, Brian. "Total Environment." In Clem, Greenberg, and Olander, 24 – 65.

Alexander, Donald. "Bioregionalism: Science or Sensibility?" *Environmental Ethics* 12 (1990): 161 – 73.

Amery, Carl. *Das Geheimnis der Krypta.* Munich: List, 1990.

Anderson, Benedict. *Imagined Communities: Reflections on the Origins and Spread of Nationalism.* Rev. ed. London: Verso, 2006.

Andrade, Mário de. *Macunaíma: O herói sem nenhum caráter*. Belo Horizonte, Brazil: Itatiaia, 1987.

Andrade, Mário de. *Macunaíma*. Translated by E. A. Goodland. New York: Random House, 1984.

Antonetta, Susanne. *Body Toxic: An Environmental Memoir*. Washington, D. C. : Counterpoint, 2002.

Appadurai, Arjun. *Modernity at Large: Cultural Dimensions of Globalization*. Minneapolis: University of Minnesota Press, 1996.

Appiah, Kwame Anthony. *Cosmopolitanism: Ethics in a World of Strangers*. New York: Norton, 2006.

The Arrival. Dir. David Twohy. Perf. Charlie Sheen. Artisan, Santa Monica, Calif. , 1996.

Atkins, Robert. "Chernobyl and Beyond: Green Issues in the Recent Works of Gabriele Wohmann. " *Carleton Germanic Papers* 24 (1996): 197 – 214.

Back to Chernobyl. Dir. Bill Kurtis. WGBH Educational Foundation, 1989.

Bahn, Paul G. , and John Flenley. *Easter Island, Earth Island*. New York: Thames and Hudson, 1992.

Ballard, J. G. "Billennium. " In *The Best Short Stories of J. G. Ballard*. New York: Holt, 1995, 125 – 40.

Ballard, J. "The Concentration City. " In *The Best Short Stories of J. G. Ballard*. New York: Holt, 1995, 1 – 20.

Basso, Keith. *Wisdom Sits in Places: Landscape and Language among the Western Apache*. Albuquerque: University of New Mexico Press, 1996.

Bate, Jonathan. *Romantic Ecology: Wordsworth and the Environmental Tradition*. London: Routledge, 1991.

Bauman, Zygmunt. *Postmodern Ethics*. Oxford: Blackwell, 1993.

Baumgarten, Lothar. Personal communication, March 25, 2005.

Bawer, Bruce. "Bad Company." Review of *Gain*, by Richard Powers. *New York Times Book Review*, June 21, 1998, 11.

Beck, Ulrich. *Der kosmopolitische Blick oder: Krieg ist Frieden.* Frankfurt: Suhrkamp, 2004.

Beck, Ulrich. *Risikogesellschaft: Auf dem Weg in eine andere Moderne.* Frankfurt: Suhrkamp, 1986.

Beck, Ulrich. *World Risk Society.* Cambridge: Polity Press, 1999.

Beck, Ulrich, Anthony Giddens, and Scott Lash. *Reflexive Modernization: Politics, Tradition and Aesthetics in the Modern Social Order.* Cambridge: Polity Press, 1994.

Berry, Wendell. "Farming and the Global Economy." In *Another Turn of the Crank.* Washington, D. C. : Counterpoint, 1995, 1 – 7.

Berry, Wendell. "The Regional Motive." In *A Continuous Harmony: Essays Cultural and Agricultural.* New York: Harcourt Brace Jovanovich, 1972, 63 – 70.

Berry, Wendell. "Word and Flesh." In *What Are People For?* New York: North Point Press, 1990, 197 – 203.

Berthold-Bond, Daniel. "The Ethics of ' Place ': Reflections on Bioregionalism." *Environmental Ethics* 22 (spring 2000): 5 – 24.

Bhabha, Homi K. "Unsatisfied: Notes on Vernacular Cosmopolitanism." In *Text and Nation: Cross-disciplinary Essays on Cultural and National Identities*, edited by Laura García-Moreno and Peter C. Pfeiffer. Columbia, S. C. : Camden House, 1996, 191 – 207.

Biehl, Janet. " ' Ecology' and the Modernization of Fascism in the German Ultra-Right. " *Society and Nature* 1 (1993): 130 – 70.

Biehl, Janet, and Peter Staudenmaier. *Ecofascism: Lessons from the*

German Experience. Edinburgh: AK Press, 1995.

Bird, Jon, Barry Curtis, Tim Putnam, George Robertson, and Lisa Tickner, eds. *Mapping the Futures: Local Cultures, Global Change.* London: Routledge, 1993.

Blair, Sara. "Cultural Geography and the Place of the Literary." *American Literary History* 10 (1998): 544 – 67.

Blish, James. "Statistician's Day." In Clem, Greenberg, and Olander, 212 – 22.

Blish, James, and Norman L. Knight. *A Torrent of Faces.* Garden City, N. Y.: Doubleday, 1967.

Botkin, Daniel B. *Discordant Harmonies: A New Ecology for the Twenty-first Century.* New York: Oxford University Press, 1990.

Boulding, Kenneth E. "The Economics of the Coming Spaceship Earth." In *Environmental Quality in a Growing Economy: Essays from the Sixth RFF Forum,* edited by Henry Jarrett. Baltimore: Johns Hopkins University Press, 1966, 3 – 14.

Bramwell, Anna. *Blood and Soil: Richard Walther Darré and Hitler's "Green Party".* Bourne End, Buckinghamshire, England: Kensal Press, 1985.

Brandes, Ute. "Probing the Blind Spot: Utopia and Dystopia in Christa Wolf's *Störfall.*" In *Selected Papers from the Fourteenth New Hampshire Symposium on the German Democratic Republic,* edited by Margy Gerber et al. Lanham, Md.: University Press of America, 1989, 101 – 14.

Brennan, Timothy. *At Home in the World: Cosmopolitanism Now.* Cambridge, Mass.: Harvard University Press, 1997.

Brin, David. *Earth.* New York: Bantam, 1991.

Brown, Charles S., and Ted Toadvine, eds. *Eco-Phenomenology: Back to the Earth Itself.* Albany: State University of New York

Press, 2003.

Brown, Lester R. *The Twenty-ninth Day: Accommodating Human Needs and Numbers to the Earth's Resources.* New York: Norton, 1978.

Brunner, John. "The Genesis of 'Stand on Zanzibar' and Digressions." *Extrapolation* 11. 2 (1970): 34 – 43.

Brunner, John. *The Sheep Look Up.* New York: Harper and Row, 1972.

Brunner, John. *Stand on Zanzibar.* New York: Ballantine, 1969.

Buell, Frederick. *From Apocalypse to Way of Life: Environmental Crisis in the American Century.* New York: Routledge, 2003.

Buell, Lawrence. *The Environmental Imagination: Thoreau, Nature Writing, and the Formation of American Culture.* Cambridge, Mass. : Harvard University Press, 1995.

Buell, Lawrence. *The Future of Environmental Criticism: Environmental Crisis and Literary Imagination.* Oxford: Blackwell, 2005.

Buell, Lawrence. *Writing for an Endangered World: Literature, Culture, and Environment in the U. S. and Beyond.* Cambridge, Mass. : Harvard University Press, 2001.

Burgess, Anthony. *The Wanting Seed.* London: Heinemann, 1962.

Cage, John. "Overpopulation and Art. " In *John Cage: Composed in America*, edited by Marjorie Perloff and Charles Junkerman. Chicago: University of Chicago Press, 1994, 14 – 38.

Caldwell, Gail. "On the Soapbox. " Review of *Gain*, by Richard Powers. *Boston Globe*, June 7, 1998, C1 +.

Calvino, Italo. *Invisible Cities.* Translated by William Weaver. San Diego: Harcourt Brace Jovanovich, 1974.

Campos, Haroldo de. *Morfologia do Macunaíma.* São Paulo: Perspectiva, 1973.

Cardis, Elisabeth, et al. "Estimates of the Cancer Burden in Europe from Radioactive Fallout from Chernobyl. " *International Journal of Cancer* 119 (2006): 1224 – 35.

Carroll, Joseph. *Evolution and Literary Theory.* Columbia: University of Missouri Press, 1995.

Carroll, Joseph. *Literary Darwinism: Evolution, Human Nature, and Literature.* New York: Routledge, 2004.

Carson, Rachel. *Silent Spring.* Boston: Houghton Mifflin, 1962.

Casey, Edward S. *The Fate of Place: A Philosophical History.* Berkeley: University of California Press, 1998.

Castel, R. "From Dangerousness to Risk. " In *The Foucault Effect: Studies in Governmentality,* edited by Graham Burchell, Colin Gordon, and Peter Miller. London: Harvester, 1991, 281 – 98.

Certeau, Michel de, Luce Giard, and Pierre Mayol. *L'invention du quotidien.* Paris: Union générale d'éditions, 1980.

Chang, Chris. "Sound and Lothar Baumgarten. " *Film Comment* 40. 1 (January-February 2004): 17.

Cheah, Pheng, and Bruce Robbins, eds. *Cosmopolitics: Thinking and Feeling beyond the Nation.* Minneapolis: University of Minnesota Press, 1998.

Chernobyl Forum 2003 – 2005. *The Legacy of Chernobyl: Health, Environmental, and Socio-economic Impacts and Recommendations to the Governments of Belarus, the Russian Federation and Ukraine.* 2nd rev. version. Vienna: International Atomic Energy Agency, 2006. www. iaea. org/Publications/Booklets/Chernobyl/ chernobyl. pdf.

Ching, Barbara, and Gerald W. Creed, eds. *Knowing Your Place: Rural Identity and Cultural Hierarchy.* New York: Routledge, 1997.

Chivers, C. J. "New Sight in Chernobyl's Dead Zone: Tourists. " *New York Times*, June 15, 2005.

A Civil Action. Dir. Steven Zaillian. Perf. John Travolta, Robert Duvall, Stephen Fry, James Gandolfini. Touchstone Pictures, Burbank, Calif. , 1999.

Clem, Ralph S. , Martin Harry Greenberg, and Joseph D. Olander, eds. *No Room for Man: Population and the Future through Science Fiction.* Totowa, N. J. : Rowman and Littlefield, 1979.

Clifford, James. *Routes: Travel and Translation in the Late Twentieth Century.* Cambridge, Mass. : Harvard University Press, 1997.

Cohen, Joel E. *How Many People Can the Earth Support?* New York: Norton, 1995.

Colborn, Theo, Dianne Dumanoski, and John Peterson Myers. *Our Stolen Future: Are We Threatening Our Fertility, Intelligence, and Survival? A Scientific Detective Story.* New York: Dutton, 1996.

Conniff, Brian. "The Dark Side of Magical Realism: Science, Oppression and Apocalypse in *One Hundred Years of Solitude.* " *Modern Fiction Studies* 36. 2 (1990): 167 – 79.

Crichton, Michael. *State of Fear.* New York: Harper Collins, 2004.

Cronon, William. "The Trouble with Wilderness; Or, Getting Back to the Wrong Nature. " In *Uncommon Ground: Rethinking the Human Place in Nature*, edited by William Cronon. New York: Norton, 1995, 69 – 90.

Crossette, Barbara. "How to Fix a Crowded World: Add People. " *New York Times*, November 2, 1997, sec. 4, 1 +.

Cvetkovich, George, and Patricia L. Winter. "Trust and Social Representations of the Management of Threatened and Endangered Species. " *Environment and Behavior* 35 (2003): 286 – 305.

The Day after Tomorrow. Dir. Roland Emmerich. Perf. Dennis Quaid,

Jake Gyllenhaal, Emmy Rossum, Dash Mihok. Twentieth-Century Fox, Beverly Hills, Calif. , 2004.

Deitering, Cynthia. "The Postnatural Novel: Toxic Consciousness in Fiction of the 1980s. " In Glotfelty and Fromm, 196 – 203.

Deleuze, Gilles, and Félix Guattari. *Anti-Oedipus: Capitalism and Schizophrenia.* Translated by Robert Hurley, Helen R. Lane, and Mark Seem. New York: Viking, 1977.

Deleuze, Gilles, and Félix Guattari. *A Thousand Plateaus: Capitalism and Schizophrenia.* Translated by Brian Massumi. Minneapolis: University of Minnesota Press, 1987.

DeLillo, Don. *The Names.* New York: Knopf, 1982.

DeLillo, Don. *White Noise: Text and Criticism.* Edited by Mark Osteen. Viking critical edition. New York: Penguin, 1998.

Del Rey, Lester. *The Eleventh Commandment.* Evanston, Ill. : Regency, 1962.

Del Rey, Lester. *The Eleventh Commandment.* Rev. ed. New York: Ballantine, 1970.

Diamond, Irene, and Gloria Feman Orenstein, eds. *Reweaving the World: The Emergence of Ecofeminism.* San Francisco: Sierra Club, 1990.

Diamond, Jared M. *Collapse: How Societies Choose to Fail or Succeed.* New York: Viking, 2005.

Dimock, Wai Chee. *Through Other Continents: American Literature across Deep Time.* Princeton: Princeton University Press, 2006.

Dirlik, Arif. "Place-Based Imagination: Globalism and the Politics of Place. " In Prazniak and Dirlik, 15 – 51.

Disch, Thomas M. , ed. *The Ruins of Earth: An Anthology of Stories of the Immediate Future.* New York: Berkley, 1971.

Disch, Thomas M. *334.* New York: Avon, 1974.

Douglas, Mary. *Risk and Blame: Essays in Cultural Theory.* London: Routledge, 1992.

Douglas, Mary, and Aaron Wildavsky. *Risk and Culture: An Essay on the Selection of Technological and Environmental Dangers.* Berkeley: University of California Press, 1982.

Duncan, James, and David Ley, eds. *Place/Culture/Representation.* London: Routledge, 1993.

Duvall, John N. "The (Super) Marketplace of Images: Television as Unmediated Mediation in DeLillo's *White Noise.* " In Osteen, 432 – 55.

Earle, Timothy C. , and George T. Cvetkovich. *Social Trust: Toward a Cosmopolitan Society.* Westport, Conn. : Praeger, 1995.

Eberstadt, Nicholas. "The Population Implosion. " *Wall Street Journal*, October 16, 1997, sec. A, 22.

Eberstadt, Nicholas. "World Population Implosion?" *Public Interest* 129 (fall 1997): 3 – 22.

Eckersley, Robyn. *The Green State: Rethinking Democracy and Sovereignty.* Cambridge, Mass. : MIT Press, 2004.

Ehrlich, Paul R. *The Population Bomb.* Cutchogue, N. Y. : Buccaneer, 1971.

Ehrlich, Paul R. *The Population Explosion.* New York: Simon and Schuster, 1990.

Ehrlich, Paul R. , and Anne H. Ehrlich. *One with Nineveh: Politics, Consumption, and the Human Future.* Washington, D. C. : Island Press, 2004.

Ehrlich, Paul R. , Anne H. Ehrlich, and Gretchen C. Daily. *The Stork and the Plow: The Equity Answer to the Human Dilemma.* New Haven, Conn. : Yale University Press, 1995.

11th Hour, The. Dir. Nadia Conners and Leila Conners

Petersen. Perf. Leonardo DiCaprio. Appian Way, 2007.

Erin Brockovich. Dir. Steven Soderbergh. Perf. Julia Roberts, Albert Finney, Aaron Eckhart. Universal Pictures, Universal City, Calif. , 2000.

Evans, Mei Mei. "'Nature' and Environmental Justice. " In Adamson, Evans, and Stein, 181 - 93.

Evernden, Neil. "Beyond Ecology: Self, Place and the Pathetic Fallacy. " In Glotfelty and Fromm, 92 - 104.

Ewald, François. "Insurance and Risks. " In *The Foucault Effect: Studies in Governmentality,* edited by Graham Burchell, Colin Gordon, and Peter Miller. London: Harvester, 1991, 197 - 210.

Ewald, François. "Two Infinities of Risk. " In *The Politics of Everyday Fear,* edited by Brian Massumi. Minneapolis: University of Minnesota Press, 1993, 221 - 28.

Eysel, Karin. "History, Fiction, Gender: The Politics of Narrative Intervention in Christa Wolf 's *Störfall.* " *Monatshefte* 84 (1992): 284 - 98.

Ezcurra, Exequiel, Alfonso Valiente-Banuet, Oscar Flores-Villela, and Ella Vázquez-Domínguez. "Vulnerability to Global Environmental Change in Natural Ecosystems and Rural Areas: A Question of Latitude?" In Kasperson and Kasperson, 217 - 46.

Fahrenheit 9/11. Dir. Michael Moore. Columbia TriStar, Culver City, Calif. , 2004.

Farmer, Philip José. *Dayworld.* New York: Putnam, 1985.

Feder, Barnaby. "Technology's Future: A Look at the Dark Side. " *New York Times,* May 17, 2006.

Feld, Steven, and Keith Basso, eds. *Senses of Place.* Santa Fe: School of American Research Press, 1996.

Ferreira, Celio, Åsa Boholm, and Ragnar Löfstedt. "From Vision to Catastrophe: A Risk Event in Search of Images. " In Flynn, Slovic, and Kunreuther, 283 – 99.

Finucane, Melissa L., Ali Alhakami, Paul Slovic, and Stephen M. Johnson. "The Affect Heuristic in Judgments of Risks and Benefits. " *Journal of Behavioral Decision Making* 13 (2000): 1 – 17.

Fischhoff, Baruch, Sarah Lichtenstein, Paul Slovic, Stephen L. Derby, and Ralph L. Keeney. *Acceptable Risk.* Cambridge: Cambridge University Press, 1981.

Fischhoff, Baruch, Paul Slovic, and Sarah Lichtenstein. "Lay Foibles and Expert Fables in Judgments about Risks. " In *Progress in Resource Management and Environmental Planning*, Vol. 3, edited by Timothy O'Riordan and R. Kerry Turner. Chichester, England: Wiley, 1981, 161 – 202.

Flynn, James, Paul Slovic, and Howard Kunreuther, eds. *Risk, Media, and Stigma: Understanding Public Challenges to Modern Science and Technology.* London: Earthscan, 2001.

Flynn, James, Paul Slovic, and C. K. Mertz. " Gender, Race, and Perception of Environmental Health Risks. " *Risk Analysis* 14 (1994): 1101 – 8.

Fox, Thomas C. "Feminist Revisions: Christa Wolf's *Störfall.* " *German Quarterly* 63 (1990): 471 – 77.

Franklin, Wayne, and Michael Steiner, eds. *Mapping American Culture.* Iowa City: University of Iowa Press, 1992.

Fritsch, Hildegard. "Spielarten der Angst in Gabriele Wohmanns *Der Flötenton.* " *Neophilologus* 74 (1990): 426 – 33.

Fuller, R. Buckminster. *Operating Manual for Spaceship Earth.* Carbondale: Southern Illinois University Press, 1969.

Gale, Robert Peter, and Thomas Hauser. *Final Warning: The Lega-*

cy of Chernobyl. New York: Warner, 1988.

Gallagher, Tim. *The Grail Bird.* Boston: Houghton Mifflin, 2005.

Garb, Yaakov Jerome. "Perspective or Escape? Ecofeminist Musings on Contemporary Earth Imagery." In Diamond and Orenstein, 264 - 78.

García Canclini, Néstor. *Hybrid Cultures: Strategies for Entering and Leaving Modernity.* Translated by Christopher L. Chiappari and Silvia L. López. Minneapolis: University of Minnesota Press, 1995.

García Márquez, Gabriel. *Cien años de soledad.* Barcelona: Plaza y Janés, 1999.

Garrard, Greg. *Ecocriticism.* London: Routledge, 2004.

Garrard, Greg. "Radical Pastoral?" *Studies in Romanticism* 35 (1996): 451 - 56.

Gelbard, Alene, and Carl Haub. "Population 'Explosion' Not Over for Half the World." *Population Today* 26. 3 (March 1998): 1 - 2.

Gibbs, Lois Marie. *Love Canal: My Story, as Told to Murray Levine.* Albany: State University of New York Press, 1982.

Giddens, Anthony. *The Consequences of Modernity.* Cambridge: Polity Press, 1990.

Giddens, Anthony. *Modernity and Self-Identity: Self and Society in the Late Modern Age.* Stanford, Calif. : Stanford University Press, 1991.

Gifford, Terry. "Gary Snyder and Post-Pastoral." In *Ecopoetry: A Critical Introduction*, edited by J. Scott Bryson. Salt Lake City: University of Utah Press, 2002, 77 - 87.

Gifford, Terry. *Pastoral.* London: Routledge, 1999.

Ginsberg, Allen. "In a Moonlit Hermit's Cabin." In *Collected Poems 1947 - 1980.* New York: Harper and Row, 1984, 527 - 28.

Glotfelty, Cheryll. "Introduction: Literary Studies in an Age of Environmental Crisis. " In Glotfelty and Fromm, xv – xxxvii.

Glotfelty, Cheryll, and Harold Fromm, eds. *The Ecocriticism Reader: Landmarks in Literary Ecology.* Athens: University of Georgia Press, 1996.

Goldblatt, David. *Social Theory and the Environment.* Cambridge: Polity Press, 1996.

Golding, Dominic. "A Social and Programmatic History of Risk Research. " In Krimsky and Golding, 23 – 52.

Goldman, Stephen H. "John Brunner's Dystopias: Heroic Man in Unheroic Society. " *Science-Fiction Studies 5* (1978): 260 – 70.

Gray, Chris Hables, ed. *The Cyborg Handbook.* New York: Routledge, 1995.

Greenpeace. *The Chernobyl Catastrophe: Consequences on Human Health.* 2006. www. greenpeace. org / international / press / reports / chernobylhealthre port.

Gubaryev, Vladimir. *Sarcophagus: A Tragedy.* Translated by Michael Glenny. New York: Vintage, 1987.

Guha, Ramachandra. "Radical American Environmentalism and Wilderness Preservation: A Third World Critique. " *Environmental Ethics* 11. 1 (1989): 71 – 84. Reprinted in Guha and Martínez-Alier, 92 – 108.

Guha, Ramachandra, and Juan Martínez-Alier. *Varieties of Environmentalism: Essays North and South.* London: Earthscan, 1997.

Habermas, Jürgen. *Die postnationale Konstellation: Politische Essays.* Frankfurt: Suhrkamp, 1998.

Haines, John. *Living off the Country: Essays on Poetry and Place.* Ann Arbor: University of Michigan Press, 1981.

Hamilton, Joan. "Nature 101. " *Sierra* November-December 2000:

48 - 55. Republished at http://www.asle.umn.edu/archive/in-tro/sierra.html.

Hannerz, Ulf. "Scenarios for Peripheral Cultures." In *Culture*, *Globalization and the World-System*: *Contemporary Conditions for the Representation of Identity*, edited by Anthony D. King. Bing-hamton: State University of New York, Department of Art and Art History, 1991, 107 - 28.

Hannerz, Ulf. Transnational Connections: Culture, People, Places. London: Routledge, 1996.

Haraway, Donna J. "A Cyborg Manifesto: Science, Technology, and Socialist-Feminism in the Late Twentieth Century." In *Simi-ans*, *Cyborgs*, *and Women*: *The Reinvention of Nature*. New York: Routledge, 1991, 149 - 81.

Hardin, Garrett. *Filters against Folly*: *How to Survive despite Econo-mists*, *Ecologists*, *and the Merely Eloquent.* New York: Viking, 1985.

Hardin, Garrett. "The Tragedy of the Commons." *Science* 162 (1968): 1243 - 48.

Harris, Charles B. "'The Stereo View': Politics and the Role of the Reader in *Gain.*" *Review of Contemporary Fiction* 18. 3 (1998): 97 - 109.

Harrison, Harry. *Make Room! Make Room!* New York: Berkley, 1967.

Harvey, David. *The Condition of Postmodernity*: *An Enquiry into the Origins of Cultural Change.* Oxford: Blackwell, 1990.

Harvey, David. *Justice*, *Nature and the Geography of Difference.* Ox-ford: Blackwell, 1996.

Haub, Carl. "New UN Projections Depict a Variety of Demographic Futures." *Population Today* 25. 4 (April 1997): 1 - 3.

Hayden, Patrick. *Cosmopolitan Global Politics.* Hants, England: Ashgate, 2005.

Hebel, Franz. "Technikentwicklung und Technikfolgen in der Literatur." *Der Deutschunterricht* 41 (1989): 35 –45.

Heidegger, Martin. "Bauen Wohnen Denken." In *Vorträge und Aufsätze,* edited by Friedrich-Wilhelm von Herrmann. Frankfurt: Vittorio Klostermann, 2000, 145 –64.

Heise, Ursula K. "Ecocriticism and the Transnational Turn in American Studies." *American Literary History* 20 (2008): 381 –404.

Heise, Ursula K. "Netzphantasien: Science Fiction zwischen Öko-Angst und Informationsutopie." In *Klassiker und Strömungen des englischen Romans im 20. Jahrhundert: Festschrift zum 65. Geburtstag von Gerhard Haefner,* edited by Vera and Ansgar Nünning. Trier: Wissenschaftlicher Verlag Trier, 2000, 243 –61.

Heise, Ursula K. "Risk and Narrative at Love Canal." In *Literature and Linguistics: Approaches, Models, and Applications. Essays in Honor of Jon Erickson,* edited by Marion Gymnich, Vera Nünning, and Ansgar Nünning. Trier: Wissenschaftlicher Verlag, 2002, 77 –99.

Heise, Ursula K. "Die Zeitlichkeit des Risikos im amerikanischen Roman der Postmoderne." In *Zeit und Roman: Zeiterfahrung im historischen Wandel und ästhetischen Paradigmenwechsel vom achtzehnten Jahrhundert bis zur Postmoderne,* edited by Martin Middeke. Würzburg: Königshausen und Neumann, 2003, 373 –94.

Held, David. "Cosmopolitanism: Ideas, Realities and Deficits." In *Governing Globalization: Power, Authority, and Global Governance,* edited by David Held and Anthony McGrew. Malden, Mass. : Polity, 2002, 305 –24.

Held, David. *Democracy and the Global Order: From the Modern State to Cosmopolitan Governance.* Stanford, Calif. : Stanford University Press, 1995.

Herber, Lewis [Murray Bookchin] . *Our Synthetic Environment.* New York: Knopf, 1962.

Hersey, John. *My Petition for More Space.* New York: Knopf, 1974.

Hirsch, Eric, and Michael O'Hanlon, eds. *The Anthropology of Landscape: Perspectives on Space and Place.* Oxford: Clarendon, 1995.

Hughes, Thomas P. *American Genesis: A Century of Invention and Technological Enthusiasm, 1870 - 1970.* New York: Viking, 1989.

Image Science and Analysis Laboratory, NASA-Johnson Space Center. "The Gateway to Astronaut Photography of Earth. " http: // eol. jsc. nasa. gov/ sseop/images/EO/highres/ AS17/AS17 - 148 - 22727. TIF.

An Inconvenient Truth. Dir. Davis Guggenheim. Perf. Albert Gore. Paramount, Hollywood, Calif. , 2006.

Jameson, Fredric. " Notes on Globalization as a Philosophical Issue. " In *The Cultures of Globalization*, edited by Fredric Jameson and Masao Miyoshi. Durham, N. C. : Duke University Press, 1998, 54 - 77.

Jameson, Fredric. *Postmodernism, or, The Cultural Logic of Late Capitalism.* Durham, N. C. : Duke University Press, 1991.

Japp, Klaus Peter. *Risiko.* Bielefeld, Germany: Transcript, 2000.

Japp, Klaus Peter. *Soziologische Risikotheorie.* Weinheim, Germany: Juventa, 1996.

Jasanoff, Sheila. "Heaven and Earth: The Politics of Environmental Images. " In Jasanoff and Martello, 31 - 52.

Jasanoff, Sheila, and Marybeth Long Martello, eds. *Earthly Politics*: *Local and Global in Environmental Governance.* Cambridge, Mass. : MIT Press, 2004.

Kakutani, Michiko. "Company Town's Prosperity and Pain. " Review of *Gain*, by Richard Powers. *New York Times*, August 11, 1998, E6.

Kaplan, Caren. *Questions of Travel*: *Postmodern Discourses of Displacement.* Durham, N. C. : Duke University Press, 1996.

Kasperson, Jeanne X. , and Roger E. Kasperson, eds. *Global Environmental Risk.* London: Earthscan, 2001.

Kasperson, Roger E. "The Social Amplification of Risk: Progress in Developing an Integrative Framework. " In Krimsky and Golding, 153 – 78.

Kasperson, Roger E. , et al. "The Social Amplification of Risk: A Conceptual Framework. " *Risk Analysis* 8. 2 (1988): 177 – 87.

Kasperson, Roger E. , Jeanne X. Kasperson, and Kirstin Dow. "Vulnerability, Equity, and Global Environmental Change. " In Kasperson and Kasperson, 247 – 72.

Kasperson, Roger E. , Jeanne X. Kasperson, and Kirstin Dow. "Introduction: Global Environmental Risk and Society. " In Kasperson and Kasperson, 1 – 48.

Kaufmann, Eva. " ' Unerschrocken ins Herz der Finsternis ' : Zu Christa Wolfs ' Störfall. ' " In *Christa Wolf*: *Ein Arbeitsbuch*, edited by Angela Drescher. Berlin: Aufbau, 1989, 252 – 69.

Keith, Michael, and Steve Pile, eds. *Place and the Politics of Identity.* London: Routledge, 1993.

Kerouac, Jack. *On the Road.* Edited by Ann Charters. New York: Penguin, 1991.

Kern, Robert. "Ecocriticism: What Is It Good For?" *ISLE* 7. 1

(winter 2000): 9 – 32. Reprinted in *The ISLE Reader*: *Ecocriticism*, *1993 – 2003*, edited by Michael P. Branch and Scott Slovic. Athens: University of Georgia Press, 2003, 258 – 81.

Kerridge, Richard. "Small Rooms and the Ecosystem: Environmentalism and Don DeLillo's *White Noise.*" In *Writing the Environment*: *Ecocriticism and Literature*, edited by Richard Kerridge and Neil Sammells. London: Zed Books, 1998, 182 – 95.

Kiefer, Chris, and Medea Benjamin. "Solidarity with the Third World: Building an International Environmental-Justice Movement." In *Toxic Struggles*: *The Theory and Practice of Environmental Justice*, edited by Richard Hofrichter. Philadelphia: New Society, 1993, 226 – 36.

Killingsworth, M. Jimmie, and Jacqueline S. Palmer. "Millennial Ecology: The Apocalyptic Narrative from *Silent Spring* to *Global Warming.*" In *Green Culture*: *Environmental Rhetoric in Contemporary America*, edited by Carl G. Herndl and Stuart C. Brown. Madison: University of Wisconsin Press, 1996, 21 – 45.

Kirn, Walter. "Commercial Fiction." Review of *Gain*, by Richard Powers. *New York Times*, June 15, 1998, 51 +.

Klima, John. *Earth.* http://www.cityarts.com/earth/, 2001.

Kononenko, Natalie. "'*Duma Pro Chornobyl*': Old Genres, New Topics." *Journal of Folklore Research* 29 (1992): 133 – 54.

Kornbluth, Cyril. "Shark Ship." In *Voyages*: *Scenarios for a Spaceship Called Earth*, edited by Rob Sauer. New York: Ballantine, 1971, 268 – 305.

Kramer, Andrew E. "Mapmakers and Mythmakers: Russian Disinformation Practices Obscure Even Today's Oil Fields." *New York Times*, December 1, 2005.

Krech, Shepard. *The Ecological Indian.* New York: Norton, 1999.

Krimsky, Sheldon, and Dominic Golding, eds. *Social Theories of Risk.* Westport, Conn. : Praeger, 1992.

Laing, Jonathan R. "Baby Bust Ahead. " *Barron's*, December 8, 1997, 37 – 42.

Lash, Scott, and John Urry. *Economies of Signs and Space.* London: Sage, 1994.

Laumer, Keith. "The Lawgiver. " In *The Year 2000*, edited by Harry Harrison. Garden City, N. Y. : Doubleday, 1970, 213 – 26.

Leach, William. *Country of Exiles: The Destruction of Place in American Life.* New York: Pantheon, 1999.

LeClair, Tom. "Powers of Invention. " Review of *Gain*, by Richard Powers. *Nation*, July 27 – August 3, 1998, 33 – 35.

Lee, Rachel C. *The Americas of Asian American Literature: Gendered Fictions of Nation and Transnation.* Princeton, N. J. : Princeton University Press, 1999.

Lefebvre, Henri. *The Production of Space.* Translated by Donald Nicholson-Smith. Oxford: Blackwell, 1991.

Le Guin, Ursula K. "Vaster Than Empires and More Slow. " In *Buffalo Gals and Other Animal Presences.* New York: Plume, 1987, 83 – 128.

Lentricchia, Frank, ed. *New Essays on* White Noise. Cambridge: Cambridge University Press, 1991.

Lentricchia, Frank, ed. "Tales of the Electronic Tribe. " In Lentricchia, 87 – 113.

Leopold, Aldo. *A Sand Country Almanac and Sketches Here and There.* London: Oxford University Press, 1949.

Lévi-Strauss, Claude. *From Honey to Ashes: Introduction to a Science of Mythology: 2.* Translated by John and Doreen Weightman. New York: Harper and Row, 1973.

Lévi-Strauss, Claude. *Mythologiques.* Vol. 2. *Du miel aux cendres.* Paris: Plon, 1966.

Liverman, Diana M. "Vulnerability to Global Environmental Change." In Kasperson and Kasperson, 201 – 16.

Löfstedt, Ragnar E. , and Lynn Frewer. Introduction to *The Earthscan Reader in Risk and Modern Society.* London: Earthscan, 1998, 3 – 27.

Love, Glen A. *Practical Ecocriticism: Literature, Biology, and the Environment.* Charlottesville: University of Virginia Press, 2003.

Lovell, Nadia, ed. *Locality and Belonging.* London: Routledge, 1998.

Lovelock, James E. *Gaia: A New Look at Life on Earth.* Rev. ed. Oxford: Oxford University Press, 1995.

Lovelock, James E. "Gaia as Seen through the Atmosphere." *Atmospheric Environment* 6 (1972): 579 – 80.

Lovelock, James E. , and Sidney Epton. "The Quest for Gaia." *New Scientist* 65 (1975): 304 – 6.

Lovelock, James E. , and Lynn Margulis. "Atmospheric Homeostasis by and for the Biosphere." *Tellus* 26 (1974): 1 – 10.

Luhmann, Niklas. *Soziologie des Risikos.* Berlin: de Gruyter, 1991.

Lull, James. *Media, Communication, Culture: A Global Approach.* New York: Columbia University Press, 1995.

Lupton, Deborah. *Risk.* London: Routledge, 1999.

Magenau, Jörg. *Christa Wolf: Eine Biographie.* Berlin: Kindler, 2002.

Maltby, Paul. "The Romantic Metaphysics of Don DeLillo." In Osteen, 498 – 516.

Manovich, Lev. *The Language of New Media.* Cambridge, Mass. : MIT Press, 2001.

Marcuse, Herbert. *One-Dimensional Man*: *Studies in the Ideology of Advanced Industrial Society.* Boston: Beacon, 1964.

" The Mark of Gideon. " Episode of *Star Trek.* Dir. Jud Taylor. Perf. William Shatner, Leonard Nimoy, Sharon Acker, David Hurst. Paramount, Hollywood, Calif. , 1969.

Marx, Leo. *The Machine in the Garden*: *Technology and the Pastoral Ideal in America.* London: Oxford University Press, 1964.

Marx, Leo. "Pastoralism in America. " In *Ideology and Classic A-merican Literature*, edited by Sacvan Bercovitch and Myra Jehlen. New York: Cambridge University Press, 1986, 36 – 69.

Massey, Doreen B. *Space, Place, and Gender.* Minneapolis: University of Minnesota Press, 1994.

Mazur, Allan. *Hazardous Inquiry*: *The Rashomon Effect at Love Canal.* Cambridge, Mass. : Harvard University Press, 1998.

McGrew, Anthony. "Liberal Internationalism: Between Realism and Cosmopolitanism. " In *Governing Globalization*: *Power, Authority, and Global Governance*, edited by David Held and Anthony McGrew. Malden, Mass. : Polity, 2002, 267 – 89.

McHale, Brian. *Postmodernist Fiction.* New York: Methuen, 1987.

McKibben, Bill. *Maybe One*: *A Personal and Environmental Argument for Single-Child Families.* New York: Simon and Schuster, 1998.

McLuhan, Marshall. "At the Moment of Sputnik the Planet Becomes a Global Theater in Which There Are No Spectators but Only Actors. " In *Marshall McLuhan*: *The Man and His Message*, edited by George Sanderson and Frank Macdonald. Golden, Colo. : Fulcrum, 1989, 70 – 80.

Meadows, Donella, Dennis L. Meadows, and Jørgen Randers. *Beyond the Limits*: *Confronting Global Collapse, Envisioning a*

Sustainable Future. Post Mills, Vt. : Chelsea Green, 1992.

Meadows, Donella, Dennis L. Meadows, Jørgen Randers, and William W. Behrens III. *The Limits to Growth: A Report for the Club of Rome's Project on the Predicament of Mankind.* New York: Universe, 1972.

Meadows, Donella, Jørgen Randers, and Dennis L. Meadows. *Limits to Growth: The 30-Year Update.* White River Junction, Vt. : Chelsea Green, 2004.

Medvedev, Grigori. *The Truth about Chernobyl.* Translated by Evelyn Rossiter. New York: Basic Books, 1991.

Merchant, Carolyn. *Earthcare: Women and the Environment.* New York: Routledge, 1995.

Meyrowitz, Joshua. *No Sense of Place: The Impact of Electronic Media on Social Behavior.* New York: Oxford University Press, 1985.

Mignolo, Walter. "The Many Faces of Cosmo-polis: Border Thinking and Critical Cosmopolitanism. " *Public Culture* 12 (2000): 721 – 745.

Mirsepassi, Ali, Amrita Basu, and Frederick Weaver, eds. *Localizing Knowledge in a Globalizing World: Recasting the Area Studies Debate.* Syracuse. N. Y. : Syracuse University Press, 2003.

Moses, Michael Valdez. "Lust Removed from Nature. " In Lentricchia, 63 – 86.

Mould, R. F. *Chernobyl Record: The Definitive History of the Chernobyl Catastrophe.* Bristol, England: Institute of Physics, 2000.

Muir, John. "My First Summer in the Sierra. " In *Nature Writings*, edited by William Cronon. New York: Library of America, 1997, 147 – 309.

Murdock, Graham, Judith Petts, and Tom Horlick-Jones. " After

Amplification: Rethinking the Role of the Media in Risk Communication. " In *The Social Amplification of Risk*, edited by Nick F. Pidgeon, Roger E. Kasperson, and Paul Slovic. Cambridge: Cambridge University Press, 2003, 156 - 78.

Murphy, Patrick D. *Farther Afield in the Study of Nature-Oriented Literature.* Charlottesville: University of Virginia Press, 2000.

Murphy, Patrick D. " Grounding Anotherness and Answerability through Allonational Ecoliterature Formations. " In *Nature in Literary and Cultural Studies: Transatlantic Conversations on Ecocriticism*, edited by Catrin Gersdorf and Sylvia Mayer. Amsterdam: Rodopi, 2006, 417 - 34.

Mycio, Mary. *Wormwood Forest: A Natural History of Chernobyl.* Washington, D. C. : Joseph Henry Press, 2005.

Nabhan, Gary. *Coming Home to Eat: The Pleasures and Politics of Local Foods.* New York: Norton, 2002.

Nadler, Maggie. " The Secret. " In Clem, Greenberg, and Olander, 194 - 204.

Naess, Arne. *Ecology, Community and Lifestyle.* Translated by David Rothenberg. Cambridge: Cambridge University Press, 1989.

Naess, Arne. " Identification as a Source of Deep Ecological Attitudes. " In *Deep Ecology*, edited by Michael Tobias. San Diego: Avant Books, 1985, 256 - 70.

Nalewski, Horst. " Ernstfall: Störfall. " In *Christa Wolf: Ein Arbeitsbuch*, edited by Angela Drescher. Berlin: Aufbau, 1989, 270 - 91.

Nelkin, Dorothy. " Blunders in the Business of Risk. " *Nature* 298 (1982): 775 - 76.

Nelson, Lin. " The Place of Women in Polluted Places. " In Diamond and Orenstein, 173 - 88.

Niven, Larry, and Jerry E. Pournelle. *The Mote in God's Eye.* New York: Simon and Schuster, 1974.

Nussbaum, Martha C., and Joshua Cohen, eds. *For Love of Country: Debating the Limits of Patriotism.* Boston: Beacon Press, 1996.

O'Malley, P. "Risk, Power and Crime Prevention. " *Economy and Society* 21 (1992): 252 – 75.

Ong, Aihwa. *Flexible Citizenship: The Cultural Logics of Transnationality.* Durham, N. C. : Duke University Press, 1999.

Onyshkevych, Larissa M. L. Zaleska. "Echoes of Chornobyl in Soviet Ukrainian Literature. " *Agni* 29 – 30 (1990): 279 – 91.

Otway, Harry. "Public Wisdom, Expert Fallibility: Toward a Contextual Theory of Risk. " In Krimsky and Golding, 215 – 28.

Palmlund, Ingar. "Social Drama and Risk Evaluation. " In Krimsky and Golding, 197 – 212.

Peña, Devon G. "Endangered Landscapes and Disappearing Peoples? Identity, Place, and Community in Ecological Politics. " In Adamson, Evans, and Stein, 58 – 81.

Perloff, Marjorie. "Music for Words Perhaps: Reading/Hearing/Seeing John Cage's *Roaratorio.* " In *Postmodern Genres,* edited by Marjorie Perloff. Norman: University of Oklahoma Press, 1989, 193 – 228.

Perrow, Charles. *The Next Catastrophe: Reducing Our Vulnerabilities to Natural, Industrial, and Terrorist Disasters.* Princeton, N. J. : Princeton University Press, 2007.

Perrow, Charles. *Normal Accidents: Living with High-Risk Technologies.* 2nd ed. Princeton, N. J. : Princeton University Press, 1999.

Peters, Ellen M. , and Paul Slovic. "The Role of Affect and Worldviews as Orienting Dispositions in the Perception and Acceptance of

Nuclear Power. " *Journal of Applied Social Psychology* 26 (1996): 1427 – 53.

Phillips, Dana. *The Truth of Ecology: Nature, Culture, and Literature in America.* Oxford: Oxford University Press, 2003.

Plumwood, Val. *Environmental Culture: The Ecological Crisis of Reason.* London: Routledge, 2002.

Pohl, Frederik. "The Census Takers. " In Pohl, *Nightmare Age*, 39 – 46.

Pohl, Frederik. *Chernobyl.* Toronto: Bantam, 1987.

Pohl, Frederik. , ed. *Nightmare Age.* New York: Ballantine, 1970.

Pohl, Frederik, and C. M. Kornbluth. *The Space Merchants.* New York: Ballantine, 1953.

Pollock, Sheldon, Homi K. Bhabha, Carol A. Breckenridge, and Dipesh Chakrabarty. " Cosmopolitanisms. " *Public Culture* 12 (2000): 577 – 90.

Posnock, Ross. "The Dream of Deracination: The Uses of Cosmopolitanism. " *American Literary History* 12 (2002): 802 – 18.

Powers, Richard. *Gain.* New York: Farrar, Straus and Giroux, 1998.

Prazniak, Roxann, and Arif Dirlik, eds. *Places and Politics in an Age of Globalization.* Lanham: Rowman and Littlefield, 2001.

Quinn, Paul. "On the Tracks of the Rhino. " Review of *Gain*, by Richard Powers. *Times Literary Supplement*, March 17, 2000, 22.

Rayner, Steve. "Cultural Theory and Risk Analysis. " In Krimsky and Golding, 83 – 115.

Rechtien, Renate. " ' Prinzip Hoffnung ' oder ' Herz der Finsternis ' ? Zu Christa Wolf's ' Störfall. ' " *New German Studies* 17 (1992 – 93): 229 – 53.

Reed, T. V. "Toward an Environmental Justice Ecocriticism. " In

Adamson, Evans, and Stein, 145 – 62.

Reeve, N. H. , and Richard Kerridge. "Toxic Events: Postmodernism and Don DeLillo's *White Noise.* " *Cambridge Quarterly* 23 (1994): 303 – 23.

Regna, Joseph. "Assessing Risk: Making Toxics Acceptable. " *Science for the People* 18. 3 (1986): 12 – 15, 27.

Renn, Ortwin, and Bernd Rohrmann, eds. *Cross-Cultural Risk Perception: A Survey of Empirical Studies.* Dordrecht, Netherlands: Kluwer, 2000.

Rey, William H. "Blitze im Herzen der Finsternis: Die neue Anthropologie in Christa Wolf's *Störfall.* " *German Quarterly* 62 (1989): 373 – 83.

Riesman, David, with Nathan Glazer and Reuel Dennehy. *The Lonely Crowd: A Study of the Changing American Character.* Abr. ed. with 1969 preface. New Haven, Conn. : Yale University Press, 1969.

Robbins, Bruce. "Comparative Cosmopolitanisms. " In Cheah and Robbins, 246 – 64.

Robbins, Bruce. *Feeling Global: Internationalism in Distress.* New York: New York University Press, 1999.

Roberts, Keith. "Therapy 2000. " In *World's Best Science Fiction: 1970,* edited by Donald A. Wollheim and Terry Carr, 171 – 88.

Robertson, Roland. "Glocalization: Time-Space and Homogeneity-Heterogeneity. " In *Global Modernities,* edited by Mike Featherstone, Scott Lash, and Roland Robertson. London: Sage, 1995, 25 – 44.

Robinson, Kim Stanley. *Fifty Degrees Below.* New York: Random House, 2005.

Robinson, Kim Stanley. *Forty Signs of Rain.* New York: Random House, 2004.

Robinson, Kim Stanley. *Sixty Days and Counting.* New York: Random House, 2007.

Rody, Caroline. "Impossible Voices: Ethnic Postmodern Narration in Toni Morrison's *Jazz* and Karen Tei Yamashita's *Through the Arc of the Rain Forest.*" *Contemporary Literature* 41 (2000): 618 – 41.

Ross, Andrew. *The Chicago Gangster Theory of Life: Nature's Debt to Society.* London: Verso, 1994.

Ross, Andrew. *Strange Weather: Culture, Science, and Technology in an Age of Limits.* London: Verso, 1991.

Rudd, Robert L. *Pesticides and the Living Landscape.* Madison: University of Wisconsin Press, 1964.

Rudloff, Holger. "Literatur nach Tschernobyl." *Mitteilungen des deutschen Germanistenverbandes* 37 (1990): 11 – 19.

Saalmann, Dieter. "Elective Affinities: Christa Wolf 's *Störfall* and Joseph Conrad's *Heart of Darkness.*" *Comparative Literature Studies* 29 (1992): 238 – 58.

Sachs, Wolfgang. Planet Dialectics: Explorations in Environment and Development. Halifax, Nova Scotia: Fernwood, 1999.

Sachs, Wolfgang. *Satellitenblick: Die Visualisierung der Erde im Zuge der Weltraumfahrt.* Berlin: Wissenschaftszentrum Berlin für Sozialforschung, 1992.

Safe. Dir. Todd Haynes. Perf. Julianne Moore, Peter Friedman, Xander Berkeley. Columbia Pictures, Culver City, Calif. , 1995.

Sale, Kirkpatrick. *Dwellers in the Land.* 2nd ed. Athens: University of Georgia Press, 2000.

Sanders, Scott Russell. *Staying Put: Making a Home in a Restless World.* Boston: Beacon Press, 1993.

Sauer, Rob, ed. *Voyages: Scenarios for a Spaceship Called*

Earth. New York: Zero Population Growth/Ballantine, 1971.

Scheese, Don. *Nature Writing: The Pastoral Impulse in America.* New York: Twayne, 1996.

Schneider, Stephen H. *Laboratory Earth: The Planetary Gamble We Can't Afford to Lose.* London: Weidenfeld and Nicolson, 1996.

Scott, A. O. "A Matter of Life and Death." Review of *Gain*, by Richard Powers. *New York Review of Books*, December 17, 1998, 38 – 42.

Seamon, David, and Robert Mugerauer, eds. *Dwelling, Place and Environment: Towards a Phenomenology of Person and World.* New York: Columbia University Press, 1985.

Serafin, Rafal. "Noosphere, Gaia, and the Science of the Biosphere." *Environmental Ethics* 10 (1988): 121 – 37.

Shepard, Paul. "Place in American Culture." *North American Review* 262. 3 (fall 1977): 22 – 32.

Shiva, Vandana. "The Greening of the Global Reach." In *Global Ecology: A New Arena of Conflict*, edited by Wolfgang Sachs. London: Zed Books, 1993, 149 – 56.

Silko, Leslie Marmon. "Landscape, History, and the Pueblo Imagination." In Glotfelty and Fromm, 264 – 75.

Silverberg, Robert. *Hot Sky at Midnight.* New York: Bantam, 1995.

Silverberg, Robert. *The World Inside.* Toronto: Bantam, 1983.

Simpson, David. *The Academic Postmodern and the Rule of Literature: A Report on Half-Knowledge.* Chicago: University of Chicago Press, 1995.

Simpson, David. *Situatedness, or, Why We Keep Saying Where We're Coming From.* Durham, N. C. : Duke University Press, 2002.

Sjöberg, Lennart. "Are Received Risk Perception Models Alive and Well?" *Risk Analysis* 22 (2002): 665 – 69.

Sjöberg, Lennart. "Principles of Risk Perception Applied to Gene Technology. " *European Molecular Biology Organization* 5 (2004): S47 - S51.

Sklair, Leslie. *Sociology of the Global System.* Hemel Hempstead, England: Harvester Wheatsheaf, 1991.

Skrbis, Zlatko, Gavin Kendall, and Ian Woodward. "Locating Cosmopolitanism: Between Humanist Ideal and Grounded Social Category. " *Theory, Culture and Society* 21 (2004): 115 - 36.

Slovic, Paul. "Perception of Risk. " *Science*, April 17, 1987, 280 - 85. Reprinted in *The Perception of Risk.* London: Earthscan, 2000, 220 - 31.

Slovic, Paul. "Trust, Emotion, Sex, Politics, and Science: Surveying the Risk-Assessment Battlefield. " *Risk Analysis* 19 (1999): 689 - 701. Reprinted in *The Perception of Risk.* London: Earthscan, 2000, 390 - 412.

Smith, Mick. *An Ethics of Place: Radical Ecology, Postmodernity, and Social Theory.* Albany: State University of New York Press, 2001.

Smith, Neil. *Uneven Development: Nature, Capital, and the Production of Space.* New York: Blackwell, 1984.

Smith, Roberta. "If the Actual Amazon Is Far Away, Invent One Nearby. " Review of *Der Ursprung der Nacht* (*Amazonas-Kosmos*), by Lothar Baumgarten. *New York Times*, September 5, 2003.

Snyder, Gary. *Back on the Fire: Essays.* N. p. : Shoemaker and Hoard, 2007.

Snyder, Gary. *Myths and Texts.* New York: Totem Press, 1960.

Snyder, Gary. *No Nature: New and Selected Poems.* New York: Pantheon, 1992.

Snyder, Gary. "The Place, the Region, and the Commons. " In

The Practice of the Wild. San Francisco: North Point, 1990, 25 –
47.

Snyder, Gary. "*Reinhabitation.*" In *A Place in Space: Ethics, Aes-
thetics, and Watersheds.* Washington, D. C. : Counterpoint,
1995, 183 – 91.

Snyder, Gary. *Turtle Island.* New York: New Directions, 1974.

Soja, Edward W. *Postmodern Geographies: The Reassertion of Space
in Critical Social Theory.* London: Verso, 1989.

Soja, Edward W. *Thirdspace: Journeys to Los Angeles and Other Re-
al-and-Imagined Places.* Oxford: Blackwell, 1996.

Soylent Green. Dir Richard Fleischer. Perf. Charlton Heston, Edward
G. Robinson, Leigh Taylor-Young, Chuck Connors, Joseph Cot-
ten, Paula Kelly. MGM, New York, 1973.

Spiegelman, Art. *In the Shadow of No Towers.* New York:
Pantheon, 2004.

Spigner, Clarence, Wesley Hawkins, and Wendy Loren. "Gender
Differences Associated with Alcohol and Drug Use among College
Students. " *Women and Health* 20 (1993): 87 – 97.

Spinrad, Norman. *Greenhouse Summer.* New York: Tor, 1999.

Spinrad, Norman. "Stand on Zanzibar: The Novel as Film. " In
*SF: The Other Side of Realism: Essays on Modern Fantasy and
Science Fiction,* edited by Thomas D. Clareson. Bowling Green, O-
hio: Bowling Green University Popular Press, 1971, 181 – 85.

Spivak, Gayatri Chakravorty. *Death of a Discipline.* New York: Co-
lumbia University Press, 2003.

Spivak, Gayatri Chakravorty. "World Systems and the Creole. "
Narrative 14. 6 (2006): 102 – 12.

Stableford, Brian. "Overpopulation. " In *Grolier Science Fiction:
The Multimedia Encyclopedia of Science Fiction.* CD-ROM. Dan-

bury, Conn. : Grolier Electronic, 1995.

Starr, Chauncey. "Social Benefit versus Technological Risk. " *Science* 165 (1969) : 1232 – 38.

Steger, Mary Ann E. , and Stephanie L. Witte. "Gender Differences in Environmental Orientations : A Comparison of Publics and Activists in Canada and the US. " *Western Political Quarterly* 42 (1989) : 627 – 49.

Steingraber, Sandra. *Living Downstream : A Scientist's Personal Investigation of Cancer and the Environment.* New York : Vintage, 1998.

Sterling, Bruce. *Heavy Weather.* New York : Bantam, 1994.

Stern, Paul C. , Thomas Dietz, and Linda Kalof. "Value Orientations, Gender, and Environmental Concern. " *Environment and Behavior* 25 (1993) : 322 – 48.

Stone, Christopher D. *Should Trees Have Standing? And Other Essays on Law, Morals, and the Environment.* 25th anniversary ed. Dobbs Ferry, N. Y. : Oceana Publications, 1996.

Suárez, José I. , and Jack E. Tomlins. *Mário de Andrade : The Creative Works.* Lewisburg, Penn. : Bucknell University Press, 2000.

Sukenick, Ronald. *Mosaic Man.* Normal, Ill. : FC2, 1999.

Swirski, Peter. "Dystopia or Dischtopia? The Science-Fiction Paradigms of Thomas M. Disch. " *Science-Fiction Studies* 18 (1991) : 161 – 79.

Sze, Julie. "From Environmental Justice Literature to the Literature of Environmental Justice. " In Adamson, Evans, and Stein, 163 – 80.

Teilhard de Chardin, Pierre. "Une interprétation plausible de l'Histoire Humaine : La formation de la ' Noosphère. ' " *Revue des questions scientifiques* 118 (1947) : 7 – 37.

Tepper, Sheri S. *The Family Tree.* New York: Avon, 1997.

Theisen, Bianca. "White Noise." In *Im Bann der Zeichen: Die Angst vor Verantwortung in Literatur und Literaturwissenschaft*, edited by Markus Heilmann und Thomas Wägenbaur. Würzburg: Königshausen und Neumann, 1998, 131 – 41.

Thomashow, Mitchell. *Bringing the Biosphere Home: Learning to Perceive Global Environmental Change.* Cambridge, Mass. : MIT Press, 2002.

Thomashow, Mitchell. "Toward a Cosmopolitan Bioregionalism." In *Bioregionalism*, edited by Michael Vincent McGinnis. London: Routledge, 1999, 121 – 32.

Tocqueville, Alexis de. *Democracy in America and Two Essays on America.* Translated by Gerald E. Bevan. Edited by Isaac Kramnick. London: Penguin, 2003.

Tomlinson, John. *Globalization and Culture.* Chicago: University of Chicago Press, 1999.

Tuan, Yi-Fu. *Topophilia: A Study of Environmental Perception, Attitudes, and Values.* Englewood Cliffs, N. J. : Prentice-Hall, 1974.

Tung, Lee. *The Wind Obeys Lama Toru.* Bombay: Kutub-Popular, 1967.

Turkle, Sherry. *Life on the Screen: Identity in the Age of the Internet.* New York: Simon and Schuster, 1995.

Turner, B. L. II, Roger E. Kasperson, William B. Meyer, Kirstin M. Dow, Dominic Golding, Jeanne X. Kasperson, Robert C. Mitchell, and Samuel J. Ratick. "Two Types of Global Environmental Change: Definitional and Spatial-Scale Issues in Their Human Dimensions." *Global Environmental Change* 1 (1990): 14 – 22.

Turner, George. *Drowning Towers.* New York: Avon, 1996.

Turney, Jon. *Frankenstein's Footsteps: Science, Genetics and Popular Culture.* New Haven, Conn. : Yale University Press, 1998.

UN Department of Economic and Social Affairs. Population Division. *World Population Prospects: The 2004 Revision.* Vol. 3. *Analytical Report.* New York: United Nations, 2006.

Der Ursprung der Nacht (Amazonas-Kosmos). Dir. Lothar Baumgarten, 1973 – 77.

U. S. Bureau of the Census. "World Population Information." www. census. gov/ ipc/www/world. html.

Vargo, George J. , ed. *Chernobyl: A Comprehensive Risk Assessment.* Columbus, Ohio: Battelle Press, 2000.

Vonnegut, Kurt. "Tomorrow and Tomorrow and Tomorrow." In *Welcome to the Monkey House.* New York: Delacorte, 1968, 284 – 98.

Vonnegut, Kurt. "Welcome to the Monkey House." In *Welcome to the Monkey House.* New York: Delacorte, 1968, 27 – 45.

Voznesenskaya, Julia. *The Star Chernobyl.* Translated by Alan Myers. London: Quartet Books, 1987.

Walker, Vern R. "Defining and Identifying 'Stigma.' " In Flynn, Slovic, and Kunreuther, 353 – 59.

Wallerstein, Immanuel. *The Modern World System.* New York: Academic Press, 1974.

Wark, McKenzie. "Third Nature." *Cultural Studies* 8 (1994): 115 – 32.

Wattenberg, Ben J. "The Population Explosion Is Over." *New York Times Magazine*, November 23, 1997, 60 – 63.

Weinkauf, Mary. "Aesthetics and Overpopulation." *Extrapolation* 13 (1972): 152 – 64.

Weiss, Sydna Stern. " From Hiroshima to Chernobyl: Literary Warnings in the Nuclear Age. " *Papers on Language and Literature* 26 (1990): 90 – 111.

West, Russell. " Christa Wolf Reads Joseph Conrad: *Störfall* and *Heart of Darkness.* " *German Life and Letters* 50 (1997): 254 – 65.

Westling, Louise. " Virginia Woolf and the Flesh of the World. " *New Literary History* 30 (1999): 855 – 75.

Wildavsky, Aaron, and Karl Dake. " Theories of Risk Perception: Who Fears What and Why?" *Daedalus* 119. 4 (1990): 41 – 60.

Williams, Jeffrey. " The Issue of Corporations: Richard Powers ' *Gain.* " Review of *Gain*, by Richard Powers. *Cultural Logic* 2. 2. (1999): http: //eserver. org/ clogic/2 – 2/ Williamsrev. html.

Williams, Jeffrey. "The Last Generalist: An Interview with Richard Powers. " *Cultural Logic* 2. 2 (1999): http: //eserver. org/clogic/2 – 2/williams. html.

Williams, Raymond. *The Country and the City.* New York: Oxford University Press, 1973.

Williams, Terry Tempest. *Refuge: An Unnatural History of Family and Place.* New York: Pantheon, 1991.

Williams, Terry Tempest. " Yellowstone: An Erotics of Place. " In *An Unspoken Hunger: Stories from the Field.* New York: Pantheon, 1994, 81 – 87.

Winnard, Andrew. " Divisions and Transformations: Christa Wolf's *Störfall.* " *German Life and Letters* 41 (1987): 72 – 81.

Winner, Langdon. *The Whale and the Reactor: A Search for Limits in an Age of High Technology.* Chicago: University of Chicago Press, 1986.

Wohmann, Gabriele. *Der Flötenton.* 2nd ed. Darmstadt, Germany: Luchterhand, 1987.

Wohmann, Gabriele. *Ein russischer Sommer.* 2nd ed. Darmstadt, Germany: Luchterhand, 1988.

Wolf, Christa. *Accident: A Day's News.* Translated by Heike Schwarzbauer and Rick Takvorian. New York: Farrar, Straus and Giroux, 1989.

Wolf, Christa. *Störfall: Nachrichten eines Tages. Verblendung: Disput über einen Störfall.* Munich: Luchterhand, 2001.

World Commission on Environment and Development. *Our Common Future.* Oxford: Oxford University Press, 1987.

Worster, Donald. *Nature's Economy: A History of Ecological Ideas.* 2nd ed. Cambridge: Cambridge University Press, 1994.

Wynne, Brian. "Institutional Mythologies and Dual Societies in the Management of Risk." In *The Risk Analysis Controversy: An Institutional Perspective*, edited by Howard C. Kunreuther and Eryl V. Ley. Berlin: Springer, 1982, 127 – 43.

Wynne, Brian. "May the Sheep Safely Graze? A Reflexive View of the Expert-Lay Knowledge Divide." In *Risk, Environment and Modernity: Towards a New Ecology*, edited by Scott Lash, Bronislaw Szerszynski, and Brian Wynne. London: Sage, 1996, 44 – 83.

Yamashita, Karen Tei. *Through the Arc of the Rainforest.* Minneapolis: Coffee House Press, 1990.

Zabytko, Irene. *The Sky Unwashed.* Chapel Hill, N. C. : Algonquin Press, 2000.

Zero Population Growth (Z. P. G.) . Dir. Michael Campus. Perf. Geraldine Chaplin, Diane Cilento, Don Gordon, Oliver Reed, Sheila Reid. Sagittarius, 1971.

Zimmerman, Michael E. *Contesting Earth's Future: Radical Ecology and Postmodernity.* Berkeley: University of California Press, 1994.